すぐそばの彼方

白石一文

角川文庫 13644

JN266063

すぐそばの彼方

1

　ＪＲ中央線、高円寺駅の北口はちょっとした商店街になっている。

　駅というのは不思議なものだ。表と裏があってきまって片側だけが開けている。いかに賑《にぎ》やかな街であっても駅裏というのは妙に寂しく精彩がない。どんな都市でも、駅周辺の再開発が必ず政治のテーマとなり得るのは、そうした不思議な属性が駅そのものにあるからだ――とは父、龍三の持論である。

　ＪＲ中央線の場合は大方北口が開けている。都市銀行の各支店や電気やガス会社の支社、スーパーやデパート、食堂や飲み屋街もなぜか北口に密集している駅が多かった。東京オリンピック以降急速に整備された道路網は、地図上でいうと線路を境にして下半分、むしろ各駅の南側方面に枝を伸ばしているのだが、それでも繁華街は北側に集中して変わることがない。そのせいでバス乗り場だけよく南口にしつらえてあった。

高円寺も商店街が放射状に広がっているのは北口側である。

龍彦はひとまず、その北口の方に降り立った。

駅前は車も少なく閑散としていた。おだやかな初夏の陽射しを受けて、道路際に植わったすずかけの木々があざやかな緑の影を路面に投げている。

赤と白の百日草のプランターが並ぶロータリーを横切り、龍彦は大きなヘルスセンタービルの脇にアーチ型の看板を掲げた商店街の入口に向かった。

人のまばらな仄暗《ほのぐら》い街路を進む。

買い物目当ての主婦や学校帰りの若者たちもまだ姿をみせない頃合である。肉屋や八百屋、洋品店や毛糸屋、乾物屋、ゲームセンター、どれもがらんとして、店員たちが手もちぶさたで中にはあくびを嚙《か》んでいる者もいた。百メートルほど歩く。幟《のぼり》や空気人形を店先にやたら飾った大きな薬局がある。その隣に「寿司岩」の小さな電飾看板がぽつんと立っていた。

午後二時――。

「岩」と紺地に白で大きく染め抜いた古い暖簾《のれん》もいまは外されている。龍彦は店の前に佇《たたず》むと、こぢんまりとした間口の右側、一階に玩具《おもちゃ》屋が入ったクリーム色のビルと軒を接する小さな路地に眼をやった。入口にくたびれた真鍮《しんちゅう》の門扉があって、苔《こけ》のむした黒い敷石が奥へとつづいている。その奥まった暗がりに引き戸の嵌《は》まった玄関があり、そこから先が岩田の住まいになっている部分だ。寿司岩は戦前建てられて一度改築をすませただけの、近頃では珍しい木造板張りの店舗型家屋である。

いつもなら門扉の内側に立て掛けられてある由香子の赤い自転車は見あたらなかった。

どうやら今朝の由香子の電話はまんざらつくり話でもなかったようだ。

それだけ確かめて龍彦は店の前を離れた。ここからしばらく行った先の小さな花屋に寄るのが、もともとの目的であった。

店員に病気見舞いだと告げると淡いピンクとオレンジの薔薇《ばら》を勧められた。一本六百円ほどだというのでピンクを多めに二十五本ばかり頼む。渡されたのは思いのほか大きな花束だった。金を払う段になって、財布に二万円しか入っていないことに龍彦は気づいた。げっそりした気分で重い花束を抱え、駅まで戻る。

駅と花屋の往復、たかだか五百メートルほどの距離を歩いただけで、すっかり疲れてしまった。こんなに歩いたのは久し振りのことだ。考えてみれば電車に乗ったのも半年振りである。平河町の事務所から地下鉄とJRを乗り継いで高円寺まで来た。電車は空いていたが、それでも大勢の人間たちと間近に触れて龍彦の神経はかなりくたびれた。透《す》き通った空と柔らかな五月の風がなかったなら、きっと駅のホームでへたり込んでいただろう。

由香子の住むアパートはこの反対側の南口方向にある。彼女は赤い自転車で毎日寿司岩まで通っている。自転車でも片道十五分くらいかかると言っていたから、徒歩だと相当な距離だ。自転車は、由香子にそのアパートの一室を借りてやったとき一緒に龍彦が買い与えたものだ。

アパートは環七通り沿いの大きな脳神経外科病院のすぐ裏手に建っている。龍彦はいつもタクシーを使うので、こうやって駅から歩くのは初めてのことだった。

構内を通り抜けて南口に出た。正面の住居表示板で道筋に見当をつけて龍彦はとぼとぼと歩きはじめる。

結局、三十分以上もかかってようやく由香子のアパートに辿《たど》りついた。階段のたもとで腕時計を覗《のぞ》くとすでに針は三時を指していた。だが、陽光はますます明るく、風はいつのまにかすっかり凪《な》いでしまっている。足下の地面は乾ききって白茶けていた。顔を上げ光の所在を確かめる。二階建ての箱アパートのちょうど屋根の縁に小さな太陽がひっかかって容赦なく照りつけていた。六つのドアが並ぶ正面は、そのぶん黒い紗布《さふ》でも垂らしたように暗く翳《かげ》っているのだった。

由香子の部屋は二階の左端だ。

歩いてみると、ここは駅からほんとうにずいぶんと遠い。

周囲は病院と小学校、なだらかな坂をしばらく下った先には、時々ふたりで散歩する公園がある。いつ行っても人気のさっぱり見当たらぬ一面芝生の案外に広い公園である。買い物や用を足す気のきいた店は近所には一軒もない。学校の側に小さなパン屋と自動販売機の並んだ煙草屋があるきりだ。一見品の良い住宅街だが、暮らすには勝手の悪い環境に思える。駅前の商店街までこんなに遠いと知っていれば、もっと便利なところに部屋を見つけてやればよかった。由香子をここに住まわせて、もう二年近くが過ぎた。

建物のへりに付いた急な階段をのぼった。ツヤを消した銀色のアルミ合金の階段は、踏むたびに危なげな軋《きし》みを立てる。新しくはあるが実に安っぽいアパートである。

街で由香子を見つけて、仕事と住まいの算段を引き受けたものの、龍彦にはむろんアテなどあるはずもなく、岩田の店に預けるより道はなかった。となれば場所柄、ひとり住まいの部屋ひとつにしろ家賃は馬鹿にならず、龍彦の資力ではこの粗末なアパートが賄《まかな》えるぎりぎりのところだったのだ。その部屋代も最近は払ってやれなくなっている。

ドアに鍵はかかっていなかった。

沓脱《くつぬ》ぎ場に立つと、子供の声が聴こえてきた。

龍彦は止まってしばらく耳を凝らす。三畳ほどの狭い台所の向こうに硝子《ガラス》の嵌まった白い扉がある。明かりのないしんとした台所は眩《まぶ》しい外の世界から取り残されて、流し台の窓のあたりだけぼんやり光が溜《た》まっている。ガスコンロや薬罐《やかん》の上で埃《ほこり》の粒子が舞っていた。子供の声はドア越しに聴こえてくる。はしゃぎ声や片言、かぶさるように誰かがあやしながら笑う声。

龍彦は無言のまま部屋に上がる。ひんやりする足裏を擦って白い扉の前に立つと、ひとつ溜め息をついて把手《とって》を引いた。

由香子は床に腹這《はらば》いに寝そべり、肘《ひじ》をついてテレビを観ていた。画面の中で青いシャツを着た男の子がニコニコ笑って女に抱かれていた。

子供を抱いているのは由香子である。

人の気配は当然分かっているだろうに、由香子は足を投げたまま振り向きもせず画面に見入っている。

「また観てるのか」

背広の上着を脱ぎ、ネクタイを外して龍彦は彼女の横に腰を下ろした。

殺風景な部屋だ。

一月に買ってやったピンクのホットカーペットがまだ敷いてある。四・五畳敷なので木目調のクッションフロアの床がずいぶんはみ出している。色が全然合わないのだが、駅前の電器店にはこれしかなかった。早くたためばいいと来るたびに龍彦は思うが、由香子は生活というものにまったく無頓着《むとんちゃく》である。大きな家具といえば、背の低い食器棚と布団代わりにしている三個のマットレス、それにビデオ一体型のテレビくらいしかない。マットレスは二つを重ねて、壁際に一つを立ててソファの恰好《かっこう》にしてある。麻地のベージュ色のカバーが掛かっていた。

由香子の少ない衣類や身の回りの物は造り付けのクロゼットの中に納まり、テーブルも小さな折りたたみ式で、いまはクロゼットの前に立て掛けられている。他には何もない。女性週刊誌が一冊床の上に転がっていた。

手元に置いた花束を取り上げ、目線を遮って由香子の鼻面にかざし、

「おい」

ともう一度声をかける。ようやく彼女は顔をこちらに向けた。

「おなかすいてる？」

一日ずっと一緒にいたような、ごく当たり前の表情である。龍彦は首を振る。

「そう」

彼女は呟《つぶや》いて、再び画面に視線を戻した。

「ちょっと待っててね、あと二、三分で終わるから。そしたらコーヒー淹《い》れる」

仕方なく龍彦も画面に目をやる。

どこか広い公園のようだ。緑の芝が延々とつづき遠くに大きな白い塔が映っている。光は明るく、背景の青い空には雲ひとつ見えない。季節は初夏のようである。いつの間にか男の子は芝地に降り立っていた。画面は揺れながら子供の顔をズームアップしたり、前で手招きしている母親の背中を映したりとせわしなく切り替わる。三歳をやや過ぎたくらい、ちょっと小太り

のやさしい顔立ちの子供だ。黒眼がちな瞳は、幼児にしてはくっきりした鼻すじ——由香子によく似ていた。あどけない笑みを浮かべ、声を上げて母親の胸元に飛び込んでいく。甘い果実をむさぼるように由香子は息子を抱き締める。全身から歓喜の陽炎《かげろう》が立ち昇って、レンズの方に振り向いた母親は何度も何度も子供のふくらんだ頬に唇を当てていた。前髪が乱れ、どうやら風があるらしい。由香子は現在より痩《や》せているようだ。尖《とが》った顔の中で際立って大きな黒い瞳がこちらを見る。射すくめるような鋭い光がふと瞳に宿る。いまでも時々、由香子はこういう眼になることがある。

実のところ龍彦は正確なことを知っていた。この子の名前は相沢勇也、当時三歳二ヵ月。公園は龍彦の郷里、博多の西寄りにある県立自然公園である。これは三年前のちょうど今頃、由香子の夫だった相沢芳樹がとある日曜日に撮影したビデオフィルムなのだ。すでに龍彦は十数回はこのビデオを観せられている。

「お花ありがとう」

花束に目もくれず、由香子は言った。

前触れもなく唐突に画像は途切れた。彼女は立ち上がりスイッチを切ると、テープを抜き出しケースにしまってテレビ台のガラスケースに戻した。そこには三本のビデオテープが並んでいる。どれも同じ内容のテープだ。由香子と勇也と昔の夫が公園で遊んだ一日の、二十分ばかりの記録。三本のうち二本は龍彦が複写してやったもので、その時、別にもう一本コピーを取っている。それはいま龍彦の事務所の机の引出しの中に保管されていた。

二年前の夏、由香子と偶然に再会し、彼女の住んでいた池袋のアパートに連れていかれた夜に真っ先に頼まれたのがこのテープのことだった。

部屋に着くといきなり彼女は一本のビデオテープを持ち出してきて、これを永久保存する方法を教えて欲しいと言った。

四畳半一間きりの木造アパートの灼《や》けた畳の上に二人並んで正座して、由香子がセットしたテープから画像が流れだすのを龍彦は待った。画面を凝視する由香子の思い詰めた横顔に、龍彦はひどく不安な気持ちになったものだ。

それから一緒にテープを観た。

隣に座った由香子の眸《ひとみ》がみるみる潤み、あとからあとから涙が溢《あふ》れ、龍彦は彼女を思わず横抱きにした。由香子は身じろぎもせずに涙を流しつづけ、その静かな嗚咽《おえつ》に龍彦もつられるようにして泣いた。泣けたのは、久々に女性の柔らかな身体に触れたこと、もとから神経が普通の状態でなかったこともあったが、龍彦自身、息子を持つひとりの親であったからやはり由香子の心情が手に取るように分かったためだろう。二人ともずいぶん泣いて晴々とした気分になった。龍彦がそんな落ち着いた心地になったのは本当に二年振りくらいのことだった。

由香子の相談にうまい手は思いつかなかったが、とりあえず三本ばかり複写テープを作って一本は自分が責任をもって保存しようと龍彦は申し出た。

あの晩、薄い布団の中で互いの身体をはり合わせて染みの浮いた天井を眺めながら、龍彦は甦《よみがえ》る自分というものをほんの少し感じ取ることができた。そんなものはこの世の中に腐るほどあるにしても、自分よりも更に辛《つら》い境遇に直《じか》に接して、彼は自らを慰める怠惰を悟り、そのことによってさらに大きな慰めを得たのである。自分が死ぬよりも、生きながら最愛の者を喪《うしな》う方がなお哀しいことは、当時の龍彦にも確かなことに思えた。

テープは由香子が夫のもとを去るときに唯一持ち出したものだった。

「本当におなかすいていないの」

花瓶に活《い》けた薔薇《ばら》を食器棚の上に置くと、台所で薬罐を火にかけながら、開け放したドアの向こうで由香子は訊《たず》ねる。

「うん」

「何か食べてきたの」

「いや」

「あなた、また痩せたわよ」

「そうかな」

大きな茶色のカップになみなみとコーヒーを注いで由香子は戻ってきた。龍彦は受け取ると一口すすってカーペットの上にカップを置く。いつも一口二口で、あとは残してしまう。それでも由香子は毎度一杯に注いでくるのだった。由香子はクロゼットの前の折りたたみテーブルを持ち出してきて脚を開き、龍彦の傍に置いた。龍彦はカップをテーブルの上に載せる。

彼女は長袖《ながそで》のゆったりとした白いシャツを着て、オレンジ色のサッカー地のパンツをはいている。熱が四十度もあるという今朝の電話は、やはり嘘だったようだ。いましがた寿司岩に寄って欠勤だと確かめただけで、それを信じてしまった自分が馬鹿である。しかし、どういうわけか龍彦はその辺に思いが至らない。何度も同じような目にあっているのにまた騙《だま》されてしまう。

これもあの不始末の後遺症に違いない、と最近になって龍彦は考えつくようになった。よく覚えてはいないが、かつての自分はそんな迂闊《うかつ》な人間ではなかった気がする。

とはいえ、以前の自分をこうやって振り返ることができるのは回復への大きな足がかりなのだとも感ずる。いまだ事件前後の記憶は相当部分欠落したままだし、この四年間の記憶もところどころ飛んでいたり、もつれていたりする。思い出したくないだけでなく、思い出そうにも思い出せないことが多い。だが、それでも由香子と知り合ってからの自分は次第に正常な状態を取り戻しつつあるのではないか——最近よくそう思う。以前に比べれば突然の発作もずいぶんと減ったし、現にこうした思考を反復するようになったことそれ自体が、復調の確かな証拠のようにも思えるのである。

由香子は色艶《いろつや》も悪くなく、いたって暢気《のんき》な顔をしていた。

自分のカップと小さな密封容器、それに食パン二枚を皿に載せて持ってくると、龍彦の向かい側に座った。

「私、何も食べてないから」

彼女のカップに入っているのはコーヒーではない。彼女はコーヒーは身体に良くないといって家ではウーロン茶しか飲まなかった。

小さな密封容器のフタを取る。タクワンと野沢菜がぎっしりと詰まっていた。ぷんと漬物の匂いがして龍彦は顔をしかめる。由香子はバターもつけず、生の食パンをむしゃむしゃ食べはじめた。合間に漬物を口に放り込む。かりかりと歯切れのよい音が響いた。あっという間に二枚たいらげ、漬物も半分ほどつまんで由香子のたぶん今日はじめての食事は終わった。

彼女の食事は大体いつもこんな調子だ。龍彦が泊まる日はちゃんとこしらえてくれるが、一人きりのとき、つまり大半はこういう食事で済ませているようだった。だから龍彦は岩田にその辺を気にとめておいてくれるよう頼んでいる。店が引けて由香子を帰す前に岩田が必ず食事をさせるのは、そのためだ。そうでなければこの人はとっくに病気になっているにちがいない。

長い髪を無造作に後ろでひっつめ化粧気のない顔全部がむきだしだったが、それでも相変わらず由香子は美しかった。人間の容姿がこれだけ摂取する食物の質や量と無関係だというのはまったく不思議なことだと龍彦はたまに思う。

まず髪が細くしなやかである。光を浴びると透けて淡い栗色に輝くその髪は、梳《す》くとほんとうにさやさやと音を立てた。瞳は逆に塗り固めたように黒く、唇は受け口でよく濡《ぬ》れている。岩田は最初に彼女を見た時、こっそりと「いつもあそこを濡らしているような女だな」と言った。肌は毛が薄くなめらかで白い。どちらかといえば小柄な方だが、身体のメリハリがきいていた。胴回りはきつく締まって脇腹全体が削《そ》がれている分、胸は実際以上に張ってみえた。ふとももから膝《ひざ》にかけてはほどよい肉づきで、膝下から急に細くなる足はまっすぐに伸びて足首でさらにすぼまっている。抱くとまるで壊れ物のようだが、といってギスギスするのでもなく十分に弾力があってしなやかだ。昇りつめた瞬間の表情も龍彦は気に入っている。普段のどことなく冷たい印象が突然幼女のような頼りなさに変貌《へんぼう》してしまう。ともかく由香子は、一度は子供を産んだ二十八歳の女にはとても見えなかった。

食べ終わると食器を台所にかたづけ、今度は龍彦の隣に戻ってきた。ぴったりと肩を寄せて何か遠くから来るものを待つような澄んだ眼差《まなざし》で窓の方を見やっている。

窓側は下り坂に面しているため、外には建物らしい建物は見えない。青く広がる五月の空が窓枠に切り取られているばかりだ。

「どうして店休んだの」

別に問い詰めるつもりもないが、龍彦はとりあえず訊《き》いてみる。

「煙草ある?」

ああ、と頷《うなず》いて手を伸ばし、放ってある上着の内ポケットからマイルドセブンとライターを出して彼女に渡した。煙草の紙箱を振って一本くわえると火をつけて一服深々と吸い、そのまま吸いさしを唇から抜く。「を」の形に口をすぼめ、由香子はこちらを向くと龍彦の顔に思い切り煙を吹きかけてきた。

龍彦は顔をしかめて苦笑いになった。由香子も笑っている。

「しばらく来てくれなかった」

龍彦は由香子の手から煙草をとって、ひとくち吸った。由香子は立ち上がり台所に行くと灰皿を持ってきた。煙草を揉《も》み消して、彼女の手をとり華奢《きやしや》な身体を胸にすっぽりおさめる。甘ずっぱい女性の匂いが鼻をくすぐってきた。

「すごい熱だっていうから心配した」

額に手をおく。ひんやりと冷たいくらいだった。由香子は龍彦の首筋に頬をこすりつけ目を閉じている。額とは反対に頬はとてもあつかった。

「忙しかったんだ。親父が月末からスイスに行く。その演説原稿を書かされてた。この二、三日ほとんど寝てない」

由香子が顔を上げた。

「でも、十日も来なかった。ずっとひとりきりだった」

「電話はしてたじゃないか」

龍彦が現在住んでいる部屋には電話を引いていない。いつ誰とでも不意に言葉を交わせるほどには龍彦の神経はまだ回復していないのだ。電話がない不自由さを由香子はよく口にした。いつも龍彦の方から寄越《よこ》すだけで、それも事務所からはかけづらくて、外のボックスからというのが大方である。由香子のことは岩田以外はいまのところ誰も知らなかった。秘書の金子は薄々勘づいている気配だが、今回はとりたてて調べ上げるような行動には出ていない様子だ。もし知られてしまえば、ことに父龍三の怒りは激しいだろう。そのことを想像するだけで龍彦の心は凍りついてしまう。

口をふさぎたくて、龍彦は由香子の唇に唇を重ねた。うすいシャツの上から乳房を揉みしだく。股間《こかん》に手をすべらせ砂を摑《つか》むように指に力を込めた。由香子が腰を捩《よ》じって、手を引き離す。

「しようか」

「駄目」

「どうして」

「生理だから」

龍彦はみるみる自分の表情がしぼんでいくのが分かる。

「嘘よ」

龍彦の顔をじっと見ていた由香子の目が笑っている。なぜだろう、それは微《かす》かに涙で潤んでいるのだった。

2

由香子が歩きたいというので龍彦はタクシーを諦《あきら》めた。駅までの道をまた歩くのは億劫《おっくう》だったが、我慢できないほどでもない。久し振りに由香子を抱いて気分もだいぶほぐれていた。並んで歩きはじめると由香子が手を握ってくる。日中とはうってかわって外気は澄み、時折通り抜ける風はさっぱりと涼やかだった。心地のよい夜だ。

龍彦は薄手のトレーナーの上下に着替えていた。下着や部屋着、靴下やワイシャツなど一通りのものは由香子が揃えてくれている。そういうところは薫の時とずいぶん違う。薫の場合は歯ブラシ一本置いてもらうにも時間がかかった。結婚したことのある女とそうでない女との差なのだろうと龍彦は思っている。

少し眠ったことで身体が軽くなっていた。間遠な街路灯の下、暗い夜道をこうやって手をつないで歩くのはまんざらでもない。まだ八時前だというのにすれ違う人もまばらで、両脇の家々は静まり返っていた。

「気持ちいいね」

龍彦も黙って頷く。

庭々の木々はどれも豊かに葉を繁らせ、外灯の微かな光のなかで黒い影となって龍彦たちを見下ろしている。どういうわけか、門脇に沈丁花《じんちょうげ》を植えている家がこのあたりには多く、春先にそぞろ歩いた晩などはその甘い香りが一面に漂っていたものだ。

由香子が冠木門《かぶきもん》を構えた大きな屋敷の前で立ち止まった。暗がりにぽつぽつと黄色い花が開いている。

「あれは？」

ゆりの樹だと龍彦はこたえる。広い庭からは泰山木のほのかな匂いもした。思わず深く息を吸う。しぜんと身体が伸びをしていた。

「こうやって歩いてみるのも悪くないでしょ」

そうなのだ。昔は山歩きが好きだった。学生の頃は、よく一人であちこちの山々を巡ったものだ。いまから振り返れば、どうしてあんなことができたのか自分でも不思議な気がする。

そういえば、いちど薫と二人で志賀高原にドライブしたことがあった。

あれは春だったか。秋だったか。知り合ってそんなに間がなかったような気がする。つりばなや山葡萄《やまぶどう》を見つけた。葡萄が実っていた。野ぜりをたくさん摘んだのは、あの日だったろうか。それでたいそう薫が喜んだおぼえがある。

いや、喜んだのは郁子だったような気もする。家族で九州の柴田本家に帰り、阿蘇《あそ》に遊びに行ったときのことではなかったか。薫と寝ころがった草原には一面に山りんどうが咲いていた。秋の終わりで、妙にあたたかな日であった。葡萄を二人で頰ばったのは郁子とだった。せりを摘んだのはやはり薫とだったろうか。

こうやって思い出してみると、何だかよく分からなくなる。

郁子には出張だと偽って、早朝家を出た。薫の部屋に寄って彼女が借りておいた車で出発した。あのときの薫はほんとうに嬉《うれ》しそうだった。食べきれないくらいのお弁当を作るのに一晩かかったらしく、一睡もしていなかった。車に乗ると助手席でぐったりしているので、眠るようにすすめたら、もったいないもったいないと繰り返してポットに詰めてきたコーヒーをがぶ飲みしていた。それでも彼女はいつの間にか眠ってしまった。

ドライブは春だったような気もする。一面に咲いていたのはりんどうではなく紫すみれではなかったか。その年の一月のひどく寒い日に龍彦は薫を知った。そう考えると、ドライブはやはり春先のことだったのだろう。

薫との思い出もこうやってだんだんに色褪《いろあ》せてきている。炭酸水の気が抜けるように、季節感や色彩が蒸発してゆく。

そうだった、山葡萄の汁で顔中を紫色にしてはしゃいだのは英彦だ。その顔を見て、自分と郁子は大笑いをしたのだった。せりを一緒に摘んだのも郁子や英彦と他の山に登った折のことで、薫とではなかった。

「何を考えているの?」

由香子が龍彦の顔を覗《のぞ》き込んでいた。龍彦の腰に手を回してぴったりと寄り添っている。こうして側にいる人がまた別の人だということに、龍彦はいまさらながら四年の歳月を感じないわけにはいかない。

「昼間、お父様に言われたことを気にしてるのね」

さきほど一緒に寝そべっているあいだに、そういえばそんな愚痴をこぼした。

「そうじゃないさ、ただ、腹がへったなあと思ってた」

「なあんだ」

よく見ると由香子が着ているトレーナーは龍彦とお揃いのものだった。龍彦は初めて知って、どうして部屋で一緒に着替えた際にちゃんと気づかなかったのだろうと思う。こうした些細《ささい》ないちいちが龍彦を日々苦しめる。まだ自分がほんとうではないことを思い知らされる。

龍三の呵責《かしやく》のない声が耳朶《じだ》に甦《よみがえ》ってきた。

ちょうど由香子のもとへ出掛けようと、机の上の書類をかたづけている最中だった。秘書の洋子さんから龍三の部屋に来るようにとの電話が入った。てっきり昨夜渡した演説原稿の件だと思って龍彦は上の階にある龍三の執務室に顔を出したのだった。

龍三は大きな椅子の背凭《せもた》れに痩軀《そうく》をあずけ、龍彦が入ってくるのを待ち構えていた。

「お前、休みの日まで和田の車を使っているそうだな」

最初、龍彦は何のことかよく把握できなかった。

「家に帰るにも毎日、和田に送らせているそうじゃないか。和田がいなければチケットを切って外歩きはみんな車ですませている。一体どういうつもりだ」

父の手元には束になった書類があり、それはどうやら事務所に戻ってきたタクシー・チケットの写しか何かのようだった。

「平河町↓三番町、平河町↓永田町、赤坂↓外務省、赤坂↓築地《つきじ》、虎ノ門↓有楽町……。お前、東京には電車や地下鉄があることを知らんのか」

龍三は巨大な執務机に上体を戻すと、書類の細目を延々読み上げげた。鼻翼に老眼鏡をずり下げていかにも芝居じみた仕種《しぐさ》でページをめくって、やおら顔を上げると、その大きな目を剝《む》いて語気荒く言い放つ。

「和田はお前の使用人ではない。足があるなら自分で歩け！」

龍彦は俯《うつむ》いてデスクの前に立ちつくした。いつか知れるとは思っていたが、一体誰が父に耳打ちしたのか。和田本人だろうか。

「分かりました。反省します。もう車は使いません」

龍彦はそれだけ口にして深々と頭を下げると父親の顔から眼をそむけ、そのまま一目散に部屋を出てきたのだった。

龍三のことを考えるといつも胸が塞《ふさ》がる。

「たっちゃん、たっちゃん」

誰かが呼んでいる声に我に返った。

由香子が腕を強く引いていた。

「またあ」

由香子が笑っている。龍彦はたまに、ふとしたことで物思いの穴に落ちてしまう。落ちると、時間は止まり周囲が見えなくなる。突然そうなるから危険な時もある。道を歩いていたり階段を上っていたりすると、場合によっては人に突き飛ばされるし車にぶつかりそうにもなる。ひどかった時期は外出もはばかられた。いまは大したことはないが、それでもエレベーターの中や、こうやって静かすぎる場所に来るとすうっと過去の記憶に持っていかれそうになる。由香子はよく心得ているから、いちいちめんどくさがらずに彼を呼び戻してくれるのだった。

「ごめん。急ごうか」

「うん」

「腹へった。腹がへるとよくない」

「へんなの……」

「ほんとだ、嘘じゃない」

「いいから、焼肉食べに行こう」

「ああ、焼肉だ」

　由香子を抱いて一眠りしたあと、目覚めて龍彦が空腹を訴えると彼女が高円寺の駅前に炭火を使った旨《うま》い焼肉屋があると言う。先週、岩田に連れられて行ったが、越後《えちご》の地酒が揃ってい て、冷や酒と肉をたらふく馳走《ちそう》してもらったそうだ。地酒と聞いて龍彦はその気になった。それに、さっきの由香子の食事ぶりからして少し栄養価のあるものを食べさせてやる必要もある。岩田が気をつかってくれているのはありがたいが、本来、由香子の世話は龍彦の仕事である。

　店は結構な混みぐあいだった。十五分ほど待たされてようやく席があいた。店の玄関を入ったところにちょっとしたスペースがあって、席待ち客用の椅子が数個並んでいる。その椅子の正面に大きな生け簀《す》が置かれ、伊勢海老が泳ぐというのか、たむろするというのか数匹緩慢な動作で動いている。生け簀の向こうには不思議なイルミネーション装置が天井からぶら下がっていた。龍彦は待っている間、椅子に座ってその装置をずっと眺めていた。きらきら光るすだれのようなものが数十本も円柱形に床まで降りて、下は小さな丸いプールになっている。プールの真ん中が光源で、天井に向かってオレンジ色の光を放っていた。最初、龍彦はすだれのようなものは銀色の鎖か切子硝子《ガラス》の細い棒だろうと思った。鎖か硝子の複雑な凹凸が光を受けて雫《しずく》のようにきらめいているのだ、とてっきり思い込んでいたのだ。

「あれ油よ」

だから、不意に由香子が指さし、そう言った時は思わず目を疑った。たしかによおく見直してみると、細いプラスチックの棒をねっとりした液体が流れ伝っているようだ。

「ほんとだ」

「さわるとベトベトになるの。勇也がよく悪戯《いたずら》して相沢に叱られていたわ」

龍彦は由香子の方に顔を向けた。

「うちの病院の待合室にもあったの。私は下品で嫌だった」

「へえ」

「あの油、吸い取ってみると真っ黒よ。同じ油を何度もポンプで循環させているから汚いの。病院には向かないでしょ。相沢は趣味が悪いのよ」

由香子が嫁いだ「相沢病院」は博多では名の通った婦人科専門病院だった。明治以来の伝統を誇り、むろん龍三とも医師会との関係でつながりがある。院長の相沢多一郎は龍三の有力な後援者のひとりだった。

ウエイターが呼びにきて、二人は奥の壁際の狭いテーブルに案内された。

向かい合って座った由香子の肩越しに大人数用の細長いテーブルが見えて、若い女の子の一団が一人の男性をとりまいてせっせと箸《はし》を動かしていた。フィリピーナのようだ。彼女たちは一様に派手な原色のTシャツを着てジーンズをはいている。パンチパーマのひょろりとした男はクリーム色のゴルフシャツ姿だが、多分、斡旋《あっせん》業者なのだろう。かつて雑誌の編集者をしていた龍彦は取材で何人もの業者と会ったことがあるが、皆この男のように瘦《や》せて気弱そうな顔をしていた。実際、性格もおだやかで、およそ暴力とは無縁に思える男たちだった。遠い昔から女衒《ぜげん》とはこういうタイプだったのだろう、と龍彦はそのとき納得したものだ。

ぼんやりとしていたのだろう。

「ねえ、何を食べるの」

由香子が身を乗り出して声をかけていた。ふと気づくと、傍らにウエイターが注文書きを持って立っている。慌てて、いつの間にかテーブルの上に置かれているメニューを開き、適当にみつくろって頼む。

「お飲み物は？」

ウエイターが訊《き》く。

「地酒でしょ」と由香子。そうだ、越後の旨い酒が飲めるのだ。「酒は何があるんですか」と訊《たず》ねると「あちらにあるだけなんですが」と、フィリピーナの席の後ろの壁に貼ってある紙を彼は指し示した。

産地直送　越後の酒（お一人様一杯）

越乃寒梅
雪中梅
久保田
八海山
峰乃白梅

と墨の字で書いてあった。

「寒梅が飲めるんだ。まず一杯ずつ貰《もら》う？」

由香子が頷《うなず》く。

「それからビールも一本持ってきて」

ウエイターは注文を繰り返し、席を離れていった。

「あんなに注文して、二人で食べきれるかしら」

「大丈夫、大丈夫」と龍彦は答えたが、もう何を注文したのかはっきり憶《おぼ》えていなかった。

テーブルにたくさんの皿が並び、空腹だった龍彦はよく食べ、よく飲んだ。

箸を動かしながら由香子のお喋《しゃべ》りにつきあう。由香子は毎朝十時に「寿司岩」に出て、夜中の十一時くらいまで店にいる。午後三時から五時半までが昼休みだが、遅い昼食を岩田たちと食べ、大方は店のテレビでワイドショーを見たり、置いてある雑誌類を眺めているうちに時間は潰《つぶ》れていく。めったに外に出ることはないようだ。アパートに帰るのは十二時近くでほとんどそのまま眠ってしまう。定休日は水曜日。洗濯をしたり部屋の掃除をしたりするうちに日が暮れる。水曜日は大体、龍彦が夕方にはやって来る。こんな風に外で食事をするか、由香子の手料理を部屋で食べて一緒に眠る。忙しくなければもう一日、週のどこかで龍彦は彼女のところへ行くようにしていた。そんな生活が二年近くつづいている。

店の客の話や岩田の話を由香子は喋る。彼女の話し方はとても整理され秩序立っていた。とびとびの記憶を拾い集めるような脈絡のない薫の話し方とは対照的である。まず月曜日にあったことを話し、火曜日の出来事につなぐ、そして水曜日。自分にとって最も鮮やかだった場面や体験を先に持ってくるということは滅多にない。

こういう話し方は本人にとってもきっと楽しくないに違いない、と龍彦は時々思うことがある。聞いている方も退屈な場合が多い。だが、由香子は龍彦に何か語っているとき、嬉しそうな表情になる。

薫はいつも、自分の話をしながら途中でひっきりなしに龍彦の事を訊いてきた。「ねえ、風邪は治ったの?」、「そうそう、一昨日奥様に怪しまれなかった?　遅かったでしょう」、「ちゃんとお昼食べた?」

由香子は決してそういうことはしない。自分の話が終わるとこんどは龍彦の話を聞きたがる。だからだろうか、彼女は以前に龍彦がした話を感心するほど詳細に覚えていた。

「今日、初めて歩いてみて、駅からずいぶん遠いからびっくりしたよ」

「何が」

「あのアパート」

「そうかしら」

「遠かったよ。それに不便だ。店もないし。あんなところしか見つけられなくて悪かったね。

ぼくがもっとちゃんとしてれば、近くていい部屋を借りてあげられたんだけど」

「そんなに遠くないわよ。どこだって最初の道は遠いような気がするものよ」

「自転車、買っといて良かったね」

「そんなに疲れたの」

「疲れたといえば、電車の方が疲れたかな」

「そうでしょ」

「歩いているあいだは、道を間違えているんじゃないかと気が気じゃなかったから」

「私も電車は嫌い。電車に乗っている時間って何もない時間でしょう。歩いたり車を運転したりしてる最中は、道順や何か考えてるじゃない。電車はなんにもしないままに行きたいところまで連れてってくれるから」

「そんな風に思ったことはないけど、知らない人と狭い車内で一緒にいるのが辛《つら》いよ」

「あなたは、どこかに行くことがそもそも嫌いなのよ。いつもじっと独りでボケーッとしていたい方だから」

「怠け者だからね」

「そうよ、私みたいに働くことが好きじゃないのよ」

由香子が笑った。酒が入って少し頬が染まっている。

ウエイターが肉の残った皿を下げて、デザートのシャーベットを持ってきた。日本酒を三、四合とビールを三本ほど空けて龍彦はすこし酔った。最近、酔うと頭がはっきりしてくるような気がする。

フィリピーナの一団の中に、さっきから時折目が合う女の子がいた。赤い縞《しま》のシャツを着て白いヘアバンドを巻いた痩せて瞳《ひとみ》の大きな女だった。数人の中で一番若いように見える。十八くらいではないだろうか。

別に愉《たの》しそうでもなく、かといって窮屈な様子でもなく器用に箸を使っている。何気なく注意していると、彼女は一言も口をきかないのだった。他の女の子たちはうるさいというほどではないが、互いにぺちゃくちゃやっている。その子だけがずっと黙っていた。相槌《あいづち》を打ったり笑みを見せたりもしない。気のない風でもないが、それよりあたりを窺《うかが》っている方が好きなそぶりで、たまに視線を周りに投げて寄越《よこ》す。そんな目と幾度か龍彦の視線が重なったのだ。

薫と別れてからの一時期、酒場でこういう女性たちを誘ったことがある、と思った。具体的には思い出せないがそんな感触があった。由香子と再会したのも、秘書仲間の会合の流れで池袋に繰り出し、偶然入ったキャバレーでホステスをしていた彼女を見つけたのだ。

二年近く飲んでいた精神薬を止めて、その頃から龍彦は酒に切り換えていた。金がなかったので岩田や他の秘書たちに連れられて酒場に出入りし、なけなしの金で女性たちを口説いていたのだろう。それでも、症状がひどい時期は酒など一滴も口にできなかったのだから、飲酒がふたたび可能になったことは医師にも歓迎された。むろんアルコール依存の危険性は指摘されたが、そこまでには至らなかったし、やがて通院も打ち切った。薬を使うことも以来一度もなかった。

そのフィリピーナの様子を眺めながら、あの時期、自分は一体どんな人たちと一夜を共にしたのだろうかと思った。朧《おぼろ》げな記憶ではあるが、ああいう雰囲気の子にいつも付き合ってもらったような気がする。

薫と知り合ったことで、龍彦は多少なりとも女性との事の進め方というものを学んだ。それまでの彼は郁子との結婚の前も後も、ほとんど満足な女性経験がなかった。初めて知ったのも遅かったし、それ以後もとりたてての事があったわけではない。友人たちは龍彦の境遇がそうなさしめているのだと独り合点していたが、本人からすれば自分の置かれた立場を斟酌《しんしゃく》したことなどなかった。龍彦には、そんなことよりももっと大切なものがあるような気がしていたのだ。生まれついたその日から自分にだけ与えられた何か大切な役割があるような、そんな気がしていた。

そして、薫と過ごすようになってからもそうした思いが消えることはなかった気がする。ただ、薫を得たことで、自分に授けられた役割が予想していたものとは著しく様相を異にするものであることに彼は気づいたのではなかったか。

しかし、いまとなってはその役割が一体どんなものだったのか、皆目見当もつかない。

「ねえ、そろそろ出ましょうか」

シャーベットを食べ終えたところで由香子に促され、龍彦はようやく財布に金がないことに気がついた。

3

岩田が来るのを待っているあいだ龍彦はずっと悔やんでいた。

やはり、タクシーを使えばよかった。そうすれば、車を降りて金を払う時点で持ち合わせが少ないことに気づいたはずだ。なまじ歩いたりするからこんなことになる。

由香子も由香子だった。

龍彦が急に「岩田を呼び出したいから先に帰ってくれ」と言いだせば、どういうことか察してもよさそうなものではないか。何もすんなり言うことをきいて帰ることはない。一言訊《たず》ねてくれれば、素直に無心する気持ちにもなれたろう。

日頃から龍彦に金がないことは知っているはずだ。昔のことを詳しく話してはいないが、金回りが良くない特別な事情についてはそれとなく伝えてある。柴田龍三の息子となれば誰だって金には不自由していないと思うに決まっている。そう思われては困るので、由香子には正直な自分の有り様を見せてきたつもりだ。

それにしても、岩田は遅い。

電話でつかまえてからすでに二十分近く過ぎていた。店が立て込んでいるのだろうか。寿司岩は岩田以外に職人二人と岩田の妻の信子さん、それに由香子の五人でやっている。由香子が休みでてんてこまいしているのかもしれない。

今日は何曜日だったか。

龍彦は店の中でカレンダーをさがす。見当たらない。昨日は何曜日だろうか。このところ徹夜つづきで曜日の感覚がなくなっていた。たしか、昨日は水曜日のはずだった。龍三がチューリヒで開かれる国際会議を主な目的として、十日間の旅程で日本を出立するのが来週の水曜日で、ぎりぎり一週間前には演説用の草稿を欲しいと言われ、龍彦は締切り間際になんとか間に合わせたのだ。今日は木曜日だ。店が一番忙しい日である。岩田は客をさばくのにおおわらわでなかなか抜けてこれないのだろう。

このまま置き捨てにされたら大変なことになる。

テーブルの上はきれいにかたづいて二杯目のほうじ茶をさっきウエイターが持ってきた。追加の注文をするでもなく居すわっていたら、きっと店員たちも訝《いぶか》しく思いはじめるに違いない。店長に伝わって、あと三十分も経てばやんわりと問い質《ただ》しに来る。店にすれば連れの女を先に帰したのも怪しいといえば怪しい。

そういえば二人で頼むには品数も多かった。食べきれずにやたらと残してしまった。そのあたりも不審さを増す要素となり得る。

もし詰問されたら龍彦には答えようがない。金がなくて友人に持ってきてもらっているところだと正直に告げるべきなのか。そんな言い訳は向こうだって聞き飽きているかもしれない。身元を明らかにしろと言われたら万事休すだ。

小さい頃からそうだった。

何かしでかせば龍三の名前に傷がつくと骨の髄まで叩《たた》き込まれて育った。まして四年前に大きな事件を引き起こし、あれがもし表沙汰《おもてざた》になっていれば龍三は政治生命を失いかねない事態にまで立ち至っていたはずだ。もう二度と龍三に迷惑をかけるわけにはいかなかった。

――柴田龍三元外相の次男が無銭飲食。

新聞が書けば世間は騒ぐに決まっている。次期首相レースの本命と言われる人物周辺の不祥事だ。週刊誌や取り屋の雑誌もでかでかと活字にするだろう。根掘り葉掘りほじくられたら四年前の一件だって露顕しないとは限らない。どれほど厳重な箝口令《かんこうれい》を敷いたといっても、あのことを知っている人間は相手の有村親子を含めて相当数に上る。いつ何のきっかけで蒸し返されても不思議ではないのだ。それでなくても秋の総裁選に向けて、水面下ではすでに対抗馬同士の醜悪なスキャンダル合戦がはじまっているのである。

待ちきれなくなって、由香子に電話しようと席を立ったちょうどその時、店に入ってくる大男の姿が目にとまった。

岩田はしばし店内を見渡し、手を挙げている龍彦を見つけると両掌《りょうて》を合わせて拝むようなしぐさで一度頭を下げて大股《おおまた》で近づいてきた。胸に張りついていたコールタールのような重苦しさが岩田を認めた途端に急速に蒸発してゆくのが分かる。腰から下の力がすっかり抜けて安堵《あんど》と虚脱ないまぜの感覚を龍彦は味わっていた。

細心臆病《おくびょう》な自分の性根が情けない。こうやって、たかだか三十分程度先が見えない状況に置かれただけで、膝《ひざ》が震えるような恐怖心にからめとられて息もつけなくなってしまう。

龍三や金子は、彼らなりの判断から自分と薫とを引き裂いた。その決定に抗《あらが》えない理由があったのはたしかである。しかし、他に龍彦自身が選択しうる道は果してなかったか。現在のような飼い殺しの境遇に甘んずる以外に、あの時、自分になすべきことはなかったのか。そして岩田はそれを勧めてくれたのではなかったか。

龍彦が有村親子に対して働いた詐欺行為の責任は、薫と別れることでさながら彼女に転嫁されてしまった。事が発覚して監禁状態におかれた二週間のあいだ、龍彦は龍三と金子の言うままに、ただ呆然《ぼうぜん》と仕事を手放し、郁子との関係をいまのような曖昧《あいまい》な形で決着させられ、薫に対してなされたことにも抗議ひとつ差し挟まなかったのだった。薫がどれほど自分自身を責め、龍彦のふがいなさにどれほど絶望したかを想像すると、いまでもほとんど気が狂いそうになる……。

「すまん、すまん」

岩田が突然のように目の前にいた。いつの間に近づいてきたのだろう。

「ちょうど出前の大きな注文が入っちまって、なかなか抜け出せなかった。待たせてすまなかったな」

「いや、こっちこそ申し訳ない。彼女のところへ行く前に腹ごしらえしようと思って入ったんだが、財布を忘れて来たのに気づかなかった。迷惑かけるな」

「で、幾らだ」

向かいの椅子に腰を下ろし、岩田は提げてきた白いビニール袋から財布を出した。

龍彦はテーブルの上の伝票を改めて確認する。全部で二万円は超しているだろう。しかし、そのまま言うととても一人で食べられる額ではなく、由香子と一緒だったと勘づかれてしまう。とっさに六千円と答えていた。

「ここの勘定はそうなんだが、明日、彼女のところから直接行かなきゃならんところがある。事務所に寄れないから、よかったら三万ばかり都合しといてくれないか」

三万かと呟《つぶや》いて、岩田は万札を三枚抜くと二つに折って差し出してきた。

「由香ちゃん、今日休んでるのは知ってるか」

「ああ、ここに来る前に事務所から電話を入れた。この店も電話で彼女が教えてくれたんだ。酒が旨《うま》いと聞いたからアパートに行く前に一杯やっていこうと思った」

「風邪で寝込んでいると今朝連絡してきたけどな。時々、こうやってふらっと休んじまう。きっと何でもないいんだろうが」

龍彦は金を受け取って上着のポケットにしまうつもりで胸のあたりを探った。その時、はじめて自分が背広姿ではないことに気づいた。こんな気楽なトレーナー姿で平河町から直接来たなどと岩田が信じているはずもない。顔面から血の気が引いていくのを感じた。

「いつも、迷惑かけてすまない」

言いながら声が震えてくる。しかし、岩田は龍彦の嘘を突いてくる様子もなく、呑気《のんき》な口調で、

「そんなことないさ。由香ちゃんが来てくれて大いに助かっているんだ。いまどき寿司屋の店

員やってくれる女の子なんて滅多にいないからな。こっちだって安く使わせてもらってるんだし、それにあの顔だ、最近じゃ彼女目当てに通ってくる客も結構いる」

　と言って、ビニール袋をテーブルの上に載せて龍彦の方へ押しやってきた。

「店のメロンだ。彼女に持っていってくれ。俺からのお見舞いだ。今日は腹いっぱい飲んで食ったんだろうし、明日は金曜日で書き入れ時だから、よかったら店に出てくるように言っといてくれないか」

　袋の中を覗《のぞ》くと小ぶりのマスクメロンが一つ入っていた。

「すまん」

　龍彦はメロンの袋を抱えて立ち上がった。岩田は座ったまま龍彦を見上げ、「それから、もう一つ」と言って龍彦に目で座り直すように促した。腰を下ろしたものの龍彦は一刻も早く岩田と別れたかった。つまらない嘘をつき、たった一人の友人の前で後ろめたい気持ちを抱えているのは堪えがたい。

　岩田はズボンのポケットから白い紙とボールペンを出してきて龍彦の鼻先に突きつけた。何のことかと龍彦は不可解な表情になる。

「すまないが借用書を書いてくれないか。返済は来週いっぱい。こんど由香ちゃんのところに来た時に彼女に持たせてくれてもいい。当然だが利息なんてことは言わないよ」

「どういうことだ」

　身体中がかっと熱くなるのが分かった。

「どうもこうもないさ。人に金を借りたら借用書を書くのが決まりなんだ。これまでの分もずいぶん溜《た》まっているが、それはチャラにしてもいい。今度からはきっちり返してもらう。そう思っただけだ」

岩田は真っ直ぐに龍彦の目を見ている。真剣な顔をしていた。

「ずいぶん溜まっているって、いつもちゃんと返してきたはずだ。それにお前からそんなに借りてるわけでもない」

「いや、まだ相当残っている。三、四十万はあるんじゃないか」

「そんな馬鹿な」

「ほんとだよ、嘘じゃない」

「いつ、幾らだ。俺はきちんと払ってきたはずだ」

岩田は小さく溜め息をついた。

「例えば、先月七万貸した。ほら、お前が由香ちゃんを店に迎えにきた晩だ。翌日から彼女と温泉に行っただろう」

「何言ってるんだ。あの日はその前に借りた六万を返しただけじゃないか」

「そうじゃない、そのあとすぐにお前が幾らか借りたいと言ったから、俺はお前から渡された金に一万乗せてそのまま戻してやった。よおく思い出してみろ」

龍彦は記憶を辿《たど》った。あの夜、その三週間ほど前に借りた六万円をたしかに返した。財布の中にちょうど六万入っていたので全部抜いて渡したのだ。岩田からまた七万も借金したおぼえはまったくなかった。

ただ、こうやって反芻《はんすう》してみると思い当たるところもないとは言えない。翌日、由香子と長野方面へ一泊旅行に出た。水曜日で由香子の定休日だった。あの宿代や食事代、交通費も龍彦が支払った気がする。前夜空っぽの財布からどうして現金が出てきたのか。考えてみれば不思議だった。

「どうだ、思い出してくれたか。お前はいつも俺に金を返すとき、同時に借りてゆく。そのくせ返したことは覚えていても借りたことは覚えていない。きまって返した額と同じ額を貸せと言ってくる。そのへんに、お前にも分からない何かがあるんじゃないのか。だから最近、俺はその金額より必ず余計に渡すことにしてたんだ」

龍彦はぼんやりと岩田の言葉を聞いていた。どうしても思い出せない。

「お前の言ってることはほんとうか」

「ああ、嘘じゃない。今度から借用書を書いてくれ。別にそんなもの俺が欲しいわけじゃない。しかし、お前のためだ。せっかく良くなってきているんだ。あと少しじゃないか」

龍彦は重大なことを言われた気がした。

まだ自分が完全に立ち直っていないことは彼自身が一番よく知っている。四囲の世界が若干ブレていることは日々の暮らしの中で実感している。注意力が散漫で何をやってもいまひとつピントが合わない。非常に些細《ささい》なミスが頻繁に起こる。ちょっとした記憶違い、物忘れ、言葉の中での整合性の欠如。例えば、さっき岩田についた稚拙な嘘などはその典型だ。すでに服を着替えていることに思いが及べば、もっとまともな嘘も出てきたろう。

だが、それでも度重なる発作におののきながら日々を送ったあの頃に比較すれば、状態は改善されてきている。

龍彦の抱える精神の不調にははっきりとした原因があった。四年前に働いた詐欺事件が発覚し、龍彦は龍三から厳しい追及を受けた。その時に一度爆発的なパニック発作に襲われ、そこで負った精神的外傷が、彼をいまだに苦しめつづけているのである。

ことに龍彦の場合は最初の発作が激越だったこともあって、以後長期にわたって再発の恐怖に怯《おび》えることになった。精神科での治療を受けていた当時の医師の説明によれば、そうした恐怖そのものが「予期不安」と呼ばれる一種の症状で、「もう一度あんなパニックが起きたら今度は生きていられない」という強い不安が、さらなる新しい発作を招くのだという。たしかに医師の指摘は正確で、それから一年近くのあいだ、龍彦は頻繁に発作を繰り返した。一度目ほどの錯乱状態には陥らなかったが、それでも発作時の恐怖はその時点までの回復の自信を根こそぎにするほど圧倒的だった。最初の発作が狭いホテルの一室で、深夜、一人きりのときに起こったため、似た状況に置かれるともう胸が苦しくなり意識が黒く変色していった。発作のきっかけとなるものは実に多様で、それらはすべて初回の発作の際に彼を取り巻いていた身体的、または外部的要素であった。

たとえば、あのとき最後にホテルの部屋の電話を使ったのだが、ゆえにいまでも彼は自室に電話を引くことに躊躇《ためら》いがあった。また外から聴こえてきたサイレンの音が直接の引き金になったことからも、不意にけたたましく鳴る電話機は、それ自体が忌避すべき対象だった。

何よりも深夜、閉所での孤独が生む恐怖は長くつづいた。事件後杉並の実家で暮らすようになっても、半年近くは住み込みの書生たちに同室で寝てもらわねばならなかった。

一年を過ぎてアパートを借りたのは、かなり症状の緩和を見たこともあったし、龍三と同じ屋根の下で暮らす息苦しさに堪えかねたこともあったが、それ以上に、このまま睡眠ひとつ単独で行なえない身では、再起のよすがすら摑《つか》めないという切羽詰まった思いが龍彦にあったからだ。まさに大きな危険を冒す覚悟で始めた独り暮らしでもあった。

事件前後が曖昧《あいまい》なままであるのも、微細に反芻することで最初の発作に至った諸々の記憶を余計に取り戻してしまい、予期不安の材料を増やす愚を避けたいという思いが底辺にある。あの夜、自分が発作の前に何を食べたのか、入浴後だったのか前だったのか、どんな色のどんな服を身に着けていたのか、といったことはやがて本当に思い出せなくなったが、当時は意識的に失念しようと努めていた。もし思い出してしまえば、その食べ物や衣服、入浴の有無さえも発作の端緒になりかねなかった。

そういう点では龍三や金子の存在は、龍彦にとっては大きな恐怖の対象であったし、金銭面での彼の現在の感覚喪失は、あの時期の金にまつわる甚だしい心労の感触を呼び覚まさぬための窮余の一策と考えることもできた。

しかし、すでに四年の歳月が流れ、そうしたすべてひっくるめて乗り越えねばならない時期に自身がさしかかっていることもまた、最近の龍彦は自覚している。

金の管理については、相変わらず金子の監視の目が光っていた。仕事でも、龍彦が直接に事務所の資金にタッチすることは一切かなわない。毎月の給料にしても、現在龍彦が借りている三軒茶屋のアパートの家賃や光熱費などが事前に金子によって支払われ、龍彦が手にするのは食費を含むわずかな金額でしかない。むろん賞与は龍彦が作った借金の返済分として棒引きされている。仕事の経費も毎日申告するように定められているし、領収書のチェックも厳しい。

龍彦にできることといったら、せいぜい和田の車を勝手に使ったり、チケットをこっそり抜いてタクシーを乗り回すことくらいだった。それも今日、龍三に見つかって二度と不可能だろう。通帳もクレジットカードもこの四年間、龍彦は持たせてもらっていない。運転免許証すら取り上げられているのだ。その代わり、たまに金子がこっそりと金を渡してくれることがあった。

「借金だけは決してしないように。どうしても要る時は私に言ってください。先生には内緒である程度だったら用立てて差し上げます」

金子はいつもそう囁《ささや》く。学生の頃から龍彦も兄の尚彦も、厳格な龍三に頼めない金は金子に頼ってきた。その習慣の範囲内なら構わないというのが、一見、金子の姿勢である。もっとも龍彦はそれを額面通りに受け取ってはいない。

だが、正直なところ、由香子に使う金のほとんどは金子が時折渡してくれる少しの小遣いでやりくりしていた。あとは微々たる生活費をきりつめて回している。足りなくなって岩田に無心する以外は出所はどこにもない。かつてのようにサラ金で借りようと思っても、身分を保証するものがまったくない。事務所の発行する身分証明書も龍彦は貰えないし、保険証は郁子のところにある。大方の市中金融筋には龍三の手配で龍彦の名前が登録されてしまった、と聞いている。

「もし一回でも手をつければ、即日こっちに分かるようになっています」

金子もそう言っていた。発覚すれば、龍彦はようやく手に入れた現在の独り暮らしの生活まで剝奪《はくだつ》されてしまうだろう。

岩田以外に迷惑が及んでいる心配は、まずいまのところない。だが、岩田の話が真実ならばそうした確信も完全なものとは思えなくなってくる。岩田一人が頼みの綱だけに、つい甘え心で昔の癖が出てしまったのだろうか。

四年前、有村から金を騙《だま》し取ったことが龍三に知れ、龍彦が使った金額が仔細《しさい》に点検されて使途がつぎつぎと明らかになった。龍彦は執拗《しつよう》な追及に、泣き崩れて、サラ金に手を出していたと告白し、その支払いに金を流したことを白状した。監禁された部屋で二週間にわたって金子と二人で借りた先を紙に書き出していった。

あの時も、あとから記憶していないサラ金会社からの取り立てが相次いでびっくりしたが、いまも自分にはそうした異常があるのだろうか。

「とにかく、文面はどうでもいいから書いてくれ」

ふと気づくと、岩田が紙とボールペンを龍彦の手元に置いていた。龍彦は言われるままにボールペンを取った。

借用書

私は本日、岩田太郎氏より金三万円を借り受けました。
この金三万円は、本日より一週間以内に岩田氏に全額返済することをお約束いたします。

そう書いて、日付と名前を入れ、印鑑の代わりに小さく『柴田』と名前の下に添えた。岩田は紙を取り上げると目を通し、ポケットにしまった。

「余り気分は良くないだろうが、気を悪くせんでくれ。これからも困ったことがあったら言ってくれていいんだから」

そう言うが、龍彦はもう二度と岩田からは金を借りることができないと考えていた。この三万を一週間以内に返す当てさえない。まだ給料日まで一週間はある。考えてみれば、今日財布に入れてきた二万円のほかは事務所の机の引出しの中の給料袋にもう一万円あるだけだ。昼間、由香子のところへ行くので袋から札を二枚抜いて持ってきたのだった。その二万は見舞いの薔薇代で大方消えてしまった。今月は一体何に金を使ったのだろうか。よく思い出せない。

それから、二人で店を出た。

時計を見るとまだ十時をちょっと回ったところだった。岩田は自転車で来ていた。店に戻る彼の後ろ姿を見送ったあと、龍彦は歩きはじめる。予想したより勘定は高くついた。二万七千円もとられてしまった。財布には残っていた四千円を加えても七千円しかない。暗澹《あんたん》たる気持ちがした。煙草が欲しくなって、駅に向かう道すがらの自動販売機でマイルドセブンを買った。いつも二箱買うのだが、用心してひとつにした。

封を切って一本抜いて火をつけ、一服吸った途端に泣きたくなった。三十四歳にもなってこんな有様の自分が情けなかった。岩田にまで馬鹿にされたような気がした。

由香子のアパートには戻らずこのまま部屋に帰りたい。龍彦のアパートは東急新玉川線の三軒茶屋駅から歩いて五分足らずのところにある。由香子の部屋同様に軽量鉄骨造りの一間きりの安アパートだ。高円寺からタクシーを拾えば五千円程度の距離である。財布の中身でもなんとかなる。今日はもう引き上げよう。そう考えると少しだけ足が軽くなった。

駅前のタクシー乗り場を目指して歩きながら、もう一本吸おうとポケットの煙草をまさぐってはっとした。また忘れていた。背広一式を由香子の部屋に置いてきてしまったのだ。背広にはスケジュールを書いた手帳や、大切なメモが入っている。とてもそのままにして帰るわけにはいかない。英彦の写真も手帳に挟んである。写真なしで一日我慢できるとは思えない。

「あー」

龍彦は立ち止まって呟《つぶや》きのような小さな声を上げた。

駅の近くまで来ていた。ガード沿いの道には明るい照明を掲げた飲み屋が軒を連ね、若い背広姿の男たちが三々五々、行き交っている。誰かが店の中で歌っている声が小さく耳元まで響いてきた。その声が次第に耳について、気分がぐらついてくる。両手の指先に痺《しび》れのようなものが走り、微《かす》かな震えと悪寒、呼吸の乱れが知覚された。右手に提げたメロンの袋も重さを増している。大したことはあるまいが、良くない兆候ではあった。不安を紛らわすために無性にまた酒が飲みたくなった。

そこでふと思い当たった。

そうだ、今月は酒ばかり飲んでいたのだ。

龍三の演説原稿がなかなかはかどらず、事務所近くの「千年」というスナックで毎晩飲んだ。平河町には深夜まで開いている店はほとんどない。明け方までやっているのは「千年」くらいのものだった。ツケで飲むわけにもいかず、毎日勘定していたら金がなくなってしまったのだ。

そうか、だから金がないのだ。

「千年」は千年繁昌《はんじょう》するようにと六十過ぎのママが付けた名前で、もう五、六年あの界隈《かいわい》で商売している。事務所に通いはじめてからたまに顔を出していたが、それまでママひとりで切り盛りしていたのが、最近、もう一人若い女の子がカウンターに入るようになった。あの女の子はなんという名前だったろうか。

カオルではなかったか。はっきりしないが、その名前を先週初めて聞いて、それで毎晩通うようになったのではなかったか。顔や身なりは薫とは似ても似つかぬ人だったが。

たしか、そうだった。

ここはどこだろう。

何をしているのだろう。

薫はどこで何をしているのだろう、もう俺のことはすっかり忘れてしまったろうか。

岩田の野郎が「お前は狂っているぞ、相変わらず」と言うものだから、ついついこんな思考に搦《から》め捕られていくのだ。薫のことに意識を繋《つな》いでいけば、俺は自然とおかしくなってゆけるのだ。おかしくなれば、煙草だって旨いし、ここが高円寺で金がなくて、英彦に会えなくて、みすぼらしくて、情けなくて、部屋に帰れなくて、由香子のアパートまでどんなに遠くてもへっちゃらなのだ。ざまあみろ。

あの女は薫なんて名前じゃなかった。ただの若い女だった。

当たり前だ。馬鹿にするな！

「たっちゃん。そんなところで何してるの」

背後からの声を聞いて、龍彦は目覚めた。

振り向くと由香子が立っていた。

由香子はウーロン茶の缶を持って、龍彦とお揃いのトレーナーを着て、少し照れくさそうな頼りない笑みを浮かべてこっちを見ている。彼女は部屋には戻らず、あれからずっと外で龍彦が出てくるのを待っていたらしい。

「どこに隠れてたんだ」

龍彦の方から由香子に近づいていった。

「だってたっちゃん一人だと帰り道が分からないでしょう。岩田さん店から出てくるとき、なんだか怖い顔してたけど、私のことで怒られたの」

「ああ、明日は出てきてくれって。こっちは見えすいた嘘をついて恥をかいた」

「ごめんね」

「いいさ、別に。ずっと店の前にいたのか」

「うん」

「寒くなかったか」

「寒くないよ。もうすぐ夏なんだよ」

「そうだな」

由香子はしゃがんで空き缶を道の端に置いた。そのまま立ち上がらずに龍彦の顔を見上げてくる。

「お金、借りたんでしょ」

ぽつりと由香子が呟く。

「いいや」

だんだんに龍彦は意識が平静になってくるのを感じていた。

由香子は立ち上がると、腕に手を回してきた。

「さあ、アパートに帰ろう。遠くてごめんね」

龍彦は首を振ってそっと由香子を抱きしめた。

遠くなんてないのだ。春の夜、こうやって好きな人と歩くのが苦痛のはずはない。昔は夜の山が白々と明け初《そ》めるまで、尾根伝いの高く険しい道をひとりきりで歩きつづけたのだ。ただ、黙々と何百メートルでも何千メートルでも、この足で地面を踏みしめ先へ先へと進む力が自分にもあったのだ。

4

翌朝は雨だった。昨日の晴天が嘘のように空は暗い雲でおおわれ、外は冷たそうな風が吹いている。

龍彦は八時に目が覚めた。由香子はすでに起きて台所で食事の支度をしていた。ナスと豆腐の味噌汁と納豆、ごぼうと鰯《いわし》つみれの天ぷら、人参入りの卵焼き、それに由香子が自分で漬けたというミョウガのぬか漬けで朝飯を済ませた。由香子はいつも手早く器用に料理をこしらえる。

昨夜岩田がくれたメロンもよく冷えて美味《おい》しかった。

一緒に部屋を出た。傘がなかったので由香子から折り畳み傘を借りた。赤い傘で、そのまま事務所にさしていくのはためらわれた。雨脚が強く、並んで歩いているあいだに足元がびっしょり濡れそぼって次第に龍彦の気持ちはぐらぐらしてきた。由香子は察して、しきりに話しかけてきた。

「昨日は無理に来てもらって、ごめんね」

通り道に咲いていたツツジがきれいだとか、緑の匂いがするとか、龍彦の気持ちをなごませようとする。それでも龍彦は気が滅入ってくるのを抑えられないのだった。空のタクシーが通りかからないかと、そればかり見ていた。

駅に着いて、不意に、ビニール傘を買って赤い傘は由香子に返した。別れ際に由香子がさみしそうな顔をした時、いとおしさが込みあげてきてようやく気持ちが落ち着いた。別れがたくて、改札口の前で人目も気にせず彼女を抱きすくめた。

由香子は少し困ったようにして急いで龍彦の腕をほどくと、

「行ってらっしゃい。お仕事がんばってね」

と頰笑んで、龍彦から離れていったのだった。

思いのほか電車は空《す》いていて、中野までのJRも座れたし、中野からの地下鉄もずっと座ってゆくことができた。なんだかやっていけそうな気がした。電車に乗って人並みに通勤し、仕事をして、酒を飲んで、待ってくれている人の所へと帰る——そういったちゃんとした生活が自分にもできそうな、そんな気がした。

どうして、この半年のあいだ電車に乗ったり、歩いたりしなくなったのだろうか?

きっかけを思い出そうとしたがよく分からなかった。

九段下で降り、半蔵門線に乗り換えた。ホームで電車を待っているあいだ英彦の写真を見ようと手帳を取り出した。手帳のポケットに一万円札が二枚差し込んであるのに気づいた。由香子はいつの間にこんなことをしたのか。龍彦は財布に金をしまい、英彦の写真を眺めた。紺色の制服姿の英彦が、校庭の桜の木の下で友達から離れてぼんやりと佇《たたず》んでいる。三月に、学校の塀から身を乗り出して撮影したものだ。風の強い寒い午後だった。

そういえばもう夏服に替わっているはずだった。そろそろ写真を取り替えなければならない。天気が良くなれば明日にでも学校にでかけよう、と龍彦は思った。

半蔵門駅で降り地上に出てみると、雨はあがっていた。

こんなことならビニール傘など買わなければよかった。くよくよしそうになったが、由香子のことを思い出して気分を壊さないようにする。

空を見上げると雲の切れ目から薄日が射していた。路面もすでに乾きはじめている。埃《ほこり》を洗い流した空気は清々《すがすが》しく、普段の喧騒《けんそう》もいまはない。かつては日本の中枢機関が集中するこの界隈で、輝くような将来を思い描いた時期もあった。

龍三の東京事務所「新政策研究会」は、半蔵門駅から歩いて三分もかからない平河町一丁目にある。五階建ての小さなビルで、一階には「初雁《はつかり》」という料亭が入っている。柴田事務所は二階、三階、四階を借りていた。現在、龍三は八つの政治団体を持っているが、平河町のこの事務所には新政研をはじめ「龍三会」「博辰会」「ひいらぎの会」と四つの団体がおさまっていた。他に赤坂と永田町にそれぞれ事務所を構えている。派閥事務所である「清風会」の本部は、代々、赤坂プリンスホテルの別館に置かれているが、当然その維持運営も龍三が賄っていた。

龍彦は龍三の私設秘書として、もっぱら新政研に詰めている。

龍三は現在、東京と地元の福岡両方で二十五人の秘書を抱えていた。筆頭はむろん入閣すれば必ず政務秘書官として役所に入る第一秘書の金子昭二だ。金子は龍三の三十五年の政治生活の最初から行を共にしてきた懐刀だった。実力秘書として永田町で知らぬ者なき存在である。選挙から派閥の維持、金や後援会の面倒まで裏方の一切を金子は差配してきた。

次に位置するのは三年前から金子に代わって会計責任者の地位にある水上洋子だ。彼女も二十数年来の秘書である。ことに八年前に龍彦の母親、郷子が亡くなってからは、龍三の身の回りの世話も洋子がやっている。郷子が病弱だったため、生前から洋子は杉並の柴田邸に出入りし、龍三にかいがいしく仕えてきた。郷子も洋子には全幅の信頼をおいていたし、龍彦たちも洋子とは身内同然のつきあいで大きくなった。

母の郷子は戦後の東和映画のスター女優だった。新聞記者から作家になった龍三が政界に身を転ずる以前、彼の作品が原作となった映画に郷子が出演したことをきっかけに二人の仲は進展し、婚約が発表された際は世間で大騒ぎになったという。いまでも、戦後史を回顧するドキュメンタリーなどがテレビで放映されると、きまって龍三と郷子の盛大な結婚式の模様が映し出される。

だが、龍彦や兄の尚彦にとって、郷子は母親としては愛情の希薄な人だった。龍彦を生んですぐから病気がちになり床に臥《ふ》せっていることが多かったこともあるが、もともと家事や家計の切り盛りのできる人ではなかった。子供を育てるといった献身は郷子には欠落していた。人前に出て大勢の人間の注目を浴びる時の郷子は死ぬまで輝いて見えたが、家庭での彼女は潤いを失った植物のように力なく寂しげで陰鬱《いんうつ》だった。

その点で、洋子は龍彦たち兄弟の母親代わりだった。多忙な龍三はめったに家には帰らなかったし、郷子も体調の良いときは龍三のお供をして地方を回ったり、選挙になれば一緒に地元入りして長いあいだ家を空けた。そうした折、龍彦たちの面倒をみてくれたのは洋子だった。遠足にも運動会にもついてきてくれた。休みの日に遊びに連れていってくれたのも彼女だ。洋子は、龍三の親友だった水上満男という人の妻だった。

水上が死に、一人娘を抱えて未亡人となった洋子が龍三の事務所に秘書として入ったのは、龍彦が小学校の低学年の頃のことだ。

この二人を別格とすれば、柴田事務所で他に大きな仕事を任されているのは兄の尚彦である。尚彦は龍彦が事務所入りしたと同時に東京を離れ、いまは妻と共に福岡に戻って地元の実務を取り仕切っている。

事務所のビルに近づいてみると、ビデオカメラを抱えた各テレビ局のクルーがビルの入口を取り囲んでいるのが見えた。新聞社の腕章をつけたカメラマンも混じり、二十人以上が玄関前に陣取っている。

何かあったのだろうか。龍彦はつい早足になった。歩きながら腕時計で時間をたしかめる。十時五分過ぎだ。

玄関のドアを開けて中に入ろうとすると、顔見知りのカメラマンが声をかけてきた。

「龍彦さん、先生はどこに行ってるの？」

龍彦は無言で首を振り、そのまま二階の新政研事務所に向かう。

もしかしたら、と厭《いや》な予感が胸をよぎる。これまで一切伏せてきたが、三年前の春に龍三は一度心筋梗塞《こうそく》で倒れたことがあった。党の政務調査会長時代のことで、早朝に発作を起こし東京女子医大病院に運び込んだ。マスコミには毎年二度行なっている人間ドックだと発表し、一週間ほど入院させたが、以来龍三の健康管理は龍彦たちスタッフの最も重要な任務になっていた。その年の夏に外遊の名目でアメリカ入りし、龍三はピッツバーグで心臓のバイパス手術を受けた。政治活動に支障はないという医者の一応のお墨付きは得ていたが、翌年には松岡内閣で二度目の外相に就任し、一年にわたって米・欧・露・アジアと世界中を駆け巡っている。

無理を重ねてきただけに、いつ体調に問題が起きても不思議ではない。

龍彦は中学生の頃、当時、首相をつとめていた池内善吾に、

「どうして、先生たちはみんな働いてばかりで、ほとんど眠らないで、そんなに元気でいられるんですか？」

と訊《たず》ねたことがある。

池内内閣の官房長官だった龍三のところに遊びにゆき、総理と龍三と秘書官たちと一緒に首相官邸の小食堂で昼飯を食べた折のことだ。その時、官邸名物のチキンカレーの大盛りをぱくついていた池内は、皺深《しわぶか》い顔に大きな笑みを浮かべてこう言った。

「龍彦君、まず大切なのは食べることだ。ぼくはごらんの通りの年寄りだが、この中で一番の大食漢だよ。見てごらん、君のお父さんよりずっとたくさん食べてるだろう。だからいつも、政治家はもっと食わなきゃいかんとお父さんに注意しているんだ」

まだ若かった父が「総理はほんとによく食べるんだ」と苦笑すると、池内は独特の掠《かす》れ声で高笑いし、それから龍彦の顔をまじまじと見つめて言い添えたものだ。

「ほんとは政治家だって普通の人間だからね、みんな病気だってするし、疲れて身体がきかない時もある。政治家がとりたてて健康なわけじゃない。健康な政治家だけが、こうやって生き

残ってきたに過ぎないんだよ。若い頃から、ぼくより何だってずっとできる人がくさるほどいたよ。でもね、大半が長いこと無理をしているうちに身体をこわして、政界から引退していった。龍彦君、政治家に何より大切なことは健康だ。健康と健全な常識さえあれば誰でも立派な政治家になれる。だが、その二つがぼくらにとって一番むずかしいんだな」

龍彦はなぜか、この池内の言葉をよく憶《おぼ》えている。池内は清風会を龍三に禅譲し、八十二歳まで生きて三年前に亡くなっていた。

事務所の中も記者たちでごったがえしていた。

龍彦が入っていくと、彼らがいっせいに視線を向けてくる。金子の姿をみとめて龍彦は近づいていった。

「金子さん、どうしたんですか、これ」

金子は憮然《ぶぜん》とした表情で自分の席から立ち上がった。

「悪いけど龍彦さん、今夜の守山先生のパーティー、オヤジの代わりに出てくんないかな」

龍彦の手を引き事務所の脇の小部屋に誘いながら金子は言った。小部屋で向かい合って座ると、煙草を出して口にくわえる。龍彦がポケットからライターを取り出して火をつけてやる。

「何かあったんですか」

「今朝のテレビニュース見なかったの」

龍彦は頷いた。金子は煙を天井に向かって吐き出し溜め息をついた。

「古山が、県知事選で山形入りしてたでしょう。それで、今朝会見やって、松岡再選をブチ上げやがった」

金子はポケットから小さな紙切れを出して龍彦に突き出した。鉛筆文字の走り書きのメモだ。親しい記者に貰ったのだろう。

政治改革法案が通らなかったら、松岡首相の続投はないとか、一方で続投だとか、永田町だけの批判や言動がいろいろあるが、国民全体の考え方がどこにあるのか。国民の声を聞かずして政治を進めるなどということは、みだりにできることではない。げんに、新聞の世論調査を見れば、首相はよくやっているのではないか。


龍彦は二度繰り返して読むと、メモを金子に戻した。

「まったく、古山の狸は何考えてるんだ」

金子は吐き捨てるように言った。

「親父は、どこにいるんですか」

「いまアメ大に行ってるが、そろそろ戻ってくるよ」

龍彦は思い出した。来日中のレナード副大統領と会うためにアメリカ大使館に行くと、昨日、洋子さんが言っていた。もちろん極秘の会談だ。

「それで、龍彦さん、守山先生のやつ代理で頼むよ。さっき大関先生のところに電話してスピーチ代わってもらうように言っといたから。まあ何とか恰好《かっこう》はついたけど金は届けとかないとさ。行く前に洋子さんから受け取って持っていって欲しいんだ」

大関秀樹は清風会の幹部の一人で、現在総務会長のポストにいる。龍三に次ぐ派閥の重鎮だった。

「じゃあ、古山と今夜やるんですね」

龍彦は声をことさら落とし、金子の目を覗き込むようにして言う。こういう秘密めかした仕種《しぐさ》が金子は好きだからだ。この世界の住人はみんなそうだった。密談、謀議、符牒《ふちょう》、そういった類《たぐい》が生まれつき性に合っている連中が集まってくる。政治は政策にかこつけた純粋権力闘争だというが、その通りだと龍彦は子供の頃から身にしみて知っていた。龍三を見ていても、政策そのもので政敵と変わるところはほとんどない。それは、ごく限られた範囲で許される調整作業に過ぎない。異なるのは政治家個々の気質である。気質の違いでしか優劣がつかないために、この国の権力争いは陰惨な影をつねに帯びてくる。そしてその陰惨さが、どういうわけかここの住人たちを興奮させるのだ。

「さっき新幹線の中でようやくとっつかまえて、六時半から東京プリンスでセットした。とにかく、この前と話が違うんだから釘《くぎ》だけ刺しとかないと」

金子は目を輝かせて言う。

「親父とはいつ話したんですか」

「ついいましがただよ。さすがにカンカンだった」

元副総理、古山虎雄が会長を務める最大派閥の瀬戸派は、第二派閥の柴田派とは盟友関係にある。二年前に第四派閥の領袖《りょうしゅう》、松岡勇を総裁に選んだ時点で、瀬戸、柴田、松岡の主流三派は、松岡の任期を一期二年限りとし、今年九月の総裁選挙は「柴田」で行くことを密約していた。龍三は三週間前の古山との会談でその点を確認しているし、先週の前首相、瀬戸との会談では九月を睨《にら》んだ両派の共同歩調について最終的な詰めを行なったのだった。瀬戸派は、瀬戸が二年前の未公開株事件で首相の座を追われた時点で、オーナー・瀬戸、会長・古山という二頭体制を敷いていた。

その瀬戸派は今回の総裁選では、候補者を擁立しないと見られている。

目下のところ名乗りを上げているのは、第三派閥の黒川派の黒川伸之と最小派閥である藤木派の藤木忠明、それに龍三の三人だが、密約通り松岡が出馬を断念すれば、事実上、龍三の総裁就任は確実なものと言えた。松岡にしろ、瀬戸派と柴田派の支持が得られなければ、黒川、藤木と下位連合を組んだとしても党内過半数ぎりぎりで、政局運営は実際上不可能である。瀬戸、柴田の一位二位連合が生きるかぎり、主導権は瀬戸、古山と龍三の手の中にあった。

これまでの二年間、龍三はこの提携関係維持を最大の眼目として動きつづけてきたのだ。

「守山先生のパーティー、何時からですか」

龍彦は手帳を出して今日の日付の欄を見る。真っ白で何も予定はない。

「六時半から、オークラの平安。悪いけど龍彦さん頼むね」

金子はそう言うと立ち上がって、さっさと部屋を出ていった。

ひとり残されて、龍彦は自分の足元をしばらく見ていた。別に今夜やることがあったわけではないが、早くアパートに帰って本でも読もうと漠然と考えていたのだった。守山は派閥の参議院議員である。七月の参議院議員選挙を目前に控えて政治資金集めのパーティーを繰り返し開いていた。

最近、龍彦は龍三の代理として集会や結婚式、パーティーに顔を出さねばならなくなった。来賓の議員たちに混じって控室で待機し、始まれば壇上脇の来賓席で大勢の視線を浴びつづける。それは甚だしい苦痛だった。

龍彦は龍三とよく似ていた。顔のつくりも、瘦《や》せた体つきもそっくりだと誰もが言う。代理といっても、龍三の息子であることは一目瞭然《りょうぜん》だから、会場に入ると支持者たちがやたらと声をかけてくる。そのたびに立ち止まって頭を下げ、一緒に記念写真におさまる。結婚式や集会の席で祝辞を読み上げるのも最初は身が縮み上がるようだった。

大勢の人間を前にすると、気が遠くなりそうになる。握手したり世間話に調子を合わせたりしながら何度も立ち眩《くら》みをおぼえ、用意されたワインや水割りをたてつづけに呷《あお》って神経を麻《ま》痺《ひ》させて堪える。挨拶《あいさつ》を済ませ、人の群れの中を一巡りして出席者の顔触れだけ確認すると、早々に会場から逃げだした。館内のトイレで口に指を突っ込んで胃の中のものを全部吐き出すといったことが二、三ヵ月はつづいたと思う。

初めて出かけたのは、ある電機会社の社長令息の結婚式だった。ホテル・ニューオータニのトイレで嘔吐《おうと》のあと便器のフタの上に座り込み、三十分近くうずくまっていたものだ。思い出した。あれがちょうど半年前のことだった。そういえば、電車や地下鉄に乗らなくなったのは、あの夜からのような気がする。

古山が何を言おうと、松岡が何を企《たくら》もうと、そんなことは知ったことではない。だが、そのとばっちりで自分が苦しい目にあうのは我慢できない気がした。

部屋の外でざわめきが聴こえて顔を上げた。ばらばらと足音がした。しばらくそのまま座っていると急に人々の気配が消え、静かになった。龍彦は小部屋のドアを開け自分の机に戻った。さっきまでいた記者たちはいなくなっている。きっと龍三が帰ってきたのだ。

龍彦は机の引出しから資料を取り出して、やりかけになっていた仕事をはじめた。龍三は来週からの欧州訪問を済ませると、こんどは六月半ばから京都で開かれる国際円卓会議に出席し、基調講演を行なうことになっていた。そのためのポジションペーパーを作るのが当面の仕事だった。現在の龍彦は龍三のスピーチライターのようなものである。大学を卒業すると龍三と同じジャーナリズムの道に進んだ。それは龍三の希望でもあった。龍彦は大手の出版社に入社し、日本で最も影響力があると言われる総合雑誌の編集部で八年間、取材・編集にたずさわった。

今年の円卓会議の主題は昨年につづき「冷戦後の新国際秩序」である。龍三の指示で、原稿は冷戦期の軍事力のレジティマシイをどう保証してゆくか、に絞ってまとめなければならなかった。龍彦はいつものように、ひまな時に書きつけているメモを読みなおすことから手をつける。チューリヒの会議用の原稿を作る際、参考に読んで結局使わなかったノーマン・エンジェルの第一次大戦直前のベストセラー『ザ・グレート・イリュージョン』を冒頭に引用することだけは決めてある。

大学ノートにびっしり書いた、本の引用や龍三の台詞《せりふ》、自分の思いつきを読み返し、とりあえず骨格になるアイデアを龍彦は原稿用紙に書きつけていった。

〈共産主義体制を所与のものとして認めていた冷戦期は、その限りにおいてソ連の軍事力を対等なものと認定するしかなく、従って軍備管理交渉も心理的には戦前のロンドン、ワシントン条約と同様のものになっていた。しかしそれでは、時として軍事力が戦術的に削減されることはあっても、問題の根本的解決はけっして実現しない。その点で「ポリティックス・イン・パーセプション」の次元で起こったここ数年の大変化は歓迎すべきであろう。それでは、残った軍事力はいかなる正統性――レジティマシイ――に基づいて今後、存続しうるのか。どのような積極的な意味を持つのか。「誤ったイデオロギーに基づく赤軍を根こそぎ無くせ！」と言えば、それだけで事足りたのか。ならば、旧ソ連が民主化された末に持った現在のロシアの軍事力は許容され得るのか。ユーゴの内戦でのCSCE（全欧安保協力会議）の無力化を見せつけられると、このあたりで冷戦後の軍事力の正統性についてわれわれはしっかりとした観念を持っておかねばならないと痛感する。なぜなら十九世紀の国民国家のパワーバランス的な意味での軍事力の正統性を主張することは、もはや困難だからだ。実は、冷戦期間のあいだに、正統性の根拠は徐々に変質していたのではないか。それが顕在化したのが、国際社会のモラル・サポートに基づく湾岸における軍事力の行使ではなかったか。その意味で、軍事力はいまや「国際公共財」なのである。この概念を支えるのは、もちろん国際的なルールだ〉

ここまで書き進めて一度筆を止めた。原稿用紙の余白部分に、さらに必要な項目を洗い出していく。

――→米国のルール維持の熱意の低下をどうする？　ソ連理念の敗北は武器のコスト安と核の

拡散につながったのに……覇権の交代に堪え得る国が米国の他にあるのか？——↓他にはない。日本は候補者たりえない——↓しかしノーというだけではダメ。①米国の「任期延長」の画策②国際機関を国際公共投資の場に仕立てあげる努力、その過程での米軍の急激な撤退の抑止③中国及び第三世界に、システムメリットを辛抱強く説得する努力……

ほかに幾つか考える、三つか四つ？？？


一時間ほどつづけて、うんざりして龍彦はペンを投げ出した。

龍彦は、社会の生成に最も近接した環境にいる。生臭い流れが渦を巻き、いまも彼のすぐそばで時々刻々と政治のうねりが生まれようとしている。彼のやっている作業自体も、決して取るに足らないことで済まされないのは分かっていた。言葉の力を過大評価してはならないが、しかし過小評価することはそれ以上に危険なことだ。龍三という国家権力者の口から発せられる言葉は、なにがしかの影響を社会に対して及ぼさないわけにはいかない。

しかし、この空虚さはなんだろう——。

壁の掛け時計を見ると十二時半になっていた。寿司岩は今頃は客でごった返して、岩田は大車輪で寿司を握っていることだろう。英彦は教室のみんなと仲良く給食を食べているのだろうか。薫はどこで何をしているのだろう。夫を送り出して、ひとり部屋で食事でもしているのだろうか。

きっと龍彦のことなど思い出すこともないのだろう。

5

蕎麦《そば》を食べに外出して、一時頃戻ってくると洋子さんから電話があった。龍三が話をしたいと言っているので上に来てくれという。さっき金子さんから守山議員のところへ金を持ってゆくように言われた、と告げると「じゃあ、夕方、私の部屋に寄ってちょうだい」と洋子さんは言った。

三階は、二階のようなフロア全部の大部屋ではなく、三つに仕切られていた。真ん中が龍三の執務室で、執務室を挟んで右が応接間、左が洋子の部屋だ。執務室と応接間にはエレベーターロにドアがあってそこから入ることができるが、洋子の部屋の方にはドアがなかった。その部屋に入るには執務室の中のドアを通るしかない。

龍三は、滅多に執務室に人を入れなかった。官僚や記者たち、陳情にきた地元の人間とは応接間で会う。執務室では、電話をかけたり親しい者たちと密談をするだけだから、長く事務所に顔を出している人間でも、洋子の部屋が執務室のさらに奥にあることを知らない者がかなりいた。お茶やビールの接待は彼女にはさせない。二階にいる若い女の子がその都度、下から運んでくる。龍彦はそうした洋子の扱いは適切ではないと考えていた。経験的にいっても事務所の秘密めかした間取りだけで、マスコミはあらぬ勘繰りをするものだ。何もいいことはなかった。

ドアをノックする。龍三の厚みのある声が中から聞こえた。

部屋に入ると、執務机の前のソファに龍三は座っていた。木製の低いテーブルを挟んだ向かいのソファにもう一人いる。彼が振り向いて、ようっと手をあげた。朝日新聞の阿部だ。

龍彦は阿部の隣に腰掛けた。龍三は龍彦を一瞥《いちべつ》して、テーブルの上のインターホンを引き寄せ「ああ、すまないけど龍彦の分もビール」と言った。龍三の手にはビールグラスが握られている。「はい」と洋子さんの声。執務室組に対しては彼女が給仕をする。彼女の部屋には大きな冷蔵庫や電動マージャン卓が置かれ、よく派閥の議員連中が酒を飲んだり、マージャンをやったりしている。阿部は「お先に頂いてます」と龍彦に軽く会釈をすると、「それでね、先生」と話のつづきを始める。

「邦さんなんかは、古山発言にはやっぱり懐疑的でね。国会を睨《にら》んで松岡総理を後押ししようというポーズだろうが、逆にこれだけ支持したのに法案を通せなかった、と松岡を切る環境作りじゃないかって。例の岡山会談をネタにすることで、柴田、黒川両派にきしみを誘う古山一流の腹芸だと読んでます。うちはこんなことで動揺することはない、王道を行けばいいんだって、まあ、『周光会』らしい感想ですけどね」

龍三は顔をしかめて、

と一言いう。周光会とは総裁派閥松岡派のことであり、邦さんとは派閥幹部の花村邦吉元通産相のことだ。龍彦は龍三の表情をじっと見ていた。どことなく精彩がない。昼間から新聞記者相手にビールを飲むのも普段はないことだ。阿部は松岡派に太いパイプを持つ平河クラブのキャップだが、敏腕で知られていた。もともと朝日OBでもある龍三とは十年来の付き合いで、貴重な情報をその都度、龍三に上げてくる。記者でこの執務室に入れるのは、この朝日の阿部と時事の村松という記者の二人だけだった。

村松は駆け出しの頃からの柴田番で毎朝、毎晩、杉並の柴田邸に夜討ち朝駆けをつづけてきた。その間に龍三に気に入られたのだが、年齢も龍彦と似たりよったりで誠実朴訥《ぼくとつ》な人柄の男だった。龍彦とも、時々一緒に飲んだりする関係だ。阿部の方は、朝日の看板で圧倒的な情報を握ってはいるが、龍彦にはどうも信用できない印象がある。歳は四十そこそこだろう。

「岡山のことは、古山さんは何か言ってるのかな」

今日の龍三はいやに弱々しかった。いつもならこんな単刀直入な訊き方はしない。相手の方から貴重な情報を差し出してくるのを、じっと黙って待っている。それが龍三の流儀だ。やはり古山の発言がこたえているのだろう。

今月初め、龍三は全国の中核都市で開かれている政治改革協議会主催の地方セミナーにはじめて参加し、黒川伸之と共に黒川の地元岡山に入った。セミナー後、二人は岡山東急ホテルで秋の総裁選挙に関して意見を交換。その会談内容の一部が、同席した柴田派、黒川派のそれぞれの事務総長である秋田章太郎、植草義治によってマスコミに公表されて、永田町に大きな波紋を広げたのである。

二人は、現在国会に提出されている政治改革関連三法案が不成立の場合、政治生命を賭《か》けると公約した松岡首相の政治責任は重いとして、婉曲《えんきょく》的ながら松岡再選拒否の姿勢で共同歩調をとることで一致。九月の総裁選は新しい総裁選挙規定に則《のっと》り粛々と行なわれるべきで、話し合いによる総裁選びはありえないと表明した。

また、松岡内閣の高い内閣支持率に関しても、

「党内民主主義の原理原則に従って新総裁が選ばれることは、世論への逆行にはならない」

と、現在の松岡の国民的人気に明白な異論を唱えたのだった。

この岡山会談は、第二、第三派閥の領袖《りょうしゅう》であり、秋の総裁選挙の候補者でもある二人が足並みを揃えたという点で、松岡政権に大きな揺さぶりをかけるものとなった。そもそも、龍三、黒川とも表向きは挙党一致の観点から政治改革法案の目玉である衆議院小選挙区制導入に直接の反対は述べたことがなかったが、派閥内での猛烈な反対論を抑えるなどの実質的な協力は一切していない。逆に秋田、植草といった自派の主力連中が連携して三法案廃案を唱え、「松岡政権を退陣に追い込む」といった突出発言を繰り返すことに二人が暗黙の了解を与えているのは、永田町では公然のことであった。

岡山会談の内容を伝え聞いた瀬戸派会長の古山は、最大派閥として松岡政権を一貫して支えてきた経緯から即日これに猛反発し、新聞各紙は、これまでの瀬戸、柴田の盟友関係に亀裂《きれつ》が生じたと大きく報道した。

どのメディアも、世論の支持を受けている松岡首相を瀬戸派がここで引きずり下ろすことは

憲政の常道からいっても難しいと考えていた。いまや瀬戸、古山は、松岡の再選ないしは任期延長で秋を乗り切り、幹事長、蔵相をはじめとした党内及び閣内重要ポストを独占する現在の瀬戸派主導の政権を守る方向に傾きつつあると見ていた。そこで、これに龍三が反発して、黒川との提携を模索したのが岡山会談だと解説したのだ。

もちろん、二年前の松岡政権誕生時の密約については、誰も知る者はない。

現実には、この岡山会談は古山と龍三の周到な打ち合わせを経て行われたものだった。

柴田、瀬戸両派にとって唯一の問題は、松岡が密約を反故《ほご》にして続投の野心を抱くことだ。そうなれば、松岡派は当然、黒川、藤木両派との連合を策し、数の優位を確保しようとする。この十年、常に政権の主導権を握りつづけてきた瀬戸、柴田両派にとってこれが最も警戒すべき事態だった。そこで、黒川を松岡から遠ざけるための手段として、岡山会談はセットされたのである。

黒川にしてみれば、政権を獲得するには、最大派閥、瀬戸派の支持は不可欠だった。黒川の政権戦略は瀬戸、柴田両派と新主流三派を形成し、二年前の松岡同様に瀬戸や古山の支持で龍三よりも先に政権のお鉢を回してもらうという脆弱《ぜいじゃく》なものだ。またそれしか黒川に選択できる道はない。秋にはともかく名乗りを上げ、たとえ龍三が政権を得たとしても、その次の出番を確実にするというのが黒川の本音だった。龍三の誘いは黒川にとっては渡りに船の申し出だったのだ。

古山の反発は柴田、黒川の結びつきの合理性をマスコミや松岡に説明するための目くらましに過ぎなかった。実際、この会談に松岡は濃厚な不快感をあらわにし、黒川との関係は悪化した。龍三と古山の戦略はまんまと功を奏したのである。

ところが、古山はひと月近くもたった今朝、改めて間接的に岡山会談に触れるような発言を行ない、龍三と黒川の考え方に異を唱えた。内閣支持率に言及したのは、その現れである。これは龍三には予想外のことであったに違いなかった。

「古山さんにすれば、黒川さんが最近先走りしすぎているのが気にいらないんでしょう。岡山のあと先生もご存じのように、うちが確認しただけでも二人は三度会っている。古山さんとしては派閥のオーナーである瀬戸さんとの話もあって、総裁選については秋口から動きたい。黒川さんには再三、あんまり出ベソになるな、と釘を刺してるんだけど黒川さんは元気だから言うことをきかない。それで岡山の話を蒸し返してみたんじゃないですか。瀬戸派にとっては、やっぱり先生と黒川さんの二、三位連合は本音で怖いんですよ。古山さんは『何でもやればいい、日本国憲法には違反しない』なんていつも言っているけど、黒川さんから『本気だ』と結構きつく言われて逆に動揺したという説もある。三法案は、野党優位の参議院を考えると廃案は確実。古山さんとしては、瀬戸派で松岡総理を支えてきた以上、とにかく衆院はきれいに上げて一応の成果は残したい。参院選もあるし、秋の話はその後だから、いまの国会審議がそのまま政局と絡むのは心情的に嫌なんでしょう。あの人はあんな風に見えて、意外と議会の子的なところが強いから」

阿部はそう言って笑った。

「そんな他愛のない話かね」

龍三は渋い顔を崩さなかった。

「いや、黒川さんと古山さんはほんとに余りうまくいってないみたいで、黒川さんだって倉本さんを抱えて悩みは深い。内心では、瀬戸と古山の二人が倉本に手を突っ込んでると疑ってるから」

「倉本君は脱けないんじゃない。瀬戸派に走れば、そこで役目は終わっちゃうようなもんだ」

倉本慶太は黒川派幹部の一人だが、かねてより黒川との不仲が取り沙汰《ざた》されている人物だった。九月の総裁選を控えて、政治改革問題で慎重姿勢を崩さない黒川と選挙制度改革に執念を燃やす倉本との対立は、ここに来てもはや修復不能なほどに激化していると言われていた。

阿部が煙草に火をつける。一口吸って断定的な口振りで言った。

「でも、倉本本人は相当追い詰められてる。とにかく方向はどうでもいいから動いておかないと、秋が過ぎたら忘れられてしまうとしきりに洩《も》らしてますからね」

ここで、ようやく龍三は笑った。龍彦は黙って二人のやりとりを聞いていた。洋子さんが龍三のデスクの脇のドアを開けて入ってきた。缶ビールを三本とグラスをひとつ載せたお盆を持っている。テーブルにビールを置き、プルタブを開けるとグラスに注いで龍彦の前に寄せる。もう一本は龍彦が開け、阿部と龍三のグラスに注ぎ足した。冷えきって汗をかいたビール缶が、掌に吸いつくようで心地良かった。

「なんだか、今日も午後から蒸し暑くなってまいりましたねえ」

洋子さんが阿部に向かって言う。そうですねえ、と阿部が答える。洋子さんが退《さが》って、しばらくの沈黙がそのあとにあった。

「それで、どうなの。松岡さんは」

龍三がグラスを傾けてから言った。阿部は煙草をテーブルの上の灰皿に揉み消し、「どうでしょうねえ」と曖昧《あいまい》な口調になった。

「だけど、ぼくは不思議なんですが、どうして彼はあんなに人気があるのかね。それがぼくには分からない」

ハハハとそのまま文字にでもなるような笑い声で龍三は龍彦の方を見ながら言い、ソファに身体をあずけた。こうした柔らかな言い回しが龍三のいつものスタイルだ。

龍三の気持ちが切り替わったのが龍彦には分かった。さきほどまでの苛立《いらだ》ちは一瞬にして影をひそめていた。ほんのわずかな沈黙のあいだに、龍三は考えを整理したのである。龍三を見ていて、龍彦がいつも感心するのはその洞察力と決断の迅速さだった。思考をまとめ決定に及ぶとき、龍三は必ず誰かを前にして話をする。相手に知恵を期待する場合もあるのだろうが、大体は、ただ漠然とひっかかっている問題について話ができればそれでいいのだ。その短いやりとりが、あたかも触媒となって瞬間的に彼の思考は収斂《しゅうれん》する。それが龍彦にはよく見える。

政治家は間断なく誰かと会うか、電話を使って話をしている。龍三の生活を眺めていても独りきりの時間など皆無に近い。龍三が独りになれるのは就寝前の僅《わず》かな時間だけだが、そんなときの龍三は決まって本を読んでいる。走りながら考える力――これは政治家にとって絶対不可欠な要件である。

自分には決して真似のできない芸当だ、といつも龍彦は思うのだ。

「今朝ね、レナードがいまぼくが君に訊いたことと同じことを訊くんだ。あの人と話をしてもさっぱり何を考えているのか分からない、ただにこにこ笑って、そうですか、なるほどと頷《うなず》くばかりでね、一言も自分の考えを言わない、というんだ。そのくせ、夏に訪米したいから大統領によろしくとしきりに繰り返すものだから、ミスター・シバタ、ミスター・マツオカは一体アメリカに来て何を大統領と話したいのだろうと真顔で言うんだな。例えばさ、ロシアについて今後お国はどうなさいますか？　こちらとしては何とか現政権を支えてやって欲しいのだがと訊ねても、彼はその件は外務省に諮って十分に検討していますとしか言わない。何を十分に検討しているか、訊いても答えないらしい。だから、ぼくは松岡の代わりに言ってやったんだ。おたくたちは一年前も、前の政権を支えてくれ、そうしないとロシアはまた保守化して大変なことになると言ってたじゃないか。だけど、蓋《ふた》を開けてみたらそんなことはない。また似たような奴が権力の座について、同じことをこっちに言ってきている。だったらいまのが倒れても、やっぱりおんなじような奴が出てきてさ、また同じことを言うだけだ。アメリカは、ロシアはいまや同盟国だと言うが、じゃあ一体何のための同盟なんだ。どう考えてみてもあそこと組んで得なことはない。そんなのは同盟と言わないよ。ほっときゃいいのに手を出す必要はないんじゃないか。あんなのいなくたって世界経済はちっとも困らないんだからって。そしたら、レナードも面白い奴でね、しまいにはそうだ、そうだ、ロシアなんてなくてもいいんだって本気で言いだしてね」

阿部が大声を出して笑う。

「今朝は先生とレナードと差しで会ったんですか？」

笑いながら、何気ない口調で訊いてきた。龍彦はこういう阿部の抜け目のなさが好きではない。朝日の記者に特有のものだ。読売や共同や毎日、東都、それに村松なども取材は取材で割り切って、雑談の時にはギブアンドテイクのやり取りは余りしない。しかし、朝日の記者は他社にない情報を持ってくる反面、きまって見返りを要求する。彼らにとってはすべてが社業なのだ。ふつうは、龍三のような国政の大物に会った時はおのずから国益を主眼とした観点で会話が進むものだ。役人たちにしても省益をはなれ、かなりフランクに意見を述べる。あの大蔵省主計局の面々でさえも多少は裃《かみしも》を脱いで本音を明かしてくる。しかし朝日の記者は例外だった。龍三もよく「俺がいた頃もそうだったが、朝日の連中は御国より大朝日の方が大事だと思ってるからな」と苦笑まじりに言っていた。

「いや、谷本君も一緒だった」

谷本糧作は前駐米大使で、現在は松岡内閣の外交特別顧問の地位にあるが、もともとは瀬戸側近の外務官僚だった。

「へえ」

阿部が興味深げな表情になる。

「昨夜も谷本さん、用賀で長くやってたらしいですよ」

用賀には瀬戸邸があった。

「そうなの、何時頃？」

「さあ、九時くらいからですかね」

「じゃあ、昨日電話もらった時、瀬戸さんの隣にいたのかもしれないな」

阿部ががぜん眼を光らせはじめる。龍彦は龍三の顔を見た。面白がっている表情がありありだ。

「やっぱり、例の件ですか。あれほんとにやるんですか」

「さあねえ、だけど谷本君は熱心に話してたな。レナードも感触はいいと思ったんじゃない」

「松岡総理は厭《いや》がってますよ。財源が苦しいから」

「だけど、これだけ冷えてちゃ、やらなきゃしょうがない。ぼくもこの件については瀬戸さんと同じ意見だからね」

「しかし、補正どころか、今年は歳入もがた減りらしいですよ。大蔵の試算じゃ六兆くらい足りないらしい。その上に六兆も七兆も補正を組んだら建設国債じゃとても間に合わないでしょう」

「松岡さんもしきりにそう言ってたな。だけど、結局は了解せざるを得ないだろう。なんたって瀬戸さんがホワイトハウスで約束してきちゃったんだから」

龍三がまた笑った。

「いつですか」

「何が？」

「先生が総理と話したのですよ。レナード副大統領と会ったあと官邸に寄ったんですね」

「いや、電話だけだ。車の中からかけたから」

「それでOKだったんですね、官邸は」

「そうじゃないの。やっこさん何だかぶつぶつ言ってたけどね」

「財源はなんですか。赤字国債でしょう」

「まだ決まってないんじゃないの。だけど余り手はないな。まさか選挙の季節に消費税率を上げるわけにはいかんからね」

「額は六、それとも七？」

「さあね、もっとじゃないか」

「もっと？　八までいくんですか」

「その辺だろうね、どうせやるんだったら。こっちは瀬戸さんがわざわざ行って、アメリカさんにそう言っちゃってるんだから」

　阿部は身を乗り出してきた。

「先生、この話いいですよね」

　龍三はにやにや笑って「構わないんじゃないかな」と言った。阿部が腕時計を見る。龍彦も自分の時計を見た。一時半ちょうど。都内版ならば夕刊の最終にぎりぎり間に合う時刻だ。

　最近の株価の暴落をうけて、政府は近く緊急経済対策を発表することになっている。現在の関心の焦点は、対策の柱に据えられる「相当規模の補正予算」の額と、財源の問題である。松岡は蔵相経験の長い典型的な財政均衡論者であるため、大型の補正予算によってこれ以上の赤字国債の発行を迫られることに難色を示してきた。

　しかも、今回の大型補正は、そもそも瀬戸が四月初旬に訪米した際に、アメリカ側の内需拡大要求に応ずる形で、ホワイトハウスで個人的に約束してきたものにすぎなかった。松岡としては、実現しても瀬戸の手柄となり官邸の指導力不在をまた国民に晒《さら》すことになる今回の経済対策には、もともと乗り気ではなかったのだ。水面下では瀬戸と松岡との間で、補正の額をめぐって激しい応酬が交わされていると言われていた。それが、今朝レナードと龍三との会談で八兆円規模で日米合意がなされ、松岡も了承したとなると、これは大きなスクープだった。

阿部が立ち上がった。

「じゃあ、締切りがありますので」

龍三も頷く。阿部が背を向けてドアまで行き、もう一度こちらを振り向いた時だった。

「阿部君、悪いけど黒川さんの最近の談話、それに倉本君のここ数日の動きあたりをまとめたやつ届けといてくれないかな」

龍三が言った。

「分かりました、明日の朝までに黒川番の若いのに整理させて届けさせておきます」

「すまないね」

阿部は丁寧にお辞儀すると、いそいそと部屋を出ていった。

二人きりになると、龍彦は急に気詰まりを感じた。黙ってビールを飲み干す。龍三は人差し指でこめかみをつつきながら、しばらく眼を閉じてもの思いに耽《ふけ》っていた。

「昨日の原稿はあのまま使える。なかなか良くできていた」

ぽつりと呟く。

「そうですか。英訳はどうなさいますか。ぼくがやりましょうか」

「いや、外務省の河野君が来たから彼に頼んでおいた」

河野は外務省の北米一課長で、龍三が二度目の外務大臣時代に外相秘書官を務めた男だ。

「だったら、いいんですが」

龍三は不意に大きな溜め息をひとつついた。

「お疲れのようですね。胸の具合はいかがですか」

龍三が眼を開ける。龍彦は視線を落とし残ったビールを自分のグラスに注いだ。

「今晩、古山と会う」

「さっき、金子さんから聞きました」

「疲れるな。あいつのことはよく分からん」

龍彦は曖昧に頷く。

「お前はどう思う」

問われても何も考えつかない。どうでもいい話だ、とふと思う。それでも口を開いていた。

「松岡の再選はないとぼくは思います。しかし古山たちは信用できません」

龍三は、龍彦の顔をじっくりと見つめた。龍彦はさっきの阿部の言葉を思い出していた。阿部の口振りには気になる部分が確かにあった。黒川と対立し、いまや派閥離脱寸前といわれる黒川派の実力者、倉本慶太の動きを阿部はかなりしっかり摑《つか》んでいるようだ。龍三を見返し、つけ加える。

「倉本の動きは注意した方がいいと思いますね。ごそっと抜いて瀬戸派に走ればどうなるか分からないから」

「…………」

龍三が何を危惧《きぐ》しているのか、龍彦にはよく分かっている。

「もうすぐ、明野《あけの》たちがここに来る。尚彦でまとまったと言いにくるらしい」

龍三が話題を変えた。話があるといったのはこの件だったようだ。

七月末の参議院選挙を控え、福岡ではいまだ候補者が決まらない異常事態がつづいていた。柴田派の現職ですでに一年以上前から再選出馬の準備を進めていた近江《おうみ》理三郎議員が、四月に急死してしまった。これが騒動の発端となった。急遽《きゅうきょ》あらたな公認候補の選定を迫られた県連は、近江が県知事時代に副知事をつとめた某財団の理事長に白羽の矢を立てる。これで一旦《いったん》は落ち着くかに見えたのだが、そこへ突然、夫の弔い合戦を訴える近江未亡人が出馬を宣言、問題は著しくこじれていった。結局龍三が直々に調整することとなり、理事長、未亡人双方の出馬を断念させて第三の候補者を立てることで決着したのが今月はじめのことだ。龍三が指名したのは、前県議会議長の吉川幸蔵だった。ところが、吉川は生前、近江とは犬猿の仲と目されていた人物だっただけに旧近江陣営を中心に猛烈な擁立反対の声が上がってしまう。

結果、揉めに揉めて地元では怪文書が乱れ飛ぶ泥仕合に発展し、県連はいまだに公認ができない状態となっている。この人選の難航ぶりは、ここにきて中央の各マスコミの取り上げるところとなり、「福岡の反乱」として龍三の手際の悪さを揶揄《やゆ》する記事が盛んに出始めていた。危機感を抱いた龍三の地元後援会組織は会長の明野勉を軸に「誰もが納得し、勝てる候補」の選定に入り、ようやく先週得た結論が龍三の長男、尚彦の擁立だったのだ。

その話は龍彦も金子から耳にしていた。しかし、これまで一貫して政治の世襲を批判しつづけてきた龍三が、尚彦で了承するとはとても思えない。

「あれは吉川さんで決まりじゃなかったんですか」

吉川は県会の大物であると同時に龍三の最側近のひとりである。

「近江さんのところが、どうしても吉川だけは担げないと言っている。金子のこともあってもともと私も迷ってはいたんだ」

龍三の言葉はいやに歯切れが悪かった。吉川は金子の義理の兄にあたる。今回彼が参議院に立つことで、一年後の県会議員選挙に金子が跡を継いで出馬するという話があった。

「しかし、兄さんが出るというのはまずいんじゃないですか。マスコミが派手に書くだろうし」

「だが、今度だけは絶対に勝てる人間でないとな。いまから仕切り直して勝てる候補はそんなにはおらんだろう」

龍三は秋のことを考えているのだ。総裁選となれば国会議員の一票は千金に値する。

「世襲は評判を落としますよ。だいいち父さんがこれまで言ってきたことが反故《ほご》になる」

「まあ、参議院だからね」

「兄さんは乗り気なんですか」

「この際、それは関係ないだろう。だが、あいつもやる気がないわけでもないらしい」

たしかに、総裁選挙の一票を考えれば、勝てる最適の候補は龍三の息子尚彦であろう。彼は地元に張りついて顔も売れている。大学卒業後、都銀に勤めた彼は妻の徳子との結婚を機に徳子の実家である兼光家が経営する福岡発祥の大手石油会社、光栄興産に転身し、四年前までは東京本社勤務だった。光栄ファミリーの一員となったいま、尚彦には強力な後ろ楯《だて》があった。

「ぼくは反対です。金子さんのこともある。金子さんは吉川さんで行きたいとずっと言ってきたし」

「金子は私が言えば納得してくれる。吉川の代わりに県会というんじゃあいつも満足できんだろう。あの男にはもうしばらくこっちで頑張ってもらって、後はいい場所を世話してやるつもりだ。本人もそっちの方が喜ぶ」

そんなことはない、と龍彦は思った。先日、尚彦擁立の話を聞いた時も金子はひどく落胆した様子だった。政治の世襲は権力の私物化として世間の指弾を受ける。しかし、問題はそれだけではない、長年縁の下の力持ちとして政治家を支えてきた人間から夢を奪うことが最大の問題だと龍彦は思っている。

どうやら龍三が尚彦の出馬に傾いていることに龍彦は驚いていた。総裁選挙の一票のために政治信念を曲げることは、目的のために手段を正当化することに他ならない。

6

自分の机に戻って龍彦は兄のことをしばらく考えていた。

尚彦はほんとうに出馬するつもりなのだろうか。龍彦より四歳年長の尚彦は今年三十八になる。子供の頃から病弱で母の郷子と布団を並べていつも臥《ふ》せっているような人だった。誕生の時も仮死状態で生まれ、数日生死の境をさまよったという。「龍彦」とはもともと兄のために用意された名前だった。だが、龍三は儚《はかな》げな長男を見て自分の一字を贈ることを諦《あきら》めたのである。

龍彦の記憶でも子供の頃の兄は咳《せき》ばかりしていた。小児喘息《ぜんそく》がひどく中学校に上がるまでは、夏休みになると転地療養のために九十九里の養護学校に入寮し、ひと夏帰ってこなかった。小さい頃から敏捷《びんしょう》で目端のきいた龍彦は、運動でも勉強でも兄と比較するとはるかに優れた成績を残していった。当然、龍三の期待も弟の龍彦に集中することになる。

活発な少年だった龍彦と違って、尚彦は内向的で無口だった。たまに龍三が家にいても相手をするのはもっぱら龍彦で、尚彦は自室に引っ込んで本を読んでいるか、あるいは外で一人きりの趣味に耽《ふけ》っていることが多かった。

尚彦が熱中するのは、例えば海外短波放送のエアチェックであり、自動車や鉄道写真の撮影であり、鳥や虫の観察であった。野球や空手に夢中になり、その反面古典文学が好きで、源氏物語や宇津保物語を上手に現代語訳して中学時代に大きな賞を受賞したりした父親ゆずりの龍彦とは、何から何までが対照的だった。

歳のひらきもあったが、それ以上に資質の明らかな差が、二人を一貫して隔ててきたのだ。思い出しても兄と一緒に遊んだり語り合った記憶が龍彦にはほとんどない。

尚彦について印象に残っていることといえば、まだ龍彦が小学校の低学年だった頃、尚彦の部屋で見せてもらった世界各国の短波放送局から送られてきたベリカードの膨大なコレクションのこと、龍彦が中学受験のために通っていた四谷のテスト会場の近くで偶然尚彦と出くわし、カメラを肩に下げた兄がすれ違いざまの自動車を撮影している様子に困惑したこと、それに高校時代の尚彦が生物部の部長として善福寺池の通年観察を行ない、その信じられないくらい緻《ち》密《みつ》微細な観察ノートが文部大臣表彰を受けたこと、その程度だった。その都度、兄の誇らしげな顔を目の前にして、なぜそんなことに熱中するのか龍彦には気がしれなかった。

そうした感想は龍三にも共通するものだったようだ。

小学校から慶応に通っていた兄が大学での専攻を決める際、龍三は工学部を志望する兄を頭ごなしにやり込めて経済学部に進ませた。あの時だけはそれまで父親に従順一点張りだった尚彦がいつになく頑強に抵抗したことを憶《おぼ》えている。

父親との激しい口論の末、兄は二、三日家を空けて帰ってこなかった。龍彦も一緒になって龍三の強引さに猛烈に反発した。友人の家に泊まっていた尚彦と密《ひそ》かに連絡を取り合い、徹底抗戦をしきりに勧めたものだ。しかし、結局尚彦は工学部を諦め、経済学部に進学した。そして、優秀な成績で卒業すると就職先も都市銀行に決め、龍三の判断の正しさを自ら証明するような行路を歩んだのだった。

だが、あの兄が政治の世界に向いているとはとうてい思えない。本人も自分の性格が政治向きでないことは十二分に知っているはずだ。若い頃から彼は、親の政治活動にまったく無関心だった。だから四年前、たとえ光栄興産からの出向という形ではあれ博多の事務所に入ると聞いたとき龍彦は信じられぬ思いがしたものだ。いまや博多ではなくてはならない存在となっている、と地元の支持者たちからいくら聞かされても、龍彦にはそんな兄の姿がどうしても思い描けない。

現在の境遇に自分が感じているぎこちなさとは本質的に異なる不釣り合いが、あの兄にはあると龍彦は思う。

ノートを開き再びポジションペーパーの草稿に取りかかろうとしたが、手につかなかった。尚彦の出馬の話が頭の隅にひっかかっている。選挙の公示まで二ヵ月。明野たちの言う通り今から擁立して確実に勝てる候補者は尚彦しかいないのかもしれない。選挙期間中は自派候補の応援で全国を飛び回る龍三も博多入りが幾日かは可能であろう。実子となればそれも許される。尚彦はきっと当選するに違いない。夏の終わりには彼は参議院議員となって東京に戻ってくる……。

そう考えると龍彦はなぜか急に落ち着かない気分になる。政治の世襲は公の私物化であって批判を免れない。まして政治家として何ら資質を持ち合わせていない人間が血縁だけで権力の一端を握ることは社会的な悪でさえある。

あの尚彦が国会議員になる——身体中が痺《しび》れてくるような感覚があって、手先からいつのまにかペンがすべってノートの上に転がった。よくない心理状態に陥りつつあった。こういう時は身近な関心を胸に呼び醒《さ》まし、包み込んでくる不安から逃れなくてはならない。

思い出して龍彦は机の引出しをあけ、先月の給料袋を取り出した。覗くとやはり一万円しか入っていない。財布を開く。由香子がくれた二万円と昨日焼肉屋で精算した残り七千円の計二万七千円。給料袋から一万円を抜き一万円札三枚と千円札七枚に分けて机に並べる。三万円を給料袋に詰めセロテープで封をした。これは岩田に返済する分だ。

給料日までちょうど一週間ある。一日千円で七日間しのいでいけるだろうか。七千円を財布に戻し給料袋は机の中にしまいこんだ。

が、五分もたたないうちに再び袋を取り出すとテープを剝《は》がし、三万円を抜いて手元に置き、便箋《びんせん》に岩田宛の手紙を書きはじめた。

岩田太郎兄

拝啓、昨夜は、またご迷惑をかけてしまい誠に申し訳なく思っております。

あれから兄の言われたことについて考えてみました。たしかに小生失念していましたが、いい加減なことを重ねておりました。誠に失礼致しました。昨夜の金三万円、さっそくですが返却させていただきます。これからは、もっとちゃんと致します。兄の御厚意にいつも頼って、自らを甘やかしてきたこと赤面の至りです。残っている額、よろしければ教えてください。月々わずかでもこれから返していこうと思っています。是非ともそうしたいのです。どうかそうさせてください。いつもいつも兄には迷惑、心配ばかりかけて本当に申し訳ありません。相変わらず不甲斐《ふがい》ない男ですが、何とぞお見限りになられず、これからも助けてください。頼りにできるのは兄しかいないのです。

途中まで書いて読みなおし、龍彦は便箋を破り捨てそうになった。金だけ入れて送り返してやればいい。どうせ二度と借金はできないのだ。

だが、たちどころに不安になる。今後いっさい岩田に頼らずにやっていけるだろうか。

結局そのまま手紙も同封することにした。

「どうかこれからも、よろしくお付き合いください。前島さんのことくれぐれもよろしくお願い致します」

とってつけたような結語を添えてみて、そういえば由香子のことだけでも岩田には多大な迷惑をかけつづけているのだ、と思った。

五時を過ぎたころ洋子さんが龍彦の席にやってきた。脇の小部屋でハトロン紙の封筒に入った金を手渡された。

「龍彦さん、申し訳ないわね」

龍彦は普段より封筒がふくらんでいることに気づく。金を取り出すと白い帯封のかかった真新しい札束が二つ入っていた。

「いつもより多いですね」

「急な欠席だし、迷惑料を上乗せしておいたのよ。守山先生に会ったらそのこと言っといてちょうだい」

守山クラスの議員の場合、相場は百万だ。

「古山のせいで、とんだ出費だ」

「ほんと困っちゃうわよ。それでなくても今日は物入りだったんだから」

洋子さんが苦笑した。わずか百万でも余計な出費は負担なのだ。秋を控えて金は幾らあっても足りない状況にある。例年でも洋子さんが年間で処理する金額は十億を超えているが、今年のように国政選挙や、まして総裁選となると、その三倍、四倍の金を調達し支出しなくてはならない。もちろんこの二百万にしろ領収書のない金だ。そうした多額の資金を政治資金規正法に則《のっと》って障《さわ》りがない形で会計処理するのは、細心の注意が求められる実に煩瑣《はんさ》な作業である。

「そういえば、小杉さんが挨拶に来てましたね」

龍三との話を終えて席を立ったとき、ちょうど訪ねてきた郵政省の小杉賢也とすれ違ったのだった。小杉は通信政策局長を最後にこの六月人事で退官することになったが、龍三が郵政相時代に大臣秘書官を務めてくれた人だった。

「アメリカに遊びに行ってたんだって。杉ちゃんも、結局次官にはなれなかったのよねえ。人が好《よ》すぎなのよ、あの人」

小杉は郵政省きっての欧米通として知られた人物だったが、今の大臣との折り合いが悪く、次官レースに敗れて省を去ることになってしまった。

「幾ら包んであげたんですか」

龍彦が訊くと洋子さんは片手を広げた。餞別《せんべつ》に五百万ということだ。

「彼にはもっとあげてもいいと私は思ってたんだけどね。でも役人って面白いわよね。一本だとみんながみんな絶対受け取らないのよ。あれ、どういうことなのかしら。なんかそういう裏の不文律でもあるのかしらね」

派閥を仕切るようになってから、龍三も他の領袖《りょうしゅう》に倣って付き合いのあった官僚たちには餞別を渡すようになった。次官、審議官クラスだと普通は百万から二百万がおおよその相場である。しかし、小杉のような秘書官経験者でとりわけ親密だった官僚には一本＝一千万の半額、五百万くらいは渡す。さらにその役人が選挙に出馬するというのであれば、選挙資金として、それこそ二、三本出金することもざらだった。

龍彦は事務所入りして、それまでも知っているつもりでいた政治資金というものの使途がこれほど多岐にわたっていることに啞然《あぜん》とさせられた。ことに、本来公僕として厳密な倫理規定を課されているはずの官僚たちが、いともたやすく政治家たちから金品を受領することには少なからぬ衝撃を受けた。小杉のような酒もゴルフも一切やらず仕事一途だった能吏でも、平気で五百万の金を受け取ってしまう。もし国民がこうした事実を詳細に知らされたならば一体どう思うだろうか。

しかし一方で、こうまで金銭というものが政治システム全体に蔓延《まんえん》しているとなると、システムの住人個々の倫理道徳の問題を超えた本質的な意味合いが、金と民主主義とのあいだにはあるのかもしれない——と龍彦は考えなくもない。

いまでも政治家たちは外遊すれば、現地の日本大使館職員全員に謝礼を渡している。英仏などの大物大使で大体ひとり二十万から三十万といった程度だが、それこそ書記官から大使館のコックに至るまで幾許《いくばく》かの礼金を支払うとなれば、その出費の合計は決して馬鹿にはならない。それも大使本人にまとめて渡してしまうと一人で懐におさめてしまうのが通例のため、しかるべき公使クラスを選んで館員全員に金が回るよう政治家の側が苦心しているのが実情だ。

洋子はそういう日々の金の出し入れを金子と共にすでに四半世紀近く請け負ってきたのである。「お金はね、渡し方も大事だけど、金額も大事なのよ」とは彼女の口癖だった。

そういえば、この人もずいぶんと歳を取った——窓から射し込む西日を背中に受けて頰の翳《かげ》った彼女の顔を眺め、龍彦はそんなことを思った。

「明野さんたち、もう来たんですか」

封筒を背広のポケットにしまって言った。

「いま、上でやってる最中よ」

「揉めてるようでした？」

洋子さんは首を振り、小さな吐息を洩《も》らした。

「じゃあ、兄貴で決まりなんですね、ほんとに」

「そうね。それしかないみたい」

「金子さん、吉川さんで張り切ってたのに」

今度は洋子さんも大きく頷く。兄の出馬は彼女にとっても気の塞《ふさ》がることに違いない。当選して尚彦が東京に戻ってくれれば、一人娘のみはるのことでまた心労を重ねることになる。

「兄貴は承知しているのかなあ」

しかし龍彦の呟きには答えず洋子さんは立ち上がり、

「じゃあ、よろしくね」

と言って部屋を出ていった。

五時半過ぎに虎ノ門のホテルオークラに龍彦は入った。パーティーは六時半からだが、その前に守山をつかまえなくてはならない。金は議員本人に面会した上で、第一秘書に直接手渡すしきたりになっている。混雑しはじめると人目があって機会を失うため、龍彦はいつもかなり早めに会場入りすることにしていた。すでに「平安の間」の前には受付台が置かれ守山事務所の女の子がひとり座っていた。守山の所在を訊くとまだ来ていないという。羽田空港から車でこちらに向かっているが渋滞で予定より遅れているのだ、と彼女は丁寧に頭を下げた。

龍彦は名乗らなかった。名乗れば来賓用の控室に案内されて胸に大きなリボンを付けられてしまう。普通は代理であれば小さなリボンが用意されているものだが、龍彦のような二世秘書に限っては他の来賓とおなじものを付ける場合が多い。両手一杯くらいの大輪の花リボンは龍彦のような若い男には余りに不釣り合いで、周囲から視線が集まる。大物議員らに控室でぺこぺこ頭を下げ通しでいるのも苦痛だった。三十分たったら改めて声をかけることにして、本館地下一階のコーヒーハウスで時間をつぶすことにした。

ダブルの背広に龍彦は着替えていた。急な冠婚葬祭に備えて黒の礼服とともに事務所のロッカーに吊るしてある。その背広の内ポケットが異様にふくらんでいる。

案内されて席に座ると、ウエイターに注文を告げ、手帳に挟んである英彦の写真をしばらく眺めた。学校から帰ってきて、こんな時間は郁子と二人何をしているのだろう。もう半年以上英彦には会っていない。この四年のあいだ郁子とは二、三ヵ月に一度は顔を合わせていたが、それもこの半年近くは音信不通のようになっていた。コーヒーが来たので写真をしまう。

渋いコーヒーを口に含み、そういえばこのコーヒーは一杯千円もするのだと思った。財布に七千円しか入っていないことを忘れてしまっていた。一日千円見当とすれば、今夜はこの出費以外は無理ということになる。

さっきホテル内のポストから三万円の入った岩田宛の手紙を投函したことを、早くも後悔しはじめている。岩田にしてみれば、あんな端金《はしたがね》どうだっていいはずだ。なぜ急に律儀な気持ちになってしまったのだろう。どうせ自分には信用も何もないというのに。

内ポケットから札束の入った封筒を取り出す。

二百万の現金だ。相場より百万上乗せしてあるから、ここで幾らか抜いても相手に怪しまれることはない。政界では差し出し人も宛先もはっきりしない金が際限なく循環している。莫大《ばくだい》な政治資金が手から手へと渡っていく過程で、その一部が個人の懐に納まっていくのはいわば公然のことだった。それは一種の流通経費とみなされ、咎《とが》められることはめったにない。

例えば金子にしても、彼が自由にできる金というのは、月々かなりの額にのぼっているはずだ。

龍三の名のもとに集めた政治資金のどの程度を金子個人の経費として使っているのか、正確に知っているのは本人だけである。金子くらいの実力秘書になると、たとえ龍三といえども財布に嘴《くちばし》を入れることは余りない。実際、彼の活動には相応の金もかかる。派閥議員の秘書たちに小遣いを渡したり、彼らに子供が生まれ、親が亡くなれば慶弔の金もたっぷりと出してやる必要がある。地元から支持者が上京すれば、一晩で使う飲食費も馬鹿にならない。そんな金をいちいち金子に収支報告させていたら、彼は時間が幾らあっても足りないことになってしまう。

　金子は都内に二つマンションを持っている。目黒のマンションは家族たちを住まわせている本宅だが、もう一つ本郷にプライベートなマンションを最近購入し、現在はもっぱらそっちで寝泊まりしているようだ。どちらも時価で一億は下らない物件だった。金子の給与は手取りでせいぜい月五十万そこそこだろう。本来なら、とてもそんな買い物のできる年収ではない。だが、彼はいつもベルサーチのスーツに身をつつみ、二百万以上はする腕時計を嵌《は》めてイタリア製の靴をはいている。金子は秘書たちにとってチャンピオンでなくてはならない。彼が相応の財力を誇示するからこそ、他の秘書たちも金子にあやかりたいと願い、そのためにはオヤジを出世させなくてはと秘書稼業に励むのだ。裏方がただ割を食っているだけであれば、誰が政治家のために不眠不休で働くだろう。

　龍三の政治資金は、金子が三十五年かけて築き上げた全国五千社の企業会員からなる地域経済振興懇話会という献金組織を大黒柱に毎年集金される。この「地経懇」の月額会費は一社一万五千円。年間でもわずか十八万円である。もちろん政治資金収支報告書への記載義務最低額の五分の一にも満たないクリーンな小口献金だが、五千社となれば年間九億の政治資金が自動的に龍三の手元に集まることになる。

金子が五千の会社をそれこそ一社一社口説いて回った苦労話はいまや永田町では神話と化している。究極の政治資金集金システムの創始者として金子は政治史に名を残すほどの名声をこの世界では得ているのだ。五千社のリストがあれば、今回の総裁選にしても一社あたり五十万の臨時献金を依頼するだけで、二十五億の金がたちどころに集められる。

現在、政治資金に関してはたとえ一部上場の大企業であっても政治資金規正法にかかる百万以上になるとなかなか出せはしない。それだけ最近の企業は政治献金に対して厳しい態度をとっている。そんな時世にあって、龍三が資金に困らずにすむのは、全国の中小の個人企業を網羅した「地経懇」を金子が育て上げているからだった。

五千社の協賛企業のうち、一部は金子個人に帰属している。金子の資金はもっぱらそこから捻出《ねんしゅつ》されているようだ。例えば、外食産業系は金子個人の資金パイプだ。外食産業の経営するドライブイン型のレストラン・チェーンは全国展開のための用地確保が最大の課題である。車の往来の多い幹線道路の沿線にどのくらい好条件の立地ができるかで売上高は左右される。金子は龍三の牙城《がじょう》と言われる運輸省に掛け合って、彼らのための土地を融通してやるとともに各種の規制措置解除を働きかける。その見返りとして土地取得費用の一パーセントから一・五パーセントが直接金子の口座に流れ込んでくるのだ。近年の外食ブームで金子が育てた外食産業ルートはますます太ってきていると思われる。彼は莫大な資金を握っている。そこらの代議士よりはるかに大きな政治力を金子が持つといわれるのも、そうした金の裏付けがあるからである。

二十万ほど失敬しても構わないだろう——龍彦はしばらく思案したあと、セロテープで無造作に封をしてある封筒をひっくり返し、テープの末端に指をかけた。

とたんに手がこきざみに震えはじめた。

いくら集中しようとしても指先に力がこもらず、立てた爪を貼り付いたテープにひっかけることができない。

有村武史の顔が眼前に甦ってくる。

彼の前で土下座したときに武史がみせた歪《ゆが》んだ表情が意識の奥底にしみついて、龍彦の脳裡《のうり》からこの四年のあいだ片時もはなれたことがない。屈辱に身を震わせたあの場面では、武史の気持ちまで思いやる余裕がなかったが、しばらくしてから、どんなにか彼も辛《つら》かったろうと気づいた。武史とは初対面から妙にウマがあった。一緒に学校に見学に行き、森の中に建つ様々な施設を案内して回った。普段はほとんど口をきくこともないと有村が言っていた武史が、龍彦の前では能弁になった。

「どうだ、いい学校だろう、武史君」

龍彦が言うと、武史は目を輝かせて頷いたものだ。学食で一緒にスパゲッティを食べながら、将来のことや好きな学科のことを話した。武史はおずおずと、高校に入ったらバスケットをやりたいと言った。自分は身体が小さいから、中学ではいつも馬鹿にされていた、運動も勉強も一からやりなおすんだ、と声を弾ませた。すっかり武史は学校が気にいったようだった。ここに入ったらクラスのみんなが君のことを見直してくれるぞ、龍彦は武史の肩を勢いよく叩《たた》いたものだ。

当時は中学三年生にしては余りに幼い武史に、龍彦は驚いただけだった。何ごとにも自信がなさそうでおどおどしている少年がそれまで一体どんな人生を送ってきたのか想像もしなかった。あの頃は、父親の有村五郎から金をせしめることしか頭になかった。もう十分に傷ついてきた少年の心を、さらに踏みにじるような行為を自分がやっているとは、なぜか龍彦はこれっぽっちも思ってはいなかったのだ。

龍彦は封筒にかけた手を放し、残っていたコーヒーを飲み干した。ポケットに再び封筒をしまうと立ち上がった。全身に汗が噴き出している。一度外に出て風にあたってから会場に戻ることにして、龍彦はロビー階の玄関をめざして歩きだした。

開場三十分前に受付に顔を出すと、すでに混雑がはじまっていた。さきほどの若い女性は姿が見えず、秘書会の席で見覚えのある守山の第一秘書が立ち話をしていたので名前を呼んだ。彼は深々と頭を下げ、さっそく守山のいる控室に龍彦を案内してくれる。

艶光《つやびか》りするグレイのダブルスーツを着た守山は総務会長の大関と並んで座ってヒソヒソやっていた。龍彦が顔を出すと、椅子から立ち両手で龍彦の手を握りしめる。

「どうも、どうも」

龍彦は型通り龍三の欠席の詫《わ》びを言い、盛会のようですねと世辞をつけ加えた。守山は滑稽《こっけい》なくらいぺこぺこしていた。いつもそうなのだが、大関のような大幹部を別にすれば派閥の誰彼みな龍彦には格別の低姿勢で接してくる。大方が龍彦のことを「坊っちゃん」と呼んだ。金を取り出し「ほんの心ばかりですが……」と差し出すと、守山は受け取って隣の秘書に「おい」と声を掛けた。秘書が背広の内ポケットに恭しく封筒をしまった。

「古山のせいで、龍ちゃんも大変だなあ」

大関が大きな腹を突き出してひとりごちる。大蔵大臣を二期、経企、自治、建設を一期ずつ務め三役も二度目という大関は、閣僚経験からいえば龍三に引けをとらない清風会の重鎮である。先代の池内善吾が大蔵大臣の時に政界に引っ張りだされ、経済政策通として各内閣で腕を揮《ふる》ってきた大蔵省ＯＢの長老だが、淡々とした性格でおよそ野心家とはほど遠い人物だった。小説家出身で国民的人気は圧倒的だが、政界ではタレント議員といまでも揶揄《やゆ》されることのある龍三にとって、保守政治の本流を歩んできた大関は頼りになる先輩だった。龍彦もこの太った老人には好感を抱いている。

「父も今朝はさすがにムッとしていたようです」

「そうだろうなあ。季節外れのお化けが出ちゃいかんからなあ。ここは正念場かもしれんなあ」

「倉本さんのこと、気にしてるようでした」

「なんだかねえ……。ぼくもまんざら知らん仲じゃないからねえ。押さえてはみるけれども」

龍彦と大関のやりとりを黙って聞いていた守山が口をはさんだ。

「とにかく、秋は柴田先生で決まりです。不肖守山総治郎、我が身命を賭《と》して柴田内閣実現のために粉骨砕身努力させていただきます」

大関が大笑いして、椅子から立ち上がった。

龍彦は大きくお辞儀をして彼を見送り、あらためて守山に挨拶をすると、控室を出た。ロビーで煙草に火をつけて少し考えを巡らす。

大関の心配も結局、龍三のそれと同じところへ帰着する。

たしかにその通りだった。龍三が最も恐れているのは松岡や黒川ではなかった。季節外れのお化けとはよく言ったものだ。龍三が今朝の古山発言に衝撃を受けたのは、背後にそのお化けの影を感じたからに他ならない。

古山と瀬戸は何を狙っているのか。もし仮に、瀬戸本人が再登板を狙っているといった事態なら、たしかに龍三のこの二年間の政権戦略は根底から崩れ去ってしまうことになる。

「季節外れのお化け……」

7

大関のユーモアたっぷりの祝辞を聞き終えると、龍彦は会場内を一巡した。普段はテーブルの料理には手をつけないのだが、今夜はいくらか胃におさめる。後で食べようにも金がない。食べ終えたら、念入りな挨拶回りなどせずにさっさと退散するつもりだった。長居すれば胸のあたりが落ち着かなくなってしまう。

バンケットサービスの女性が運んできてくれたローストビーフに口をつけようとしていると、後ろから背中を叩かれた。

「どうしたの、珍しいことしてるじゃない」

時事信報の村松が意外そうな顔で笑っている。

「まあね」

村松は相変わらずのくたびれた背広を着て、カメラを肩に下げていた。時事は羽振りがあまり良くはないから、この程度のパーティーだと写真部からの応援がない。記者が自分で写真を撮らなくてはならないのだ。背の高い男だった。百八十五センチはある。痩せぎすでいつも重そうな鞄《かばん》を肩に吊るし身体を折るようにして歩いている。脊椎《せきつい》すべり症という奇妙な持病があり、腰痛に悩んでいた。姿勢が悪いのはそのせいもある。まだ三十五にしては頭の方も若干さみしくなりつつあった。顔は童顔だが、二枚目だと龍彦は思っていた。

「元気」

「まあね」

村松と龍彦はなかなか距離のとり方のむずかしい関係をつづけている。これが取材者と取材対象という関係でなかったら文句なしに親友付き合いができただろう、と互いに感じている分、実際に話をするとやりにくい面がある。頻繁に顔を合わせるようになったのは龍彦が事務所入りした四年前からのことだが、それ以前から杉並にしょっちゅう顔を出していた村松とは面識があった。

「ちょっと、龍彦さん、時間ある？」

厚い肉をたいらげると、村松が袖《そで》を引っぱる。

「古山さんのことなら、今日ぼくは親父と会ってないから分かんないよ」

まずは予防線を張っておく。今夜の対古山会談は、当分は表に出せない話だ。こんな時はとにかく記者は側に寄せない方がよい。気どられると大変だし、といって隠し通せば、「水臭いな、なんであの時に耳打ちしてくれなかったの」と恨まれる。いいことはない。

「その件じゃないんだ。ちょっと地検筋で気になる話があってね。聞いているかもしれないけど一応耳に入れておこうかと思って」

村松はいつになく真剣な顔をしていた。地検筋となれば龍彦も関心が動く。

「地検って？」

「特捜部が山懸《やまがた》の件でかなり内偵しているらしい。いくつかリストが見つかってるんだけど、そのうちの二、三がそろそろ流れ出している。先週『永田町ジャーナル』に少し出たでしょう」

『永田町ジャーナル』は、山東会系の右翼団体が金を出しているいわゆる取り屋雑誌で、水野孫一という七十過ぎの社長は、終戦直後から政治家をダシに食ってきた札つきのブラックジャーナリストだった。『永田町ジャーナル』の記事については龍彦も知っていた。昨年末に倒産した山懸工業という建築資材メーカーが、官公庁事業への資材納入の便宜をはかってもらう目的で政界に闇献金を行なっていたというもので、献金先の数人の政治家の名前がイニシャルで書かれていた。だが、その中にR・Sはなかったはずだ。

山懸工業は龍三の地元、福岡に本社を置く中堅メーカーだったが、昔から「周光会」系の企業で、同じ福岡といっても龍三との関係は薄い。出ていたイニシャルもすべて松岡派の代議士にあてはまるものだった。噂では、現職の官房長官である奥野浩一郎が最も密接な関係を山懸の元社長、福本義則と結んでいたと言われていた。

ただ、それにしても献金自体は二年以上前のもので、奥野をはじめ議員たちの職務権限との関連も弱く、立件は難しいというのが大方の予想である。福本を特別背任ないし詐欺罪で告発すべく地検が動いているという情報は入っていたが、それも春先しきりに流れた話で、いまはすっかり鳴りをひそめた感じだった。

「山懸とうちは関係ないよ。話が出た時に一応経理を洗ったけど、山懸のやの字も出てこなかったんだから」

龍彦の話は本当だった。秋の総裁選挙を控え金銭スキャンダルは致命傷にもなりかねない。春先に山懸も含めてあらゆる献金元と事務所との繋《つな》がりを過去五年間にわたって徹底的に洗った。金子や洋子が中心となって半月以上かけて帳簿を点検し、多少でも不明朗な相手先、特に不動産関連やゴルフ場開発業者に対しては、献金の返却などの措置を取ったはずだ。二億を超える金を返済したと金子が言っていたのを覚えている。その時、山懸との関係も確認したが、「地経懇」の一員として年間十八万の献金を受けてきただけで、それも福本告発の噂が地検筋で流れた時点で清算されており、法人会員除籍と併せて一切の関係が絶たれていた。

「ぼくも、あの頃にそう聞かされたんだけどねえ……」

村松は浮かない声で呟く。

「なんか他にあるの？」

こんな訊《たず》ね方は誤解を招きやすいと感じながらも、思わずそう口にしていた。

「実は、流出しているリストに尚彦さんの名前が出てるんだよ。それも額が大きい」

村松の口から意外な言葉が飛び出した。

「兄貴の名前？」

龍彦はつい大きな声になった。村松が困ったような顔をする。

「実は社会部の方でリストに載っている人間について取材をはじめているんだ。山懸の旧役員や福本本人への取材も進んでいるし、地検の方にも取材をかけてる。特捜部が年明けからしきりに福本を呼んでたでしょう。もちろん任意だけど。その福本事情聴取の中身もある程度抜けてきてるらしいんだ。正直なところ、かなり裏が取れた話になってる」

皿をテーブルに置くと、今度は龍彦が村松の袖を引いて会場の端に連れていった。大勢の中でできる話ではない。

「村松さん、リストの現物はあるの。どっから出たやつ。怪文書の類《たぐい》じゃないの」

まずはリストの信憑性《しんぴょうせい》が問題になる。

闇献金などというと、とにかく出所不明の献金リストが幾つも出回るのがこの世界の常だった。大半は水野のようなブラックジャーナリストが自作した捏造《ねつぞう》リストで、でたらめに政治家の名前を書いて一般週刊誌や新聞に流し、ゆすりのネタにする。龍三のところにもよくそうした種類のリストが持ち込まれた。二年前の未公開株式の授受に絡む大きな贈収賄事件の際など、総会屋、右翼、はては密《ひそ》かにパイプのある一部労組からもまことしやかなリストが届けられ、付き合いでそこそこの金を出したりしたものだ。

怪文書には、並んだ名前の幾つかがこれ見よがしにマジックペンなどで塗り潰《つぶ》れていることがよくある。その伏せ字がますます見る者の好奇心を駆り立て、逆に文書の秘匿性を演出することにもなるのだが、実際はそれだけではない。あのマジック代としてそれぞれの政治家がなにがしか支払っている場合が多いのである。件《くだん》の株式汚職騒ぎの折などは、正確な内部資料に基づく怪文書の場合、一行塗り消すマジック代が一千万とも言われたものだ。

もっとあくどい手口もある。

例えば捜査当局が摑《つか》んでいるリストと同じものを手に入れておいて、その真物のリストに無関係な政治家の名前を似た筆跡や字体で巧みに書き込む。そうすれば、前後の人名が次々と捜査によって明らかにされていくから、謂《いわ》れなく名前を差し込まれた政治家まで収賄の汚名に恐怖する。仕方なくマジックで消してもらうための無駄金をリストの持ち主に払わなくてはならない。

村松からリストに尚彦の名前が入っていると聞いて、龍彦が真っ先に想起したのは、そうした悪質なゆすりだった。

「リストの現物は社会部が持っていて、さすがに政治部には渡さないんだ。ただ、仲のいい社会部の奴に聞いたら、社用箋《しゃようせん》にタイプされた山懸の公式書類で社判も福本のサインも間違いないらしい。福本や旧役員たちも本物だと認めているそうだ。ソースは言えないけど、いま持っているのは読売とうちだけで完全版はうちの方だろうと奴は言ってた。久々のネタで社会部は特別取材班を組んでやっている。野中って名前聞いてるだろう。うちの司法クラブ担当のデスク。その野中氏が特捜と組んで大きなヤマにしたがってる」

野中という記者の名前は龍彦もよく聞いている。龍彦が雑誌編集部にいた頃から、検察に強い敏腕記者としてその名は轟《とどろ》いていた。現在の東京高検検事長である土方《ひじかた》信勝と野中の密接な関係はマスコミ界では周知のことだった。

土方が東京地検特捜部長として藤田清臣元首相の航空機疑惑の捜査指揮を執っていた時代から、野中は土方と昵懇《じっこん》の間柄で、検察周辺に関して他を圧倒する情報網を握っていた。むろん土方が最大の取材協力者であることは半ば公然の秘密だ。その野中がリストを掴んだと村松は言っているのだ。ということは、土方から直接捜査資料が流れた可能性も否定できない。

そうなると、尚彦の名前が検察の入手した一級資料に出ているということだ。これは容易ならざる事態かもしれない、と龍彦は思った。

土方がリークしたとすれば、事件そのものの立件が事実上難しいという判断を検察上層部が行なった――つまり、マスコミ報道によって道義的責任を追及させる方向に検察が方針転換した、とも読めるが、野中と土方コンビとなるとそう単純に楽観はできない。

土方が大阪高検の次席だった頃、関西の砂利船の利権に絡む汚職事件を摘発して国会議員を起訴に持ち込んだことがあったが、この時も本来は証拠固めで立ち往生していた土方が野中と組んで世論を煽《あお》り、本件の贈収賄ではなく脱税と政治資金規正法違反で議員を逮捕、訴追まで追い詰めたことがあった。そういうかなり強引な捜査指揮をするのが土方流なのである。

土方が、今回もそうしたマスコミを巻き込んだ捜査手法を選んだとなれば、単に記事として叩《たた》かれる以上に龍三にとってのダメージは深刻なものとなる。尚彦はただの秘書ではなく、龍三の長男であり、参議院選挙に出馬表明すれば名実ともに後継者ということになる。

村松の話は大変な情報だった。村松だからこそここまで龍彦に伝えてくれるのだ。

「柴田尚彦って誰だと、社会部が訊いてきた。嘘は言えないから先生のご長男で、福岡の事務所責任者だと言っておいた。まだ社会部も他の政治家の方に気を取られて尚彦さんまでは取材を広げていなかったようだけど、おっつけ尚彦さんのところにも取材がかかると思う」

「額はいくらなの」

龍彦は声をひそめて訊く。

「それがでかい。そのリストで全部でもないらしいが、一応奥野の一億八千万が最高で、次が尚彦さんの一億二千万だそうだ」

「一億二千」

龍彦は息を呑んだ。億単位の闇献金となれば政治資金規正法で十分やれる金額だ。量的制限違反として、会計責任者だけでなく下手をすれば政治家本人にまで司直の手が伸びる可能性も出てくる。もし本当ならとんでもないことだ。

「ちょっと信じられない話だな。だいいち一億二千なんて金を山懸からうちが受け取るはずがない。金額から言っても兄貴の独断でやれる額じゃないしね。きっと何かの間違いか、それとも秋を睨《にら》んだ悪質な仕掛けだな。どっちみち、きっちり調べてもらえば根も葉もないことだと分かると思うけど」

とりあえず公式的な感想を述べてみせると、村松が察して言葉を重ねてきた。

「龍彦さん、大丈夫、別に取材で訊いているわけじゃない。ただ、野中情報となるとちょっと俺も気になる。そうそうガセであの人が入れあげるとは思えないからね。一応、尚彦さんにも確認をとって善後策だけは立てておいた方がいいし、検察サイドからも情報は蒐集《しゅうしゅう》しておいた方が安全だと思うんだ。俺もリストの写しはなんとか手に入れてみるけど」

村松はそう言い、ポケットから手帳を取り出して何か書き込むと一枚破って龍彦に差し出してきた。

「これ、新しい携帯の番号。先生にも教えておいてくれないか」

受け取ると、龍彦はなんとなく、この件に関して村松ともう少し話を詰めておいた方が良さそうな気がして、

「村松さん、このあと時間あるかな」

と訊いた。

「ああ、もう後は何も入ってないから」

「じゃあ、久し振りに一杯やろうか」

やはりリストは大至急欲しいと念を押した方がいいし、野中の握っている情報についても詳しく知りたい。

「もう少し、挨拶回りして行くから、上のラウンジバーで三十分後ということにしようか」

「分かった」

と村松が頷き、龍彦は彼と一旦別れた。腕の時計を見る。ちょうど七時半だ。

人の群れの中に入りながら、この三十分のうちに誰か知人を見つけ、金を借りなくてはと思った。こんなことなら守山のような議員に二百万も渡さず五十万ばかり抜いておけばよかった、という気がした。

守山は北海道選挙区選出の参議院一回生だが、そもそもは龍三と親しかった別の派の某代議士の秘書を長年務めた人物だ。その代議士が七年ほど前に死んで、長男、次男のあいだで跡目争いが起きたときに、長男を担いだ彼は次男びいきの未亡人と決定的に対立してしまい、事務所から放逐されてしまった。それを哀れに思った龍三が自派に引き取り、前々回の選挙で参議院議員に取り立ててやったのだが、年齢もすでに六十を過ぎ、議員としてはもうあと一期六年で終わるというのが順当なところだった。

苦労人の守山には悪い癖があった。

柴田派の大物議員がパーティーなどに顔を出すと、テレビカメラの前で決まってその大物に近づき、手をかざして何やらひそひそと耳打ちをしたりするのだ。中身は時候の挨拶程度なのだが、それが放映されると地元の支持者たちにはいかにも側近風に見える。龍三相手にもそんな小細工をするものだから、そうしたことをひどく嫌う龍三は、最近守山にあまり好い印象を持っていないようだった。

見知った顔を捜して会場内をうろうろしていると、また背中から肩を叩かれた。村松だろうと振り返ってみると意外な顔があった。

「龍彦さん、お久し振り」

髪の長い白いワンピース姿の若い女性が立っていた。

「やあ、どうしたの」

龍彦も懐かしい表情になる。

「いつ出てきたの。全然知らなかった」

「今朝。びっくりした?」

兼光純子だった。純子は尚彦の妻、徳子の妹だ。一昨年東京の大学を卒業して福岡に帰っていった。いまは光栄興産の福岡本社でOLをやっているはずだ。

「夕方、事務所に顔を出したら洋子さんがここを教えてくれたから、急いで追いかけてきたの。よかった見つかって。あんまり人が多いから駄目かと思っちゃった」

純子が聖心女子大に通っていた時分は、たまに会って食事をしたりしたものだ。帰郷してからは電話で話すこともほとんどなかった。姉の徳子とは六つ違いだから彼女も今年で二十四歳になるだろう。

「どうしたの、見合いでもしにきたのか」

龍彦がからかう。彼女は二週間ほど前、ある写真誌に隠し撮りされて大きな記事にされたばかりだ。純子の表情が一瞬曇った。

「こんなパーティーなんかに顔を出して大丈夫なのか。カメラマンも大勢きているし、急に上京してきたことが見つかったら、また何を書かれるか分かったものじゃないよ」

これは龍彦の言う通りだった。真偽のほどは彼にもさだかではないが、いまの純子は長引く皇太子妃選びのさなか、有力なお妃候補の一人としてマスコミの注目を浴びていた。当の写真誌など、出勤途中の彼女の写真を三頁にわたって掲載し、今日明日にも彼女で皇太子妃が決定されるような話を書きつらねていた。龍彦自身、その記事を見てはじめて純子が候補に挙げられていると知り、半信半疑ながらも仰天したものだ。

「もう、大騒ぎにはうんざりしちゃった。最近は、家の前に必ず誰か得体の知れない人がいるし、出歩いたら後をつけてきたりするの。一体どうして私がこんな思いをしなくちゃいけないのか全然分からないし、父も母もこの二週間困り果てているの。あの記事だってほんとに根も葉もない話なんだから。なんで私のような女が皇太子様のお妃様になんかなれるわけ？　常識で考えてみたら分かるはずでしょう」

純子は本当に憤慨した口調で一気にまくしたてた。相当困っているようだ。

「あの記事のおかげで会社にも出にくいし、取材が殺到していくら断ってもマスコミは押しかけてくるし。いてもたってもいられないんだもの」

「だから、逃げだしてきたのか。よく見つからなかったもんだね」

龍彦は笑った。確かに、純子が皇太子妃になるとはとても思えない。血縁《えん》でないとはいえ縁戚《せき》に総理候補がいる以上、それだけで失格のはずだ。

「昨日の夜は市内のホテルに泊まって、朝一番の飛行機で出てきたの。さすがに誰も追っかけてきたりしなかったみたいね」

予想外だが、ちょうどいいところで彼女に会ったと龍彦は思っていた。純子なら無理を言えば五、六万の金は貸してくれるに違いない。

「今日はどこに泊まるの、何なら杉並に来ればいい。どうせマツさんしかいないし、そうするなら俺の方からマツさんに電話いれておくよ」

関マツは数年来住み込みで杉並の家の世話をしてくれているお手伝いさんだ。

「先生はあんまり杉並には帰らないの」

「いやそうでもないけどね。今夜はたぶんホテルに泊まるんじゃないかな。遅くなるようだから」

純子は龍三のことを先生と呼んでいた。学生の頃もたまに顔を合わせると、いつも緊張して普段のような快活さが龍三の前ではすっかり影をひそめてしまう。どうやらかなり苦手のようだった。

「どうする」

龍彦が念を押すと純子は少し考える表情になった。

「龍彦さんは相変わらず三軒茶屋のアパート住まい?」

あるけど」
「そうだな。もう半年近く杉並には泊まってないかな。昼間、たまに仕事の都合で寄ることも
「ぜんぜん帰ったりしないの」
「ああ」

純子はずいぶん前に一度、龍彦のアパートを覗きに来たことがあった。あれはいつだったろうか。龍彦は思い出そうとしたが、よく分からなかった。ただ、深夜突然に訪ねてきて面食らった記憶はある。とりあえず部屋に上げてコーヒーを振る舞い、早々に彼女が住んでいた千駄《せんだ》ヶ谷《がや》の女子学生会館までタクシーで送っていった。雨が降っていたような気がする。寒い夜だったからきっと一昨年の年明けくらいのことだろう。

しかし、なぜあの晩不意に彼女がやってきたのか、その理由が思い出せなかった。なにか時間を争う用件でもあったのだろうか。

「私ひとりだとなんだか悪いから、やっぱり遠慮しておくわ」

純子はそう言った。

「じゃあ、今晩はどうするの。ホテルか何か予約入れてるの」

「範ちゃんの部屋に、もう荷物も置いてきたの。しばらくやっかいになろうかと思って」

青山範子は龍彦も面識があった。純子とは福岡の中学校時代からの親友で、いまは慶応病院の看護学校で看護学教室の助手をやっているはずだ。看護学校を卒業した後、明治大学の夜間に通って大学卒業資格を取得し研究室に入った努力家で、純子より二つ年長だった。信濃町《しなのまち》のアパートで独り暮らしをしていると以前本人から聞いたことがある。

そういえば青山範子という人物がいたんだなあ——となぜか龍彦は奇妙な感慨をもよおした。名前も存在もいまのいままですっかり失念していたはずが、「範ちゃん」という純子の言葉を聞いて、突然のように彼女の経歴や顔、その表情の移ろいまでもが記憶の底から一気に立ち上がってくる。

最近たまにこういうことがあった。失くしたと思っている記憶も、人間の脳裡《のうり》にはどれもこれも丹念に大切にしまわれているのかもしれない。

このようにして、いずれは薫とのことも自分は取り戻すことができるのだろうか。

あのすっかり喪《うしな》われてしまった、かけがえのない二人の時間でさえも、こんな自分のもとにいつかは帰ってきてくれるのだろうか。

そうだった。青山範子はしっかりした印象のそれでいて気持ちに温かみのある、感じの良い女性だった。少しだけ薫に似ていて、純子のようなお嬢さん育ちの女の子にしては「選ぶ友達がまともだよ」と、最初三人で会って範子を紹介された日に龍彦は妙に感心し、範子と別れた帰り道で純子にもそう言い、いまよりもっと初々しかった純子はちょっと照れ臭そうに愛らしく微笑んでみせた。そういえば範子とは、その後二、三度向こうから誘われる形で二人きりで食事をしたのではなかったか。いちいちは覚えていないが、ふっといま思い出したのはどこかのインド料理屋か何かで、そこはとても暗い店で赤い蠟燭《ろうそく》がテーブルに置かれていて、一緒に食事をしたら、どの料理もとびきり辛くて、範子が「これは医学的には心臓に悪いわね」と笑いながら「美味《おい》しいわ」と喜んだ、その表情をよおく覚えているような気がする……。

「龍彦さん、龍彦さん」

呼ぶ声に龍彦は顔を上げた。純子が心配そうな表情でこっちを見ていた。また、とりとめのない想いに沈みそうになったことに気づく。

「純子は、お腹すいてないのか。とにかくここは人目につきやすいから用心した方がいい。今からどっか行くか？」

龍彦は自分の醜態を誤魔化したくて、ついそんなことを言った。金を借りるにしてもここで頼むわけにもいかないからな、と自身を納得させる。そういえば少し酒を飲みたい気分もある。

「うん、行く。どうせ今夜はヒマだったんだ」

純子は嬉しそうに頷いた。

8

オークラの正面玄関でタクシーを拾って、龍彦は純子と一緒に日本橋界隈《かいわい》へと向かった。昔よく通っていた鳥鍋屋《とりなべや》が隅田川沿いにある。両国橋の手前で月島方向に折れてすぐの、戦前からの民家が軒を連ねる一角にひっそりと暖簾《のれん》を掛けた小さな店だが、小林秀雄が愛用した鍋屋として名が知られていた。

そこの女将《おかみ》とは勤めていた頃からの馴染《なじ》みで、気の合う仲だった。見合いで郁子と出会って最初に連れていったのもこの店だし、会社や学生時代の仲間たちともしょっちゅう食べにきていた。混んでいても龍彦が顔を出すと必ず部屋を都合してくれた。もちろん龍彦が柴田家の人間だということを女将は承知しているが、そんなことより、初めて上司に誘われて訪ねた際に、ちょうど女将が喉《のど》を悪くしていて、取材で顔見知りだった腕利きの漢方医に薬を調合してもらって、翌日さっそく持参したのが好印象を与えたのだと思う。

女将が持っていた不動産でちょっとしたトラブルが起こった時は、話を聞いて解決に力を貸したこともあった。金子に持ち込むと、目の前で二本ばかり電話してくれて、三日も経たないうちに問題は消えていた。女将はすっかり感嘆してくれたが、一番驚いたのは龍彦本人だった。まだ大学を終えてすぐの時期で、思えば龍彦も若かった。

店に着いたのは八時過ぎだった。タクシーの中で純子に借金のことを切り出そうと思ったが、妙にはしゃいだ様子で純子が喋《しゃべ》りつづけるので何となく言いそびれてしまった。純子は父親の会社での勤務が気詰まりらしく、東京暮らしが懐かしいとしきりにこぼしてみせた。

「あんな窮屈な女学生会館でも、やっぱり一人で暮らしていた頃はほんとうに気楽だったのよね。実家に帰って父や母と一緒になると、もう助けてって感じ。博多は都会とはいっても狭い街だし、一日中誰かに監視されてるみたいで籠《かご》の鳥になったような気分だわ。面白いお芝居もかからないし、コンサートもレストランもお洋服もみんな東京より半年も一年も遅れてやってくるの。大学時代の友達とたまに電話で話しても、いつも私がへーって感心して聞いてるばかりで、こっちからは何も話すことがないの。彼女たちは平気で夜遊びして、親からも何にも言われないし、結婚結婚と始終言われることもないのに、私はもう見合い話ばかり雨のように降ってきて、断るのにひと苦労なんだから」

純子が大学に受かって上京してきた頃には、すでに龍彦の身辺はのっぴきならないところへ追い込まれ、もはや他人のことなど思いやる余裕を失っていた。そうした四年のあいだに顔を合わせる関係だった彼女には、むしろ自分の方が甘えていたような気がする。

十歳も歳下の女の子だったが、兄とも疎遠で、子供の頃から父や母とも親子らしい交わりの薄かった龍彦には、義理とはいえ気がおけない妹ができたことが嬉しかった。

純子は心根の優しい気取らない人だった。少々頑固な一面はあったが、思慮深い性格で読書家だった。兄嫁の妹として最初に対面したときから、互いの好きな作家の話で大いに盛り上がった。そんな覚えもあったものだから、純子が上京してくると、龍彦はたまに呼び出して食事をしたり、映画を一緒に観たりしたものだ。ことに薫と別れてからは、そういう身内同士の付き合いが、すさみきった龍彦の気持ちを幾分かは癒《いや》してくれたような気がする。

二階の奥の小座敷に通されて熱いおしぼりで顔を拭《ぬぐ》った瞬間、龍彦は突然、村松とオークラのバーで八時に待ち合わせていたことを思い出したのだった。

金を借りるという点にばかり気を取られ、肝心の目的の方をすっかり失念していた。

「あっ」

思わず叫んだので、向かいに座った純子がびっくりする。

立ち上がり、急いで階段を駆け降り女将に電話を所望する。女将は帳場の暖簾を上げていつものように内座敷の電話を貸してくれた。こういう古い店には、床の間のついた立派な一間が調理場や女将の部屋のさらに奥にあって、密会用にごく親密な客にだけ提供される。龍彦はさっそくオークラのバーに電話した。二、三分して村松ののんびりした声が受話器の向こうから響いてきた。

「どうしたの、待ってるんだけど」

別に怒っている風もない。村松のこうした鷹揚《おうよう》さが龍彦は好きだった。

「申し訳ない。あれから急用が出来て、いま日本橋まで来てるんだ。悪いけど今晩はキャンセルさせてくれないか」

「いいよ。でも今夜はもう少し話したかったな。さっきは立ち話だったけど、案外ヤバイんじゃないかと俺は踏んでるんだよ、あの件は」

「俺も実はそう思ってる。だけどもう少し詰まるまで親父には当てないでくれないか。今朝のこともあって親父も神経質になってる。いまは本件の方で一番微妙な時期だからね」

「龍彦さんがそう言うなら二人でしばらく詰めてみてもいいよ。どっちみち地検が動くにしろ選挙が明けてからの話だろうからね」

「すっぽかして悪いね」

「いいよ。お取り込みならさ」

龍彦はしばらく黙って瞬間的な計算を頭の中で繰り返した。山縣の問題は時事信報が野中デスクを中心に先行しているという。村松は今後も貴重な情報源だ。

「村松さん、これ完オフってことで聞いて欲しいんだけど、いい？」

「なあに、どうしたの」

「今夜、親父は古山とやってるんだ。今朝の古山の発言は親父とも相談なしだった。意味分かるよね」

村松の口調が変わった。

「場所はどこ。時間は？」

「東京プリンス。六時半からと言ってたからまだやってるだろう」

「俺はおたくと瀬戸派は固いと見てたんだけど、違うの？」

「そこが正直言って、今日で分からなくなった。少なくとも今朝の古山の話は寝耳に水だった」

「へー」

今夜の会談の事実だけでも、政界にとっては大きな波紋を広げる効果がある。

「でね、今夜の中身も明日以降、耳に入ってきたら村松さんには教える。だから書くのはちょっと待って欲しいんだ。その代わり中身次第では俺の判断ひとつで解禁するから。そしたら流してよ。どうも瀬戸と古山の動きは匂うんだ」

「龍彦さん、俺も最近になって本当はそう思いはじめた。倉本んところにしきりに実弾ぶち込んでるの聞いてる？　十億単位らしいよ。事務所も古山が探しているという穿《うが》った情報まで入ってきてる」

「親父もそこが一番気になるらしい」

「明日、いつ会えるかな」

村松はさっそく詰めてきた。

「明日だったら夜かな。だけどこれは古山の方からも絶対洩《も》れないはずだから、心配ないよ」

「多分ね。じゃあとにかく明日になったら一度そっちから電話入れてくれない。さっきの携帯、あれ鳴らしてよ。俺もリストはできるだけ早く手に入れるから」

「分かった。とにかく今日は悪かったね。こんど埋め合わせするよ」

そう言って龍彦は電話を切った。二階の部屋に戻りながら、古山との会談の件を洩らしたことを多少後悔した。もし村松がいまから東京プリンスホテルで龍三か古山をつかまえれば、今晩中に速報で抜かれないとも限らない。永田町はかなりの騒ぎになるだろう。龍三も激怒する。

そもそも村松との約束を忘れなければ、こうした成り行きになることもなかった。金がないのが一番の恨みだが、自分のちぐはぐさが我ながら不甲斐《ふがい》ない。

まあ、今夜は久し振りに会った純子と愉快に飲もう、と無理やり気持ちを切り換えて龍彦は座敷の襖《ふすま》を開けた。

上座に座らせた純子は、中央に炉を切った年代物の楡《にれ》の座卓の向こうでうなだれていた。炉の中でクヌギの黒炭が赤々と燃えて、窓を細く開けただけの部屋は蒸し暑いくらいだ。彼が入ってきても身じろぎひとつしない純子を不思議に思い、龍彦は立ったまま彼女の顔を覗き込んだ。

純子はかすかな寝息を立てて、両腕を胸前に垂らし眠っているのだった。柔らかな粘土の人形を上から押さえつけたように、小さな肩を落とし正座した脚が開いてへたりこむような姿勢で静かに眠っている。薄い胸のあたりがわずかに震え、長く細い髪が首筋を離れ目の前の座卓の上にこぼれていた。それは炭火の朱色の炎につやつやと光って、束の間、龍彦はその煌《きら》めきに目を奪われてしまった。

彼女の肩に手を置いてそっと揺すった。びくっと身震いして純子は顔を上げた。

「朝早かったから、疲れているんだね」

純子は乱れた髪を掻《か》き上げ「ごめんなさい」と呟いた。

「何なら、このまま引きあげようか。女将に頼めば大丈夫だよ」

「ほんとにごめんなさい。せっかく龍彦さんに連れてきてもらったのに。でももう平気。ちょっと寝たら元気になっちゃった」

しかし、純子の顔色は心なし青ざめて見えた。こうしてつぶさに観察すると眼の下や頬に疲労の色が滲《にじ》んでいる。彼女は彼女なりに、東京よりはずっと小さな故郷の町で妙な騒動に巻き込まれて心労を重ねてきたのだろう。

「ここの合鴨のすき焼きは名物なんだ。脂が乗って結構旨い」

「あー、お腹すいた」

純子は腕を上げて伸びをしてみせた。

ビールを飲みながら二人で鴨をつついた。山型の鉄鍋のてっぺんに脂身をのせ、垂れた脂で肉を炙《あぶ》って生醤油《きじょうゆ》につけて食べる。薬味は大根おろしと唐辛子だけだ。

「いいお店ね。とっても由緒ありそうだし、美味しい」

眠気もすっかり消えたのか純子はどんどん肉をかたづけていく。

「合鴨って、普通の鴨とどこが違うの？」

口に頬張りながらそんなことを訊《き》いてくる。

「合鴨っていうのは、真鴨の雄とアヒルの雌をかけ合わせた雑種のことだよ。そのぶん身が柔らかくて食べやすい」

「ふーん」

「もともとは野生の鴨を捕るオトリ用に飼い馴《な》らした鳥なんだ。猟師たちは合鴨とは言わずに『ナキ』と呼んでいる」

「ナキ？」

「そう、鳴かせて鴨を誘わせる」

「なんだか哀れな話ね」

妙に純子は身につまされた顔つきになった。

龍彦はビールから日本酒にかえてピッチを上げた。鍋にはほとんど手をつけない。杯を重ねるごとに酒が甘くまろやかに喉《のど》を潤していく。久々に旨かった。酒が旨いと飲む相手が見えなくなってくる。酒とだけ情を交わしているような陶然とした心地に誘われてくる。再び飲めるようになってから、そういう酒の味が龍彦にも分かるようになった。

純子もビールのせいで頬や首筋を赤く染めていた。

「兄貴たちは元気にしてる？」

龍彦はグラスの冷酒を飲み干すと、座卓の背に身体をあずけた。

「ええ、二人とも元気」

「まだ子供はできないんだ」

結婚して八年になるが、兄夫婦は子供に恵まれなかった。

「そうみたい」

「おたくの御両親も、もう待ちくたびれたんじゃないか」

光栄興産社長である兼光公平には三人の子供がいる。長女の徳子に次女の純子、そしてその間に草平というひとり息子がいるが、この長男と父親はしっくりいっていないと聞いていた。草平は大学を卒業すると、光栄入りを拒んで友人たちとヨット販売の会社を作ったりしたあげく、それもやめていまはパリでツアーガイドなどをやりながら気儘《きまま》暮らしをつづけているらしい。彼とは兄の結婚式で一度顔を合わせただけだが、すでに三十近くのいい歳になっているはずだ。

「もっとも、あんな夫婦じゃ子供なんて望むべくもないだろうけどね」

純子が怪訝《けげん》な顔になった。

「きみの姉さんは相変わらず実家に入り浸りなのかい」

結婚した当初から尚彦と徳子との関係はうまくいかなかった。尚彦が光栄興産の東京本社勤務だった時期、夫婦喧嘩《げんか》のたびに徳子は福岡に帰って兼光の両親に泣きついてばかりいた。

「もうそんなことないわ」

やや気分を害した口調で純子は答えた。お嬢さん育ちの勝気さが顔を覗かせる。

「ごめん、言《わ》い方が悪かった」

とりあえず詫びたが、尚彦の出馬の一件のことを思い出し、龍彦は酔いも手伝ってすこし意地悪な気分になっていた。

「だけど兄貴とみはるさんは相変わらずつづいているんだろう。よくきみの姉さんは辛抱してるじゃない」

純子は黙り込む。水上洋子の一人娘みはると尚彦とは、尚彦が結婚する前からの関係だった。

「きみは御両親や姉さんから聞いてないの。あの二人まだつづいているんだよ」

「知らないわ」

「そんなはずないだろう。お喋《しゃべ》りな徳子さんが愚痴らないわけないよ。どうせ例の狐みたいな顔で口尖《とが》らせて、ぎゃんぎゃん言ってるんだろう」

徳子は純子とは顔立ちがまったく違った。純子が丸顔でどちらかというとふくよかなのに比べて姉は鋭角的な美人だった。すぐにモデルにでもなれそうな化粧映えのする容貌《ようぼう》の持ち主だ。尚彦がみはるとの関係に疲れ、龍三からも再三の圧力を受けていた頃、一度の見合いで結婚を決めてしまったには、この徳子の際立った容姿がかなり大きく作用していたと龍彦は見ていた。

徳子は大学の学園祭でミス・キャンパスに選ばれるような女性だった。龍彦ならそう知っただけで敬遠したくなるが、兄は逆のタイプだった。もともと人間に興味のない彼は、外見の特異性や浅薄な個性に目を奪われることが多い。みはるとの関係にしても、みはるという龍彦からみるとかなり風変わりな性格の女性に尚彦の方が引きずられているのは明らかだった。

兄は死んだ母を愛していた。少なくとも美人女優だった郷子を内心かなり自慢に思っていた。龍彦は幼い頃から龍三という父を持ったことをどうしようもなく誇らしく思ったものだが、兄にとっては美しい母の方が誇りだったようだ。その点で、徳子は兄の嗜好《しこう》を十分に満たしていたと言える。

「龍彦さん、急にどうしたの。なんだか変よ」

純子は箸《はし》を止めて、龍彦の顔をまじまじと見返した。

「ごめん、ちょっと酔った」

龍彦はまた詫びて、大きな溜め息をついてみせた。尚彦が選挙に出るという事実が予想以上に堪《こた》えているのかもしれない。なぜだろう、と龍彦はそんな自分のことが自分ながら不可解だった。

「ずっと側にいるんだもの、私だって姉さんたちがうまくいってないことくらい知っているわ」

あんな姉だから義兄《にい》さんに不満があるのも事実だと思う、でも、と純子は呟いて口ごもった。万事に派手な姉と比べ彼女は見るからに素朴だった。性質も相当に違うだろうし、それほど姉妹仲が良いわけでもなさそうなのは、昔からの純子の口ぶりで分かっていた。

「それで」

龍彦は純子に次の言葉をうながす。

「こんなこと弟の龍彦さんに言うのは失礼かもしれないけど、でもやっぱり姉も可哀相だと私は思っているの。だって結婚した最初から義兄さんには女の人がいて、しかも義兄さんはずっと姉の気持ちなんか無視して関係をつづけているわけでしょう。それは姉にしてみればいくらなんでもあんまりなことだわ」

「それはそうだろうね」

龍彦は頷く。

「だけど、兄貴だって好きでみはるさんとつづいてるわけでもないと俺は思うよ。きみの姉貴がどうにもならないから、仕方なく昔の人と切れないでいる面もあるんじゃないかな」

兄と徳子との結婚が決まったとき、みはると一緒になるべきだと龍彦は相当に憤慨した。たしかにみはるには奇矯な一面もあったが、彼女が兄を愛していることは疑いを得なかった。にもかかわらず、母の郷子の手前もあって洋子が遠慮をし、龍三も洋子との特殊な関係ゆえに、何としてもそれだけは許すことができなかった。結局すべては父、龍三の妄執が生んだ悲劇なのだ。尚彦もみはるも、そして徳子もその犠牲者にすぎない。しかし龍彦はその一方で、決して父に逆らえぬ尚彦をひどく軽蔑《けいべつ》したものだ。まさか自分がそれから数年後、そんな兄以上の醜態をさらすことになろうとは、彼には当時想像もできないことだった。

純子はしばらく口を噤《つぐ》んでいたが、ふいに強い眼を龍彦に向けると、

「そんなことはないわ。だって姉と義兄さんは結婚したわけでしょう。だったら過去の女性と別れるのは男として当たり前のことじゃない」

とはっきりと言った。その眼を見つめながら、あの初々しかった純子もすっかり一人前の女に成長しているんだ、と龍彦は感じた。大人の女性相手ならばもっとちゃんとした物言いをしなければ、と龍彦はやや気持ちを引き締めてみる。

「だけど、二人は別に愛し合って一緒になったわけじゃない。柴田の家と兼光の家とを結び付けるために結婚という法律的形態をとっただけだ。お互いの気持ちなんて最初から反映されていなかったんじゃないか」

「だけど、結婚は結婚よ。いくら動機がそうだったとしても一緒になったら二人で家庭を営み、互いに労《いたわ》り合う努力をするべきでしょう」

「しかし、きみだって兄貴がみはるさんと一緒になりたかったことは知っているだろう。それを父に猛反対されてやけくそで徳子さんと結婚しちまった。ぼくが見るところ、あの兄貴は徳子さんが綺麗《きれい》な人だったからついふらふらっとそんな気になっただけだ。それでも見かけ同様に徳子さんがもっと気持ちのきれいな我慢強い人だったら、兄貴のような主体性のない人間はふらふらしながらもいずれは徳子さんのところで落ち着いていたはずだ。それをきみの姉さんがのっけから大騒ぎをやらかして半狂乱になるから、兄貴もうんざりしてしまった」

結婚後もみはると続いていた尚彦が、徳子に怪しまれるのに時間はかからなかった。半年も

たたないうちに露顕して徳子は実家に泣きつき、一時は両家を巻き込んでの大騒動になったのだ。困惑した洋子が、美大を卒業したばかりのみはるをデザインの勉強を名目にフランスに留学させたのはそのときのことだった。だが、二年の留学を終えて帰ってきたみはると尚彦は再び関係を持つようになり、さすがの龍三も匙《さじ》を投げてしまう。それ以上介入すると洋子まで失うことを龍三は恐れたのだ。

「一番の被害者はきみの姉さんじゃなくて、みはるさんの方だよ。きみには納得いかないかもしれないけど、ぼくはそう思っている。事の是非如何《いかん》にかかわらず、やっぱり人の恋路を邪魔する奴はみんな悪い奴だとぼくは思うよ」

「だけど……」

純子はさっきから不満な表情を露《あらわ》にしている。龍彦はさらに言葉遣いを改めて話をつづけた。

「大体、きみの家もぼくの家も立派すぎる。そのことでぼくたちはずいぶんと得もしたかもしれないけど、その有り難みはぼくたちには分からない。誰でもそうだろうけど人はあらかじめ用意されたものに感謝するより、不足しているものに不満を抱くものさ。ぼくたちはたまに自分の人生が自分だけのものでないような気にさせられる。兄貴同様にぼくだって結婚した相手は若狭《わかさ》家の御令嬢だ。ぼくの義父は日本一大きな建設会社のオーナーで、その妻の父親は高名な宰相だった。きみだっていまじゃ皇太子妃の有力候補らしい。しかし、ぼくもご存じの通り結婚には失敗して、最近は女房とも半年以上会ってない。要するにぼくたちには何かが欠けている。しかもそれは決定的な何かなんだ。だけどぼくたちの不満は世間からすれば、ただの鼻持ちならない世迷《よま》い言《ごと》でしかない。でも、そのことに負い目を感じて最初に諦《あきら》めるのはいつも当のぼくたち自身だよ。そうだろう？　そして不完全な後悔だけが一生ぼくたちの心に消えずに残ってゆくんだ。誰にも絶対に理解されないままにね」

純子はまともに龍彦の顔を見つめている。微妙な翳《かげ》りをその表情はたたえていた。何か深く思い悩むことでもあるのだろうか、と龍彦はふと感じた。純子が一度頷くようにしてゆっくりと口を開いた。

「パリの兄さんがよく言ってたわ。昔は体制と反体制っていう便利な考え方があって、自分たちのような人種は、その門を若い頃にくぐればそれなりに落ち着いて損をしない人生を送れたって。私たちの両親のようにね。でもいまはすべてがそんなに簡単でもなければ甘くもなくなって、そうした型通りの安易な精神史を辿《たど》ることが許されないから、自分は一生悩みつづけてどこまでも踏ん切りをつけられないんだって。最近、私にもそういう兄さんの気持ちがようやく分かってきたような気がするの。特に姉の姿を見ていたりすると」

さきほどのタクシーの中でのお喋りとはうってかわって純子は真剣な口調で話した。両親から見合い話が雨のように降ってくると言っていたが、彼女もかつての兄や自分のように、重すぎる家と小さな自己の間に挟まれて苦しんでいるのだろう。まして女性の彼女にすれば尚更《なおさら》そうなのかもしれない。

しかし、それでもいま自分たちが喋っていることはなんて平凡なことだろうと龍彦は考える。どんなに幸福そうに傍目《はため》には見える個人にも集団にも、微かな綻《ほころ》びや人に言えない不幸がきまってある。そして、それは本人にとってもまた他人にとっても小さな慰めなのだ。誰だってどんな不幸にも対処することは可能だ。由香子や自分や郁子や、そして薫にしてもきっとそうに違いない。何よりも必要なのは語り合うことではなく、行動することだと龍彦は思う。ただ、尚彦にも自分にも、そして純子にも結局そういう勇気はありはしないのだ。

「四年前、兄貴が福岡に帰って親父の事務所に入ると決めた時、きみの姉さんはとても嬉しそうだった。ぼくは、ちょうど出発するその日に羽田に二人を見送りにいったけど、徳子さんは兄貴に腕を絡ませてほんとうに幸せそうに見えた。あの時は兄貴も本気でみはるさんと別れる気でいたんだと思う。そうできなかったのは、みはるさんがそれを許さなかったからだ。それもまた当然のことだとは思うけどね」

「姉がもう少しヒステリックな性格でなかったらきっと上手くいってたと思うけど……」

「でも仕方がないよ。兄貴のことを徳子さんとみはるさんとどちらが多く愛しているかといえば、それはみはるさんだからね。あんな兄貴でもそれぐらいのことはきっと分かっているんだろう」

「そうかもしれないわね、ほんとに残念だけど」

純子が淡々とした口調で言った。

9

「こんなにお酒飲んだの初めて」

鍋がかたづき、小豆粥《あずきがゆ》をすすっていると純子が箸を置いて大きな息を吐いた。テーブルの上には硝子《ガラス》の二合瓶が数本並んでいる。腕時計を見る。まだ十時を少し回ったところだった。僅《わず》かの時間にかなり飲んでしまったようだ。いましがたようやく気づいたのだが、いつの間にか純子も一緒になって冷酒グラスをぐいぐい傾けていた。大した飲みっぷりだった。

「そろそろ行こうか」

龍彦の方も酔いが次第に全身に広がってきていた。後半は二人で何を話したのかほとんど記憶がない。純子の寛《くつろ》いだ様子からすると、さしあたり気分を害するようなことは口にしなかったのだと思った。純子は座椅子の背に凭《もた》れかかり、片方の膝を立てて時折髪を掻《か》き上げたりしている。首や二の腕まで真っ赤に染まっていた。脚が開いてスカートの裾《すそ》が乱れ、腿《もも》のあたりの白い肉が隙間からちらちらしている。目のやり場に困ったが、酔った龍彦の目にはそういうくだけた風情が好ましく映り、いい女になったなあ、などと半ば本気で思ったりしている。

そういえば、と龍彦は思い出した。

純子を新橋のガード下の焼鳥屋に連れていったことがあった。いつだったかは忘れたが、持ち合わせが乏しくて値の張る店には案内できなかったのだ。ビールケースを裏返した即席の腰掛けに並んで座ると、純子は物珍しそうに客でごった返す店内を眺めていた。そのうち「私、焼鳥屋さんって入ったの初めて。一度行ってみたいとずっと思ってた」と言うので龍彦は驚いた。

「お友だちとは、レストランだとかマックだとか、たまには居酒屋みたいなところにも行くけど、こういう店はなかなか入りにくいでしょう、女の子だけだと」

いまどきこんな女子大生もいるのか、と龍彦はまじまじ純子の顔を見たものだ。

そういえば、とまた思い出す。一度彼女と二人で船に乗ったような気がする。天麩羅《てんぷら》が食べ放題という屋形船で夕焼けの隅田川を下った。

新宿のビヤホールで三人組のサラリーマンと取っ組み合いの喧嘩になったときも側にいたのは純子ではなかったか。あれはたしか薫と別れた直後で、見かけによらず三人組は手慣れたチームプレイを発揮して、龍彦はあっという間に組み伏せられてしまった。のしかかる連中の一々に哀れな声で彼は必死に許しを乞《こ》わねばならなかった。それにしてもあれは一体どんな理由で喧嘩になったのだろうか。きっと互いに虫の居所が悪かっただけだとは思うが……。

龍彦は次々と純子を連れ歩いた場面場面が脳裡に甦ってくるのを感じた。思っていた以上に彼女とは親密に付き合っていたような気がする。

さきほどオークラで二年振りに再会し、千駄ヶ谷の女子学生会館まで彼女をタクシーで送っていった雨の夜のことをふと思い出したが、考えてみればあの緑色の洒落《しゃれ》た建物の全景はくっきりとした姿で龍彦の頭の中に焼きついていた。

立ち上がると足元がふらついた。

見送りにきた女将《おかみ》に多少の近況を伝えて、龍彦は玄関を出た。純子は先に出て外で涼んでいた。

「ご馳走《ちそう》さまでした」

彼女がぺこりと頭を下げる。「ああ」と呟いて龍彦は何か忘れているような気になった。何だろうと考えていると、

「この暗いところはなあに」

と塀で囲まれた目の前の大きな敷地を純子が指さす。

龍彦が区立中学校だと教えると「へー」と高い声になり、「こんな東京の真ん中で勉強している子供たちもいるんだね」と感心したような声を出した。

風が気持ち良かったので二人でしばらく川沿いを歩いた。といっても隅田川は暗く広がっているだけで河岸の風情などどこにもなく巨大な掘割そのものだった。

純子がそっと寄り添ってくる。

両国橋のたもとまでくると靖国通りをたくさんの車が行き交っていた。手を挙げてタクシーを止める。車に乗り込んで青山範子のアパートがある信濃町方向へと指示した。純子は歩いたせいで急に酔いが回ったのか、シートに腰を落とすと龍彦の肩にしなだれかかってきた。車窓

の外を流れていくビルの群れをぼんやり眺めているうちに、龍彦は忘れていたことを思い出した。さっきの店で勘定をしなかったのだ。しまったと内心で舌打ちする。明日にでも支払っておかないと請求書が事務所に届いて、金子に使途を執拗《しつよう》に追及されてしまう。ツケで飲み食いすることは厳しく戒められているのだ。

あれだけ飲めば馬鹿にならない金額だろう、さてどうしようかと考えて、そういえば純子に馳走したのは彼女から金を無心するのが目的だったのだと思い当たった。また当初の意図をすっかり失念していた。純子は隣で目を閉じ、苦しそうに息づいている。龍彦は肩を小さく揺すって純子に声をかけた。

「大丈夫か」

彼女は無言で頷く。

「ちょっときみに頼みがあるんだけど」

そう言ってしばらく間をおいた。純子は目を閉じたまま反応を示さない。やれやれと思いながらいまの食事代も含めて十万程度は借りたいが、余りに厚かましい話だと言いだしかねていると、純子が不意にはっきりとした声で、

「何だかすごく気持ちが悪い。どこかですこし休みたい」

と言った。

「コーヒーでも飲もうか」

再び小さく頷く。龍彦はタクシーの運転手に行き先の変更を告げた。山の上ホテルのバーに連れていこう。あそこなら顔見知りのバーテンもいる。少し目を醒《さ》まさせて金の無心を切り出

す必要もある。ついでに鳥鍋屋にも電話して女将に明日精算に行くと伝えておいた方がよい。

駿河台下《するがだいした》から急な坂を登ってホテル旧館の玄関に着いた。坂のせいでさらに気持ちを悪くしたのか、純子はへなへなで自力では車から降りることができなかった。龍彦が肩を貸してロビーまで連れていった。絨毯《じゅうたん》の上にへたり込みそうになったので慌ててソファに座らせる。純子は何度も大きな吐息をついて、これ以上は動けそうにない感じだった。話しかけても目をつぶったまま喘《あえ》ぐばかりで声も出ない。

明るいロビーの照明の下で見ると、顔はすっかり青ざめている。とても金の無心などできる状況でないことに龍彦はようやく気づいた。

「やっぱり範子さんのところへ帰ろう。いま車を呼ぶから」

タクシー代を払って五千円しか財布には残っていない。この分だと信濃町まで送った後は電車で帰るしかなさそうだ。時間が気になった。時計を見ると十時半を回っていた。

「ごめんなさい。悪いけどしばらくは歩けそうにないわ。ここにお部屋とってくださらない。二、三時間横になりたい」

掠《かす》れた絞るような小声で純子は言った。バッグを腹に乗せ両手を垂らして全身脱力した状態で相変わらず目を閉じていた。龍彦は途方に暮れた。振りでチェックインを頼めば預かり金を取られるかもしれない。

その時はその時として、とりあえずフロントに顔を出す。たしかにこの様子ではすぐに車に乗せるわけにもいくまい。保証金を出せと言われたら彼女のバッグから財布を抜いて支払うしかないだろう。

シングルに空きがなく仕方なくツインの部屋を借りた。

幸い前金を払えとは言われなかった。鍵《かぎ》を預かり、純子をほとんどひきずるようにしてエレベーターに乗せる。

二人きりのエレベーターでつい溜め息が出た。

「龍彦さんごめんなさい」

耳に入ったのか純子が謝ってきた。そのくせ一層ぐにゃぐにゃの身体を龍彦に張りつけてくる。なんだか妙な成り行きになりつつある、と部屋のドアを開けて入口の電気をつけた瞬間、龍彦は腰を引く気分になった。

変哲もないホテルの一室だが、二つのベッドが並び小さな応接セットの置かれた部屋はベッドの脇のスタンドと椅子の側の背の高いシェードランプのオレンジの光に彩られて、黒い裏地の薄紙を表から眺めたような、夜と昼の境目の明るさで龍彦を迎えいれた。幽《かす》かにエアコンディショナーの音が響き、ほんのりと空気は冷えていたが、誰もいない空間は時を止めたままやがて始まる人々の営みを待ち構えているかのようだ。

こうした場所で男と女とが時を過ごせば、その先は目に見えている。重大な事態はいついかなる場合にもこうやって状況が引き連れてくる。薫ともこうだったし、由香子とも同様だった。どんな抜き差しならない出来事もはじまりはひどく他愛のないものに違いない。ふっとそんな気がした。

純子が一人で入れるなら鍵を渡してこのまま引き上げよう、と龍彦は彼女を前に押しやった。するとどういうわけか、純子はいやいやするように彼の腕の中で身体を捩《よ》じり、思いのほか強い力で龍彦の手をとって一緒に室内に引っ張りこもうとする。機先をとられて龍彦は抗《あらが》うでもなく、抱えた彼女をベッドまで運びワインカラーの派手なベッドカバーの上に横たえていた。

純子は眩《まぶ》しそうに額に手をかざし、仰向《あおむ》けになって大きく息をついている。両脚が開きスカートがめくれて、太腿《ふともも》が股《また》のあたりまで剝《む》き出しになっている。酔いのせいか赤い斑点《はんてん》がいくつも真っ白な肌に浮かんでいた。龍彦はクロゼットを開けて替えの毛布を探したが、季節柄用意がない。もう片方のベッドからカバーの下の毛布を抜いて純子の下半身に掛けてやった。耳元に口を近づけ「冷たい水でも飲む?」と訊《き》いてみる。純子はわずかに首を縦に振った。

冷蔵庫からミネラルウォーターを出してグラスに注ぎベッドまで運ぶと、ベッドサイドに座って純子を抱き起こし、グラスを握らせた。彼女は両手で捧《ささ》げ持つようにして一息でその水を飲み干した。ようやく薄目を開ける。

「あー、おいしい」

そう言ってまた目をつぶり、今度は腰掛けた龍彦の膝の上に頭を乗せてくる。苦しそうな表情でしきりに頰を擦りつけていた。龍彦は仕方なく純子の背中をさすってやった。純子も龍彦の腰のあたりを右の手で小さく撫《な》でている。背をなぞるとブラジャーのホックが掌にあたる。服を通して触れていても、女性の肌というのは吸いつくような感触がある。

「とっても気持ちがいい」純子の横顔がようやく頰笑んだ。顎《あご》から首筋にかけてはまるで陶磁器のようにつるりとして張りがある。香水の匂いが鼻をくすぐり、龍彦は案の定ひどく困った気分になりはじめていた。

「もうちょっとこのままでいて」

純子が再び機先を制するように呟く。この一言で龍彦は身体を抜く頃合いを摑《つか》めなくなった。

「ごめんね」

純子はまた呟いて、やがて規則的な寝息を立てはじめた。龍彦は彼女をベッドに静かに降ろすとようやく立ち上がり、毛布を全身に被《かぶ》せて、自分は応接セットの小さな椅子に座った。その寝顔を眺めながらしばらく何事かを考えようとしたが、じきに彼にも心地良い眠気が訪れてきて、何を考える間もなく意識は薄れていった。

細い声が耳に触れ、ふと気づくと、ベッドの上の純子が目を開けてこちらを見ていた。龍彦ははっとして椅子に預けていた身体を起こす。

「いま何時?」

純子もゆっくりと半身を起こした。寝起きの曖昧《あいまい》な表情だが、それでもずいぶんとさっぱりした顔だ。龍彦は腕時計を見る。もう午前一時半を過ぎていた。こんな姿勢のまま三時間近くも眠っていたのか、そう思うと腰のあたりにだるさと軽い痛みが知覚されて、それで意識は明《めい》瞭《りょう》になった。

「もう一時半だよ」

純子は俯《うつむ》いて無言だった。

「具合はどう。すこしはよくなった?」

重ねて言うと、顔を上げ、

「なんだか頭の芯《しん》がズキンズキンしてる」

と龍彦の方を見て苦笑いのようになった。

「純ちゃん飲み過ぎなんだよ」

龍彦も笑いながら言う。言いながら、何かひっかかるものがあった。何だろうか。

純子がベッドから下りて龍彦の前を横切っていく。入口脇のバスルームに消えて、すぐに水の流れ出す音が聴こえた。

龍彦はあらためて、さきほどの些細《ささい》な違和の正体を探ってみた。思考を集中すると、こつんと意識の底で突き当たるものがあった。「純ちゃん」という言葉だったのだと気づく。

純ちゃん、純ちゃん、純ちゃんと反芻《はんすう》しているうちにドア越しに聴こえてくる水音がそれに重なって、記憶の奥の奥にしまいこまれていた何か大きな固まりのようなものが、次第に崩れ、気化し、みるみる頭の中に広がっていくのを感じた。

思い出した。

冷たい雨の降るあの夜、龍彦は三軒茶屋のアパートで軒や窓を激しく叩《たた》く雨音を聴きながら滅入《めい》っていく気持ちを抑えられなくなっていた。雨に降り籠《こ》められて閉塞《へいそく》感は胸を圧し、もはや発作が襲ってくるのを防ぎようもなかった。あと二、三分もすれば始まる。動悸《どうき》が激しくなり、息が詰まり、全身が震えだす。このまま心臓が停止するのではないかと死の恐怖に怯《おび》え、それがある刹那《せつな》に発狂の恐怖へと変貌《へんぼう》する。死ぬことと狂うことが、人間にとってまったく同質の恐怖であることを龍彦は発作を経験するようになってから初めて知った。せめて発作が長くひどいものでなければいいが、とベッドの隅で祈るようにうずくまっていたちょうどその時、不意に玄関のチャイムが鳴ったのだ。

ドアを開けると降りしきる雨に濡れそぼった純子が立っていた。

「どうしたんだ、こんな時間に」

龍彦が訊くと、純子は思い詰めた表情で、

「ひどい雨だから、きっと龍彦さんが困っていると思って」

と呟いた。その頬も唇もすっかり色を失っていた。

急いで部屋に入れ、浴槽にお湯を張り、純子を風呂《ふろ》に入れた。そうだった。

部屋に入れたのは何もあの夜が最初というわけではなかった。二、三度は龍彦の淹《い》れたコーヒーを一緒に飲んだこともあったし、一度など彼女が夕食を作りに来てくれたこともあった。しかし、あの夜の純子はそれまでとは明らかに違っていた。

あの晩、純子と自分とのあいだには一体何があったのだろうか。

さらに記憶を突き詰めようとして龍彦はまた意識が混乱してくるのを感じた。

「こんな部屋にずっと一人きりでいて、龍彦さんは寂しくないの」

と訊かれたのは、風呂から上がって、顔にようやく生気が戻ってきたガウン姿の純子と小さなテーブルに向かい合い、共にコーヒーをすすっているときのことではなかったか。

「ときどきはそうだけど、いまのぼくにはこういう生活しかできないんだ。それに……」

そう言って、龍彦は一語一語きざむようにして言ったのではなかったか。

「体調も良くてお腹もすいてなくて、暑くも寒くもなくて、星が空に散っているような夜、コインランドリーで一人、洗濯機の回る音を聴きながら文庫本なんか読んでたりすると、ごくたまに、ものすごく自由で幸福な孤独というものを、ほんの一瞬だけど、誰かから突然に授けてもらったような気がして、ところかまわずお礼を言いたいような気分になるんだ」

そういえば、純子を送っていった車の窓から初めて眺めた女子学生会館の記憶は不思議に明るかった。深夜訪ねてきた彼女を、なぜ陽の光の中で自分は見送ることができたのだろうか。

あの早朝、神宮外苑《がいえん》を抜ける時、国立競技場の周りを三々五々走っている男女を見たおぼえがある。国際大会にも出場した一流ランナーを見つけてタクシーの中で純子が、

「いまの谷川真理よ、ほらマラソンで有名になった美人選手がいるでしょう」

と声を上げた。風呂上がりの純子の髪はドライヤーがなくてガスヒーターの吹き出し口で乾かしたせいか、まだ生乾きで毛先が少し濡れ、それが雨上がりの冬の澄んだ陽射しに映えて美しく光っていた。

そうだった。風呂に入れたのは、部屋に上げてすぐのことではない。雨に濡れすっかり冷えきった純子を着替えさせ、ガウン姿になった彼女と一晩すごした夜明けのことだった。さきほど鳥鍋屋でテーブルの上にこぼれた髪を眺めたとき、束の間、目を奪われたのは、あの朝陽に輝く純子の美しい髪を無意識のうちに思い出していたからだ。

どんな心の動きにも、人にはそれぞれに根拠や由来があるに違いない。

そう感じた瞬間だった。ようやく龍彦はすべての記憶を回復した。

ガスヒーターに一枚一枚かざして黙々と濡れた服を乾かしていたら、ベッドに腰掛けていた純子が龍彦の背中に声をかけてきた。振り向くと、ガウンを脱いで下着をつけただけの姿の純子が、

「抱いてください」

と、しっかりとした声で言った。

龍彦は姿勢を固めて、その真っ白な肢体をしばらく眺めていた。自分の感情の無数の糸のただの一本すらも微動だにしていないことに激しい自己嫌悪を覚えた。俺はほんとうにどうしようもなく駄目になってしまっているのだ、と思った。泣きたかった。だが一滴の涙すらこぼれてはこなかった。やがて龍彦は静かに立ち上がり、純子の傍らに座るとガウンを拾って彼女の身体を包んだ。

「できないんだ」

と呟く。自分のものとは思えぬ、それは無機質な声だった。

「どうして……」

純子がいまにも泣きだしそうな眼で龍彦の顔を見つめた。

「ごめん」

飢えた者同士がたった一個のりんごを奪い合うようなことはできない、龍彦はふとそんなことを考え、直後、それが純子を傷つけたくないための浅ましい言い訳でしかないことを悟った。

龍彦は自分の声を取り戻し、正面から純子の顔を見据えてはっきりと告げた。

「純ちゃんじゃだめなんだ」

それからベッドの上で二人肩を寄せ合い、まんじりともせずに夜を見送ったのだ。カーテン越しに薄日が射し込む頃には激しかった雨もすっかりあがっていた。

水音が止んで、ドアの開く音が聞こえた。顔を洗ったのか、いまはもう酔いの抜けた当たり前の面持ちで、純子が龍彦の向かいの椅子に腰を下ろした。額や首筋の髪がほんの少し濡れていた。

「すっかり酔っ払っちゃったよね」

楽しそうに純子が言う。

「博多でも、あんなみっともない酔い方してるんじゃないのか」

「だったらいいんだけどね」

そして純子はすこし考えるような顔つきを作った。

「龍彦さん」

「なに」

「私、結婚することになったの」

龍彦は姿勢を立て直した。思い出に浸食されたままだった意識が、現実の方へと一気に凝縮していく。

「そうなのか」

「うん」

「相手はどんな人？」

「実は、ひと月前にお見合いしたの。弁護士さんで、東京の光栄の顧問弁護士もしてくれてるんだけど、もともとは博多の人で、結婚したら帰ってきてくれるって。矢吹隆司さんっていうの。歳は三十。父も母もすごく気にいっていて、お祖父《じい》さんは矢吹俊吉さんなんだよ」

矢吹俊吉ならかつての福岡県知事だ、と龍彦は思った。

「きみはどうなの。いい人だと思ったの」

「うん。結婚してもいいって思った」

純子が微笑む。

「そうか。それはよかったね。じゃあ、その人、二枚目なのかな」

「どうして」

純子が妙な顔になる。

「だって昔よく言ってたじゃないか。私は超のつく面食いだって」

「言ってないわ、そんなこと」

いかにも心外そうに言う。

「そうだっけ」

「そうだよ。面食いだったらどうして私が龍彦さんなんか好きになったりしたのよ」

「そういえばそうだな」

龍彦も笑った。

「それをね……」

純子は不意に言葉を切って、龍彦の顔を強い瞳で見つめてきた。

「わざわざ、今日は報告に来てあげたの」

龍彦は彼女の視線から目を逸《そ》らした。

「乾杯でもするか」

そう言って立ち上がり、冷蔵庫まで行ってウーロン茶の缶を二本取って椅子に戻った。プルタブを開けて一缶を純子に渡した。

「じゃあ、乾杯だ」

自分の缶も開けて摑むと、龍彦は腕を持ち上げた。

「ほんとうにおめでとう」

純子は缶を握ってすこしのあいだ、突き出された缶を見ていた。それから龍彦の方へ眼を戻して言った。

「最後の最後まで子供扱いなんだから、まったく」

「そりゃそうさ。まだ酒の飲み方も知らない小娘なんだから」

「ひどいなあ」

「じゃ、おめでとう。乾杯」

「ありがとう」

冷たいウーロン茶が喉に心地よかった。純子は何だかひどく真剣な顔つきでぐびぐびと飲み干している。その姿ぜんぶがとても愛らしかった。

「俺や兄貴の分まで、絶対うまくやるんだぞ」

龍彦が気持ちを籠《こ》めるだけ籠めて言うと、

「分かってます。私、きっと幸せになってみせる」

まるで怒ったような声で、しかし、いままで見たことのないような柔らかな光をたたえた眼差で、純子はしっかりとそう言った。

龍彦は、その瞳の中にある優しく新しい光を見つめる。

自分までもが新しくなっていくような、そんな気がしていた。

10

真昼の公園は光が溢《あふ》れていた。休みの日にはさすがに家族連れでいっぱいになるが、こんな日は人影もまばらで芝地に点在する木々のたもと、子供の手を引いた母親たちが三々五々腰を下ろして弁当など広げているだけだ。都会の喧騒《けんそう》の中でふっと置き忘れられたような時間がゆっくりと目の前を通り過ぎてゆく。

由香子の部屋で目覚め、開いた窓からふりそそぐ透明な光に身を包まれたとき、一晩で自分がすっかり消毒されたような心地よさを龍彦は覚えた。六月に入った途端に雨の季節がやって来た。気象庁の長期予報によれば今年の梅雨はかなりの雨量が期待できるという。その分、夏は猛暑になるとのことだった。今日のような爽《さわ》やかな風とほどよい陽気の日はなかなかないだろう。そう思って龍彦は仕事を休むことに決めたのだった。

朝から気分が良かった。龍三が先月末にスイスでの講演を兼ねて十日間の予定で欧州に旅立ち、比較的のんびりとした日々が続いていた。

公園の真ん中に立つ小さなあずま屋に龍彦たちはいる。由香子と二人きり、他には誰もいなかった。龍彦はあずま屋の中の切り株の椅子に座り、じっと緑一面の風景を眺めていた。耳元で由香子の使う鋏《はさみ》の音が聴こえる。

由香子が前髪をきつくひっぱり龍彦は思わず「痛いっ」と声に出した。由香子が笑って、

「なんだか、また生え際が後退してるみたいよ」

と言う。

「うそだろう」

「ほんとよ」

摑んだ前髪を由香子はばっさり切り落とした。

「あなたも、もう若くはないのよ」

Tシャツ姿の龍彦は、首の回りに大きな散髪用の襟巻きを巻いている。ちょうど子供の傘を逆さにしたくらいの形と大きさで、切られた髪は大方そこに落ちる。時折目の先を掠《かす》める鋏を握った由香子の白い手は、彼の髪で手首から先が真っ黒になっていた。

「もうずいぶん刈ったけど、まだ短くする？」

すでに三十分近く、龍彦は座ってされるままになっていた。

「鏡は」

由香子が持参した手鏡二枚で正面や、後ろ髪のあたりを見せてくれた。伸びた髪はすっかり刈り取られ、毎度のことながら別人のような自分の顔が映っている。

「うん、このくらいでいいかな」

首のあたりが少々うすら寒い。

「じゃあ、ちょっと仕上げするね」

由香子は鋏を替え、髪を撫《な》でつけながら再び龍彦の周りで動きはじめた。シャキシャキと軽快な音が聴こえ、細かい毛があとからあとから微風に流され散っていく。彼女は機嫌がいいとすぐ髪を切ろうと言う。知り合ってから何度も刈ってもらったが、最近はしばらくなかった。今日は龍彦が急に休みをとったので、きっと気を良くしたのだろう。

由香子は故郷で美容師をやっていた。

博多の中心街にある大きなヘアサロンに勤めている頃、当時医学部の学生だった相沢芳樹と知り合い結婚した。彼女がまだ二十歳のときのことだ。

龍彦は子供時分、龍三のお供でよく福岡に帰った。死んだ祖父や祖母が生きていて、帰ると地元回りで忙しい龍三の代わりに祖父たちが面倒を見てくれた。

祖父母の家は博多の西寄りに位置する薬院というところにあって、門構えの立派な大きな屋敷だった。柴田家は代々福岡藩の家宰を出してきた家柄で、曾祖父《そうそふ》の時に「九州日々新聞」という新聞社を興した。祖父の龍起の時代に「九州日々」は幾つかの小新聞社と合併し、現在ブロック紙となっている「西日本新報」に変わったが、龍起はこの「西日本新報」の実質的オーナーとして、長く「新報」の社長を務めた地元の有力者だった。

龍彦が何不自由ない育ち方をしたのと同じように龍三もまた恵まれた環境の中で成長したのだ。一世を風靡《ふうび》する流行作家だったとはいえ、龍三が三十二歳の若さで代議士に当選できたのは、やはり柴田家の福岡での政治力が物を言ったからだった。

その柴田の屋敷に一時期、前島さんという住み込みのお手伝いさんがいた。

前島さんは龍彦が行くと何かと世話を焼いてくれたのだが、彼女のことは余り記憶に残っていない。ただ、母屋とは庭ひとつ隔てた離れ家に前島さんは住んでいて、二人の子供がいた。上は龍彦より二つ上の男の子で下が小さな女の子だった。龍彦は「薬院のお祖父様」のところに行くと、きまってこの兄妹たちと遊んだ。尚彦しか兄弟がなく、それも病弱で滅多に一緒に遊んだりすることのなかった龍彦は、この兄妹と広い庭の探検をしたり、連れ立って博多名物のどんたくや祇園山笠《ぎおんやまがさ》を見物に行くのが毎年の楽しみだった。

祖父も祖母も孫と使用人の子供をわけへだてするようなことは一切なかったから、三人は一日中無我夢中で遊び回ったものだ。とくにお下げ髪の小さな女の子は、瞳の大きな愛くるしい顔立ちのおとなしい子で、龍彦は自分の妹のような気持ちで可愛がった。

その女の子が由香子だった。

龍彦が中学に上がった年の夏休み、久しぶりに祖父母を訪ねると、前島さんはいなくなっていた。仲の良かった兄妹ももちろん姿を消していた。まさに消えた、という感じだった。祖父に訊《たず》ねると、前島さんは市内のある人のところに縁付いて辞めていったのだという。ふーんと龍彦は呟《つぶや》いた。人は急に目の前からいなくなるものだと思った。新しいお手伝いさんは若い女性で、母屋の一部屋を使っていた。

龍彦は庭に出て、由香子たちと遊んだ大きな樫《かし》の木のたもとや、鯉がいっぱい泳いでいる池の縁や、一緒に花火をした庭椅子の並ぶ芝生を一人で歩き回った。主《あるじ》のいなくなった離れ家は雨戸が閉まり、ひっそりと建っていた。雨戸を引いて部屋の中に入ってみると、二間に台所がついたきりの小さな家で、龍彦が使っていた母屋の部屋とはうってかわって襖《ふすま》も畳もすっかり古びているのだった。壁には誰が何をこぼしたのか、茶色の大きな染みが浮いている。台所も湯沸かしなどなく、流しの下の開き戸の一枚がはずれかけてぶらぶらしていた。薄い戸が嵌《は》まった便所も狭くるしく、和式の便器のすぐ上に裸電球がぶら下がっていた。何もかもが母屋と異なって安っぽく貧相だった。

こんな粗末な住まいに、あの母子《おやこ》は肩寄せ合って暮らしていたのか、と龍彦は思った。

部屋の襖に落書きがあった。鍋のような顔に大きな丸い眼がついて髪にはリボンを結んでいる女の子がチューリップのたくさん咲いた野原に一人立っていて、足元にうさぎが一羽たわむれている。前の年の春、龍彦は東京からのお土産で白いうさぎを女の子のために持っていってやった。女の子は大喜びしてさっそく籠《かご》を買い、縁側に置いて世話をしていた。

落書き以外、母子が住んだよすがのようなものは一切なく、がらんとした部屋は日当たりも悪くうら寂しいばかりだった。引っ越して行く際はあのうさぎも一緒に連れていったのだろうか、その時、自分のことを少しは思い出してくれただろうかと龍彦は思った。

なんだか、龍彦自身の楽しい思い出まで根こそぎ持っていかれたような気がした。龍彦は離れ家の縁側に座って、ひっそりとずいぶん長いこと泣いていた。

その後、由香子の消息を知ったのは、龍彦が就職し郁子と婚約した頃のことだ。龍三の後援者の一人である相沢多一郎のひとり息子の結婚相手が彼女であることを龍三から聞かされた。

「さあ、頭洗うからTシャツを脱いでちょうだい」

由香子はあずま屋のコンクリートの床に散った龍彦の髪の毛をかたづけ、襟巻きに溜まった分と合わせて用意した新聞紙に包むと、ジーパンや肩口についた毛を払いながら、龍彦のシャツに手をかけた。

「洗うってどこで洗うんだよ」

あそこ、と由香子が指さす。公園の端に水道が切ってあり、子供たちが周囲で遊んでいた。

「水で洗うの？　風邪引いちゃうよ」

「大丈夫、こんなにお天気なんだから寒くなんかないの」

無理やりシャツを脱がされて上半身裸になってしまうと、龍彦は人目が気になって身体を縮こませた。何恥ずかしがってるの、と由香子が笑う。

しゃがんで蛇口に頭をつけ、ゆっくりやってくれよと念を押した途端に、由香子は一息に栓をひねって凄《すご》い勢いの水が頭にぶつかってきた。冷たさに大声を上げた。

荒っぽい手つきで彼女は龍彦の髪を洗い流す。ふだんは非力のはずなのに、こうやって髪に手がかかった時だけは思いのほか力が指先にこもる。ごしごしこすられて頭皮が痛いくらいだ。襟足から肩口に水がこぼれないよう巧みに動く手さばきは、さすがに熟練者のものだった。次第に感触が心地よいものに変わっていく。

それでも飛沫《しぶき》が全身にふりかかり、肩や背中を雫《しずく》が伝うとぴりぴりして胴震いが出た。窮屈な姿勢のまま上目づかいに視線を伸ばすと、由香子のジーンズやスニーカーもすっかり濡《ぬ》れそぼっている。

不意に水が止んで、タオルが頭に巻きついてきた。由香子が首にかけていた黄色いスポーツタオルだ。わずかのあいだ陽に晒《さら》されていただけなのに、ぽかぽかと暖かい。首や顔を覆われると長い毛足の間に溜まった太陽の粒子が直接に素肌に飛びかかってくるような熱さを感じた。心なしか草いきれもする。

龍彦は立ち上がり、途中から自分で頭を拭《ふ》いた。短くなった髪はみるみる乾いてゆく。由香子の言うとおり陽射しは相当にきつく、裸の上半身は首筋から肩にかけてちりちりしはじめている。

タオルを由香子に返し、フワーと溜め息ともつかぬ大声を上げて目を見開く。さっぱりして本当に気持ち良かった。さきほどにもまして一面の緑はさらに鮮やかで、広がる空間は明るい光で満ち満ちていた。そして、眩《まぶ》しそうに眼を細め自分を見ている由香子の姿が光の中に浮かび上がっている。

俺はこの人を愛しているのだろうか——。

龍彦はふと哀しいような不思議な気持ちでそう考えた。

由香子は手提げ袋から新しいTシャツを出して渡してくれた。それを着てしばらく二人でゆるやかな起伏の芝地を歩く。散髪が済んでしまえばとりあえず予定は何もない。母親の側で走り回っている小さな子供たちを由香子は視線を置くように一人一人ゆっくり眺め、あるかなきかに頰笑んでいた。

芝地の真ん中に来ると足を止め、先に彼女が腰を下ろした。龍彦もつづいて座る。

「コーヒー飲む?」

頷くと、袋から小さな水筒を取り出し、紙コップに注いでくれた。何もかも諦めたような味気ない風情で日々を過ごしているというのに、なぜか彼女はめんどうみのすこぶる良い性格をしている。由香子といると何くれとなくこうやって世話を焼いてもらえ、龍彦はただ寛いで言われるままになってばかりいる。薫も上に馬鹿がつくほど気の回る人だったが、薫ほどではないにしろ由香子にもそういうところがあった。ただ、薫には大袈裟に言えばひとつひとつ全身全霊で尽くしているような真剣味があって、胸に迫る時もあれば無性に息苦しくなる時もあったが、由香子の場合は全体に素っ気なく、一宿一飯の義理で対価を支払ってくれているような、そんな一呼吸おいた印象が強いのだった。

「英彦ちゃんは元気？」

相変わらず子供たちの方に顔を向けたまま、由香子が言った。

「ああ」

由香子は自分用のキャロットジュースの缶を開けて、ときどきすすっている。

「最近は会ってないんでしょう」

「そうだね。もう半年以上会ってない。この間、写真は撮ってきたよ」

呆《あき》れたような顔で彼女はこっちを向いた。

「また学校に行ったの」

「そうだよ」

英彦の通う小学校は、点数主義を排したユニークな教育法で名の知れたプロテスタント系の小さな学園で、練馬区の石神井《しゃくじい》にある。

「そんな隠し撮りみたいなことといつまでもやっていたら、きっと見つかって警察につき出されちゃうわよ。妙なことしないで、たまにはお家にも帰ってあげればいいじゃない」

龍彦は煙草に火をつけ、空になった紙コップに灰を落としていた。

「いや、いまのままでいいんだ」

呟くように言う。

「どうして」

「そう思うことに決めてるからね。いまのままでいるだけでも、まだ精一杯のような気がするから」

「そうかなあ……。私にはあなたはもう十分のような気がするのに」

龍彦はその台詞《せりふ》に思わず笑った。煙草を消し、芝生に手をついて身体を反らすと、鼻の先に雲のない青々とした空が広がっていた。

「世界政治経済フォーラム」の年次総会に出席している龍三は、日本時間の昨夜、同行記者団との懇談に応じ、

「今夏の衆参同日選挙は考えられない」

との見通しを表明していた。アパートを出る前に見ていたテレビニュースに、固い表情の龍三の姿が映し出され、由香子が「やっぱりよく似てる。父子《おやこ》なのねえ」と龍彦の顔としきりに見比べていたのを思い出す。

この一週間のあいだに、にわかに浮上してきた同日選論の火元は瀬戸派である。官邸筋は現在やっきになって否定しているが、村松や阿部の話によると首相の松岡も実際は、瀬戸、古山の同日選論に乗る気配を見せているらしい。今国会での政治改革関連三法案の廃案が必至のいま、松岡は与野党逆転状況の解消が不可能と見られる参議院単独選挙で政権が死に体に陥るこ

とを恐れている。ここは一気に政治改革の信を問う形で衆議院解散に打って出て、あわよくば政権を浮揚させようとの狙いなのだろう。

もし同日選で現有議席を上回る勝利を衆院で得ることができ、参院の改選議席でもそこそこの数字を残せれば、秋の総裁選挙での松岡再選の目が急速に高まってくることは避けられない。

龍三の立場は、裏切りともとれる瀬戸派の同日選論で、一層苦しいものになりつつあった。いまや二年前の密約は反故《ほご》に等しい事態となっている。瀬戸、古山との盟友関係には決定的な亀裂《きれつ》が生じたといってよかった。

この日本の青い空の彼方《かなた》、はるかスイスの地で龍三は何を考えているのだろうか。

龍彦はこのところよく仕事のことを考える。これまでも、言われたことはできるだけ粗《あら》の目立たぬようこなしてきたが、何か、この四年間とは違った気分が自分を満たしているのを感じていた。ひとつは兄の尚彦のことがあるからだと思う。兄が出馬を宣言したのは一昨日のことで、東京でもニュースとなって各メディアで流された。世襲批判をなるだけかわそうと、急遽《きゅうきょ》予定を繰り上げ龍三の外遊中に発表したのだが、世間の受け止め方は、参議院地方選挙区ということもあってか予想よりも淡々としたものだった。いまのところ批判的な記事や発言は耳に入ってこない。

だが、山懸工業の問題はなんら解消されたわけではなかった。あの半月前のパーティー以来村松とは連絡を取りつづけていたが、彼の知らせてくれる情報はさらに尚彦にとって不利なものになりつつあった。

「たっちゃん、たっちゃん」

と由香子が呼んでいる。龍彦は顔を戻して彼女を見た。

「だいじょうぶ」

「ああ、ちょっと考えごとしてた」

またいつもの脈絡のない連想と思ったのだろう、由香子は無理やりみたいに頬笑んで、

「お部屋に戻りましょうか」

と立ち上がる素振りをみせた。

龍彦は思わず身体を伸ばして由香子の手を摑み、引き止めるように腕に力を込める。

「いいよ、もうしばらくここにいようよ」

由香子は曖昧な表情になって身を寄せてくる。握っていた柔らかな手を自分の膝の上にのせて龍彦はその掌《て》をそっと包みこんだ。

「仕事のことを考えてたんだ」

「仕事？」

怪訝《けげん》な声が返ってきた。

「うん。松岡はやっぱり同日選に打って出るだろう。そうなれば親父のシナリオは目茶苦茶なんだ。親父も俺たちも瀬戸や松岡にハメられたらしい。だから、これからはその先のことを考えないといけない」

由香子はまじまじと龍彦の顔を見ている。龍彦は話をつづけた。

「二年前に親父と松岡との間で、この秋の政権交代の話はついていたんだ。親父は瀬戸と古山の立会いで松岡自筆の念書も取っている。それがこのザマだ。あいつらの裏切りをこのまま許

したら清風会は食い物にされて、親父や俺たちの面子《メンツ》は丸潰《つぶ》れだ。とても黙って言いなりになっておける話じゃないと思ってるんだ」

由香子は龍彦から離れ、向かい合うように座りなおした。

「それで」

真剣な表情になって、先をうながす。

「うん、それで、この数日事務所の裏の帳簿をこっそり調べてみた。夜中まで居残って、うちの会計責任者の机から帳簿を引っぱり出して仔細《しさい》に点検してみたんだ。そしたら、どうも親父はこの二年、金子や洋子さんと組んでとんでもないことをしていたらしいと分かった。だんだん瀬戸たちのやり口が読めてきた」

「何が分かったの」

龍彦はくぎりをつけるように一呼吸おいた。

「莫大な金額の政治資金が、清風会以外の架空の政治団体に流れている。もちろん洋子さんが覚え書き代わりにそんな体裁で帳簿に付けているだけで、表には出していない金だ。当然、領収書も受取りのサインもない裏金なんだけど、とにかく半端な額じゃない。見たことも聞いたこともない政治団体がずらりだ。しかも去年一年間だけで数億円に近い。今年はもっと凄いんだ。それがずっと今月まで続いている」

龍彦は由香子の黒く澄んだ瞳に刻みつけるように、強い調子で話す。自分でも声が高ぶっているのが分かった。

「問題は、金の行き先がどこかってことだ。どこだと思う？」

このところ頭を占めている大きな疑問の一端を初めて他人の前で口にしている。出張中の龍三はむろん、金子にも洋子にもまだ確かめてはいなかった。

「さあ……」

由香子の方も妙に興奮した目で龍彦を見ている。

「多分間違いないと思う、親父はムラで集めた金を瀬戸に渡しているんだよ。瀬戸だけじゃないかもしれない。案外松岡も上前をはねてきたのかもしれない。あいつらは念書の裏書きをエサに親父をゆすっていやがるんだ。それでこの二年の間にあれだけ数を集めた。もし、俺の想像の通りなら、こんな汚いやり口はいままで見たことも聞いたこともない」

龍彦は口にして改めて、怒りが全身を包むのを覚えた。

洋子の裏帳簿は明らかに異常な出金を記録していた。龍彦はここ数年に遡《さかのぼ》って龍三や派閥議員の各政治団体の名前を洗ってみたが、やはり不審な多数の団体の名前が突然出てくるのは、二年前の松岡選出の総裁選挙以降のことだった。しかも金の出が集中するのは、各派閥が所属議員に花代、餅代《もちだい》を配る盆暮れのことで、自派の場合ならば出金があるはずの重要法案の審議中や地方選挙の時には一切、そうした政治団体への資金提供はない。清風会だけなら、大体夏、冬七億ずつ程度の金で済む。ところが、この二年、龍三はその倍以上の金を調達していた。残りの半分が一体どこに流れたのか。確証はないが、瀬戸派に流れた可能性を示唆する記述を龍彦は帳簿の中から見つけている。

帳簿の備考欄に記された洋子のメモによると、その巨額の資金はまず一括して永田町のパレロワイヤルビルの「坂上事務所」に納められているようなのだ。洋子は律儀に金を運んだ日時、金額をその都度記入しており、相手先はほとんどが「パレ・坂上」となっていた。

「パレ・坂上」とは、瀬戸派の最高幹部の一人であり、現在幹事長の要職にある坂上剛のことに間違いない。坂上は古山の側近中の側近と言われている。要するに、龍三は坂上を窓口にして、自派閥分とは別に集めた資金を瀬戸派に上納していたのであろう。

「たっちゃん」

ふと我に返ると、龍彦の両手を由香子が握り締めていた。

「ごめん、つい興奮してしまった。もうこんな話はよそう」

「ううん、そんなことない。ぜんぜんそんなことないのよ、たっちゃん」

どういうわけか、由香子は思い詰めたような顔をしている。

「どうしたの」

何か由香子の気に障ることでも口にしたのだろうか。急に龍彦は不安になる。

「なんでもないの。ただ、あなたがそんなに詳しくお仕事のことを話してくれたの初めてだから」

「そうかな」

「ええ」

「じゃあ、いままで何を話してたんだろう」

これまでも事務所のことは何度か喋《しゃべ》った記憶もあった。金子や洋子の名前も由香子は知っているはずだ。由香子は、ちょっと考えるような仕種《しぐさ》になる。

「そうね、ごくあたりさわりのないこと。寿司岩のこととか、岩田さんのこととか、小さかった頃のこととか。きっとなんにも話なんかしなかったと思う。たくさんセックスはしててもね」

　別に非難がましい物言いではないが、由香子はちょっとひっかかるようなことを言った。

「それなら、仕事の話だって似たようなものだよ」

　口をついてすぐそんな台詞が出る。

「私は違うと思う。あなたはいつも、自分の仕事は何の意味もないとばかり言ってきたもの。私はあなたのやっていることはきっと大事な意味があると思ってきたけど」

「そんなことはないさ。ぼくの仕事なんて誰にでもできる取るに足らないことだよ。どんな仕事だって大方そうだとしてもね」

「そうかしら。私はどんな仕事でも大切でかけがえのないものだと思うわ」

「だけど、ぼくは自分の力で何かをやっているわけじゃない。たまたま親父が柴田龍三だったというだけだよ」

　龍彦は、いつもの癖で当たり前のことを言ってはぐらかそうとしたが、由香子はぴしゃりと言ってのけた。

「それは嘘だわ。あなたはきっと、昔のあなたを取り戻しはじめているんだと私は思う。男の人がどんな時でも仕事を忘れないようになったら、それはその人が精気に満ちてるってことだもの。それぐらい私にだって分かる。昨日だって、あなたは私を抱かなかった。あなたはきっと覚えていないと思うけど、私のところへ来てくれるようになって、そんなこと初めてよ。仕事とセックスは男の人にとって同じようなものよ。どっちも単純で、女から見たら似たようなことだけど、あなたから仕事のことでさっきのような素直な感情が見えたのはいままで一度もなかったもの」

由香子は龍彦を見据え、龍彦は瞬間、気後れのようなものを感じた。それは由香子につきまとって離れないある種の勁《つよ》さのようなものだ。その勁さが由香子を不幸にしているのではないか、と時々龍彦は思う。

「ほんとによかったね、たっちゃん」

由香子は冷静な声でそう言う。

11

福岡の建築資材メーカー山懸工業の元社長、福本義則が東京地検特捜部に幾度目かの任意出頭を命じられ、事情聴取開始から三時間後の午後一時十五分、商法の特別背任および、政界への贈賄容疑で逮捕状を執行されたのは、ちょうど龍三が帰国の途につく当日、六月八日のことだった。

福本逮捕の報は瞬時にして永田町を駆け抜け、新聞、テレビ各社は夕方の紙面、ニュースで、ついに司法のメスが入った山懸工業疑惑について大々的に伝えていた。

龍彦が福本逮捕の情報を得たのは八日の早朝である。知らせてくれたのは村松だった。前日から最高検および地検の動きがきな臭いと教えられていた龍彦は、その晩事務所に泊まり込んでいた。ようやく空が白みはじめてきた払暁の頃、けたたましい電話のベルの音に飛び起きて慌てて受話器を摑《つか》んだ。村松にしては珍しく緊張した声が聞こえてきた。

「たったいま社会部の同僚から情報が入った。今日の午後早く、福本が逮捕されるらしい」

龍彦は来るべきものが来たという気がした。

「で、容疑事実は？」

村松は苦いものを嚙《か》むようなざらついた口調になった。

「それが、特背だけじゃないらしい。サンズイがメインだそうだ」

サンズイとは贈収賄、つまり汚職を意味する。東京地検特捜部が強制捜査に踏み出す以上、政界汚職の摘発が目的であることは当然だ。ただ、普通は本命の贈収賄容疑で最初から強制捜査に着手することは近年まずない。はじめは別件で主要関係者を拘束し、同時に家宅捜索を行なって、ブツ読みと被疑者取り調べを進める中でじっくりと贈収賄の容疑を固めていくのが特捜のやり方である。藤田元首相を土方が逮捕した時も、最初は外国為替管理法違反容疑のみで、その後、受託収賄容疑が付け加わっている。先年の未公開株事件の際も、贈賄側の会社社長はまず証券取引法違反容疑で逮捕された。のっけから贈収賄容疑で逮捕状が執行されたということは、すでに特捜部は、相当の証拠固めを終えているということになる。

「福本はそんなに喋ってるの。家宅捜索だってまだでしょう」

龍彦は呆れたような声になる。

「ガサは逮捕と同時に一斉にやるらしい。といっても山懸の資料はすでに大方押さえているようだ。管財人の方から任意で提出を受けているから。今日は福本のやっている日本コンサルティング・フォーラムや彼の自宅、それに当時役員だった佐伯や近藤の事務所や自宅だけらしい」

「じゃあ、関係者は一気にパクるんだね」

「そうらしい。この二、三日で山懸側の人間は全部押さえるだろうと言っている」

「福本はゲロってるの?」

「洗いざらいぶちまけてるそうだ。だから、この時期に特捜も勝負をかけてきたんだろう」

「しかし選挙までもう二ヵ月を切ってる。常軌を逸しているよ」

龍彦は、政治への影響を極端に嫌う従来の最高検、高検首脳部の体質のことを考えた。

「野中さんも最近まで秋口説だった。それが急に流れが変わった。いま彼は土方と前打ちの是非でやり合ってるらしい。それで、うちの編集局長まで徹夜で社に待機させられている」

「えっ、村松さん、いま会社なの」

「ああ」

「大丈夫なの、電話」

「構わない。俺たちは政治部だ。俺たちのやり方がある」

前打ちというのは、「今日、東京地検強制捜査へ」といった逮捕を事前に知らせる一報のことである。司法記者にとって、この前打ちで他社を出し抜くことは最高の栄誉と言われている。だが、容疑者にまで逮捕を告知することになる前打ちは、捜査側にとっては断じて許しがたいことだった。これまでも、この前打ち報道によって司法記者クラブ追放をはじめとした制裁処置を受けた敏腕記者は数知れない。ただ、捜査側の最高機密といえる逮捕期日を摑むということは、いかにその記者が検察内部に食い込んでいるかの証《あかし》であり、建前はともかく現場の検事たちも、そうした記者には一目置くのが常だった。

野中のような凄腕《すごうで》になると、前打ちの取り止めと交換に、例えば土方のような最高指揮官から直《じか》にその後の捜査状況を取材する特権を手に入れるといった芸当を簡単にやってのける。

「どうして流れが変わったんだろうか」

「土方が強行に早期着手を主張したらしい」

「なんで？」

村松は一度受話器を持ち直したのか、明瞭な喋り方になった。

「同日選だよ。七月末の選挙がダブルになるのが土方には気にくわないらしい」

龍彦は村松の言葉の意味が摑めなかった。

「参議院単独なら秋に着手して、総裁選にぶつける恰好《かっこう》で政界を震え上がらせてもいいけれど、衆議院選挙まで済んでしまうと、問題化したときに改めて解散という世論も起きにくい。日を置かずに再度解散となれば、議員たちもむしろ負担になるし、同日選挙で万が一勝利でもして政権基盤を固めた松岡が相手だと検察への圧力も強くなる。まあ、理屈は幾らでも立つけれど、要するに土方は総裁派閥が中心の山懸疑惑を抱えているくせに特捜部を無視して平気で総選挙まで強行しようとする松岡の厚顔ぶりが許せないんだそうだ。ダブルで来るなら、正当に国民の審判を受けさせるべきだと広言しているらしい」

驚くべき検察の権力意識だ。土方という男は内閣の一つや二つ潰して何が悪いと常日頃からうそぶいている検察万能主義者だと言われる。

日本の検察機構は戦前の反省もあって、政治から独立した強力な権限をほしいままにしてきた。その結果、彼らは国民の審判を仰いで当選してくる政治家のことなどただの毒虫ほどにしか考えていない。いつでも指先一本でひねりつぶせると信じ込んでいるし、実際その特権を有しているのだ。ことに安月給でこき使われる現場の検事たちは、不透明な政治資金の海で泳ぐ政治家たちを不正利潤の権化くらいにしか見ていない。額に汗して働く国民の傍らで、権力を私物化して濡れ手で粟《あわ》の金儲《かねもう》けを企む輩《やから》——彼らにとって政治家など所詮《しょせん》その程度の人間たちなのだ。政治と金というものの結びつきの本質など、彼らの眼中には一切ない。そうした傲岸《ごうがん》不遜《ふそん》ぶりは大新聞の社会部記者連中とまさに五十歩百歩と言ってもいい。

この人間社会の秩序を支えているのは物理的な暴力である。

国家における警察権に代表されるように法を犯した者の処罰は暴力によって執行される。社会制度も納税義務もあらゆるルールもすべては暴力によって強制することで維持される。従ってそうした法と制度自体を決定する政治世界での権力闘争が、本来的に物理的暴力を伴うべきものであることは必然とも言えよう。実際、人々はその歴史の長期にわたって殺戮《さつりく》による政治権力の争奪を重ねてきた。この国においても政治闘争から暴力が排除されるようになったのは、たかだかこの百年程度のことにすぎない。

しかし、こうした「殺戮による政権奪取」の喪失は、権力を争う者たちに以前にも増しての厳しい闘争を強いることになった。戦国の世のように、相手の命を奪うことが許されるならば政治闘争は比較的簡単なのである。ところが民主政治のもとでは権力者たちは無限にその挑戦者たちと戦いつづけねばならない。たとえば総裁選挙にしろ、ここで一度の勝利を摑んでも、敗者はまた二年後には復活してくるのである。これは勝者にとっては泣き出したいような現実であった。しかも、そんな熾烈《しれつ》な闘争の中で、その勝利を確実にするために暴力以外の別の有効な手段を彼らは編み出さねばならなかった。

そこで登場したのが金である。命のやり取りを許されない民主主義下の政治ゲームでは、命の次に大切なものをやり取りするほかはなかったのだ。かつての権力闘争における象徴を血塗られた剣とするならば、民主主義下でのそれこそは金なのである。そしてこの金による政治においては、何度でも再生する挑戦者たちを封じ込めるために際限なく金銭を消費する必要があった。そのため、政治家たちはいかにしてその政治資金を入手するかで血の滲《にじ》むような努力を不断に続けていかねばならなくなった。

つまり、政治闘争における金銭の役割は、それまで長く使用されてきた物理的暴力の役割と同等か、それ以上のものなのである。ということは、逆説的に言えば、古来国家社会を形作ってきた暴力闘争を見事に追放し得たのは、この金銭に基づく政治が確立したおかげであったとも考えられるのである。

だから、政治家たちは国民からことあるごとにその金権体質を批判されても、それを実感として受け止めることができない。実は、彼らは腹の底では国民にこう問い返したいのだ。「金を使ってはならぬと言うのならば、あなた方は、私たちに一体何を使って戦えと言うのか」と。

政治の理想や国家の理念といった幼稚な戯言《ざれごと》を並べるだけで人々を支配し、実体権力を獲得できるなどとは、現実を生きている人間ならばたとえ権力者でなくとも誰も考えはしまい。仮に共産主義国のようにイデオロギーによって権力が確立されてしまえば、そこには何よりも悲惨な密告と粛清の嵐が吹き荒れることになってしまう。だからこそ、政治における金銭のやり取りは、命のやり取りに等しい切実さと重みを持っている。与野党を問わず政治家たちは、こと金のことだけは口を噤《つぐ》んだまま墓場まで持ってゆく。その倫理観だけは彼らは決して失わない。彼らにとって金にまつわる唯一の倫理とは、まさにその一事でしかないのだ。

しかし、マスコミも検察もそうした政治家たちの倫理観に対して一顧だにすることもない。しないどころか自らが拠《よ》って立つ社会秩序を秩序ならしめているその基盤には目もくれずに、安穏と当の秩序の上に胡坐《あぐら》をかいて、与えられた小さな暴力を遮二無二行使しようとするのだ。

土方信勝などという男はそうした傲慢さを体現した一典型だと思われる。

だが、そんなことを考えつつ村松の話をじっくり聞く一方で、龍彦はいままでまったく気づかなかったことに突然気づいたような気がしていた。

尚彦の山懸への関与を知って以来、とにかくこの問題が参議院選挙前に発覚しないことだけを龍彦は考えてきた。もし露顕すれば、総裁候補である龍三にとって致命傷となる。むろん当初は、一億を超える闇献金をあの臆病な兄が受け取ることなどあり得ないと半信半疑でもあったが、その後の村松からの情報でどうやらそれが間違いない事実であることを知らされた。

どうして尚彦が「周光会」直系といわれる福本からそれだけの献金を引き出したのか、またそんな金がなぜ必要だったのか。龍彦の関心は、はじめのうちはその裏事情にあった。

総裁選挙を控えて事務所は金が幾らあっても足りない状況であることは確かだ。しかし、金子や洋子の裁量で資金の手当ては一応順調に行なわれており、尚彦が金に絡んでくる必要があったとは思えない。まして尚彦は龍三の長男である。政界の常識として親族、とりわけ後継の可能性のある実子が政治資金に関与することはタブーだった。ということは、尚彦の受け取った一億二千万は金子や洋子が承知していない金である可能性が高い。つまり、尚彦が個人的事情で使うために福本から受け取ったのではないか、と龍彦は最初疑ったのだ。

ところが洋子の裏帳簿を点検することで、それはどうやら龍彦の見込み違いらしいと分かった。瀬戸や古山への上納金の調達のために、この二年間、事務所の台所は火の車だったのだ。少々危なかろうと、新しい資金の提供は大歓迎だったろう。

尚彦は龍彦の予想以上に重要な役割を与えられていたのである。金子、洋子と並んで、政治資金という龍三の政治活動に直結する部分を担うまでに尚彦は成長していたのだ。むろん瀬戸、古山への上納についても彼は知らされていたに違いない。福本からの一億二千万もその資金として消えていったのだろう。

この推測は龍彦に少なからぬショックを与えた。

自分がこの四年、朦朧《もうろう》として生きてきたあいだに、およそ政治とは正反対の場所にうずくまっていたはずの兄が政治の深部へと到達しつつあったのだ。

龍彦が尚彦の関与が露顕するべきでないと考えるようになったのは、瀬戸や古山の陰湿な要求を知ってからだった。あんな卑劣な連中のために尚彦が倒され、龍三までもが失脚することは柴田家の名誉にかけて龍彦には受け入れられなかった。

だが、ついに福本逮捕という日を迎えて、龍彦は柴田家の危機を実感するよりも、この重大な事態にはまったく異なる解釈が成り立ち得ることに気づいた。

「とにかく、すぐに親父に知らせるから。その後の動きも村松さん悪いけど、逐一教えてくれないかな」

「尚彦さんのこと、先生は知らないのかな」

村松が訊《き》いてくる。

「さあ、たぶん全然知らないことだろう。あれから調べてみたけど、あの金は事務所には入った形跡がない」

「ということは」

「その先はまだ言えないな。ちょっと複雑な金の流れになってる」

「どういうこと」

「言えない。ただ、兄貴は名前を使われたんじゃないかと思う。もともと兄貴は光栄興産の人間だからね。山懸とは地元では犬猿の仲だよ。福本なんかと接点があるわけないだろう」

「じゃあ、誰かが勝手に名前を使ってポッケに入れたわけ」

「おそらくね。それが誰かはいずれ分かると思うけどね」

村松はフーンと分かったように声を途切らせた。

「とにかく、午後一度そっちに顔出します。先生は明日でしょう」

「そうです。明日の昼過ぎには杉並か、こっちに入っていますから」

二人とも急にあらたまった口調になって、電話を切った。

受話器を置いたあと龍彦は思考を凝らす。

龍三はもちろん福本からの献金について承知していただろう。金子にしてもしかりだ。春先、山懸の問題が政界で話題になった折に金子や洋子たちが突然経理の点検を言いだしたのも、帳簿の操作やカモフラージュが目的だったに違いない。金子や尚彦たちにとって大きな誤算だったのは、こういう場合の常套《じょうとう》手段である献金の返却ができなかったことだ。返却先の山懸工業がすでに倒産していたからだ。

こうなった以上、一億二千万円は龍三や東京の事務所とは一切関係のないところでやり取りされたものとしなければならない。あくまで尚彦以外の誰かが私腹した、それで通すしかない。もっとも額がこれだけ大きいと誰もそんな詭弁《きべん》は容易に信じはしまい。それでもそれで通すしかない。

しかし、この事態は今後の龍三の政権戦略にとっては決してマイナスばかりではない。

龍彦がようやく気づいたのはそこだった。

たしかに土方の思惑通り、今回の山懸疑惑で最も大きな痛手を負うのは政権派閥である松岡派だ。村松情報でも、受託収賄罪の成立――つまり職務権限の立証が可能な政治家は現官房長官の奥野浩一郎や元建設相の額田篤男を筆頭にほとんどが松岡派の議員だと見られている。当初は職務権限とのつながりが不明確だと言われていたが、どうやら特捜部はそれに関する重大な証言と物証を福本本人から提供されているらしい。

土方の言う通り、これで同日選挙は困難になる。参議院選挙自体も事件の広がり次第では惨敗の可能性も大きいだろう。それだけではない。疑獄事件の渦中に政局が突入すれば、未公開株事件の責任をとって総理を辞任した瀬戸の復活は考えられなくなる。清新たるべき新政権を一度手の汚れた人間が握ることは世論が許さない。要するに、尚彦の関与さえ何とか闇に葬ることができれば、この山懸問題は龍三にとってまさに神風となり得るのだ。

村松からの一報を金子に伝えるため、龍彦は目黒の金子の自宅の電話番号をダイヤルしようとして途中でやめ、本郷のマンションの番号を押した。小さな呼び出し音が数回鳴って、若い女の寝ぼけたような声が耳元に聞こえてきた。

以前にも二、三度聞いた声だ。龍彦は一度確かめたかったことを実行することにする。

「美紀ちゃんおはよう、龍彦です。金子さんいたら代わってくれる」

「あ、おはようございます。いま……」

返事をしたあと女の声は一瞬喉《のど》に詰まったように途絶えた。受話器が何かにぶつかるような雑音が混じり、金子の慌てた声が響いてきた。

「こんなに早くに申し訳ない。実は、今日福本が逮捕されるという情報が入りました」

龍彦は村松の話を手短かに伝え、スイスのホテルに泊まっている龍三に大至急知らせて、指示を仰ぐように依頼した。スイスは現在、夜中のはずだ。

金子は詳しく問い返そうともせず、龍彦の言葉にしきりと相槌《あいづち》を打っていた。水野孫一への幼稚な工作でヘマをしたばかりのせいか金子は元気がなかった。龍彦は決して金子への非難など口にしていないが、金子としては本来監視する対象であるはずの龍彦の前で失態を晒《さら》してしまったことがどうにも具合悪いのだろう。

龍彦が村松の情報を流すまでもなく、金子や龍三は山懸のリストに尚彦の名前が載っていることを知っていた。多分、例の『永田町ジャーナル』にリストの一部が出る以前からすでに水野孫一となんらかの接触を行なっていたに違いない。しかし、金子にしては珍しく対応を誤った。水野のような海千山千の人物にまともに金を握らせようとしたのだ。まるで素人のやり口である。ああいう手合いにこちらの弱みを見せてしまったら、まとまる話もまとまらなくなってしまう。

「とにかく、親父が戻ったら、杉並かここで打ち合わせをした方がいいと思います。何だったら夕方の便で兄貴を呼んだ方がいいかもしれない。もっともいま兄貴を動かすと却《かえ》ってマスコミに尻尾《しっぽ》を掴まれるかもしれないけど。その辺の判断も親父にしてもらってください」

龍彦はそう告げて、

「それから、堀内さんにも今日はいろいろと細かい仕事がありそうだから、なるべく早く事務所に出るように言っておいてください」

と、最後に付け加えると金子の返事も聞かずに受話器を置いた。

堀内美紀は事務所の若い事務員だった。まだ二十歳を過ぎたばかりで一年前に入所してきた新人だ。五十をとうに過ぎた金子とは父娘《おやこ》ほどの歳の開きがある。その二人がいつどういうきっかけで関係してしまったのか龍彦には分からない。ただ、この事実がもし龍三に伝われば、金子の信用は極端に失われることだろう。龍三は事務所でのそうしたトラブルを何よりも嫌うからだ。自分と洋子との関係については棚に上げ、他人の行為だけを見咎《みとが》めるのは間尺に合わない話だが、事務所において圧倒的な専制君主である政治家とは大体そんなものだ。金子の女性関係はこれまでも銀座や赤坂あたりで幾つか耳にしてきたが、それにしても今度の堀内美紀のケースは尋常ではない。事務所の面々がこそこそ噂にしているのを聞きつけたときは、にわかには信じられなかった。そもそも自分のマンションに彼女を泊め電話口にまで出すというのも、日頃細心な金子からすればとても想像できぬことだ。

水野への処置といい堀内美紀の件といい、どうも近頃の金子は危うかった。龍彦は、やはり吉川幸蔵の出馬取り消しが金子の不調の真因ではないかと見ていた。龍三は違う進路を用意してやればそれでいいと金子のことを簡単に考えていたが、龍彦が見るところ、金子は吉川の後釜として本気で県議会に出ようと肚《はら》を固めていたようだ。義兄の地盤を受け継げば当選は固いし、参議院に上げれば義兄への義理も十分過ぎるほどに立つ。

龍彦が金子の県議への転身の意志が本物だと感じたのは、この春共に出席したある結婚式の帰路に金子からこんな台詞を聞いたからだった。

「龍彦さん、うちの娘ももうすぐ二十歳なんです。嫁にやるのも時間の問題ですよね。それで最近私は思うんですが、オヤジさんにはこんなこと言えないけれど、やっぱり父親の私が秘書稼業じゃあ娘も肩身が狭かろうと……。秘書連中の中には、娘や息子の結婚式となれば張り切って、偉い先生方に媒酌人を頼み、オヤジのコネで派閥の大物どころをみんな招待して、そりゃあ大きな式をでっちあげるのもいるでしょう。私はああいう結婚式だけは娘にさせたくない。なんだか父親の仕事の本質が透けて見えるようで、却って情けなくなっちゃいますからね。そんなこと思うと、オヤジさんにはわがまま言って申し訳ないけれど、そろそろ私も自分自身の足で立ってみたいと思いましてねえ。娘の結婚式の時くらいには一応自分で自分の始末がついて、顔も売れる稼業でいてやりたいんです。お蔭《かげ》さまで吉川の義兄が参議院に上がらせてもらえるようですし、そしたら私も故郷に戻って政治を一からやり直させてもらおうかと本気で考えているんですよ」

帰りのタクシーの中で、どういう脈絡でか不意に金子がしんみりとした口調で呟くように言ったその言葉には、彼の心情が籠《こ》もっていた。金子のように自分を殺して生きてきた人間にすればめったにない生の気持ちの表白だったろう。しかも金子はそのときほんとうに満足そうな顔をしていたのだ。

それだけに尚彦の出馬は、金子にとってショックだったにちがいない。義兄に対し面子《メンツ》を潰したただけでなく、彼自身の夢も打ち砕かれたからだ。龍三は、政治家としては人の心の機微を読み取る術《すべ》に長《た》けた人間だが、それでも長い間ワンマンを続けていると側近のそうした感情でさえ見えなくなる。いや、むしろ一心同体で歩んできた金子だけに余計に顧慮しないのかもしれない。そして、人の信頼を最後に傷つけてしまうのは最も親しい人間のそうした無神経さなのだ。

だが、そんな金子の現在の心理状態はいまとなってみれば逆にありがたいような気が龍彦にはしていた。投げやりな気持ちでいる分だけ、これから彼に被《かぶ》ってもらう屈辱への抵抗感も薄いかもしれない。事務所の女性に手をつけている負い目も本郷の新しいマンションの存在も、これからの龍彦のシナリオにとっては好都合である。

それからしばらく龍彦は、村松から貰った山縣の内部文書の写しを机の上に広げて思いを巡らした。

文書は手書きで、マル秘の大きな判が肩に押されている。政治家の名前は順不同で、金額の多寡とも関係がない。左の氏名欄に並んでいるのは二十八名。うち衆議院議員が十九名、参議院議員が三名。この二十二名は政治家本人名義である。残りの六名は、二名が元衆議院議員、四名が議員関係者つまり尚彦のような秘書や夫人名義のものだった。やはり二十八名の大半が周光会系の議員で、周光会以外といえば、尚彦、それに地元福岡選出の黒川派の三回生や藤木派の二回生くらいのものだ。

額は官房長官の奥野が一億八千万。最初の情報ではその次が尚彦という話だったが、間に現職の郵政大臣の大沼、経企庁長官の春内、それに元建設大臣で松岡政権誕生時の派閥事務総長でもあった額田など松岡派の幹部が連なり、それぞれ一億五千万の金を受け取っている。右端の決裁欄には福本の社長印と経理担当常務の佐伯、それに経理部長の近藤の印が重なるように押印されていた。

この献金リストはいずれ大半のマスコミが入手するはずだ。が、現時点では時事以外はここまで完全なリストは手に入れていないと村松は言っていた。読売も先行しているというが、どうやら奥野を中心とした現閣僚レベルの当時の職務権限について掘り下げているらしく、名簿に関しては別の内部文書から一部名前を拾い上げているに過ぎないとこれも村松が教えてくれた。

福本が贈賄を認めている以上、収賄側の政治家の名前も早い段階で特定され、捜査当局による取り調べが行なわれるだろう。任意での事情聴取はすでに始まっている可能性もあるが、土方のことだ、これまで一切手をつけずに泳がしておいて一気に勝負をかけてくる魂胆かもしれない。少なくとも尚彦には特捜部からの事情聴取の働きかけはまったくなかった。

いくら土方でも二十八人の政治家全員について収賄で立件しようなどと考えてはいまい。標的となるのは奥野、額田あたりで、この両名は内閣官房および建設省の最高責任者として当時の職務権限はかなり濃厚である。現政権への衝撃力も十分にある。となれば、残り大半は倫理的制裁として献金リストのマスコミへのリークか、場合によっては政治資金規正法違反の適用で収拾が図られるに違いない。

ここ一、二週間の対応で二十八人の明暗がくっきりと分かれる結果になるだろう。ともかくどんな手段を講じても尚彦の関与を世間から覆い隠すことだ。

尚彦の名前が取り沙汰《ざた》されるまでは、事務所としては無関係の姿勢でいるしかない。露顕した段階で、各マスコミにはっきりと調査を約束して時間を稼ぐ。そして調査結果の発表。その時までに地検を抑えつける材料を手にできれば一切の関与がなかったことを堂々と公表できるし、そこまで首尾があがらなければ、止むなく尚彦以外の真犯人を差し出すしかない。真犯人が一億二千万の大金をいかに私腹し、いかに費消したかについてももっともらしい証拠書類を揃えておく必要がある。その程度のことは、付き合いのある都市銀行の幹部に頼めばたやすいことだった。

資料をたたんで、龍彦はすっかり明るくなった窓の外に目をやる。浅い溜め息をついて、眩《まぶ》しい光から逃れるように目を閉じた。

最後は金子に詰め腹を切ってもらうしかない――このリストを手に入れたとき、そう心に決めた。状況がここまで危機的である以上、こちらも相当の痛手を覚悟するほかはない。であれば、金子の首を差し出すくらいのことはやむを得なかった。

理屈はたしかにそうだが、とあらためて龍彦は思う。しかし、そうやって金子を追い詰めようとしている現在の自分の心裡《しんり》に、別の動機が潜んでいそうなことも認めないわけにはいかない。

――やはり、薫とのあいだを引き裂いた、あの頃の金子を自分はどうしても許すことができないのではないか。

ここ数日、龍彦はずっとそのことを考えてきた。答えはそうであるとも言えるし、そうでないとも言えた。なぜなら、もし金子の当時の仕打ちが許せないとしたら、その先にもう一人、さらに許せない、憎むべき人間がいるからだった。そして、その男を憎むということは、とりもなおさず、自分自身をも憎むということだった。

目を開き、遠く広がる空を見つめた。

この空の下のどこかに薫がいるのだ、と思う。思うと、さきほどまでの昂揚《こうよう》した気分がみるみる拡散していくのが感じられた。

——もともといまの俺に誰かを憎む資格などありはしないのだ。

龍彦は内心でそう呟いていた。

12

薫と出会ったのは、一月の寒い日だった。

あれからもう六年の歳月が流れた。

その日の夕方、龍彦は仕事を切り上げて出席の通知を出していたある小説家の出版記念会に顔を出すため四谷駅に向かっていた。四谷でＪＲ中央線に乗って御茶ノ水駅で降りれば会場はすぐだった。駅の手前、上智大学の正門まで来たところで人だかりに気づいた。普段であれば頓着《とんちゃく》もせず通り過ぎるのだが、少し時間が早かったこともあって、龍彦は丸く固まっている人の群れの中に首を突っ込んでみたのだった。

小さな子猫が、人々の輪の真ん中で鳴いていた。

何人かが代わる代わる子猫の側にしゃがみこんで、顎《あご》をくすぐったり背中を撫《な》でたり、掌の上に載せたりしていた。子猫は生まれたてのようでまだ目も開いていない。男の握り拳《こぶし》ほどの大きさもなかった。風邪を引いているのか、時折、クシャンと大きなくしゃみをして、その度に高校生の女の子数人組が驚いたような歓声を上げていた。

しかし、誰もが子猫をしばらく眺めると、路上に戻して何も言わずにその場を立ち去っていくのだった。

龍彦は近寄らずにじっとその様子を眺めていた。子猫はくしゃみを繰り返し、よく見ると目から血混じりの膿《うみ》のようなものを流していて、それが乾燥して瞼《まぶた》を塞《ふさ》いでいた。不細工な顔をした黒と白のぶちの猫だった。十分ほどその場に佇《たたず》んでいると人垣が次第にほどけ、じきに誰もいなくなってしまった。龍彦ともうひとり、会社帰りのOLらしい女性が残っただけだった。厚ぼったいベージュのコートを着た地味な感じの人だった。

そのOLが龍彦が来る前からいたのか、それとも後から来たのか分からなかったが、彼女は誰もいなくなってから猫に近づき、黙って何度も猫の身体を撫でていた。龍彦も腰を落として猫に手を出した。触ってみるとすっかり痩《や》せて骨と皮だけなのかごつごつしている。くしゃみの鼻水が飛び散って龍彦の掌にもかかった。あわてて手を引っ込めると、向かいにしゃがむ彼女が小さく笑うのが分かった。

「このままじゃ、死んでしまいますね」

龍彦は顔を上げて彼女に声をかけた。浅黒い顔をした大きな目の小柄な女性で、まだ二十歳前後にちがいないと思ってよく顔を見ると、もう少し上のように見えた。

「まだ、生まれて二、三日かなあ」

誰に言うともなく、いやにぶっきらぼうな口調で彼女は言った。そしてすかさず、

「あなた、飼ってあげることできないんですか」

と龍彦の顔をじっと覗《のぞ》き込むようにして言ったのだった。咎《とが》め立てしているような乱暴な物言いに龍彦は少し気を悪くした。

「そっちこそ、どうなんですか」

「私の家は小さなアパートだから無理だと思うんです」

「ぼくの方だってマンションだから駄目だな。それにこれから行かなくてはならないところもあるし」

「そうですか……」

彼女は呟《つぶや》くと、しばらく考え込むような顔つきになった。龍彦はこのままいると子猫を押しつけられそうな気がして立ち上がった。

「じゃあ」

挨拶《あいさつ》しても彼女は思案を巡らしているのか何の反応も示さない。龍彦はその場を離れ、残り五十メートルほどの駅に向かって歩き始めた。駅につづく横断歩道で信号待ちをしながら大学の正門を振り返ると、さきほどのOLがようやく立ち上がりこっちに向かってくるのが見えた。龍彦は早く信号が青に変わらないかと思ったが、ちょうど青になった頃にはOLはすぐそばにまで近づいていた。茶色の小さなハンドバッグを腕に吊るし、両手で子猫を捧《ささ》げ持っている。

「大丈夫なんですか」

龍彦は思わず隣に並んだ彼女に言った。

「だってあのままだと、今夜のうちに凍え死んでしまうでしょう」

彼女はまるで怒ったように言った。一緒に横断歩道を渡る。渡りきったところで大勢の人間の気配に怯《おび》えたのか子猫が彼女の掌の中で大声で鳴きはじめ、そんな力がどこにあるのかと思うような勢いで暴れだした。鳴き声に駅に出入りする人たちが眉《まゆ》を顰《ひそ》めて行き過ぎていく。

「その紙袋、もらえませんか？」

龍彦が提げている袋を指さして急に彼女が言った。出版記念会の差し入れ用に昼のうちに買っておいたシャンパンがデパートの大きな手提げ袋の中に入っていた。

「どうするんですか？」

と訊くと、その中に猫を入れて電車に乗るのだと彼女は言った。龍彦は仕方なくシャンパンを取り出して紙袋を相手に差し出した。袋くらいキヨスクで買えばいいじゃないかと言いたかった。

「どうもありがとう」

彼女はぺこりと頭を下げた。大事そうな手際で子猫を深い袋に入れると、もう一度頭を下げて「さようなら」と言い、さっさと駅の中に消えていったのだった。

龍彦はキヨスクで手提げ袋を買い、中央線のホームに降りていった。

ホームに降りて向かいの総武線のホームに目をやると、さきほどの彼女が手提げ袋をさげて立っていた。すぐに電車が来て、彼女はドアのところへ近づいたが、満員の車内を見ると怖《お》じ気《け》づいたようにまたホームに戻るのだった。それが二度、三度とつづいた。手提げ袋が妙に大きく揺れて彼女が必死で袋の口を閉じているのが分かった。どうやら子猫が袋の中で暴れているらしかった。龍彦はその困った姿から目を放せず、自分の電車も二本やり過ごしてしまった。背中を向けているから龍彦の視線に気づいていないのだろう、彼女は時々、袋の口をあけて中の子猫に声をかけている。最初はなだめているような気配だったが何度も電車をやり過ごしているうちに、だんだん叱りつける感じになった。思わず龍彦が笑って見ていると、そこへ、中年のサラリーマン風の男が近づいて来た。袋を指さして何かしきりに注意しているようだった。彼女はうな垂れて神妙にしているが、小太りのサラリーマンはそういう弱腰に威勢を増したのかさらに何事か言い募っている。

龍彦は慌ててホームの階段を駆け上り、向かい側のホームに降りていった。彼女に近づくと、まだ男はねちねちと絡んでいる最中だった。

「あんた一体どういうつもりなんだよ。こんなとこに猫なんか持ち込みやがって」

男の声は甲高く、尖《とが》っていた。

「どうしたんですか」

そう言って後ろから声をかけた時には、龍彦はもうそのサラリーマンの背広の肩を摑《つか》んでいた。男が面食らったような顔で龍彦の方を向いた。

「子猫ぐらいでギャーギャーさわぐなよ、おっさん」

龍彦はすかさず男の胸ぐらに手をかけ、そのまま身体ごと前に進んでちょうどすぐそばにあったベンチに押し倒した。突然のことでびっくりしたのか眼鏡のサラリーマンはあわあわ口を開けている。

「お前、誰だ」

と言った。

「この人の知り合いなんだよ。黙って見てりゃいい気になりやがって」

龍彦は座り込んでいる男にもう一度凄んでみせる。

しかし、そこでようやく気力を取り戻したのか、男は立ち上がって背筋を伸ばし、龍彦を睨《ね》めつけてきた。よく見ると短軀《たんく》だが胸は分厚く、両腕も太くたくましかった。

「いい気になってんのはてめえの方だろうが、この野郎」

なかなかドスのきいた声だった。龍彦はシャンパンの入った紙袋を脚元に置くと、ゆっくりと右の拳を腰に据えて正拳《せいけん》の構えをとった。口争いだけではどうも片づかない相手のようだ。

向こうもその構えに、

「やる気か、この野郎」

と応じてくる。両足を開き両手を胸の前に持ち上げて拳をつくった。どうやら彼の方も腕に覚えがあるようだった。

間合いを詰める微妙なやり取りを互いに始めようとした刹那《せつな》だった。

「ごめんなさい。私が悪かったんです」

背後にいた彼女が不意に二人のあいだに割って入ってきたのだった。しきりに男に向かって頭を下げ詫《わ》びを繰り返している。気勢を削《そ》がれた様子で男が腕を下ろすと、今度は龍彦の方に振り向いて、

「さあ、行きましょう」

と、まるで母親が子供をたしなめるような調子で言い、紙袋を取り上げて再び龍彦に持たせると、さっさとその腕を取って「ほんとに失礼しました。ごめんなさい」などと男に一礼しながら、彼をどんどんホームの階段の方へと引っぱっていった。

龍彦は唖然《あぜん》としながら男から離れ、腕を摑まれたまま一緒に階段を上った。が、内心では彼女の堂に入った仲裁ぶりに見直す気持ちになっていた。男二人が面と向かって対峙《たいじ》している時に、ああやってぽんと間に身を投げて喧嘩を止めるなど女性になかなかできるものではなかった。龍彦の少ない見聞でも、そういう手並みを見せてくれるのは、場数を踏んでいる酒場の女性たちくらいのものだった。よく止めてくれたと実は感謝していたのだ。

「仕方ないから車にしましょうか。とりあえず病院に連れていった方がいいかもしれないし」

駅を出たところで、龍彦は丁寧な口調で彼女に言った。

真田《さなだ》薫という名前は一緒に乗ったタクシーの中で聞いた。

代々木《よよぎ》の彼女のアパートの近所にあった動物病院に飛び込み、里親探しと、その間の入院費用として一ヵ月分の支払いを済ませて龍彦たちは病院を出た。タクシーに乗せるあたりから薫はすっかり恐縮して、最初の無愛想な印象はもちろん、さきほどの気丈な様子ともまったく違ってしまっていた。

「なんだか、真田さんの方が借りてきた猫みたいですね」

と龍彦は笑った。食事に誘うと黙ってついてきた。猫の治療費や宿泊費が結構な額になり、それを龍彦が支払ったので、薫はそのことを何度も申し訳なさそうに謝った。

食事の後、代々木の駅前の小さなスナックでウイスキーをすすっていると、

「急にあの男の人を柴田さんが押し倒したから、私驚きました」

と薫は言った。龍彦は中学、高校と空手を齧《かじ》っていたことを告げ、

「でも、あんな風にして喧嘩したことは全然ないんです。だから、ほんとはちょっと怖かった

んです」

と答えたりした。

薫は四谷にある小さな建設会社で事務をやっている普通のOLだった。龍彦が自分のことを喋《しゃべ》ると信じられないような面持ちで聞いていた。昔から龍彦は訊《たず》ねられれば、誰に対しても自分の境遇や父母のこと、仕事のことなど正直に喋るようにしていた。そうでなければ却《かえ》って相手に誤解されかねないし、龍彦のような立場の友人たちもみんな小さい頃からそういう心得を身につけていた。

「そんな有名な人の関係者なんて、私会ったことない」

関係者という言葉の選び方が龍彦はおかしかった。薫は、龍彦が往年の人気女優、本間郷子の息子であることにも驚いたが、それ以上に「作家」柴田龍三の次男であることにびっくりしたようだった。若い女性でそんな人は初めてだったが、薫は龍三の小説の熱烈なファンだった。幾つも龍三の作品名が薫の口から飛び出して龍彦は感心した。

龍彦も龍三の小説が好きだった。物心ついたときにはすでに小説家というより政治家の父であったから、あまり龍三と作品の話をしたことはなかったが、彼もまた小説家柴田龍三の熱心なファンの一人だったのだ。お互いファン同士だから会話は弾まぬはずがない。龍彦はすっかり気を許してグラスを重ね、初対面の薫にいろいろなことを喋りちらかしていた。ふと気づいてみれば薫はほとんど自分のことを話さずに、ただ黙って龍彦の話を楽しそうに聞いている。こんなに気をつかわずに一緒にいられる人は初めてだと龍彦は思った。

「柴田さんも、お父様の跡を継いで政治家になるんですか」

と訊かれて、

「父も新聞記者だったし、ぼくが今の仕事に入ったのも、そのためというところはあるんです」

と龍彦は答えた。当時、龍三は大蔵大臣を務めていた。

「じゃあ、小説を書いたりはしないんですね」

いかにも残念そうに薫が言うので、「書いた方がいいのかな」と龍彦は訊ねた。

「そうですよ」

「どうして」

「だって、もったいないじゃないですか、せっかく才能を受け継いでいるのに」

薫は妙にはっきりとした口調で言った。

龍彦は順調なコースを辿《たど》るあいだ、一貫して政治家、柴田龍三の後継者として周囲のすべてに認知されてきた。龍彦に文筆の道に進めといった人間は龍三を含めて一人もいなかった。だが、学生時代、龍彦は密《ひそ》かに小説を書いたことがあった。むろん誰に見せたわけでもないし本気で小説家を目指していたわけでもない。それでも龍彦が大学を出て新聞社ではなく出版社を選んだのは、日常的に小説に接することのできる編集の仕事の方が魅力的に見えたからだった。

そのことは今まで誰にも言ったことがなかった。

「しかし、書いた方がいい、なんて人から言われたの初めてだな」

「そうですか……私は、なんだか柴田さんは小説家に向いてるような気がするんですけど」

その言葉を耳にした時、龍彦は不思議な感覚を覚えた。彼女は龍彦の心の奥底に触れる何か特別な力を持っているような気がした。

それでも彼はまぜっ返すようなことを言った。

「そんなにぼくは政治家に向かないように見えますか」

薫はきょとんとした顔で龍彦を見ると、

「そういう意味で言ったんじゃないんです」

と胸の前で手を振ってみせた。そして付け加えた。

「私、政治家と小説家ってよく似た仕事だって気はするんです。もちろん私の周りにはそういう人なんていないですから、あくまでも勝手な推測ですけど」

龍彦はその言葉に右の人差し指を立ててみせる。

「それ、うちの親父がむかしからよく言ってることですよ」

「そうなんですか」

「ええ。政治家仲間と付き合ってみると、若い頃にものを書いていた人が驚くほど多いんだそうです。結局、両方とも頼みは言葉だけで、たくさんの人々に語り伝えることで成立する仕事だし、言ってみれば自分本位の理想や空想を、紙の上や土の上で形にする作業ですからね。たしかに人気商売という点も同じだし、案外似通った職業なのかもしれない。もっとも政治家や小説家が職業の範疇《はんちゅう》にすんなり入るものだとすればの話ですが」

薫は黙って聞いていた。

「だけど、真田さんはそれでも書いた方がいいと思うんでしょう」

「そうですね。私は、政治家になるより小説家になった方がずっといいと思います」

「どうしてですか」

薫はすこし思いを探るような表情になったが、じきにゆっくりと話しはじめた。

「私なんか小説家にも政治家にもなれるような人間じゃないし、そんな風に訊かれてもちゃんとした理由なんてないんです。ただ、いつも政治家の人たちの選挙運動とかを見てて、あんな見ず知らずの人たちに頭を下げたり、何千人の人たちと握手したりするのは、自分だったら絶対に厭《いや》だなと思います。いろんな場所に行って同じ話を何十回も何百回もしたり、知らない人の赤ちゃんを抱き上げてみせたり、会ったこともない人の仏壇に掌《て》を合わせたり、鉢巻きして自分の名前を大声で連呼したりするのって、やっぱりすごく恥ずかしいことじゃないですか。柴田さんは、さっき政治家も小説家もたくさんの人たちに語り伝える仕事だって言ったけど、文字で一度だけ伝えるのと、肉声や行動で繰り返し伝えるのとは全然違うことのような気がします。肉声はやっぱり、ごく近しい人たち相手の手段で、マイクや拡声器を使って話す声は、私にはどれもこれも信用できないように聞こえてしまいます。会ったことも話したこともない人に自分の思いを伝えるんだったら、文字を書くことが一番の方法で、大声で語りかけたりするのは、そのずっと下のような感じがするし。それに政治家の判断って、間違ったら、それこそ大勢の人に迷惑をかけてしまうでしょう。小説家だって周りに迷惑をかけて生きた人ばかりみたいだけど、それでも、それは相手との生身の付き合いだから私はいいと思うんです。人生なんて、どうせ誰かに迷惑をかけたり、かけられたりの繰り返しなわけだし。でも政治家が及ぼす迷惑はひと桁《けた》ちがう、これはほんとにやっちゃいけない迷惑だという気がします」

龍彦はこの薫の言葉に、何か龍三のことを侮蔑《ぶべつ》されたような気がした。が、しばらく吟味してみると、龍彦自身が子供の頃から父親に対して抱いていた素朴な違和感を彼女の言葉はうまく言い当てているようにも思えるのだった。

「政治家のかける迷惑って、たとえば何ですか」

試しに訊いてみた。薫は今度はすぐに答えた。

「戦争とか」

「ぼくはそう思いませんよ」

龍彦はここでちょっと言葉を強くした。

「政治家の最大の仕事は、その戦争をしないことだとぼくは思います。いまの日本国憲法も謳《うた》ってるけど、国際紛争を解決する手段としての戦争というのは、本来政治手段の範囲外のことなんです。世間ではよく戦争は政治家が起こすみたいに言われますが、戦争を起こすのは政治家じゃなくて、国民一人一人の無知に根ざした情動だと思います。もちろんそれを煽《あお》る軍人や一部政治家もいるけれど、そうした巨大な情動の集合体としての相手国や他民族への憎悪を、それこそぎりぎりの一線で押し止《とど》める最後の砦《とりで》が政治だとぼくは思っています」

「じゃあ、柴田さんは政治家と小説家とだったら、どっちがいいと思いますか」

今度は薫が訊いてきた。

「さあ……」

龍彦は誤魔化すように笑ったが、この単純な質問に内心ではどう答えていいか分からなかった。

「少なくとも政治家は忙しすぎますよね。そのせいで、ぼくの家には小さい頃から親父がいたためしがなかった。お袋の方は身体が弱かったんですが、それでも体調がいいときは選挙だなんだで出歩いてばかりで、結局両親ともにほとんどいないし、驚くほどぼくや兄貴に無関心でしたね。政治家の家というのは大方そうらしいけど、子供にとっては決していい家とは言えませんよね」

龍彦は喋りながら、自分が幼少の頃から龍三に対して、その不在を嘆いたり、彼の仕事に疑義を差し挟んだりしたことが一度もなかったことを思い出していた。

「じゃあ、やっぱり小説家の方がいいんじゃないですか」

薫がしてやったりという笑みを浮かべる。

「どうかなあ。それはそれで億劫《おっくう》かもしれませんよ。ずっと家にいて父親が小説なんか書いているのも」

「どっちにしても柴田さんはお父様の跡を継ぐことになりそうですね」

「そうかもしれませんね」

そのあとも龍彦はぐいぐいとグラスを空けた。持参したシャンパンを抜いて、店のママさんやアルバイトの女の子、居合わせた客たちと乾杯したりもした。次第に酔いが回ってきて、陶然とした気分になっていく。

「私、戦争ってやっぱり政治家とかそういう野心満々の偉い人たちがするんだと思います。私たち国民がどんなに無知で、どんなに怒ったり憎んだって、国民には手にする棍棒《こんぼう》もナイフもなくって、結局、そういう偉い人たちが棍棒やナイフを私たちに握らせるんだと思います」

夜も更けて、席を立つ直前にふいに薫がそう言った。立ち上がりかけていた龍彦は、もう一度座り直して薫に顔を向けた。

「真田さん、それはちょっと違うと思いますよ。政治というのは結局は情報なんです。簡単な話なんだけど、自分の周囲の狭い世界を離れて他の人々の生きる世界がどうなっているのか、その人たちがどう生きているのかをもっと知りたいと思うことが政治の始まりなんです。そういった志向を持った人間のもとに自《おの》ずから情報が集積される。集積された情報が分析され、判断が生まれる。それが政治です。だから、その情報を自分の都合に合わせて操作することもむろん可能だけど、政治家というのは本質的に、自分のことよりも自分以外のことに興味を持っている人種なんです。ぼくは、自分のことにばかり興味を持っている人間たちよりも、どんな得手勝手な個人的野心があるにせよ、まずは自分以外のものに目を向ける人間の方が正しいと思ってる。さきほどのナイフや棍棒の例で言えば、やっぱり国民は握らされるのではなくて自分で握るんです。それは、彼らがその棍棒やナイフでやがて殴られたり斬られたりする相手に対して、実はまったく無関心だからですよ。無関心ゆえに、権力から与えられる情報をそのまま鵜《う》呑《の》みにもしてしまうし、自分の手足で確かめたり、自分の頭で考えたりもしない。だから、ぼくはそういう連中が大嫌いなんです」

そして、ひとつ溜め息をつくと、呂律《ろれつ》の怪しくなった口調で龍彦は最後に付け足した。

「真田さん、『愛』の反対の言葉は何だか知っていますか」

薫は考える仕種を見せる。

「憎しみ、ですか?」

口にしながら、なぜかひどく心配気な様子で龍彦を見つめていた。

「そうじゃない。愛の反対語が『無関心』なんです。これはマザー・テレサが残した言葉ですが、ぼくはほんとうにその通りだと思っています」

薫と店を出た時、龍彦はいよいよ酔っ払っていた。薫の肩を借りて歩きながら途中小さな公園で吐いた。そんなに酔ったのは数年来のことで「ぼく、どのくらい飲んだのかなあ」と訊くと「持ってきたシャンパンも飲んじゃったし、ウイスキーも一本全部空けたのよ」と背中をさすりながら薫が困ったような声を出す。「なんで止めてくれなかったんですか」と情けない声でこぼすと「だって仕方ないでしょう、飲みたそうだったんだから」と薫は少し笑って言う。

「そりゃあそうだ」と龍彦も笑った。笑うとまた汚物が喉《のど》までこみ上げてきた。

龍彦は公園のベンチに寝ころがって、ふーふー言っていた。薫が濡れたハンカチで口許《くちもと》を拭《ぬぐ》ってくれる。真冬の夜の空気はすっかり冷えきって、ハンカチをあてられると飛び上がるくらい冷たかったが、身体は逆に沸騰するほど火照《ほて》っていた。空にはめずらしく幾つもの星が散っている。

龍彦は少し酔いが醒《さ》めて、隣に座った薫の手をとって頰にあてた。掌《てのひら》が冷えきっている。

「ごめんね、このままじゃあ、きみ、風邪ひいちゃうよ」

薫が顔を覗き込んでくる。

「大丈夫？」

「何が？」

「お家へ帰らなくて」

「さあね」

「奥様、心配してますよ」

「どうかな」

そう呟いた途端、龍彦はどうしてかふいに泣きだしたいような気分になった。

「帰りたくないなあ」

そのひどく掠《かす》れた声に薫が微笑んだ。そして次の瞬間、龍彦の口に唇を重ねてきた。龍彦は驚いて顔をそむけた。

「駄目だよ。汚いよ」

薫は首を振って、龍彦の唇の中に舌を入れてくる。歯や唇の裏をあたたかい舌が這《は》う。龍彦は身体が浮き上がるような甘い感覚を覚えた。唇を離して薫は龍彦の耳元で囁《ささや》いた。

「なんだかあなたに夢中になりそうな気がする、怖いわ」

結局、その晩、龍彦は薫の部屋に泊まって朝方自宅に戻ったのだった。

13

倉本慶太は、約束の二時きっかりに三十八階のエレベーターフロアに姿を現した。

十五分以上前から待機していた龍彦は、エレベーターの扉が開き枝川優治の顔を見つけると手をあげ深々と頭を下げた。枝川が先に降り、つづいて倉本が出てくる。幸い他の客は乗り合わせていなかった。龍彦は枝川に近寄り、手を取って強く握りしめる。枝川も緊張した面持ちで握手を返してきた。上背のある倉本が枝川の後ろで微笑している。枝川が龍彦を紹介し、龍彦は倉本に再び深くお辞儀をした。

「お招きできて光栄です。さきほどから父もお待ち申し上げておりました。父に部屋まで案内するように申しつかっております」

「こちらこそ久々に柴田先生とじっくりお話しさせていただけると、楽しみにして参りました」

倉本は柔らかな声で言葉を返す。ヨットマンとしても知られた彼は日焼けした顔をくしゃくしゃにして自分の方から握手を求めてきた。すでに、運輸、労働の二つの大臣ポストを経験し、現在党の選挙制度問題調査会長を務めるこの男は、派閥こそ異なるが現幹事長の坂上剛と盟友関係にあると言われている。坂上同様、実に精悍《せいかん》な印象を与える人物だ。年齢も坂上と同年の四十九歳。当選八回は坂上より一期上である。二十六歳で衆議院議員に初当選し、その史上最年少記録はいまだに更新されていない。亡父は倉本繁太郎。戦前の商工大臣で、戦後は一派を成して党副総裁まで登った実力政治家である。

倉本の丁寧な応対に接して、今日の会談は上手く運ぶような気が龍彦はした。

龍三が坂上を通じて倉本に正式な会談の申込みを行なったのは一昨日である。倉本からの返事は即日入った。その時、倉本の代理として龍彦に電話してきたのが、今日倉本側の立会人を務める関東テレビ副社長の枝川優治であった。枝川が倉本と昵懇《じっこん》の仲であることは政界周知の事実だったが、彼は龍三ともかつての記者仲間として旧知の間柄だった。昭和二十年代、まだ龍三が朝日新聞に在籍し永田町を走り回っていた頃、枝川も東都新聞政治部の若手記者として活躍していた。二人は同じ釜の飯を食った仲間である。

枝川のことは龍彦も幼い頃から知っていた。龍三が小説家から政界に飛び込むと、すでに実力政治記者として勇名を馳《は》せていた枝川はよく杉並の自宅を訪ねてきたものだ。東都新聞政治部長から編集局長、常務、専務と進み、現在は次期社長含みで東都新聞系列の関東テレビ副社長の椅子に座っている。年齢は龍三より五つほど下だろうか。

枝川は先代の倉本繁太郎に可愛がられ、その縁で息子の慶太の後見人のような立場にある。龍三が池内善吾に記者時代から寵愛《ちょうあい》され、政界に入ってからも池内の最側近として陽の当たる場所を一貫して歩きつづけたように、枝川も倉本繁太郎の恩顧で大きくなった人間と言える。龍彦が龍三と同じ早大政経学部政治学科を卒業し、出版社に就職する折に保証人になってくれたのはこの枝川であった。

倉本が枝川を同行してきた、という一事をみても彼が龍三との会談に前向きの姿勢で臨んでいることは十分に窺《うかが》えた。

ホテルの狭い廊下を先導しスウィート・ルームの白いドアの前でチャイムを鳴らす。ドアが開き、龍三が顔を出した。

「これはこれは、倉本さん。お忙しい時にお呼び立てして申しわけありません。どうぞどうぞ……」

龍三は通路まで身を乗り出して倉本の手を取ると、背中に腕を回し部屋に招きいれた。

「さ、どうぞどうぞ」

腰をかがめ、応接セットの置かれた広い部屋に案内する。慇懃《いんぎん》なほどの低姿勢はふだんの龍三にはおよそ見られないことであった。龍彦はドアを閉め、遅れて応接間に入った。部屋には柴田派の事務総長を務める秋田章太郎がいる。秋田が龍三側の立会人である。

あらかじめコーヒーとオレンジジュース、それにサンドイッチが用意してあったが、龍彦が入っていくと、龍三自身が立ってコーヒーを倉本と枝川に給仕していた。二人は恐縮したように礼を言い、傍らで秋田が当惑の態で突っ立っている。

龍彦はそうした龍三の姿に、政治家の本質を見るような気がした。二年前に聞いた松岡にまつわる話を龍彦は思い浮かべる。

瀬戸退陣を受けて松岡政権が誕生する際、龍三は念書と交換に松岡の新総裁就任を受諾した。最終的には瀬戸と古山とが仲介を行なったのだが、それ以前に松岡は龍三に直接接触を図ってきた。共通の知人を介して松岡はまず秘書の金子と差しで話したいと求めてきたのだ。困った金子が龍三に相談すると、龍三は面白がって一回会ってやれと許可を与えた。

そこから先は金子本人から聞いた話だが、ある日の夕方指定された赤坂の料亭に金子が顔を出すと、一番奥の座敷に案内された。襖《ふすま》の前まで来て「先生、お客様がお越しでございます」と仲居がおとないを告げると中から「どうぞ」という低い声が聞こえる。仲居が去って金子が襖を引いた。広い座敷が見渡せ、金子は松岡の姿を探す。下座の端にうずくまっている男がいた。禿《は》げ上がった頭頂をこちらに向け、額を畳の目にすりつけている。男は土下座しているのだ。金子は面食らった。松岡本人だったからだ。金子は慌てて入口のところで膝をつき、平伏する現職の大蔵大臣であり派閥の領袖《りょうしゅう》である男の側ににじり寄って「大臣、どうかお顔をお上げください。これでは立場が逆でございます」と叫んだ。と、そのとき松岡は何と答えたか。金子はいまでもあのかしこまった口調と大音声は耳にこびりついて離れないと笑いながら身振り手振りで語った。

「いいえ、めっそうもございません」

松岡は面を上げ恐懼《きょうく》に堪えぬ表情で金子を仰ぎ見ると、そう言って絶句したのである。それから向かい合って食事をとった二時間のあいだ、松岡はただひたすら龍三を褒めちぎった。国家の最高権力を窺う時、この国の政治家はどんなことでもする。金子から報告を受けた龍三はげらげら笑って金子に言ったという。

「あいつはそんな男だ。しかし総理になってみろ、お前とすれ違ったって会釈ひとつしないぞ」

後日談がある。その日から半年後、金子がたまたま国会の廊下で記者団や取り巻き議員を引き連れた松岡首相と出くわした。龍三の言った通りだった。松岡は金子を認めても視線ひとつくれずに傲然《ごうぜん》と前を通り過ぎていった。

「ほんとにオヤジの言った通りだったよ。あいつは俺のことを一瞥《いちべつ》することもせず完全に無視しやがった」

これも笑いながら金子は言っていたものだ。

給仕が終わり龍三が席に着く。倉本と枝川が二人掛けのソファに座り、低い硝子《ガラス》テーブルの向かいのひとり掛けのソファに龍三、隣の少し離れたソファに秋田が腰を下ろした。龍彦は目立たないように応接セットの脇に置かれたダイニングテーブルの椅子に座った。

龍三は自分のコーヒーカップを持ち上げ一口すすると、そっとテーブルに戻した。そして姿勢を真っ直ぐに戻すや、大きな眼をさらに見開いて倉本の顔を見つめ、

「倉本さん、私を助けてくれませんか」

と、一気に本題を切り出した。

「私はこの二週間、全国各地を回って政治改革の断行を宣言してきました。現在の情勢がわが党結党以来の危機であることは間違いない。ここで、国民と共に政治改革を断固実行しなければ党の存続はもはや不可能だと考えています。そのためにはどうしてもあなたの力を貸して欲しい。全国津々浦々の人々の声は怒りで横溢《おういつ》しております。いま我々が立ち上がらねばこの国の政治は死んでしまう。松岡君ではもう何をやっても国民は信用しない。彼の政権の命脈は尽

きている。九月を待たずに松岡君には退陣してもらう。後は私やあなた、それに坂上君や古山さんとで死んだ気になってこの危機を脱するしかない。そのためにはあなたや坂上君がこれまで心血を注いでこられた抜本的選挙制度改革を何としてでも実現するほかはないのです。どうしてもあなたの力を借りたい。私の政権で、あなたにはその改革の旗頭になってもらいたい。ぜひ私と一緒に戦って欲しいのです」

龍三は倉本の顔を凝視し、一言一言に力を込めて語る。

「私は政治改革に政治生命のすべてを賭《か》ける覚悟です」

山懸疑惑はこの二週間で、急速な進展を見せていた。

マスコミは連日大きな見出しで次々と新たなる疑惑を追及しつづけている。松岡派の重鎮であり当時建設大臣の地位にあった額田篤男代議士の起訴はすでに目前の状況と伝えられ、在宅起訴か逮捕かで検察の意志は揺れていると報じられていた。額田事務所が山懸から車、秘書、諸経費の肩代わりなど丸抱えに近い利益供与を受けていたことも判明し、額田と福本のゴルフ写真や新社屋完成披露宴での周光会議員面々の祝辞をおさめたビデオ、額田事務所の会計帳簿の一部までもが暴露されていた。

さらに松岡を窮地に陥れているのが、内閣の大番頭とも言える奥野官房長官の疑惑である。額田同様、奥野と福本との癒着を示す数々の証拠物が連日報道されている。松岡内閣の支持率は一昨日の朝日新聞の世論調査では、実に四十六ポイントの下落を示し、いまや十パーセント寸前まで急落していた。すでに命脈は尽き、脳死状態だと各紙の社説は断じている。政権は完全な死に体に陥っていた。

野党各党は折からの政治改革法案の審議にこの山懸疑惑解明を優先させることを要求していた。衆議院政治倫理審査特別委員会での証人喚問実施を求め、福本、佐伯、近藤ら収監されている山懸側関係者、額田、奥野、そして疑惑の対象としてマスコミに名前の挙がっている衆参両院議員二十二名の一括喚問を主張していた。

もっとも野党の狙いは、額田、奥野に絞られている。特に現職閣僚の奥野は松岡の最側近であり、奥野の失脚はすなわち政権の崩壊につながる。野党としては奥野の喚問で彼を世論の袋《ふくろ》叩《だた》きに晒《さら》し、一気に内閣不信任案の提出、解散総選挙へとなだれ込むつもりであることは明らかだった。松岡が進めてきた同日選挙路線は皮肉にもいまや野党側の戦術と化している。

一方松岡も、必死の防戦を行なっていた。

喚問要求を呑《の》む条件で参議院選挙公示直前の七月十日までの国会会期延長を決め、会期中に現在提出されている政治改革三法案の成立を確約して、政治生命を賭《か》けた不退転の決意で審議に臨むと言明。同時に、奥野更迭の意志をちらつかせていた。しかし、参議院の与野党逆転状況下において、これだけの疑獄事件を抱えた政権が一ヵ月で抜本改革法案を成立させる可能性はゼロと言っていい。追い詰められた松岡としては、政治改革法案の審議状況を睨《にら》みながら国会喚問をこなし、奥野辞任、額田の逮捕も想定した上で一挙に衆議院解散、総選挙に打って出る肚《はら》づもりであろう。

松岡にとって好材料と言えるのは、八兆円と言われる補正予算がすでに衆議院を通過済みであることだ。この八兆円を手土産に今月末にパリで開かれる先進国首脳会議に出席し、得意の英語、仏語を駆使した首脳外交で存在感をアピールする。米・英・仏各国首脳の信任を誇示することで政権を浮揚させることができる、と一縷《いちる》の望みを松岡は抱いていると言われる。

「柴田先生のお気持ちについては、坂上さんからよく伺って理解させていただいているつもりです。しかし、現在の政治状況でことさら我々が軽挙妄動することは厳に慎むべきことだと私は考えています。額田さん、奥野長官の問題もあり、国会での動きも急を告げている情勢で、党が割れかねないようなことになれば、先生がさきほど奇《く》しくもおっしゃったように党の存続そのものが難しくなってしまうのではないですか」

倉本はかなり突っ込んだ話をはじめた。

「その心配はありません。すでに松岡君は解散権を失っている。私も野党の内閣不信任案に同調する気持ちはさらさらない。松岡君には自発的に辞めてもらうつもりでいる。下旬のサミットを花道に国政混乱の責任をとって退陣する。これしか彼に残された道はないでしょう。それが憲政の常道というものです」

「しかし、総理はお辞めにならないでしょう」

「いや、辞めてもらう。もし倉本さんが私に協力してくれるならば、明日にでも私は松岡君に退陣を勧告する。古山さんもしかり、黒川君も同調してくれるでしょう。そのためにもあなたの力がどうしても必要なのです」

幹事長の職にある坂上と龍三はすでに数度の会談を重ねていた。坂上と龍三を橋渡ししたのは古山である。いまや古山、坂上、龍三は密接な連携を行なっている。

福本逮捕から数日して、検察の捜査の手が額田、奥野ら松岡派の最高幹部に及ぶことを察知した古山は、坂上を通じて急遽《きゅうきょ》龍三に会談を申し入れてきた。この古山との会談で龍三は意外な瀬戸派の内部事情を知らされる。古山は、はっきりとこう言ったのだ。

「松岡はもう駄目だ。次は君にやって貰うしかない。もともと二年前の約束で今度は君の番だったから、わしはずっとそのつもりでおった。先月、わしが松岡の続投を匂わすような話を山形でしたのは、瀬戸がどうしてもと言うんで仕様がなかったからだ。瀬戸は松岡にすっかりたぶらかされておる。あいつは松岡からいまでも『総理、総理』と呼ばれていい気になっておる。昨日も話をしたが、相変わらず松岡で凌《しの》ぎたいとほざいておった。どうせ松岡から、ダブルをやってあと一年やらせてもらえれば政権を『総理』にお返しする、とでも鼻薬を嗅《か》がされておるんだろう。坂上と二人でいくら言うても瀬戸にはもはや国民の声は聞こえんようだ。このままでは党全体が立ち行かなくなってしまう。これを機に政治改革を断行し、多少血が流れても、政治制度を変革しなくてはもう我が党の政権存続はありえないとわしは思う。藤田や瀬戸、松岡のように領袖《りようしゆう》が金を集め手下を飼う政治はこれからは無理だ。わしも一度幹事長をやってそのことは身にしみておる。坂上もそう思っておる。この際、瀬戸と松岡は切るしかない」

その後同席していた坂上が縷々説明を加えたところによると、二年前に瀬戸が退陣し松岡政権が誕生した際、瀬戸は派閥会長の地位を古山に譲り、オーナーであっても派の運営はすべて古山に一任する約束をしたという。そこで古山は瀬戸からの資金提供を一切遮断して自前で派閥運営を行なうことにした。子飼いである坂上を幹事長に据え、大胆な世代交代、党営選挙のための政治資金の党一元管理などを最大派閥の影響力を生かして今後二、三年のうちに実現したいと古山は考えていた。

「そもそも瀬戸先生は私が幹事長に就任することに反対だった。まして政治資金の党一括集金などは瀬戸先生にとっては理解しがたいことだったようです。二年前の暮れの餅代《もちだい》を古山先生や私が自前で配ると、瀬戸先生は激怒されて早くもムラに手を突っ込んできた。子飼いの議員や一、二年坊主を用賀に呼んで勝手に金を配りはじめたんです。私や古山先生は納得できませんよ。松岡さんにしても、湾岸危機で私が見た限り何のリーダーシップもない。あんな人をこの国の総理総裁として戴《いただ》くことは日本全体を損なうことになる。ところが瀬戸先生は、松岡でいいと言う。二年前の柴田先生との約束も反故《ほご》にしようとする。もはや瀬戸先生は正常な判断力を喪失しています」

坂上はそう言って、龍三に二年間にわたって政治資金を融通してもらっていたことを深く詫びたという。

「柴田先生には大変な迷惑をおかけしたと思っております。しかし、あの金はわれわれ改革派が生きていくための命の水のようなものでした。いつかこのご恩返しをするつもりでおりました」

要するに、この二年間というもの瀬戸派内部では古山・坂上コンビと瀬戸とのあいだで猛烈な主導権争いが展開され、龍三の金は古山たちの多数派形勢のための実弾として利用されたのだ。倉本抱き込みも、瀬戸派全体の総意によるものではなく古山・坂上が多数を確保し、派全体を握るための窮余の策として図られたことだった。もともと黒川とはソリの合わない倉本が十五人でも連れて古山・坂上側に走れば、瀬戸派は党内で圧倒的な数を確保すると同時に、古山・坂上陣営は派内の三分の二を占めることになる。倉本の瀬戸派入りは、瀬戸派の古山派への衣替えの最後の切り札というわけである。

倉本との会談を坂上が龍三に勧めたのには二つの目的があった。

一つは次期総理の最有力候補である龍三に倉本の古山陣営入りを説得させ、見返りとして倉本に対してポストの約束を龍三からさせること。これは古山たちの目論見《もくろみ》である。

もう一つは龍三の政権戦略上の目的だ。松岡の命運が尽き、疑獄絡みで瀬戸の再登板は不可能、かつ最大派閥瀬戸派からの候補者擁立がないとなれば、龍三のライバルは事実上黒川ひとりきりということになる。しかし、もし倉本が十五人近くを引き連れて黒川派から脱けてしまえば、黒川はお膝元《ひざもと》の混乱でとても総裁の地位を龍三とまともに争える状況ではなくなる。いま倉本を引き抜くことで黒川の野心を潰《つぶ》し、龍三以外の後継候補の目をなくしてしまう。これは松岡退陣を迫る上で不可欠の条件であった。たしかに、倉本の支持を取りつけて龍三、古山、倉本で松岡退陣を勧告すれば、松岡政権の崩壊は決定的なものになる。倉本との会談は龍三にとって正念場と言えなくもない。

その倉本は龍三の誘いにしばらく考えるそぶりで黙り込んでいた。

「政治改革を私にとおっしゃいましたね」

開口一番、重苦しい声で言った。なんのことはない、提示されたポストの具体名を知りたいのだ。

「そうです。あなたには改革のすべてを取り仕切ってもらいたい。そのためにも……」

龍三の計算通りの反応だった。きっと最初倉本は自治大臣あたりを念頭に浮かべるだろうと龍三はさきほど龍彦に言っていた。

「あなたには党幹事長に就任していただく。これは私だけではなく古山さん、坂上さんの意向でもある。坂上さんには閣内に入っていただき大蔵大臣を引き受けてもらう。古山さんは選挙制度改革推進本部の本部長で内諾をいただいております。すべて、あなたと坂上さん、そして古山さんにおまかせする。責任は一切を私が取る。お好きなようにやっていただいて結構です」

倉本の表情が一瞬にして紅潮した。わずか十五人の手兵で幹事長の要職に座ることができる。またとない話である。龍三はポケットから一通の封筒を取り出した。

「堅苦しいとは思いましたが、私の誠意を知っていただきたいとこんなお恥ずかしいものを書いてみました。もしお引き受けいただけるなら、いまここで署名、書き判いたしましょう」

倉本は封筒を受け取る。中身を出して手元で広げた。和紙の巻紙である。

誓
きたる我が政権において、貴君に党幹事長職をお任せする。
倉本慶太　殿

倉本はすかさず隣の枝川に念書を渡した。

枝川が口を開く。

「柴田さん、もったいないほどのお話だと私は思う。しかし倉本も同志と共にこれから厳しい政治の道を歩もうとしている人間だ。このお話、一度同志のもとに持ちかえり、それからということにしてくれないか。もちろん諾否《だくひ》にかかわらず今日のことは一切口外しない。そのことは私が約束する」

龍三が今度は秋田の方を見た。すべて計算済みの進行だった。

「枝川さん」

秋田は枝川に向かって言う。

「柴田も死ぬ気でこれから決起するのです。これは倉本さんというサムライに柴田というサムライが惚《ほ》れてお頼みしている話。返事はいま、ここでいただきたいというのが柴田の偽らざる心境です」

龍三は倉本を射抜くような視線で見つめている。倉本も目を逸《そ》らさずに見返していた。

「わかりました」

一瞬の間があって倉本が言った。

「ご署名願いたい。私の一身は柴田先生にお預け致します」

龍三はそう言うと椅子から立って身を乗り出し、腰を浮かしかけた倉本の手を引いて両手で包み込むように強く握りしめた。

「かたじけない」

うまく行った——龍彦は胸を撫でおろす。今日だけではまとまらないだろうという懸念もあった。倉本は若いわりに老獪《ろうかい》だと評判の男だ。風見鶏《かざみどり》とも言われ、何かにつけてスタンドプレイの目立つ政治家だった。龍三も「あの男は見かけはいいが、中身は何もない」とさきほども言っていた。「なんにしろ裏切り者は信用できない。また必ず裏切る」そうも言っていた。

龍三は秋田が用意していた筆を執って念書に署名し、神妙な手つきで花押《かおう》を認《したた》めた。秋田がそれを畳み枝川に渡す。枝川は一度倉本に見せ、自分の懐にしまった。

「古山さんは瀬戸さんを切りたがっています」

一度龍三に深々と低頭した後、倉本はソファの上で傲然《ごうぜん》と胸を張った姿勢になって余裕たっぷりの口調で話しはじめた。龍彦はさきほどまでの畏《かしこ》まった態度と比べて、唖然《あぜん》とする。龍三も肚《はら》の中で苦笑しているだろう。早くも幹事長気取りである。

「何人くらい一緒に出られますか」

直接その話には乗らず龍三は問い返す。

「いまのところ十三人は確実でしょう」

枝川が答える。

「分かりました。一人につきとりあえず二千万は私が持ちましょう。明日用意しておきますから、どなたか事務所に寄越してください。この龍彦がお渡しします」

倉本が頷く。彼は古山たちからも相当の額をせしめているはずだった。しかもその一部は龍三が古山に回した金だろう。そう考えると龍彦は悔しいというより尚《なお》一層むなしい気持ちに駆られる。これが政治の現実なのだ、と思う。

しかし、金のやり取りが行なわれて初めて政治家同士の話し合いは本物になる。二億六千万の出費はいまの龍三にとって決して軽くはない。だがやむを得まい。名前を呼ばれて龍彦は立ち上がり頭を下げた。倉本は日に焼けた健康そうな顔で、軽く顎《あご》を揺すって笑っていた。

14

「倉本のやつ、今晩あたり黒川のところに駆け込んで念書を売りつけたりしないでしょうな」

倉本と枝川が引きあげて三人だけになると、秋田が半分笑いながら冗談を言う。

「やりかねんな、あの男は」

龍三も笑った。幹事長ポストを受けて倉本はべらべらと喋《しゃべ》りまくって帰っていった。小選挙区制導入を柱とした選挙制度改革は、自分が幹事長であれば必ず成立可能だと息巻き、

「すでに野党には話をつけています。五百十一のうち二百五十を比例代表に回して、順番に六十、四十、二十の計百二十はあいつらに保証してやる。それでやつらは必ず乗ってくる。まかせてください」

と、ポケットから手帳を取り出して詳細な説明を龍三にしはじめた。龍三は辟易《へきえき》した顔つきで聞いていた。倉本にしても坂上にしても、その若さゆえか政治を政策で捉《とら》え、リーダーシップだの改革だのと浮わついた話を何時間でも滔々《とうとう》とする。すでに三十五年の長きにわたってこ

の世界で生きてきた龍三には、実際のところ彼ら二世議員たちのそうした国士清談調の幼稚な議論は聞いてなどいられないのだ。「日本のために——なんて言ってくる連中はみんな重症の大臣病患者だよ」というのが龍三の口癖でもある。

「しかし」

龍三は龍彦と秋田の顔を眺め、改まった口調になって訊いてきた。

「あんな男で選挙はやれるのかね」

「そりゃあ必死になるでしょう。やつが連れていく十三人のうち一回生が六人、二回生、三回生がそれぞれ二人。とにかくそいつらを上げて、しかももう少し増やしておきたいところです。幹事長は私兵を飼う絶好のポストだ。死ぬ気で金を集めてくれますよ」

秋田は楽観的に言う。たしかに選挙資金のすべてを握る幹事長は自分の息のかかった人間を当選させるためには最高のポストである。

「まあ、選挙は坂上に取り仕切ってもらうつもりだがね」

龍三は言った。倉本には明日にでも退陣勧告を行なうと龍三は語ったが、実際は額田逮捕がなされた時点で即刻記者会見を開き、松岡退陣を迫るつもりである。同時に総務会長の大関、閣内にいる柴田派閣僚三人がサミット後の辞表提出を宣告し、これを受けて古山が同調。「男の花道論」を一席ぶって松岡に引導を渡す。坂上も幹事長として松岡と命運を共にする趣旨の発言をその日のうちに行ない、退陣の流れを確定的にしてしまうだろう。こうなれば松岡にも手の打ちようはない。

龍彦が検察から直接聞いている話では、国会への逮捕許諾請求が行なわれた後、額田はこの数日中に地検に呼ばれ、その場で受託収賄容疑で逮捕状を執行されるという。松岡退陣はサミット後ということになるが退陣表明はほぼ即日になされ、それから二、三日後つまり六月の二十五日前後には後継総裁として龍三が選ばれるだろう。この一週間が天王山である。

サミット後、総辞職を受けてただちに龍三は組閣。国会会期切れを待って七月十日に解散総選挙に打って出る。まさに政局は緊急事態に突入する。騒然とした雰囲気が日本全体を覆うに違いない。選挙直前の政権交代劇である以上は後継政権が暫定的な選挙管理内閣の色彩を帯びるのはやむを得ない。しかし、それでも龍三は参議院単独ではなく衆参ダブル選挙を敢行する決意だった。

「参議院単独にしろ同日選挙にしろ惨敗はまぬがれない。しかしこれだけ国民の政治不信が深まっていることに鑑《かんが》みれば、解散総選挙は政治の常道だ。たとえ過半数を割っても政治改革を公約している限りは早々退陣とはなるまい」

龍三はそういう肚づもりである。むしろ体制崩壊の危機感が強ければ強いほど財界からの資金調達は容易と考えられる。どうせ厳しい選挙ならば一層危機感を煽《あお》っておいた方が国民に対しても真剣な判断を期待できるというものだ。

龍三には自分が圧倒的な人気を保っているという強烈な自負がある。彼は花形政治家としてこの三十五年間を生きつづけてきた。実際、ここ十日ほど地方を巡って政治改革を訴える講演会を開いてきたが、各集会や駅前での街頭演説でも聴衆の反応は上々だった。他の領袖《りょうしゅう》たちと違い、龍三の場合は動員をかけなくても幾らでも人は集まってきた。彼はいまでも大衆を引きつけてやまないスーパースターなのだ。

露骨な松岡政権批判であるこの地方遊説を提案したのは龍彦である。水野孫一を利用した検察工作が首尾よく運び、東京高検検事長の土方から直接、尚彦関与の隠蔽《いんぺい》の確約が取れたことが龍三にとっては追い風となった。一連の検察工作も龍彦が進めたものだった。いまや、龍彦の評価は清風会において絶対的なものになりつつあった。こうした倉本との会談にまで同席を許されることでも龍三の龍彦への信任の厚さが窺《うかが》える。

龍彦は土方と直接面会して話をつけると、同時に野中記者と龍三との会談をセットして野中の口封じにも成功した。このあたりは村松の尽力が大きかった。あらゆるマスコミ報道を通じていまのところ、尚彦の名前は一字も出ていない。今後も土方が抑えている限りは名前が暴露される心配はないだろう。

「倉本は見栄えのする男です。集金は坂上がやるでしょうから、あの男には表の顔をやらせればいい。今度の選挙の最大の課題は女性票をどの程度逃がさずに済むかですが、倉本なら案外いけるかもしれません。なかなか女性には人気のある男ですから」

龍彦が言う。龍三は意外な顔をした。

「なるほど顔が取り柄か。いいところに目をつけるな」

「倉本だって、幹事長とはいえ総選挙で惨敗すれば経歴に派手な傷がつきます。首班指名を受けるまでは参議院単独だと彼には念を押しておいた方がいい。しかし、さっきは浮かれてあの男の頭では計算できなかったでしょうが、今頃は枝川さんから敢《あ》えて火中の栗を拾うつもりか、ぐらいの意見はされているに違いありません。しかし、それでも彼にはもう行くところがない。明日の朝刊で、阿部さんと村松さんが倉本の派閥離脱をトップ扱いで書いてくれることになっています。結局、幹事長の誘惑に倉本は勝てないでしょう。取り巻きも選挙を考えれば反対しないに決まっている」

龍三と秋田が頷いた。

「要するに、使い捨てればいいんです。そのためには便利な男です」

龍彦は言った。

二人は三十分ほどして部屋を出ていった。

龍彦は一息ついて、ポットに残っていたコーヒーを新しいカップに注ぎ、さきほどまで倉本が座っていたソファに身体をあずける。冷めたコーヒーは苦いばかりだったが、その苦みが舌に心地よかった。靴を脱ぎすてネクタイを緩めて深くソファに凭《もた》れると、緊張が解けてゆく瞬間のほどよい刺激を伴った脱力感が龍彦を覆った。水に浮かんだような頼りなさが全身を包む。大きく深呼吸する。

この十日ばかり、龍三はもとより龍彦自身も不眠不休の生活をつづけていた。龍三の政治家としての人生はいま決戦のときを迎えている。倉本が選挙制度改革について長々と論じているあいだ、龍彦は倉本の背後の大きな窓の向こうに広がる東京の空と、その下に犇《ひし》めくビルの群れを眺めていた。地上三十八階、中空に浮いたこの小さな空間を目指して、巨大都市を中心に縦横に広がる日本の高度な統御システムの神経繊維の一筋ひとすじが、その触手の先端を伸ばしながら結束しつつある姿を龍彦は思い描くことができた。国家の意思が龍三というひとりの矮小《わいしょう》な人間の身体へと凝集し、彼の限りある知性、日々変わる体調と気分、怒り、欲望と失望、形容することも規定することもできない混沌《こんとん》とした情動の中に次第に統合され、そしてやがて一個の人間そのものに従属させられていく。

それはなんと恐ろしく、かつ他愛のないゲームなのだろうか、龍彦は深くそう思う。

ソファに寝そべってクリーム色の低い天井を眺めた。

薫の顔がぼんやりと眼の前に浮かんでくる。しかし、その顔は古ぼけた写真の中のそれのようにいつまでも鮮明な像を結ばないのだった。龍彦はなんでもいいから何か薫のことを考えようとした。この四年間、小さなアパートにたどり着くと、独りベッドに横たわって眠る前の短い時間、眼を閉じて呪文《じゅもん》のように薫の名前を繰り返し呟いてきた。出会ったあの日、数度の小旅行、一緒に暮らすことのできたわずかな期間、そして楽しい思い出に数倍する辛《つら》く無様な出来事。二年間の薫との思い出は次第に錯綜《さくそう》し、曖昧に変わり、やがてとびとびに失われていった。そんな歳月の中で龍彦が唯一はっきりと知覚しているのは、薫という人間がたしかに自分と深い関わりを持ったという事実と、薫ほど自分にすべてをゆだねてくれた人間はいないという確信だけになっていた。

「薫、薫……」

声にして呟いてみる。乾いた唇からこぼれる薫の名前は掠《かす》れ、まるで形になる前に路上で溶けてしまう薄い雪片のようだ。

はじめて薫と関係を結んだ翌日の午後、龍彦は彼女の勤める会社を訪ねた。呼び出されて受付まで顔を見せると、薫はロビーの隅に龍彦を連れて行って、彼が何か言い出す前にしきりに謝るのだった。

「昨日はごめんなさい。柴田さんは酔っていただけですから。私、何も気にしていませんから。

ほんとにごめんなさい」

　昨夜の印象とはかけ離れた、まるで怖《お》じ気《け》づいたような薫のその表情に龍彦は呆気《あっけ》にとられた。仕事場に押しかけたのが不都合だったのかととりあえず待ち合わせの約束を取りつけ、夕方あらためて龍彦は会社まで迎えに行った。しかし、薫の様子はさらに畏《かしこ》まったものになっていた。二人で食事をして彼女のアパートへと一緒にタクシーに乗った。タクシーの中でも薫はずっと緊張している。何か言いたそうで言えないあやふやな態度をつづけ、少し酔っていた龍彦はそのことを注意した。すると薫は「謝らなくてはならないことがあります」と小さく呟く。何だと訊くと耳元に口を寄せ「いま、この車の中では言えません」と弱り切った風情である。龍彦は何のことだかさっぱり見当がつかなかったが、本当は彼氏でもいて、今日は部屋に上げられないといった、どうせそんなことに違いないと考えた。アパートの百メートルほど手前でタクシーを降り、暗い路地を強引に手をとって歩く道々、龍彦は「何を謝るのだ」と再度訊いた。

「ごめんなさい。きっと柴田さんすごく怒ると思うけど」

　そして薫はこんなことを言うのだった。

「昼間柴田さんと会って今夜の約束をしてから、席に戻って、それで夕方出ようとしたちょうどその時になって、急にはじまってしまったんです」

　龍彦は足を止め、薫を正面に向けて両肩を摑むとまじまじとその顔を見た。

「ごめんなさい。せっかく気に入ってもらえたのに。いつも私ってこうなんです」

　言いようのない憤懣《ふんまん》が龍彦の胸に込み上げていた。

「どうしてきみがそんなことでぼくに謝らなくてはならないんだ。どういう男に仕込まれてそんな馬鹿な台詞を吐くようになったんだ」

龍彦は、薫の小さな身体を揺さぶって頭ごなしに怒鳴りつけた。その剣幕に、薫は俯《うつむ》いて黙り込む。無理やり顎を持ち上げると、瞳にかすかな涙さえ浮かべているのだった。

翌日ふたたび深夜にアパートを訪ねた。薫はいそいそとお茶を淹《い》れ、狭い和室の卓袱台《ちゃぶだい》の前に座った龍彦の真向かいに腰を下ろした。二人でお茶をすすっているあいだ、なんとも言えない笑みを浮かべている。

「どうしたの。何かいいことでもあったの」

龍彦が訊《たず》ねると、薫は笑顔のまま少し黙っていたが、

「なんだか、こうやって柴田さんのことを見てると嬉しくなってくるんです」

ぽつりと言った。

「どうして？」

龍彦は腑《ふ》に落ちない気がして問い返した。

「さあ、別に理由はないんですけど」

考える素振りを見せたあとで薫はそう言う。ますます龍彦が怪訝《けげん》な面持ちになると、ちょっと慌てたようにつけ加えた。

「柴田さんも、私に会えて嬉しいんですよね」

それはそうだ、と龍彦は思う。でなければ仕事帰りのこんな時間にわざわざ足を運ぶわけがない。

「ねっ」

念を押されて、龍彦は「うん」と素直に頷いた。すると薫は、

「だから、そうやって柴田さんが嬉しそうにしているのを見るのが私はとっても嬉しいんです」

と、なんだか得意気になったのだった。

付き合い始めてしばらくのあいだ、龍彦は薫のことをうまく摑みかねていた。出会った最初の日はともかく、深い仲になってみると彼女は意外なほど素直で従順な人だった。それまで自分はそういった女性を周囲に知らなかったから、物珍しさもあってこれほどに惹《ひ》かれてしまうのだろうか、と龍彦は思った。しかし、じきに薫をよく知るようになって自分のそうした感懐がやはり底の浅いものであったことに気づかされた。

薫はことあるごとに、

「私は誰かのために生きることができればいいんです」

と言い、

「人に喜んでもらうのがいちばん楽しい」

と繰り返した。薫の話を聞いていると、会社の上司や同僚も、かつて付き合った男たちでさえもみんな本当に気持ちの優しい好人物にしか思えなかった。当初はそんな彼女のお人好しぶりに龍彦は半ば啞然とした。しかし、そうやって他人の悪口を決して言わず、自慢などついぞ口にせず、誰のことも美点しか話さない彼女と一緒にいると、自分がどんどん鎮《しず》まって穏やかになっていくのを彼は実感するようになった。なるほど薫と話していると龍彦の心はいつも安

らかに落ち着いていくのだった。

知り合って間がない頃、何の話でだったか、薫がこんなことを言ったことがあった。

「幸せは今にしかないと思うんです。明日や明後日や何ヵ月先や何年先の幸福を願うのは、ずるい人のすることだと思う」

龍彦はそうしたものの考え方をする人間に生まれて初めて出会った気がした。同時に、薫がしっかりとした心の芯《しん》を胸に宿して、日々を一生懸命に生きていることを思い知らされた気もした。

「自分のことを考えすぎると、きっと誰かのことをひどく傷つけてしまう」

と言ったこともある。

仕事柄、龍彦はさまざまな人間のことを非難したり槍玉《やりだま》に挙げることが多かったが、そんなとき薫はきまって、

「でも誰だって分かっていてもできないことがいっぱいあるでしょう」

ときっぱりした口調で言うのだった。

龍彦は人間というものは厄介なほどに複雑な存在だとそれまで考えてきた。人は自らの複雑さを持て余し、結局は確信もなしに打算や功利に引きずられて悪をなし、苦しまぎれに他人を裏切ってしまう。そして、そういう複雑さに起因した人間の弱さこそは、たとえどんな事情があったにしても処断されなければならない。そうでなければ、人の世の正義はどこにも存在しなくなる、と彼は信じていた。それが薫のような人間を知ってみて、そういう積年の確信が揺らいでくるのを感じた。人は他の生き物と同様に本来単純なもので、単純なくせに複雑に考え、

複雑に生きようとしているから間違うのかもしれない、ことに自分のような男はそうなのではないか、と常々思い返すようになったのだ……。

　龍彦は意識が急速に曇ってくるのを感じた。強い眠気を感じる。身体が疲労しているのだ。とくにここ三日ほどはまったくと言っていいくらい睡眠をとっていなかった。このホテルに来る前、午前中事務所に由香子から電話があった。取り次いでもらう時、前島という名前を聞いて、そういえばこの二週間近く由香子に連絡すらしていなかったことに気づいた。由香子が事務所に電話してきたのは初めてのことだった。

「電話くらいする時間はあるはずでしょう。一体どうしていたの。すごく心配してたのに」

　龍彦は周囲の耳に気をつかいながら、何度も詫びを重ねた。

　そうだ、とりあえず眠って、今夜は久しぶりに由香子を訪ねよう。そうしたことはこれからの自分にとっては重要なことなのだ。龍彦はそんなことを思ってそのうち眠り込んでしまっていた。

　目を醒《さ》ますとオレンジ色の眩《まぶ》しい光が腰から下を包んでいた。起き上がり、背中の窓を見る。沈みかけた夕陽が龍彦の真正面にあった。夕陽の濃密な色合いは、昼間の澄んだ陽光とはうって変わってぼってり淀《よど》み、人々の疲れ切った身体から最後の一滴の精気を吸い取ってしまうかのようだ。何か夢を見ていた。思い出そうとしたがちっとも覚えていない。立って冷蔵庫からエビアンを一本抜いて、グラスを使わずそのまま喉に流し込んだ。プラスチックの容器が手の中で震え、どくどくと水が身体の中に注入される。振り返ると、陽はビルの底に隠れて部屋は薄暗くなってしまっていた。

シャワーを浴び、龍彦は部屋を出た。ホテルの本館のフロントまで降りてチェックアウトの手続きをする。財布から最近作ったばかりのクレジットカードを抜いて精算した。明細に目を落とす。スウィート・ルーム一泊の料金は十一万九千円。つい二週間前までの自分なら目を剝《む》くような金額だった。それがいまは何程でもないように感じる。その感覚の落差にわれながら愕然《がくぜん》とする。

新しく開設した龍彦の口座には数百万の金が入金されている。洋子さんがすべて取り計らってくれたものだ。むろん龍三の指示による。水野孫一との交渉が上手く運び、これまでこちらを恐喝していた男を逆に利用する算段がついた時、龍三は「だったら金が要るだろう。明日洋子に言っておく。好きなように使え」と、いともあっさり四年間の龍彦への禁を解いたのだった。翌日、洋子さんは取引銀行を呼んで三枚のクレジットカードと通帳、それに水野へ渡す着手金一千万を用意して龍彦を待っていた。

水野が尚彦の件で事務所を恐喝していることを龍彦が知ったのは偶然だった。守山のパーティーで村松から山懸の話を聞いた数日後のことだ。

龍彦が深夜、京都会議用のポジションペーパーの最終稿を書いていると突然電話が鳴った。受話器を取ると耳元で嗄《しわが》れた声の持ち主が、口ごもったようなはっきりしない口調で一方的にまくしたて始める。最初はいたずら電話かと思ったが、ようく聞いていると相手は相当な老人であるらしく何事か息急《いきせ》き切って喋《しゃべ》っている。龍彦は耳をこらした。

「金子ちゅうのはおるか。柴田龍三の事務所じゃろうが、ウンとかスンとか言ってみんかい」

嗄れた声は苛立《いらだ》っている。

「金子はもう引きあげましたが、あなたの方こそ誰ですか」

「なんや事務所の若いモンかい、お前」

「ええ、秘書の柴田龍彦ですが」

「おお、龍三んとこの次男坊かいな」

　そこで老人はようやく水野孫一だと名乗った。

「これはどうも、いつもお世話になっております」

　龍彦は相手が水野と知って口調を改める。

「何がお世話になっとるや。お前んとこはこのワシを舐《な》めとんのかいな。一体どういう料簡《りょうけん》しとるんや」

「はっ？」

「何がはっや。たったいま家に帰ってみたら、お前んとこの金子という男がさっき訪ねてきてけったいなもんを置いて、なんにも言わんと引きあげよったという。うちの婆さんもびっくりして包みだけ一応預かっておいたらしいが、中を見たら現金がごっそりや。お前んとこはいつもこんなことをしよるんかいな。人を馬鹿にしたらいかんで。痩せても枯れても水野孫一、こんなことで筆を緩めると思うとんのならとんだお門違いや。こんなもん要らんから、即刻返したるわ。いますぐに取りにこんかい、このど阿呆《あほう》が」

　そこまで聞き流して、ようやく大体の事情が理解できた。『永田町ジャーナル』の記事を見て金子は慌てて水野に金を届けに行ったのだ。それにしてもやり方があまりに子供じみていると龍彦は呆《あき》れてしまった。

「もうこんな時間ですし、金子も帰っております。お気を悪くされたのは申し訳ありませんが、なにぶん私では分かりかねるお話のようですので、明日にでも金子と連絡を取りまして、改めてご連絡させていただくわけにはまいりませんか」

とりあえず相手の出方を見るために龍彦は型通りの文句を並べてみた。水野がそれで引き下がるとは考えられない。

「何言っとるんだ、お前は。こういう金は一晩寝かせたらおしまいや。金子とかいうんがおらんのならお前の責任でさっさと取りにこんかい。勝手に家に押しかけといて、明日にならんと分からん、ですむと思うとんのか、この阿呆が、こら」

龍彦は水野の口上が内心おもしろかった。二世秘書と思って、ここぞとばかり甘く見下しているのだろう。

「でもねえ、水野さん」龍彦は口調を変えた。

「そんなこと言ったって俺もいま手がはなせない急ぎの仕事の最中でねえ。さっさと来んかい、なんて目茶苦茶なこと言われても、こっちだって困っちゃうんですよ。そんなに厭《いや》だってのなら、その金、警察にでも届けたらどうですか。とにかく金子が何をしたか知らないけれど、あんたこそこんな真夜中に電話してきて、人を阿呆呼ばわりしやがって、一体どういう料簡してんだよ。そんなに返したいなら、自分の足使って持ってこいよ。そしたら車代くらい出してやるよ」

予想通り水野は激昂《げっこう》した声を張り上げ、わめきはじめた。龍彦は受話器を耳から離し、しばらく時間をおいて受話器を置いた。すぐに再びベルが鳴ったがもう取らない。おいおい水野が車を飛ばしてここに怒鳴り込んでくることは分かっている。水野が来たのはそれから三十分後のことだった。若い者の一人でも連れてくるかと思っていたが、単身乗り込んできた。龍彦はそれを見て、多少見直す気持ちになっていた。

水野はドアをいきなり開けて入ってくると、顔を向けた龍彦を一度睨《にら》み据えて、

「柴田んとこの青二才はお前か！」

とどら声を張り上げ、一目散に近寄ってきた。そしてやおら持参した紙袋から札束を鷲摑《わしづか》みにすると、立ち上がった龍彦の顔に向かって思い切りの形相で投げつけてきたのだった。しかし、なにぶん七十は越えた老体である。龍彦は胸のあたりに当たって散らばった札を一瞥《いちべつ》して、目の前の水野には頓着《とんちゃく》せずにしゃがんでゆっくりと紙幣を拾い集めた。

しゃがんだまま顔を上げて水野を見つめると、老人は芝居がかった目つきで睨《ね》めつけてくる。

「なにヘラヘラしよるんや、貴様は」

龍彦は立ち上がると拾った札を水野の前で数えるような仕種《しぐさ》をして、

「水野さんも人が悪いなあ」

と言った。水野が一瞬不審な様子になる。

「これ半分じゃない。金子は六つ届けたはずですよ。そんなに息巻いて半分ポッケじゃ、ちょっとやり口が汚なすぎんじゃないの。車代にしたって、へえそうですかってわけにはいかないよ、これじゃあ」

水野はさも心外そうな顔になった。それはそうだろう。龍彦はただはったりを嚙《か》ましただけなのである。そして、水野が何か言いかけた瞬間、彼はすかさず握っていた札の束をその顔め

がけて投げつけ、

「ふざけんじゃねえよ、このくそじじい」

と叫ぶや、水野に摑みかかった。突然胸ぐらを締め上げられて水野は大きくのけぞり、龍彦が軽く押しやっただけで、そのまま後ろにたたらを踏んで倒れ込んでしまったのだった。龍彦は手を放さずに相手が後頭部を強打しないよう加減しながら、上にのしかかっていった。予想外の事態に泡食った体で、水野はあっさりと龍彦に組み敷かれてしまった。

馬乗りになった龍彦の下で手足をばたつかせ、もがきながら水野は叫んだ。

「何するんだ、この気違い！」

龍彦は左手で水野の右腕を固め、右手でその顎のあたりをがっちり押さえ込むと、

「水野さん、あんまりいじめないでくださいよ。こっちも悪気があってご挨拶に伺ったわけじゃないんだから。今日のところは金は納めていただいて、今後よしなにお付き合いさせていただくってことで納得してもらうわけにはいきませんか。このご恩はきっとお返しさせていただきますから」

一語一語をきざむように言った。と、同時に彼は水野の身体から離れると、彼を引っ張り上げて立たせ、背広についた埃《ほこり》を丁寧に払ってやった。さらにすかさず跪《ひざまず》くと床に両手をつけて龍彦は深々と頭を垂れた。水野は荒い息を吐きながら龍彦を見下ろしている。

「とんでもない男だな、こいつ」

水野が言った。

その場は金を持たずに引きあげていったが、翌朝早くに龍彦が金子の届けた三百万にもう三

百上乗せして事務所に持っていくと、水野は昨夜のことなどどこ吹く風の態度で平然と金を受け取った。以来、龍彦はちょくちょく水野のところに顔を出して、二人で将棋を指したりしながら政治談義などするようになったのだった。

フロントを離れ、龍彦はホテルの正面玄関の方へ歩いていった。

途中にショッピング・アーケードがあり、貴金属や骨董品《こっとうひん》店、ブティックなどが通路の両脇に並んでいる。龍彦は一軒の宝石店の前で足を止めた。由香子に罪滅ぼしで何か買っていくことにする。店内に入りガラスケースの中の指輪やブローチ類を覗き込んでいると厚化粧の店員が声をかけてきた。

「プレゼントでいらっしゃいますか」

龍彦は顔を上げ「ええ、ペンダントか何かないかと思って」と答える。その時、すうっと甦ってくる感覚があった。こんな店に入ったのはほんとうに何年ぶりだろうか。薫と一緒だった頃は、たまに彼女にプレゼントを買ったものだ。可能な限り、龍彦は薫のために金を使った。何をするにしても最高の場所、食事、品物を用意した。龍彦は小さな時分から、自分自身のために何かが欲しいと思ったことはなかった。むろん恵まれた環境に育ったので、車にしろ別荘にしろ人並み以上の暮らしを享受してきた。だが、龍彦が個人的に何かを郷子や龍三にねだったり、高価なものを手に入れようと望んだことはただの一度もなかったように思う。膨大な蔵書を抱えている以外、龍彦にこれといった蒐集癖《しゅうしゅうへき》はない。

それが薫と知り合って変わった。

彼女のためにならどんなことでもしてやりたいと思った。龍彦の提供する、いま思えば馬鹿らしいだけの贅沢《ぜいたく》を薫は終始嫌がりつづけた。しかし龍彦は言うことをきかなかった。結婚している自分には当たり前のことが何ひとつしてやれないのだから、並外れた行為でそれを償うしかないのだ、と当時は信じきっていた。途中からそんな龍彦に対して薫は諦めたように何も言わなくなっていった。

「お幾らくらいですか、ご予算は」

店員が言う。

「さあ、幾らぐらいかな」

龍彦は呟き、目に留まったダイヤのペンダントを指さす。

「これなんか可愛いと思うけど」

「そうですねえ。これはお買い得ですよ。石もとてもいいものを使っていますし」

さっそく店員はケースを開き、ビロードを張ったトレイの上にペンダントを載せて龍彦の方へ向けた。三十五万円の正札がついていた。

「ちょっとつけてみてくれますか」

店員は頷いて長い髪をたくし上げ細い首にペンダントをつけた。

「いかがでございますか。シンプルですが、いい感じでしょう」

「うん」龍彦は答える。紺色のジャケットを着た店員の白い肌の上で、ダイヤは美しく光る。

そういえば、薫にも幾つか宝石を与えた。彼女は十二月生まれで誕生石はトルコ石だった。はじめて祝う時、龍彦は半日仕事をさぼって銀座中の宝石店を巡りトルコ石を使ったアクセサリーを探し歩いた。しかし、トルコ石は安物の陶器に似て、のったりとした色合いでちっとも華やかではなかった。価格も気抜けするほど安かった。思案したあげく結局ダイヤのブローチを買って薫に渡した。リーフ型のプラチナ台の中心に大きなダイヤが嵌《は》まり、その周囲に小石が散っているデザインのもので、たしか百五十万近くする品物だったのではないか。薫は、デパートの一階の宝石売り場で売っているようなデザイナーズブランドの安手のイヤリングや指輪しか持っていなかったから、龍彦が手渡しても最初はどのくらいの品であるのか想像もつかないようだった。

「ねえ、これ高いんじゃないの、もしかしたら」しきりに繰り返して、龍彦が「まあまあかな」と言うと、「こんな高そうなもの、男の人から貰うの生まれてはじめて」と不安気に呟いた。実はその三日ほど前、誕生日の日のやりくりがつかなくて、龍彦は先に買い与えてしまおうと夕方薫を大きな宝石店に連れていった。しかし、薫は店の前まで来て、龍彦がプレゼントを買ってやると言うと、どうしても店に入ろうとしない。無理やり引っ張り込むと、安物の並んだショーケースばかり覗いている。龍彦が叱って奥に連れていき、適当なものを店員に見繕わせた。値札を見て薫は口を噤《つぐ》んで何も言わなくなった。仕方なく龍彦が選んで薦めても、試しにつけてみようともしない。

「どうしたの」

痺《しび》れを切らして耳元で囁《ささや》くと、

「こんなことは厭《いや》」

突然薫は大声を出した。そして、

「私、高いものなんて全然欲しくないし、こんな風に龍彦さんにされるの厭です。私にはよくわからないし」

と言うや、逃げるように店を飛び出してしまったのだった。

追いついた龍彦がひどく不機嫌にすると、涙ぐんでいた薫はさんざん「ごめんなさい」と謝って、「ねえ、もう一度さっきのお店に連れていって。私欲しいもの買ってもらうから」と言い出す。しかし、龍彦には薫が店でなぜあんなに困惑した顔を見せたのか、ほんとうはよく分かっていた。自分が彼女に対してひどい非礼をはたらいてしまったことを深く悔いていたのだった。だからこそ、後日一人で店を回った時、彼は相応の物を用意しようと思った。百五十万という金が当時の龍彦にとってはとても都合のつく金額でなかったのは当然だ。その頃になると薫との付き合いも一年近くが経過しており、すでに龍彦の財政は尋常な手段ではとても取り返しがきかないほどに逼迫《ひっぱく》していた。そして二年目、さまざまな困難な事態が頻発するようになってからは、さらに多額の金を龍彦は必要とするようになる。

ペンダントを包装してもらい、龍彦は店を出た。たかだか十分ほどのことだった。濃紺の小さな紙袋を提げて正面玄関のタクシー乗り場まで急ぐ。袋の中でリボンのかかった固い箱が揺れてコトコト音を立てた。タクシーに乗って運転手に高円寺と告げて、龍彦はシートに身を埋める。改めて袋から同じ濃紺の包装紙にくるまれた箱を取り出し、真っ赤なリボンを見つめた。

きっとこんなものは由香子にしても、ちっとも喜びはしないだろう。そう思った。

15

座った時にちょっと口をきいただけで、以後一度も由香子は龍彦の側に寄ってこなかった。上の宴会を受け持っているらしく、時々階段を降りてきて皿や小鉢を受け取るとすぐに二階に上がっていってしまう。

龍彦は寿司岩に来るときまって座るカウンターの一番端に陣取り、岩田が切ってくれる刺身を肴《さかな》に日本酒を冷やですすっていた。かれこれ一時間になる。店の時計の針は八時半を回ったところだ。顔を出した時は一杯だったカウンターもまばらになりはじめていた。八時を過ぎてぱったり客足が途絶えた感じだ。寿司岩はカウンターが十五席ほどの一階と、二間つづきの座敷がある二階、せいぜい入っても三十人程度の小さな店である。岩田の祖父の代から三代続いた老舗《しにせ》だから客も常連が多く、いつも見知った顔が何人か座っていた。江戸前の寿司はネタが新鮮で、中央線界隈では名店に数えられる店のひとつだ。

木造の古びたつくりだから、いまも二階で宴会をしている幾人かの、男女入り交じったざわめきが下まで響いていた。白い上っぱりをはおり、長い髪を後ろでまとめた化粧気のない顔の由香子が、客たちの間を給仕して回る姿を龍彦は思い浮かべていた。由香子は店では「由香ちゃん」と呼ばれている。岩田や信子さんもそう呼ぶが、常連たちも由香ちゃん、由香ちゃん、と気安く彼女に声をかけていた。店に来るたびに龍彦は、客たちのそういう態度と適当にあしらう由香子の存外馴《な》れた素振りが気に障って仕方なかった。由香子は付き合うと気難しいところもある女だが、外向きには妙に愛想がよい。美容師の頃も、東京に流れてきて酒場で働いている時も、客相手は一向に気にならなかったと言っていた。龍彦のような人間にはそこが分からない。が、今日はなぜか甲斐甲斐《かいがい》しく立ち働く由香子の姿に明るい精気のようなものを感じる。

アパートを探す約束をし、それまで勤めていた池袋のキャバレーを辞めさせて彼女を引き取った時、龍彦はなんとかやりくりしてしばらくでも由香子を自由にしてやるつもりだった。しかし、どうしても彼女が働きたいと言う。それでやむなく岩田のところに相談に行き、めんどうを見てもらうことにした。思えば、もうあれから二年である。

「どうしたの、ちょっと疲れてるみたいね」

信子さんが冷酒の小瓶を取り替えながら、言う。

「あいかわらず忙しそうだね」

「ううん、そうでもないのよ」

彼女とはあたりさわりのない話以外はしたことがない。しかし、龍彦はよく気がつき女性らしい物腰で岩田を助けているしっかり者の彼女が大好きだった。

「由香ちゃん、いま上を見てもらってるけど、もう少しで終わるから、ちょっと待っててね。ごめんなさいね」

客から注文が出て、ハーイと信子さんは答えて龍彦の側から離れていった。

信子さんと岩田が結婚して六年ほどだろうか。ちょうど龍彦が薫と知り合った頃、岩田も彼女を見つけた。

龍彦が奇跡的に蘇生《そせい》した時、目をあけて最初に見えたのは岩田の顔だった。「馬鹿野郎」と岩田が笑いながら言った、あの何ともつかぬ表情も震えた声も心に刻みつけている。

「そろそろ握ろうか」

さかんに岩田に話しかけていた初老の男が席を立つと、ようやく岩田が龍彦の前にやって来た。

「じゃあ、頼もうかな。適当に握ってくれ」

岩田はいつも龍彦の好みに合わせて、その日のネタを一カンずつ握ってくれる。すぐにしまあじとまこがれいがゲタの上に並んだ。

「しばらく来なかったな、また何か困ってるんじゃないのか」

ぼそりと言う。龍彦は黙って寿司をつまんだ。

「ちっとも連絡がないから、どうかしちまったんじゃないかって彼女心配してたぞ。俺も三日ばかり前、お前のところに電話したんだ。ちゃんと出てきてるって事務所の人が言ったから安心したんだが」

「悪かったな。ちょっと忙しかった」

「仕事か？」

「ああ」

「なんでまた？」

「山懸問題で政権がぐらついているだろう」

「ああ、そういえばそうだな。あの官房長官の奥野ってのは見かけによらずワルだな。あんなやつとっ捕まえちまえばいいんだ。やっぱり新聞が書いてる通り、これで松岡さんも辞めなきゃならんのか」

「さあ、まだわからん」

「早く辞めちまえばいい。そしたら次はお前の親父の番だろ」

「さあな」

龍彦が浮かない声で答えるのがおかしかったのか岩田は笑って、

「どうしたんだよ、元気のない顔をして。おめでたい話だろう、何たって一国の総理だ。すごいじゃないか」

車海老としんこが置かれる。龍彦もそこで薄く笑った。物事はそう簡単ではない、と思う。この古ぼけた店で早朝仕入れた魚を握るといった一見単純に見える作業でも、実際に商売にするとなれば並大抵のことではないはずだ。どんな仕事でもうまく運ぶには尋常ならざる努力や幸運が必要になってくる。

「ところで、この前の話」

龍彦が話題を変える。

「何だ」

「俺がお前に借りた金のことだ」

「ああ、悪かったな、無理して送ってくれたんだろう」

「いや、それじゃない。その前に作った借金があると言ってただろう」

岩田は一瞬訝《いぶか》し気な表情をしたあと、思い出したような顔になった。

「あれかあ、あれはもういいよ、忘れてくれ」

「そういうわけにはいかない」

龍彦はやや声を強くしていた。岩田も察したのか顔つきを改める。

「とにかくきちんと清算させてくれないか」

口調を戻して龍彦は頼む。

「幾らだ」

「いいって、そのことはもう」

「いや、そうはいかないんだ。それじゃあ俺の気がすまない。遅れたのは申し訳なかったが、その分利息もつけて返す。受け取ってくれないか」

「どうしたんだよ。なんだか急に他人行儀なこと言いやがって」

岩田は笑みは浮かべていたが、妙に警戒するような目つきだった。龍彦は穴子と白魚を口に放り込む。

「金、大丈夫なのか？」

上から見下ろす恰好《かっこう》なのに、顔も声も相手の様子を探るような心配気なものになっている。

そんな岩田の態度に、これまでの自分の不甲斐なさを見せつけられたようで龍彦は不意に物哀しくなった。

「状況が変わったんだ。もう金の心配はない。多少余裕もできたから真っ先にお前に返してきたいんだ。そうしないと俺の気がすまない」

「状況が変わったって？」

「もう、金のことで言われなくなった。逆にいまは自由に使っていろいろとやっている」

「いろいろって」

岩田の顔つきはますます不安の色を滲《にじ》ませていた。

「心配するな。もう前みたいなことをしているわけじゃない」

龍彦は笑った。岩田はまた昔のように龍彦が何かしでかして金を作っているのではないかと用心しているのだ。

「ほんとうか」

念を押してきた。

「ああ、ほんとうだ。馬鹿だなあ、もうあんなことはやらない。あれは終わったことだ。お前にも誓ったはずだろう」

大トロが二カン並んだ。口に運ぶととろけそうに甘い。

「旨《うま》いな」

「だろう」

ようやく岩田が安心したように大きく笑ってみせた。

二階の宴会が終わりそうもないので、龍彦は寿司を腹におさめると席を立った。先に由香子のアパートに行っているからと信子さんに告げ、店を出る。信子さんのポケットに無理やり五万ほど押し込んできた。岩田が困った顔で板場から手を振ったが、客の前で大声も出せない。振り切るように戸を引いて外に出た。

龍彦はぶらぶらと商店街の細い通りを歩く。酒を飲んだのも思えば久しぶりのことだった。軽く酔って、腹もいっぱいになり、心地良い。

――金があるということは……。

これほど人間の精神を落ち着かせるものなのだろうか。

高円寺の駅が見える大通りに出た時、後ろから「たっちゃーん」という甲高い声が聴こえた。振り向くと、由香子が自転車に乗ってぐんぐん近づいてくる。龍彦は手を上げた。目の前まで来て止まり、由香子は自転車から降りる。少し息を切らしている。

「今夜はもう帰っていいって」

ハアハアしながら由香子が言う。

「なんだ」

龍彦は微笑んだ。

「ごめんね、待たせちゃって」

「そんなことはいいよ。それより腹減ってないか」

「ううん、さっきお店で食べたから」

「そうか」

龍彦は自転車を引きとって押しながら歩きはじめる。由香子は横に並んだ。

「よかった」

「何が？」

「だって、どうせ駅前でタクシー拾うんじゃないかと思って、慌てて追いかけてきたの」

龍彦はまた笑った。

「もう道も分かっているし。最近はあんまり車は使わないんだ」

「そうなんだ」

由香子は額に汗をかいたのか、ほどいた髪を両手で左右に振り分け、生え際になま温い風を当てていた。龍彦は手元の赤い自転車に目を落としている。こうやって街灯の光の下でよく見ると、この自転車もずいぶん古びてしまっていた。塗料がところどころ剝《は》げて、スポークとリムのつなぎ目にも錆《さび》が浮いている。二年の由香子の歳月がそのまま刻まれているような気がする。

しばらく二人とも無言で歩いた。駅を迂回《うかい》して高架線の下を通り過ぎ、駅の南側の住宅街に入る。人通りもめっきり少なくなり、不意にあたりが静かになる。やや下りのまっすぐの道を進む。背中に満月に近い今夜の月が光り、アスファルトの路面には二人と自転車の濃い影が細長く歪《ゆが》んで落ちていた。通りの先に人の姿は見当たらない。

「なんだか」

龍彦が言った。

「客の入りが悪かったな、今日は」

「最近はずっとそう。不景気だから。出前も半分くらいに減ってるしね」

デニムのスカートの上に白いTシャツをはおった相変わらずそっけない身なりの由香子はスカートのポッケに両手を入れて、俯《うつむ》き加減にとぼとぼ歩く。

「カウンター、松夫君しかいなかったけど村山さんは？」

「村さんは、このあいだ辞めちゃったの」

「えっ、いつ？」

龍彦が立ち止まる。村山という中年の男はもう十五年以上寿司岩で働いていた職人だ。先代時代からの従業員で、むろん龍彦とも馴染《なじ》みである。以前二、三度一緒に磯釣りに出かけたこともある。岩田夫妻ともうまくやっていたはずだった。

「もう半月くらいになるかなあ。あなた全然来ないから。龍彦さんによろしくって言ってた」

「なんでまた」

思いがけず驚いている自分がいた。

「田舎に帰るんだって。お母さんが弱ってきたから一人息子の村さんが実家で面倒見なきゃいけなくなったんだって」

村さんは独身の大酒呑《の》みで、あとにも先にも自分より酒が強かったのは彼一人きりだと龍彦は思っていた。

「しかし、岩田もよくうんと言ったな。店、結構苦しいのか」

「大丈夫よ。信子さんがあんなにしっかりしてるんだから」

もう、あの古い店舗では採算は難しいのではなかろうか。そろそろ店を建て替え、間口を広げて大人数を収容できるよう規模を拡大する必要がある。融資の仲介くらいならいつでもやってやれるのだが、龍彦がそんなことを考えていると、

「田舎に戻ってお母さんの面倒を見てあげるなんて、村さん立派だわ」

由香子が言った。

「しかし結局、酒が仇《あだ》になったな、村さんは。あれだけいい腕していて店ひとつ持てなかったとなると」

「そんなことないわ。田舎に帰っても、また働けるお店見つければいいんだし、自分の店なんて持ってないから、そうやってお母さんの具合が悪くなれば帰ってあげられるんだもの。村さんはあれで十分満足してたんだし」

由香子はなぜか語気を少し強めてそう言った。

「でも、一生、人に使われて終わるんじゃ職人になった甲斐《かい》がないだろう。店を構えて繁昌《はんじょう》してればお袋さんを東京に呼び寄せることだってできたんだろうから。無一物で故郷に帰ったんじゃ、振出しに戻ったようなものだよ」

龍彦も言い返すような気分になっていた。

「私、別に無理して、人を使う人間になんかなる必要ないと思うけど」

そして、由香子は不思議そうな顔つきで龍彦を見た。龍彦は「そうかな」と呟いて再び歩き出した。

こうして一緒に歩いても、以前ほどしっくりといかないものがあるような気がした。龍彦は歩きながら何度も腕時計に目をやった。昼間の電話でふらふらとやって来たが、考えてみれば

事務所に残してきた仕事は山ほどあった。明日の朝刊で阿部や村松が約束通りに倉本の件を書いてくれるのかどうか、もう一度念押ししておくべきではないか。まだ九時前だというのに龍彦がいないのでは、事務所の皆も困っているかもしれない。龍三は坂上と今夜「福田屋」で会っているはずだが、そこでの話の内容も気になった。

「時間、気になるの?」

アパートの手前にかかった小さな橋のたもとまで来て、背中で由香子の声がした。いつの間にか龍彦の方が先を歩き、由香子は後ろからついてきていたようだ。

「いや」

「忙しいんでしょう」

「そうでもない。何かあればこれが鳴るから」

そう答えて、龍彦は腰の右ポケットから薄いカードを取り出してみせる。ポケットベルだった。注文した携帯電話が届くまでのあいだ使うように、と洋子さんが渡してくれたものだ。

「相沢もいつも、それ持ってたわ」

由香子が手を伸ばし、龍彦の手からカード型のポケベルを取る。ずいぶんと小さくなったのね、と呟きながらしばらく眺めていたが、龍彦の方へ差し戻して、

「勇也がハネられた時も、これで呼び出したの。夕方だったけど、彼、女の人のところにいたのね。もう、勇也は死んでしまって小さな顔に白いハンカチがかけてあった」

由香子は薄い微笑を浮かべていた。

「そうか……」

目の前で車にハネられた息子を抱きかかえ、由香子は半狂乱になってタクシーで病院に担ぎ込んだ。ハネた車はそのまま逃走し、運転していた男が逮捕されたのは一週間も後のことだったという。

——勇也が舞い上がって、路上に頭から落ち、頭蓋骨《ずがいこつ》が砕ける瞬間をまるでスローモーションを見るようにゆっくりと見ていた。勇也の側まで駆け寄るのに何十分もかかったような気がするの。抱いて、頭に触れたらぐしゃぐしゃで、脳漿《のうしょう》とあったかい血が溢《あふ》れ出しているのよ。あんな小さな身体のどこにこんなにたくさんの血が流れていたんだろうっていうくらい。でも顔はほんとうになんともないの。まるで眠っているみたいに静かに目を閉じて、だけどいくら名前を呼んでも目は開かない。耳を口許《くちもと》に近づけたらね、なーんにも聴こえない。ほんとうに人間って死ぬと息をしなくなるのね。さっきまで笑って、通りで黄色の大きな風船を貰ってはしゃいでいたあの子が、次の瞬間には石のように黙って、なんにも答えてくれないのよ。あんなに幸せそうで、喜びに満ちあふれていた魂が、急に目の前からさよならも言わずに消えてしまうなんて、あなたに信じられる?

再会した時、由香子はビデオを観たあと龍彦の腕の中で何度も何度も繰り返した。
「ねえ、こんなこと信じられる? ねえ、ねえ、ねえ……」
相沢から無言の非難を受けた由香子が家を出たのは、四十九日の法要が終わり納骨がすんでからのことだった。もう三年近くも昔のことだ。

——彼はきっと自分のことも責めていたと思う。弱い人だったから。でも、私がどうしても彼と一緒に暮らせなかったのは女の人のことでも、決して口には出さないくせに、いつまでもいつまでもつづく非難のこもったその冷たい視線のせいでもなかった。私は毎日毎日、病院で小さな赤ん坊を母親の子宮から掻《か》き出して、何百何千の命を消しつづけている彼の仕事、彼のやっている日常がどうしても我慢できなくなったの。だって、きっと勇也をあんな風に私の手から奪っていったのは、その生まれることのできなかった小さな命たちに違いないもの。勇也は父親の日々の行ないを贖《あがな》うために神様の祭壇に捧《ささ》げられてしまったのよ。報いを受けたのは相沢ではなくて、あんなにあどけない、何にも知らない、悪いことなんてこれっぽっちもしていなかった勇也だったの。


「ずっと連絡ひとつできなくて悪かった。さあ帰ろう」

龍彦は黙り込んでしまった由香子の肩を叩《たた》いてうながした。だが、由香子は笑みを浮かべたまま龍彦の顔をしっかりと見つめて、

「たっちゃん、もういいの」

と言った。

「どうしたの」

龍彦はすこし戸惑う。勇也の話になると由香子は突然、こうした風にぞっとするほど頑《かたく》な表情になる。いつもそうだった。「帰ろう」といま一度龍彦は言った。こんな所で立ち話をして

いても仕方がないだろう。

由香子はいっこうに動こうともせず、さらに言った。

「あなた、変わったわ」

先を歩こうとしていた龍彦は足を止めて振り返る。

「一体、どうしたんだい、急に」

わずかに顔をほころばせてみた。

「だから、たっちゃん、もういいのよ」

由香子も頬をゆるめ硬い雰囲気を多少ほどいた。声もさっきよりは優しくなっている。

「何がもういいの。たしかにずっと連絡しなかったのは悪かったよ。謝るよ。ちょっと忙しかったんだ。でも、それももうじき終わる。ぼくは別になんにも変わってなんかいないよ」

「ううん。あなたは本当に変わったの。別に咎《とが》めて言ってるんじゃないから誤解しないで。ちょうどいい機会だからと思っただけ。今日はわざわざ来てくれて感謝してるし、私、ちっとも怒ってるわけじゃないの」

龍彦は一度首を傾げるようにして、視線をそのまま由香子に向けることができずに、空を見た。大きな月が紫の夜空に輝いていた。

「もうやめようよ。ぼくはなんにも変わってないし、それはぼく自身が一番よく分かっていることだ。こんな場所で突然、妙なことを言いださないで、早く部屋に戻ってゆっくりしよう」

上を向いたまま龍彦は言う。由香子はいつものように落ち着いた様子で、きちんと龍彦の言葉を受け取っている気配だった。龍彦はやむを得ず、顔を下ろし由香子の瞳《ひとみ》に真っ直ぐに向かい合う。それは案の定、何事にも動ずることのない静けさをたたえていた。

「たっちゃん」

　柔らかな声だ。

「さっきあなたがお店に入ってきた時、すぐに分かった。もういままでのあなたとは全然ちがうって。まるでずっと昔のあなたみたいだって」

「昔のぼく？」

「そう。小さかった頃のあなた。私が母さんや兄さんとあなたのお祖父《じい》様の家にいるとき、時々東京からやってくる、頭が良くて、何でもできて、恰好《かっこう》良くて、そのくせとっても優しい柴田家のお坊っちゃん。そんな子、ほんとうにいたらすごく厭な子のはずなんだけどね」

　龍彦は笑った。

「だから……」

　由香子は言葉を区切った。

「だから、もう私とあなたのこんな関係も終わりにしましょう。昨日の夜もずっとそのことを考えていたの。これからは、きっと仕事も大変になるだろうし、お父様と一緒にあなたは大切な役目を果たしていかなくてはならなくなるわ。あなたにはれっきとした奥様と英彦ちゃんがいるんだし、もう私みたいな女と付き合っていいはずがないわ」

「ちょっと待ってくれよ」

　すぐさま口にして、龍彦はその先の言葉を考えたが、しかし即座には思い浮かばなかった。

「いいの。別に二人ともほんとうに好きだったわけじゃないんだから。あなたもそうなら、私だってそう。ただあの頃は、二人ともとても疲れていたし、こうなるしかなかったからこうなっただけの話。あなただってそのことはよく分かっているでしょう。どちらかが先に卒業するのは分かっていたことだし、きっとあなたの方が先だってことも知ってた。私はまだこのままでいたいし、これまであなたにはいろいろとお世話になったと思ってる。なんにもお返しできないけど、でも、また私を抱きたくなったら何時でも来てね。私もあなたと寝るのは好き。あなたに抱かれて感じていると、心から癒《いや》されているような気がしたから」

龍彦は寿司岩で渡しそびれて、背広のポケットにしまった小箱を服地の上から握りしめていた。こんなものを買ったせいでこんな成り行きに陥ってしまったような気がした。由香子は、話すうちにますます淡々とした表情になった。それが却《かえ》って、問答無用の宣告を受けているような印象を龍彦に与えた。

「じゃあね」

そう言うと由香子は龍彦が握っていた自転車のハンドルに手をかけた。

「いいよ、アパートの前まで送っていく」

龍彦が言う。

「駄目。前まで一緒に行ったら部屋に入りたいって言うもの」

由香子は面白そうに笑った。そして、

「そうそう。渡していた鍵を返してくれない？」

「嫌だ」

「だったらいい。あの部屋を出ていく」

由香子はあっさりと言う。

「店はどうするんだ」

半ば脅迫めいた台詞にも聞こえると思いながら龍彦は訊《き》いた。

「あなたが別れてくれないんだったら、辞めるしかないわね。でも、ほんとうはあのお店で働くのは好きだから出ていきたくはないわ。あなたの顔も時々は見られるでしょう、あそこにいれば」

「一体どういうこと。たまには会ってもいいのか」

「そう。お店で会ってもいいし。気が向いたらお部屋に来てくれてもいいわ。ただ、いままでみたいに決まった日にちに会ったり、あなたが泊まっていったり、部屋の鍵を持っていたり、時々おこづかいをくれたり、そんな関係はもうやめたいの。あなたが訪ねてきても、私が会いたくなかったら会わないし、これまでのように週に何度も会うのはやめましょう。どうせあただって仕事が忙しいから今までのようにはいかないし。ふた月に一度とか三月に一度とか。それだったら構わないわ」

「なんだか妙な話だな」

「そんなことない。そうやって会わなくなれば、いつのまにか私たちは今よりずっと他人になるわ。あなただって、きっともう私なんかと会おうなんて思わなくなる。もともと愛し合っていたわけでもないし、ことさら深刻な別れ方ができるものでもないでしょう」

龍彦はしばらく黙っていた。由香子はその間に龍彦の手から自転車をとった。

「ぼくはきみのことが好きだ。この二年のあいだ、きみはぼくのことを支えてくれたし、世話になったのはきみではなくてぼくの方だ。どうして、きみと別れなくてはいけないのか、ぼくにはよく分からない」

　突然の事態にもつれた意識を整理して、龍彦は何とか言葉を探し出した。

「あなたは、私のことを愛している？」

　由香子が訊いてくる。

「きみの方こそどうなんだ。ぼくのことを愛していないのか」

「私は、あなたが好きよ」

　龍彦は思わず手を広げ、呆れたような仕種《しぐさ》を作ってみせた。

「だったら、いまのままでどうしていけないんだ」

「あなたが変わったからよ」

　この時はじめて由香子は少し刺《とげ》のある口調になった。

「人間にはどんなに後悔しても後悔しきれないことってあるのよ。私はいまこうやってただ生きているだけで精一杯なの。違う自分や人生を見つける気力もなければ、そうなりたいとも全然思わない。このままつづけていくだけでもあっぷあっぷなんだもの。毎日毎日、今日はいい天気で空の色や光の色はこうだとか、新しい電車の色が何色に変わっただとか、公園の花壇にこんな色のこんな形のこんな名前の花が咲いているだとか、本当だったら今年小学校で、もうすぐ夏休みになるんだとか、休みになったら海や山にいって家族みんなで遊ぶんだとか、勇也が見れなかったもの、感じることのできなかったことをひとつひとつ私が記憶していくの。こんなひどい世の中でも楽しいことや優しい人はたくさんあるし、いるでしょう。なのにあの子は何も知らずに遠くに行ってしまったから。だから私があの子が本当だったら見るべきもの、生きるべき時代の先まで見届けて、ずっとずっと長生きして、そしていつの日にかあの子のところに行って、私が代わりに見てきたものの話を全部してあげるの。私のこれからの人生の目的はそれだけ。別に誰かを愛したいとも思わないし、自分が楽しい思いをしたいとも思わないから。私とあなたが一緒にいたのは、お互いそういう同じ気持ちがあったから。でも、あなたは立ち直った。あなたの失ったものが、ようやくあなたを解放してくれたのよ」

「ぼくが立ち直ったらもう付き合えないのか」

龍彦は訊いた。

「そうよ」

と由香子はこたえた。

「あなたはもう私なんかと付き合わない方がいい。私はこれからのあなたには何の力にもなれないから。きっと迷惑をかけて、そのうちあなたは私を憎むようになる。そして、私との時間なんてみんな忘れて、あなたはまた昔のような自信に満ちた、大きな目的に向かって進む人になってしまう。私がそうなって欲しくないと願っても、きっとなってしまう。そんな風にはなりたくないでしょう、お互いに」

そう言うと由香子は自転車に跨《また》がろうとした。龍彦はその動作を咄嗟《とっさ》に止めようと思ったが身体はまるで反応しなかった。

「さようなら、たっちゃん」

由香子は告げるとペダルを踏み、龍彦をその場に残して、あっという間に橋を渡っていった。

龍彦は立ち尽くして小さくなっていく由香子の後ろ姿を見送った。

あなたの失ったものが、ようやくあなたを解放してくれたのよ――由香子の言葉の中のその一節が自分を金縛りにしているのだ、と龍彦はしばらくして気がついた。

それから何か考えようとしたが、いろいろな思いは過《よぎ》ったものの、秩序立った考えには至らなかった。もう由香子の姿は道の先を見通してもどこにも見えなかった。

まあ、仕方がない、今夜のところは引きあげよう――龍彦は月並みな台詞を頭に浮かべて駅への道を引き返しはじめた。だが、そのあいだ中、先刻の由香子の言葉がちらついていた。自分は何を失ったのだろうか、何から解放されたのだろうか、という疑問が脳裡《のうり》に渦を巻いている。

駅からタクシーを拾った。シートに身を沈めて車が走り出したとき、はっきりしない頭で、

――少しまとまった金を今度由香子に渡しておこう。

と思った。当分は忙しいが、時間ができたら一度ふたりで外国にでも遊びに行ってみよう。由香子がいろいろなものを見なくてはならないのならば、自分はありったけの力でその手助けに努めよう。いつもあの小さな店で忙しく立ち働くばかりじゃなく、もっとたくさんの世界を彼女に見せてあげよう。住まいもあんな粗末なアパートではなく何処に行くにも便利で景色の美しい場所に見つけてやらなければ……。

しかし、龍彦には分かっていた。

自分がたったいま、大切なものをまたひとつ失ってしまったことを。

16

昨日買ったペンダントの小箱を宅配便用の封筒に詰め、添える手紙を書いていると洋子さんから電話が入った。大至急、三階に上がってきて欲しいという。金子からは今日は一日国会だと聞いていた龍三が事務所に戻ってきたようだ。由香子宛の書きかけの手紙を机の引出しにしまうと、階段を駆け上がり、龍彦は龍三の部屋の扉を開けた。案の定、龍三が執務机の向こうに座って待ち構えていた。

「どうしたんですか。国会じゃなかったんですか」

龍彦が話しかけながら前のソファに腰を下ろすと、いや、と言葉を濁して龍三は憂鬱《ゆううつ》な表情を見せる。椅子から立ち上がり煙草の箱を持って近づいてきて、龍三も向かい側のソファに腰かけた。

「倉本君も今朝の朝刊で肚《はら》をくくってくれたようだ。さっき院内ですこし話をしてきた」

一本くわえ火をつける。口から煙を吐き出しながら龍三は言う。村松、阿部は約束通り、倉本の派閥離脱確定を大きく扱ってくれていた。村松の配信は昨夜十時頃で、他の各紙も遅版で追いかけたから首都圏の朝刊のほとんどが倉本の離脱を一面に持ってきている。朝日はトップ扱いで倉本本人のコメントも入れた五段抜き、それに政治面で詳細な解説記事も載せていた。

〈倉本前労働相、新政策集団結成。政局流動化さらに〉

〈黒川派激震、倉本氏、松岡政権を痛烈批判〉

といった見出しが並び、ポスト松岡を窺《うかが》う黒川の政治基盤がここにきて崩れ去ったと断じた上で、政治改革実現のためには松岡首相の退陣が前提となる、と倉本が主張していることにも触れている。倉本は阿部のインタビューに応じて間接的ながらも松岡退陣論を語ったのだろう。

「もうすぐ倉本君は国会内で会見を開く。そこで、検察捜査がさらに劇的進展を見せた場合は松岡の即時退陣は必至である、と狼煙《のろし》をあげてくれるそうだ」

龍彦は頷きながら、周囲のすべての情勢がいまや龍三に有利に動きはじめていることを感じていた。にもかかわらず龍三の浮かない顔はなぜなのだろうか。

「額田逮捕は明後日で確定です。今日夕方には検察首脳会議で決定されると土方が言っているそうです。さっき村松さんから連絡が入りました。野中情報ですから間違いないでしょう」

「うむ」

龍三は気のない様子で煙草をふかしている。

「どうしたんですか。何か気にかかることでも出てきたんですか」

龍彦はたまりかねて訊いた。

龍三は煙草を大きな灰皿で消し、手元の百円ライターの中の液化ガスを明かりに透かして眺めている。そういう仕種や表情は、長年政争に明け暮れてきた政治家の顔というよりも小説家の面影を色濃く残しているように見える。七年前に池内から「清風会」を禅譲されて以来、龍三は筆を絶ったが、それまでは有力な文学賞の選考委員を務めたり、文芸誌に小品を寄稿したりしていた。多忙をきわめる日常の中でいつ執筆しているのか、龍彦は雑誌の目次に龍三の名を見つけるたびに舌を巻いていたものだ。十年ほど前には江戸の執政者、新井白石について詳細な歴史的検討を加えた二千枚に及ぶ大著を公刊し、これは八十万部を超す大ベストセラーとなっている。

洋子さんがドアを開き、コーヒーを載せた盆を運んできた。龍彦と視線が合うと、いわくありげな表情を浮かべる。皿とカップをテーブルの上に置きながら龍三を中腰で見下ろし、

「先生、もうお伝えになられましたか」

と言った。龍三はそっけなく「いや」と呟く。彼女が引き下がろうとすると、不意に、

「まあ、あなたもそんなにすぐあっちに行かないで、ここにお座りなさい」

と隣のソファを指さす。「よろしいんですか」洋子さんがちょっと戸惑った顔をして、隣に腰かけた。何か伝えにくい話があるのだと龍彦は緊張したが、それにしてもこんな風に洋子さんに甘える父親の姿を見るのは初めてだ。

「実は少し困ったことになった」

龍三は、口ごもるような聞き取りにくい声で切り出した。

「どうしたんですか」

龍彦は身を乗り出す。

山懸の件でフタが外れでもしたのか。

龍彦が土方を抑えるために使った手法は古典的なものだった。水野孫一に土方の身辺、特に女性関係を徹底的に洗わせたのだ。水野への成功報酬は現金千五百万円と今後のお互いの親密な関係保持の確約である。

女の問題というのは、それなりの地位を築いた人間には例外なくつきものである。本気で有力者たちの女性問題をつつけば、日本を支える人材の半分以上はその地位を失うことになるだろう。

しかし、水野がたった一週間で釣り上げてきた土方の女性関係は、予想外の大魚だった。土方にはすでに七年以上つづいた親密な女性が存在し、しかもその女性との間に今年六歳になる娘までもうけていた。さらに決定的なのは、その女性が土方のかつての部下の妻であり、その部下が病気で療養中に関係を結んでしまったということ、そして現在も夫婦のあいだでは離婚の調停が延々つづいており、女性側の代理弁護人を土方の司法修習同期の親友が務めているという事実だった。むろん土方には正妻とその間に生まれた二人の子供がいる。現在は小さなブティックを世田谷《せたがや》で開いている彼女のところへ、土方は週に二度は通っていた。水野は、深夜、その女性の住居を訪ねる土方の姿を高感度フィルムで鮮明な画像としてビデオに収めてきた。さらに土方を苦境に誘うのは、妻と引き裂かれたかつての彼の部下の病状が深刻化し、いまや植物状態に陥っているということだった。調停が滞っている主原因はそれなのである。

倫理的、道義的に見て、この土方のスキャンダルは彼の息の根を止めるに十分だった。

龍彦はさっそく龍三に報告。龍三は自派の大河内栄一が法務大臣を務めた際に検事総長に就任し、退官後は柴田派の事実上の顧問弁護士をやってくれている三代前の総長、飯窪勲を通じてさっそく龍彦と土方の極秘会談をセットしてくれた。土方はそもそも飯窪を中心とする検察庁京大閥の一員であった。

　土方が折れたことで完璧に封殺したかに見えた尚彦への資金提供の事実が、どこか想定外のルートから再び漏洩《ろうえい》してしまったのだろうか。

　だが、龍三の眉を曇らせているのはまったく違う突発事件だった。

「今朝、といっても早朝のことだが、尚彦のところの徳子が大きな事故を起こしたらしい」

「は？」

　突然、龍三の口から思いもしない言葉が飛び出し、龍彦は耳を疑った。

「徳子がアルコール中毒になっていたことは、聞いているか」

　龍彦は首を横に振る。この前上京してきた純子も何も言っていなかった、と思う。しばらくぶりに純子の顔が脳裡に浮かんで、龍彦は多少気持ちが揺れるのが分かった。

「いいえ」

「あそこの夫婦がどうしようもないのは昔からだ。私も尚彦の出馬についてはそれだけが気がかりだったが、あれには十分注意するように厳重に釘を刺しておいた。それがこの始末だ」

　龍三の渋い表情は明らかに怒気を含んでいた。徳子の運転好きは龍彦もよく知っている。外国車を次々と乗り換え、東京に住んでいる頃も「俺と喧嘩になると、あいつは車で家を飛び出して、首都高を目茶滅茶なスピードでぶっ飛ばすんだ」と尚彦が言っていた。速度制限違反で何度も捕まり、そのたびに柴田事務所が揉み消してきた。「いっそガードレールに激突して死んじまってくれればいいのに」兄はよく薄笑いを浮かべて呟いていたが、それがあながち冗談でもなさそうな気配に龍彦は鼻白んだものだ。

「ということは、義姉《ねえ》さんは飲酒運転だったわけですね。怪我は？」

龍三が溜め息をつく。

「本人はなんともない。しかし……」

そこで、龍彦はようやく事の重大さを悟った。にわかに背筋を冷たいものが走る。

「まさか、殺したんじゃ」

龍三が黙り込む。洋子さんも両掌《りょうて》を組んで龍三の隣で俯いている。その彼女が龍三の言葉を引き継いだ。

「国道を酔っぱらって凄《すご》いスピードで走っていたんですって。それで新聞配達をしている青年の自転車をハネたの。青年は即死だったみたい」

龍彦は絶句した。死なせたのが新聞配達の青年とは……。最悪の事態といっていい。

「しかも、その青年は留学生だ。バングラデシュから九州大学に留学している公費留学生でアルバイトで新聞を配っていた。とんでもないことをしてくれた、まったく」

龍三は吐き捨てるように言った。

「マスコミは？」

すでに新聞は報じたのだろうか。龍彦はとっさに訊く。

「いまのところそっちは大丈夫だ。今朝すぐに明野たちが動いてくれた。徳子の名前が出ることはないと言っている」

龍彦は啞然とする。飲酒による死亡事故となれば刑事事件化は必至である。いくら龍三の力でもそうそう県警やメディアを抑えられるものではない。

「だけど、飲んでいたんでしょう。しかも留学生をひき殺したとなれば、ただですむはずがない。彼が働いていた販売店から社の方にむろん報告が上がるでしょうし。どこの新聞社ですか」

「幸い新報だった」

龍三が言う。なるほど「西日本新報」ならば柴田家の力で何とかならないものでもないかもしれない。

「吉岡君が今朝一番の便で福岡に行っている。向こうの本部長との間で話をつけさせる」

吉岡というのは、比例代表区選出の柴田派の参議院議員で前警察庁長官の吉岡正春のことである。

「しかし……」

龍彦は口ごもる。人が一人死んでいるのだ。いくら尚彦が出馬声明をしているとはいえ、その都合だけで闇に葬っていい話のはずがない。

「兄貴はどうしているんですか」

「あいつは役立たずだ」

再び龍三は吐き捨てるように言う。

「取り乱して、死んだ青年が担ぎ込まれた病院に駆けつけ、看護婦や医者にまで顔を見られてしまったらしい。すぐに明野が行って連れ戻してきたようだが」

龍彦は黙り込んだ。龍三の言うことは常軌を逸していた。妻が死亡事故を起こせば犠牲者の遺族や関係者のところへ謝罪に駆けつけるのは夫として当然の義務である。それは人間として最低限のモラルに過ぎない。龍彦の沈黙の意味を察したのか、慌てて洋子さんが付け加えた。

「あんまり公になると、徳子さんのこともそうそう簡単には片づかなくなるから。もちろん先方にはできるかぎりの保障はしなくてはならないと先生とも話していたの。ただ、いまこんなことが表沙汰《おもてざた》になったら、尚彦さんだけじゃなくて先生自身の進退にも影響してくるでしょう。それだけは何としても防ぐ必要があるから」

兄夫婦に関しては、みはるのことからも洋子さんには大きな負い目があった。

「もとはと言えばすべて尚彦自身の責任だ。徳子とあそこまで悪くなる前に別のやり方もあったろう。ともかく、これであいつをそのまま選挙に出すわけにはいかなくなった。人殺しの妻を持つ男を選良にすることはできん。尚彦には即刻降りてもらう」

龍三も一時的に高ぶった感情を抑えたのか、落ち着いた口調に戻している。しかし、語っていることは重大なことだ。龍彦は郁子と自分とのこと、薫との不始末、そうした自身の軌跡を龍三から非難されているような気がした。

龍三という人間は、非を犯した者、挫《くじ》け消沈した者に対して限りなく酷薄な態度に出ることがままある。四年前の龍彦に対してもそうだった。いまの尚彦への怒りは、かつての龍彦への怒りと同質のものに違いない。

「降ろすといっても、いまから急にだと後援会はパニックですよ」

龍彦は言った。といって、尚彦がひきつづき出馬準備を続けるというのはたしかに不可能だ。

「吉岡君にも出馬辞退で話をつけるように言ってある。警察もそれぐらいの約束をしなくてはおさまらないと吉岡君本人も言っていた」

当然である。それで徳子の免責が可能になることでさえ、政治権力の明らかな濫用に他ならない。

「どうせ断念するのなら、いっそ正直に発表させるべきじゃないですか。妙に隠蔽《いんぺい》して後から露顕するとそれこそ命取りです。かなりのダメージではありますが、それで決定的打撃を受けるかどうかは未知数です。よしんばそうだとしても、これだけのことが起きた以上はやむを得ないかもしれない」

龍彦は思い切ってそう言った。龍三の痩せた顔を正面から見据える。

龍三は龍彦を見返し、しばらくその大きな瞳で龍彦の目を覗き込んできた。やがて苦渋に満ちた表情とか細い声でこう呟いたのだった。

「お前の言う通りだ。しかし、ここだけはなんとか凌《しの》がしてくれんか」

それはさながら声にならぬ叫びに似たものだった。人としての良心にあえて目をつぶると龍三は言いたいのだ。

「相手の青年が外国人、しかも開発途上国からの留学生でしょう。もし表に出れば、先生はこんどの総裁選は身を退《ひ》かざるを得なくなると思うの。将来を考えても、相当の困難がつきまとうことになるし。龍彦さんの気持ちは私たちだって同じように分かるんだけど、これまで必死になってやってきて、あと少しのところまでようやく漕《こ》ぎつけたんだもの。私は先生のことを考えると、とてもここで降りようなんて言えない」

洋子さんは半分涙ぐんでいた。龍三がその隣で彼女の方を見ている。龍三にもこんな一面があるのかと思うくらい、父の眼は洋子さんにすがっているのだった。

龍彦は二人から顔をそむけ、しばらく執務室の窓の向こうに広がる晴れ上がった空を眺めていた。

「龍彦さん」

洋子さんが名前を呼ぶ。逆光の中で力なく肩を落として、二十数年来の愛人の手を握っている龍三の姿に視線を戻しながら、一国の総理を狙うといっても無残なものだな、と龍彦は思った。とにかくあの兄をこのまま立候補させるわけにはいかないのだ、と彼は自分に言い聞かせる。

「分かりました。兄貴を明日にでも入院させましょう。急病で万やむを得ずの出馬辞退と発表するんです。後任は誰もが納得する人物に受諾させて即時出馬宣言する。あとは力で押し切っていくしかないですね」

「やむを得ぬな」

龍三はやおらソファから身を乗り出してきた。龍彦の了承に力を得たのだろう。

「で、尚彦の代わりだが、お前に出てもらいたい」

いともあっさりとした口調で龍三が言った。龍彦は瞬間、言葉の意味をとらえかねていた。

「明野たちとの話でも、他に策はないと言っておる。お前の言う通り、尚彦は病気ということにしよう。徳子はしばらく海外にでも行ってもらう。そっちの手配はすべて金子にやらせるから、お前は一切、今度の事故については聞かなかったことにしてくれ。もし選挙戦の最中に蒸し返された場合に、お前が地元で動いていたと分かったら、お前自身の責任も問われかねない。ほとぼりを冷ますということもあるし、尚彦の出馬中止でしばらく向こうを騒がせておいて、万事手詰まりということで一旦《いったん》白紙に戻してから、お前の名前を最後の最後に持ってきたいとすでに決定事項のような言い方を龍三はする。龍彦は驚愕《きょうがく》の余り口がきけなかった。

頭が混乱してきている。龍三は一気に説得の言葉を重ねてきた。

「正直なところ、これだけゴタついた選挙はなかなか難しい。当選できるかどうか、甘くみても五分五分のところだろう。出馬表明自体、公示ぎりぎりの線になる。ただ、私の立場次第ではやれないこともなかろう。むろん世襲の批判はあるだろうが、それはすでに尚彦の名前を出したところで一応の合意はできておる」

明野は言っておる」

龍三は暗に自分が総理総裁として、龍彦の選挙を見ることになると言っているのである。現職総理の息子が参議院とはいえ出馬するのは、政界の常識からすればありえないことである。しかし、逆にいえば新総理の身内が落選する可能性は限りなく小さいとも言える。だが、龍三はそうはっきりとは言わない。

「いまから泥をかぶってもらえる人間は、身内しかいない。ということはお前しか残っておらんのだ。どうかこの通りだ、私のために火中の栗を拾ってはもらえまいか」

そう言って、龍三は深々と頭を下げた。龍彦の眼にはそれが、先日の倉本との会談での龍三の姿と二重写しに見える。

「ちょっと待ってください。何もぼくが出る必要はありません。総裁派閥で戦える選挙です。最初の予定通り吉川さんを持ってくればいい」

「駄目だ、また近江陣営の顔を潰《つぶ》すことになる」

龍三は言下に斥《しりぞ》ける。

洋子さんが口を挟んだ。

「尚彦さんで地元は燃えていたんだから、いまさら別の人と言われても、はい、そうですかと切り替えがきくわけじゃないでしょう。でも龍彦さんだったら問題ないわ。兄が病気に倒れて弟が引き継ぐというのは有権者の印象も悪くはない。まして新総理の直系となれば、いやがうえにも後援会は盛り上がるもの。兼光の方もこんどの徳子さんのことで、尚彦さんの時以上に協力は惜しまないと言ってきているし、龍彦さんだったらきっとなんとかなると私は思っているの。だから、ここは先生を助けると思って引き受けてくれないかしら」

何のことはない。明野ら地元後援会幹部との話し合いから兼光一族への根回しまですべて終えた上で、龍三は龍彦に出馬を要請しているのだ。龍彦が口ごもっていると、

「今度の尚彦のことはともかく、お前もさんざん私に迷惑をかけたことは分かっているだろう。その罪滅ぼしと思えば、引き受けないとは言えんはずだぞ」

龍三は最後にそう言った。

部屋を出て、二階の自分の机に戻っても、龍彦は意識がぼうっと曇って仕事が手につかなかった。とりあえず考えさせてくれと言って逃げるように席を立ってきたものの、「明日には返事をくれ」と龍三は追い打ちをかけてきた。たとえ明日断ったとしても、今度は命令だと押しつけてくるに決まっていた。

たしかに、尚彦を降ろす以上は柴田家でこの問題に決着をつけなければ、龍三の面目は丸潰れになる。勝てる候補としてぎりぎりの判断で尚彦が浮上した経緯を考えれば、後継は龍彦がもっとも自然であろう。理屈としては成り立つし、泥をかぶれと言う龍三の物言いも、あなが

ち嘘ばかりではなかった。政治の世界では、義理としきたりをおろそかにすれば後あとまで祟《たた》られることになる。ここは龍彦が出馬するのがこの世界の筋目なのである。

——しかし……。

若い頃ならばともかく、国会に出るといった発想はとうの昔に失くしたはずの自分である。いまさら、急に参議院議員になれと言われても現実感など持てるわけがない。つい半月ほど前まで人と口をきくのも辛《つら》かったのだ。それがあの選挙という混乱の中に飛び込んでいけるはずもなかった。

だが、その一方で胸の奥の奥で泡立つように湧き上がってくる別の感情があることを龍彦は自覚していた。

龍三は慎重な言い回しだったが、出馬を承諾すれば、高い確率で議席を得ることができるだろう。そのことによって、政治という単純な力学の世界にさらに深く没頭できるとしたら、それはいまの自分にとって決して苦痛ばかりではあるまい。さながら明快な数理の世界に遊ぶ物理学者のように、人間を大数で処理し、地上の森羅万象を法と制度で理解する政治家という仕事は、とかく個人の生活に侵入する複雑で視界のきかない感情的な人間関係を公然と排除できる恰好《かっこう》の職業でもある。それは現在の龍彦にとっては、いかにも似つかわしいもののように感じられた。

昨夜、由香子は龍彦のことを変わったと言った。人間にはどんなに後悔しても後悔しきれないことがあると言った。だが、後悔しようにも後悔できないこともまたあるのだ。由香子は龍彦の失ったものが、ようやく龍彦を解放してくれたと言った。しかし、龍彦は何物によっても解放などされてはいなかった。ただ、彼はもはや十分に失望しているだけにすぎないのだ。

誰をも信じることなく、誰をも求めることなく生きていくことを可能にする道があれば、自分はその道を進んで選ばなくてはならない。死よりもさらに隔絶した世界がこの地上にあるのならば、自分の人生の目的は結局そこへいかにして到達するかに集約されなければならない。

龍彦は、しばらく目を閉じ、去来する思考の断片を整理しようとしていた。

机の側で人の気配がして目を開く。事務員が新聞の束を持ってきたのだった。龍彦は意識を現実に戻し、届いた各紙の夕刊を広げた。午後院内で開かれた倉本の記者会見での発言が大きな見出しで一面を飾っていた。発言の内容はさきほど龍三が漏らしていた通りのものだ。これで松岡の命運はもはや風前の灯火《ともしび》といえる。明後日、額田が逮捕された時点で最終ラウンドの鐘が鳴るのだ。

さっき机の引出しの中にしまった書きかけの由香子への手紙を取り出し、文面も見直さずに龍彦はそのまま足元の屑籠《くずかご》に捨てた。

もう由香子のもとに帰ることなどできはしない。一人息子を交通事故で失った彼女の哀しみを、たったいま自分は踏みにじってきたばかりだ。

買ったペンダントは理由を見つけて村松の細君にでもプレゼントしよう――思いついて開いた引出しを閉めようとしたとき、その奥にしまってある一本のビデオテープに目が留まった。龍彦はそのテープを取り出して、タイトルシールに記された文字を凝っと見つめた。自分のものとはとても思えぬような下手くそな筆跡で「由香子の宝物」と書かれている。

――もはやこの「宝物」を預かる資格すら自分は失ってしまったのだ。

龍彦は深々とそう思っていた。

17

注文していた龍彦用の携帯電話が届いたからと言って、わざわざ電話機を持って洋子さんが下に降りてきた。最新式の電話機は、背広のポケットにすっぽりとおさまる超薄型だった。

「親父は?」と訊くと、あのあとすぐに金子と一緒に出かけたという。

「吉岡さんから連絡があって、なんとか穏便に収拾できそうだって。徳子さんももう自宅に帰してもらえたみたいだし。尚彦さんのことは先生がさっそく金子さんに指示を出していたわ。一両日中に入院できるように手配するって金子さんが答えていた」

洋子さんが声をひそめて言う。

「被害者の関係者のところには、しかるべく挨拶はしているんですか。東京から行かなくてもいいんでしょうか」

「吉岡さんの話だと、バングラデシュから一人で留学してきた人みたい。家族はみんな向こうらしいわ」

「親御さんたちが、駆けつけるんじゃないですか」

「何だか、奥さんと子供もいる人みたいよ。歳も三十過ぎだって」

龍彦は暗澹《あんたん》たる気分に陥る。仮にも義理の姉が一人の人間の命を奪ってしまったのだ。残された遺族の心情はいかばかりだろう。犯人である徳子がその日のうちに自宅に帰ったことを知れば、遺族はどう思うだろうか。あの義姉《あね》のことだ、亡くなった留学生のところへ弔問に行くことすらしないだろう。龍三が言っていたように、ほとぼりを冷ますためさっさとヨーロッパにでも出かけるに違いない。慰謝料は財力にものを言わせて兼光家が莫大な額を支払うにしろ、それで解決できるような問題では絶対にないはずだ。

「兄貴はどうしています?」

洋子さんはちょっと言いにくそうな顔になった。

「みはるのところに今はいるわ」

「えっ」

龍彦は問い返す。尚彦はいつ東京に出てきたのか。

「そうじゃないの。先月みはるの方から福岡に引っ越したのよ。龍彦さんには知らせてなかったけど」

龍彦はあいた口がふさがらない思いだった。どいつもこいつも一体何をやっているのだ。

徳子の事故の知らせを受けて、洋子さんは初めてみはるの所在を打ち明けてきた。たしかに兄と義姉との仲はこれで決定的な破局を迎えたと言える。それは、みはるにとって決して悪い話ではないということか。洋子さんでも一人娘のみはるのことは突き放しがたいのだ。だが、昨夜半に兄夫婦の間にひと悶着《もんちゃく》あって、そのあげくの今朝の事故だったとすれば、原因が福岡まで兄を追ってきたみはるにあることは明白だろう。誰がこの危機の引き金を引いたというのか。

本業である政治そのものとはおよそ無関係に見える小さな人間模様が、龍三の足を大切な場面で掬《すく》おうとしている。公的生活の綻《ほころ》びとは案外そんなところから生ずるものだ。洋子という愛人の存在、兄の結婚の失敗、龍彦の蹉跌《さてつ》、すべては私的生活を放擲《ほうてき》し、みずからの野心に賭《か》けた龍三自身の半生が招来したものだといえる。権力闘争において常に重要な役割を演ずるのは、個々人のスキャンダルである。それは世間的には後ろ暗い、秘密めかした泥仕合を連想させるが、権力闘争の本体そのものが実はそういうことだと龍彦は知っている。

土方信勝東京高検検事長と会って龍彦が彼の愛人の話を一言口にしたとき、土方は途中で言葉を遮ると丁寧な落ち着き払った口調でこう言った。その表情には困惑の一片すら浮かんではいなかった。

「ご趣旨はようく理解致しました。柴田先生に何とぞ宜《よろ》しくお伝えください。私はかねてから柴田政権の誕生を心待ちにしておりました」

土方だって、来年には自分が戦後第二十代の検事総長に就任する身であることを弁《わきま》えている。その時の総理が誰であるべきかくらいのことは計算しているのだ。

「さっきの話、親父は本気で言ってるんですか」

龍彦はみはるのことには触れず、自分の身に突然ふりかかってきた難題に話題を変えた。

「お願いね、いろいろと大変だろうと思うけど」

洋子さんは、懇願するような表情になる。

「だけど、とても受けられる話じゃありません」

洋子さんは隣の空いた椅子を引っ張ってきて龍彦の正面に座ると、顔を近づけてきた。

「ほんとうは先生も、龍彦さんに出てもらいたいと思っていたと思うの。尚彦さんが政治向きでないことは、誰よりも先生がご存じなんだもの。ただ、地元の方で声が上がって、状況も差し迫っていたから尚彦さんで了承したのよ。その時も先生の気持ちの中にはあなたのことがあったわ。しばらく前、先生がスイスに出かける直前だけど、私が尚彦さんの出馬の件を口にしたら、逆に私に真剣な顔で『龍彦はどうだろうか。すっかり立ち直っていると思うんだが』とおっしゃるの。そして、あなたが書いた演説原稿をわざわざ旅行鞄《かばん》の中から取り出して見せて、あれは私の才能を引いてくれた、これだけの文章を書ける若手議員はいまの永田町にほとんどいない。あの一件がなかったならとっくに国政に出してやれたのにって……。先生はあなたの才能を高く評価しているわ。だから、今度のことだって全部あなたに相談してらっしゃるでしょう。もちろん私は、出る出ないはあなたが決めることだと思うし、もし出馬すれば政治の世界で一家をなしていかなきゃいけない。そう安易に務まるものじゃないことはあなた自身が一番知ってることだと思う。だけど、私も最近のあなたを見ていて、もう十分やれるような気がするの」

龍彦は、龍三が洋子さんにそんなことを言っていたと聞いて驚いた。出馬について当初から龍彦のことを視野に入れていたとは、日頃の龍三の態度からはまったく想像できないことだった。

「ほんとうですか、その話」

念を押すと、洋子さんは、

「当たり前でしょう。この四年間、先生はあなたが再起することだけを念じてこられたのよ。あなたにだって分かっていたはずでしょう、先生はあなたが本当に小さかった頃から、あなたを後継者だと決めてらっしゃったんだから。私なんか側で見ていて、尚彦さんが気の毒で仕方なかったくらい。でも確かにあなたは幼い頃から抜きんでた子供だったし、性格も才能もほんとうに先生にうりふたつだったもの。姿形だってそっくり。先生があなたをどんなに愛しているか、とても口では表現できないくらいよ。だから四年前にあなたが事件を起こした時、先生がどれほど悩んだか。しばらくはショックで立ち直れないんじゃないかと私は思ったもの。あなたが病院に担ぎこまれて病室で昏睡《こんすい》状態に陥っている時、眠っているあなたの側であの人はひと晩中、自分が悪かったって呪文《じゅもん》のように繰り返して、あんな姿を見たのは後にも先にもあのとき一度きりだった。こんな言い方は残酷かもしれないけれど、あの人が心臓を悪くしたのも、あなたのことが原因だったと私は思っているの。あの人もあれから一年以上、不眠症とトランキライザーで身体はがたがただったのよ。そんなことは決して表に出されない方だから、誰も気づかないままだけど」

はじめて聞く話だった。洋子さんは涙眼になっている。途中から龍三のことをあの人と呼んでいた。

「あなたにすれば、この四年間、あの人はいかにも冷酷に見えたかもしれない。お金だって扱いだって、それは厳しかったと私だって見ていて思った。でもあの人はあなたのことを思って、一日も早く昔のあなたに戻ってくれることだけを考えて、心を鬼にして接してきたのよ。いろいろな重要決定を下す時なんか、ああこんな時に龍彦がいてくれていたらなあってよく呟いてたもの。あなたをあの人が心の底でどのくらい頼りにしているか、ようやく今回のことで力を発揮してくれて、どんなに力強く思っているか、それはきっとあなたの想像をはるかに超えるものだと思う」

龍彦はただ「そうですか」と呟く。洋子さんが龍彦の手を取った。

「龍彦さん、お願い、あの人を助けてあげて。彼にはあなたが一番必要なのよ」

洋子さんの掌の感触を味わうのは久しぶりだ。小さい頃いつも手を引いて散歩してくれたり、公園に連れていってくれたりした、それは龍彦にとって母親の掌だった。

「もし、決断してくれるなら、一度郁子さんのところへ行ってあげてね。彼女もこの四年間必死になってあなたを待ってきたんだからね」

洋子さんは涙を手の甲で拭《ぬぐ》うと、鼻声でそう言って立ち上がった。龍彦は俯《うつむ》いたまま「ええ」と言葉を濁した。

その夜、龍彦は村松とホテル・ニューオータニの料理屋で夕食を共にした。村松はこれからの柴田派の動きについて、しきりに探りを入れてくる。倉本の新しい政策集団が、隠れ蓑《みの》をかぶった瀬戸派であることは政界の常識であった。倉本本人も倉本番記者とのオフレコ懇談の席では、参院選挙後の新内閣の成立時までには瀬戸派への合流をすませると明言している。問題は彼の行動によって政局がどう展開するかである。その鍵を握るのは当然龍三の動向である。すでに、額田の逮捕が行なわれた段階で倉本が松岡降ろしに走ることは彼の会見で明らかとなった。問題は、今日の倉本の話が、世間受けを狙った彼一流のパフォーマンスにすぎないのか、それとも宗主国である瀬戸、柴田両派の了解を受けたものなのかという点にある。もし、両派の先鋒《せんぽう》として狼煙《のろし》を上げたのなら、事実上、松岡の命脈はすでに尽きたと言っていい。

「官邸は今朝の新聞以上に、午後の会見に驚愕しているよ。松岡はすぐに瀬戸に電話したそうだ。瀬戸がつかまらなくて捜し回ったらしい。夕方、倉本のぶちかましについて番記者に訊かれて『いまは大きな政治の枠組みを変えるべき時で、軽々な議論で国家百年の大計を損なうようなことがあってはならない』と自信たっぷりに一蹴《いっしゅう》したらしい。瀬戸からなんらかの言質《げんち》が取れたんだろう。松岡は本気で選挙制度改革を自分の手でやるつもりになっている。その点で瀬戸と肚の内はまったく嚙み合わないはずなんだが、瀬戸はどういう気なのかな。最近は幹事長の坂上も全然動いていない。松岡本人が野党の連中に直接電話をかけまくっているらしい。とにかくいまの松岡は見ていて鬼気迫る感じだよ」

村松は、瀬戸派の内情がどうなっているのか知りたいようだった。龍彦は懐石料理の小鉢に箸をつけながら、ゆっくりと話す。

「瀬戸は松岡でいきたいと思っていると思うよ。選挙制度についてはどう転んでも構わないという考えだろう。これだけ政治不信が高まれば、なんらかの結果をこの国会で出さざるを得ないからね。それより瀬戸は、派内のことに神経を尖《とが》らせている。古山や坂上だってどうせ改革論者だ。二人の手で制度改革をやられるよりは松岡でやった方が瀬戸の意向が反映できる状況なんだろう。小選挙区の区割りと比例の人数を瀬戸は自分で決めて、これからの選挙でも主導権を握るつもりだ。だから、松岡には本気で支援すると言っている。だったら、なぜ坂上が動かないのか、そこに瀬戸派の内紛の深刻さが見えている。松岡だって瀬戸の力が落ちていることは知っているだろうが、古山とはいまさら話ができない。神輿《みこし》が崩れかけてることを察して、それでもあえて乗りつづけているのさ。だけど、倉本の話は少なくとも坂上には通ってるんじゃないの。そう考えれば、額田逮捕で案外バタバタって行っちゃうと俺は見てるけどね。村松さんも明後日あたりは忙しくなるかもしれない」

龍彦は、喋ることのできるすれすれの範囲までは村松に伝えた。

「なるほどね」

村松はしばらく考え込んでいたが、

「俺の見るところ、瀬戸はもう裸の王様だと思うな。派内の若手から中堅どころはみんな古山、坂上に靡《なび》いている。古山の天の声さえ飛び出せば松岡は吹っ飛ぶよ。そこだけ固めてれば、明後日で松岡は終わりだ」

と言った。

「だから」

龍彦は一瞬躊躇《ちゅうちょ》したが、思い切って話すことにする。これまでも村松はこちらのマイナスになるような記事の作り方は一度もしてこなかった。最近は、政局の読みも鋭くなってきているし、なんといっても野中を落としてくれた恩は大きい。

「こっちはもう絵図はできてる。そういうことだよ」

「そうかあ……」村松は汗をかいたビールグラスを持って笑みを頬に浮かべた。「じゃあ、乾杯だな」そう言って一気に飲み干す。その顔を見ながら、龍彦は素直に同調できない自分を感じていた。所詮《しょせん》は金の力なのだ――全部が全部そうではないと知ってはいても、どうしてもその気分が抜けない。

「松岡は額田に離党させようと昨夜動いたらしいよ。奥野が使者に立ったというから笑える話だけど、額田からこっぴどくハネつけられたようだ。そりゃそうだろう、松岡政権誕生の時の事務総長だからな。誰のために山懸の金を使ったと思ってるんだ、ということだろう」

たしかに松岡は後継総理の座を買うために三十数億円の金を瀬戸に上納した、と当時一部で囁かれたものだ。しかし、龍彦は村松があっさりと触れた「額田離党」の話の方に内心で驚いていた。もし額田の離党が先になれば、逮捕の衝撃をかなり緩和できるかもしれない。松岡も当然、明後日の検察の動きについては知らされているだろう。可能な限りの衝撃回避行動は取ってくるはずだ。まだ明日一日残っている。やはり相手は総理の地位にある人物だ。国家の全権を掌握している人間を甘く見ることほど危険なことはない。

「明後日の予定は変わらないよね」

再度確認する。

「変わらないよ。土方は本気だからね。国会会期中に現職代議士を逮捕するのは戦後はじめてだからな。検察史上に残る捜査になる」

憲法上、国会議員には会期中の不逮捕特権が保証されている。しかし、捜査の緊急性が強く証拠隠滅の恐れがある場合は、逮捕拘禁も国会の許諾を得れば法制上許されるのだ。土方は総理経験者を逮捕するという検察史上に類を見ない金字塔を打ち立てた人物として知られるが、再び、新しいレコード作りに執念を燃やしているというわけだ。

「何時くらいになるのだろう」

額田逮捕の発表を受け、マスコミの報道、世間の反応を確かめた上で龍三は松岡への退陣勧告を正式に行なうことにしている。その日のうちに会見を開くのか、それとも翌日まで引っぱるのかは逮捕時間によって異なってくる。もし翌日であれば、昼から横浜で講演会が一本入っているので、その講演の中で喋るという方法もあった。

「さあ、たぶん午前中から呼ぶだろうから、正午までには逮捕、夕刊の締切りまでには発表するだろう。土方検察はマスコミに対しては相当気を遣うからね」

村松が苦笑まじりに言った。

ということは、翌朝の朝刊に向けて話す方がいい。夕刊や夜のテレビニュースの反応を見て、朝刊締切りの当日深夜までに会見をセットするのは時間的に十分可能だった。

村松と別れホテルを出たのは十時頃だった。

別れ際にペンダントを渡すと村松はちょっと困った顔をした。

「村松さんにじゃないよ。奥さんに渡して欲しいんだ。いつも俺に遅くまで付き合ってもらって、すっかり迷惑かけてるからね。俺からと言わずに渡して欲しい」

と言うと、結局村松は受け取った。新聞記者は家庭を顧みない生活を強いられ、転勤も多いためにほとんどが家庭内にトラブルを抱えている。女房には頭が上がらないのだ。それだけに彼らの細君宛に何かを渡すのは、すこぶる効果的でもあった。

今日はそろそろ引き上げようと龍彦は思う。携帯電話で事務所に電話をすると、堀内美紀が残っていた。すでに洋子も金子も帰ったという。龍三は大関や秋田らと今夜も会っているはずだ。そういう席に同席するのもいまの龍彦の役割の一つだが、できるだけここ数日は避けるようにしている。後から龍三に概要を説明された方が、より客観的な判断が下せるからだ。もはや細かい術策を弄《ろう》する時は過ぎていた。これから先は、運命を自分の足元に額《ぬか》ずかせる気力だけがすべてを決する。

松岡は聞きしにまさる気迫で政権維持の執念を燃やしているという。果して龍三にそれ以上の気構えがあるか。その点に一抹の不安が龍彦にはあった。宰相の地位とはやはり地の利、時の利、天の利が揃ってはじめて掌中に落ちてくる、それだけ偉大なものに違いない。われわれがいまなすべきことは、正直なところ天に向かって拳《こぶし》を突き上げ、そしてただ勝利を祈ることなのだ。

アパートに戻ったのは、十一時を回った頃だった。

シャワーを浴び、冷蔵庫から缶ビールを一本抜いてきて栓を開ける。ベッドに腰掛けてぼんやりと殺風景な部屋の中を眺めやりながらビールを喉《のど》に流し込む。ほとんど家具らしい家具もない。小さな整理箪笥《だんす》とめったに点《つ》けない小型テレビ、事務所から持ち込んだ古びたスチール製の仕事机と椅子。それ以外は壁際に大きな本棚が二本並んでいるだけだ。本棚には文庫本ばかりがぎっしりと詰まっていた。この四年間で読み流したものが溜まってこれだけの量になった。杉並の実家を出てここに移ってきた際、郁子と住んでいた護国寺のマンションからは何ひとつ運ばなかった。引っ越しの日、郁子は手伝いに来たが龍彦はほとんど口もきかなかった。

それからも、ごくたまに郁子は着替えや食料品などを携えて訪ねてきたが、玄関先で素っ気なく受け取るだけで、龍彦は彼女を部屋に入れたことはなかった。

ここに来て半年ほど過ぎた頃だろうか、一度だけ郁子が英彦を連れてやってきたことがあった。日曜日の午前中で、龍彦はまだ眠っていた。不意に玄関のチャイムが鳴って目を開けると、「おとうさんって呼んでごらん」という郁子の声が聴こえ、英彦が「おとうさん、おとうさん」と意外にはっきりした声で呼んできた。

慌てて龍彦は飛び起きてドアを開けた。だが、このときも二人を部屋に上げはしなかった。一緒に外に出ると、駅前のファミリーレストランに車を入れて三人でランチを食べた。郁子の車が新しくなっているので訊くと「気分転換になると思って買ったの」と返事が戻ってきた。どうせまた実家の父親にねだったのだろう、と龍彦は思った。英彦は、父の日のために幼稚園で龍彦の顔を描いたので、その絵を届けにきてくれたのだった。

「上手に描けたって裕子先生に褒められたんだよ」

丸まった画用紙を受け取って、広げて眺めていると、英彦が言った。赤ん坊のときは病気ばかりして、伯父《おじ》の尚彦の体質を受け継いだのかしらん、と心配ばかりかけた息子だったが、薫とのことで郁子とのあいだが気まずくなるに従ってみるみる健康になっていったのだった。幼稚園で習ったのだろう「おとうさん」とゆがんだクレヨンの黒い文字が大きな顔の絵の下に書き込まれていた。

「ヒデ君、お父さんに言うことあったよね」

郁子がうながす。

「おとうさん、ぼく喘息《ぜんそく》もだいぶ良くなったよ」

「そうらしいね。この前、おかあさんから聞いたよ。ほんとによかったね」

「あとね、ぼく自転車にも乗れるようになったんだよ」

「へぇー、それは初めて聞いたよ。自転車は買ってもらったのかい」

「うん。おじいちゃんがこの前買ってくれた」

「そうか……」

初めての男孫だったこともあって、郁子の父である若狭源之助の英彦への溺愛《できあい》ぶりはただならぬものがあった。

別れ際、車に乗った英彦はハンドルを握った郁子に再びうながされるようにして、窓越しに、

「おとうさん、早く帰ってきてね」

と言った。龍彦は唇を嚙みしめ、身体が微かに震えてくるのを堪《こら》えながら黙って頷いたのだった。

アパートに帰ってコーヒーを淹《い》れ、英彦のくれた画用紙をじっくりと見た。

息子にさみしい思いをさせているのは辛《つら》かったが、何より自分自身が立ち直ることが先決だと龍彦は思い定めていた。むろん、郁子や英彦ともう一度やりなおすという選択肢もないではなかったが、郁子と共に暮らすのは龍彦にとって耐えがたいものがあった。

しばらくその絵を眺めているうちに、やがて、薫のもとに郁子が送りつけてきた写真のことを龍彦は思い出していた。

その日、前の晩を薫の部屋で過ごして明け方帰宅すると、郁子は英彦と一緒のベッドで寝息を立てていた。龍彦は書斎のソファベッドで仮眠を取り、九時過ぎにリビングルームに顔を出した。郁子が朝食の支度をしていた。郁子は一度として龍彦が何時に戻り、それまで何をして

いたのか訊いてきたことはなかった。薫と付き合いはじめて一年以上が過ぎ、すでに龍彦は薫に夢中で何も見えなくなっていた。だが、郁子は疑う素振りひとつ見せてはいなかった。

その朝もそうやって夫婦で食事をとり、出社した。会社に着いたと同時に薫から電話が来た。電話口で声が震えている。

「どうしよう、どうしよう」と薫は半ば錯乱した様子だった。

「今朝速達が来たの。何かなと思って開いたら奥さんからだった。私、こわい」

そこから先は埒《らち》が明かなくて、慌てて薫の部屋に駆けつけてみると、A4判のハトロン紙の封筒を差し出してくる。宛名書きを見て、郁子の筆跡だとすぐに分かった。

さすがに、その文字を見たときは龍彦の背筋にも冷たいものが走った。

写真が一枚だけ入っていた。あとは何もない。六切《むつぎ》りに引き伸ばした大きなカラー写真だった。乳母車に乗った英彦をはさんで、中腰の龍彦と郁子が微笑んでいる。龍彦の書斎の写真立てに飾ってある一年前に撮った写真だった。

「こんなにずっと一緒にいて奥様はきっと気づいているわ」

「大丈夫だよ。あいつはお嬢さん育ちで暢気《のんき》だし、子育てでおおわらわだし、いまでもこんな仕事だからぼくは毎日家を空けていたんだ。心配することは何もないさ」

昨夜もそう話したばかりだった。

心が凍りつく感触というものが現実にあることを、龍彦は初めて知った。

夫婦のささやかな歴史が、いかに相手の女性を責め上げ、子供の存在によって夫の側がいかに苦しめられるかを郁子は他の妻たちと同様十二分に知っていたわけだ。しかし、気づいているのならばどうして自分に直接食ってかかってこない、と龍彦は手前勝手とは知りながらも強く感じた。同時に、郁子のしたたかさを、そのやり口で思い知らされた気がしたものだ……。

龍彦は飲み終えたビール缶を床に置き、ベッドに仰向《あおむ》けになって狭い部屋を見渡しながら、この四年のあいだの自分が、何の思い出も持たなかったことを痛切に感じた。

こうして思い出すのは、いまでも、龍彦が自殺を図るまでに追い詰められた当時のことばかりだった。四年間を振り返るものといえばただ、本棚に並んだ意味のない本の山以外には何もない。背表紙の書名を眺めても、どの一冊とて記憶に残っているものはなかった。空っぽの棚に読み終わった一冊を初めて置いたのはいつだったろうか。あの頃の自分が一体何を感じていたのかさっぱり分からない。薫がいなくなって、まずは彼女の思い出を書き連ねようと大学ノートを何冊も買ってきた。だが、たったの一行すら書き記すことができなかった。

薫が東京を去る前に郁子と会ったこと、そして郁子の用意したかなりの額の手切れ金を無言のまま彼女が受け取ったことを岩田から教えられたのは、この三軒茶屋のアパートに越してすぐのことだ。

その日のうちに龍彦は金子に確かめた。金子は言ったものだ。

「真田さんへのお金だけはどうしても奥様が揃えるといってきかなかったものですから。先生にも相談したのですが、好きにさせてやろうとのことでした。多分ご実家から援助を仰がれたのだと思いますが、ご自身の蓄えもすべて出されたのではないですか。相当の額でしたから。私はそんなに多いと真田さんも受け取れないだろうと申し上げたのですが、自分にできる償いはこれしかないからと奥様はきっぱりと申されて……」

郁子が幾ら支払ったのか正確な金額を知ったのは、龍彦が事務所での仕事をそれなりにこなせるようになってからだった。千五百万円だったという。

その金を携えて、薫は龍彦との思い出もこの街も捨てたのだった。当時薫の父が乖離性大動脈瘤《かいりせいだいどうみゃくりゅう》で入院し膨大な治療費用を要していたことを龍彦は知っていた。龍彦が有村五郎から金を引き出そうと企てた一因はその治療費の捻出《ねんしゅつ》のためでもあったのだから。

薫を追うことができなかったのは、薫がそこまで自身を壊して龍彦から離れることを選択した事実に、自らの犯した罪の恐ろしさを龍彦は改めて実感したからだった。

だが、いまでも郁子が薫に一体どんなことをしたのか、岩田が薫に何と言ったのか龍彦はすべてを知っているわけではない。薫と別れて二年が過ぎたある日、「薫さん、結婚して子供もできたらしい」と岩田から不意に知らされた。

龍彦がこのアパートで気が狂うほど泣いたのはその晩のことだった。

ビールの酔いがぼんやりと回ってきた。

兄の尚彦のことを思った。兄はきっと今夜、みはるに抱かれて眠るのだろう。なぜ、彼のような人間の上にそれほどの祝福があるのだろう。遠い国からやってきて研究に励み、やがて故国の多くの貧しい人々を導くべく大切な使命を与えられた青年を、つまらない妻との諍《いさか》いで死なせたようなあの男が、なぜそうした満たされた安穏を与えられなければならないのだろうか。

——あんな人間に政治をまかせるわけにはいかない。

龍彦は痛烈にそう感じた。

18

薫の夢をみていた。

子供の手を引いて真っ直ぐに龍彦の方へ歩いてくる。子供は男の子だ。遠くに大きな山々が見える。男の子はまだ小さくて薫の手につかまり、心もとない足取りでついてくる。おかっぱ頭で小太りの優しげな顔立ちの子で、青い柔らかそうな上着を羽織っていた。時々転びそうになって、その度に薫は立ち止まる。薫は少し歳をとったようだ。あんなに痩せていたのに、いまはふっくらとしている。その分落ち着いた感じもある。道は舗装もないでこぼこの山道のようだ。周りはずいぶんと辺鄙《へんぴ》なところらしい。とうとう男の子が転んでしまう。慌てて薫は抱きとめ、そのまま抱き上げてしまった。子供が笑っている。薫も笑っている。ほんとにいとおしそうに頬ずりしている。風があるのか、薫の前髪がなびいている。どこかで見たような仕草だ。何度も何度も見せられたような気がする。

——薫も母になったのだ。

龍彦の掌にも感覚が甦る。昔、手をつながれて母と一緒に歩いた時の記憶。だが、あれは母ではなかったかもしれない。洋子だったような気もする。どちらにしろ温かく柔らかな感触は、それだけで龍彦を幸福な気持ちに導いてくれた。

不意に奇妙な音が夢の画面に侵入してくる。テレビのノイズのようにそれはやがて画面全体を揺らし、やすりで擦《こす》ったように景色そのものを傷つけていく。龍彦は手を広げ、早くこちらに来るように懸命に合図を送る。しかし薫たちは気づかない。いつまでもほんの目と鼻の先で立ち止まったまま、まるで二人には龍彦の姿が目に入っていないかのようだ。

——どうしたんだ。早く来ないと消えてしまうじゃないか。

龍彦は苛《いら》立《だ》たしい気持ちで叫んでいる。それにしてもこの不快なノイズはどこからやって来るのか。

そう思って周囲に目を配り、真っ黒な空を見上げた。

その瞬間天上から、すっと光が射した。

壁の方からベルが鳴っていた。つけっ放しの天井の明かりが眩《まぶ》しい。目が覚めたのだ。ベルは壁に吊るした背広の中で鳴っていた。ベッドから起き上がり、立って行って背広のポケットを探る。電話機の呼び出し音が一層激しく部屋の中でこだました。

受信ボタンを押して耳に電話機をあてる。龍三の声が聞こえた。

「ああ、眠っていたか」

「ええ、ちょっとうとうとしていました」

「遅くにすまなかった」

「いえ、構いません。いま何時ですか」

「そろそろ二時になる」

「そうですか」

龍三はそれから少し押し黙った。

「何かあったんでしょうか」

ようやく意識が鮮明になってきて、龍彦の方から訊ねた。

「いましがた、外務省の河野君から連絡が入った」

「どうしたんですか」

「サミットの後、アストンが来日するらしい」

「なんですって」

眠気がすっかり吹き飛んだ。

「松岡の奴め、アメリカに土下座までしておる」

「どういうことですか。サミット後といういつですか」

「いつも何もない。松岡と一緒に東京にやって来るのだ」

「そんな馬鹿な」

「本当だ。アストンを連れて凱旋《がいせん》する気らしい」

「そんなこと、できるわけがない。だいいち来日の名目がないでしょう。外務省もサミットだけで精一杯のはずで、訪日準備なんて手が回るはずがありません」

「外務省は押し切られたそうだ。アストンも招待を受け入れる意向のようだ」

うだ」

「谷本がごちゃごちゃ動いた。急に訪米したんでおかしいとは思ったが、その根回しだったよ

「まさか」

ジョージ・アストンは一昨年、共和党の現職大統領だったマーティン・ダグラスを破って第四十二代のアメリカ大統領に就任した。十六年振りの民主党政権だが、その中でもアストンは上院議員時代から対日強硬派の代表と目されていた人物だ。案の定アストン政権は誕生間もなくから日本への市場開放圧力を高め、貿易収支における膨大な対日赤字の削減を強硬に求めてきている。半導体につづいて建設市場、コンピュータ市場での個別品目ごとの日米二国間協議を提案するなど、完全な管理貿易路線をあらわにしはじめており、現在の日米関係は極端に冷えきってしまっていた。そんな時期にわざわざ日本政府が大統領を招待するというのは、およそ尋常ではない。しかも、パリ・サミットの終了後、大統領を伴って帰国するなどということは日本外交史上前代未聞といっていい。

「来日の承諾を取り付けるために、何を取り引きしたんでしょう」

「河野君の話では、ひとつはロシア支援枠の大幅拡大らしいが、それだけではなさそうだ。さすがに彼もそれ以上は口ごもって言わないが、当然、個別協議の方も何らかの譲歩を約束しているんだろう。経済音痴の谷本が走り回ったのなら、何を口にしているか分かったものじゃない」

大統領来日となれば北米一課長の河野は実務責任者の一人のはずだ。当然具体的な招聘《しょうへい》条件も知らされているだろうが、さすがにそこまでは元秘書官とはいえ喋《しゃべ》れないのだ。前駐米大使

の谷本は外務省北米閥のドンであるとともに瀬戸の側近でもある。出世の階段を駆け上っている河野にすれば、絶対に敵に回せない相手なのだ。

「しかし、松岡はどういうつもりなんですか」

「決まっている。アストン訪日で退陣論をかわすつもりだ」

サミット後の辞任を迫るという龍三たちの戦略をとりあえず潰し、日米首脳外交で政権を補強するというのが松岡の狙いであることは、龍三の言う通り間違いあるまい。

彼は外交日程を楯《たて》に額田逮捕の衝撃を回避するつもりなのだ。

「瀬戸が吹き込んでいるんでしょう。谷本が動いたのも瀬戸が裏で糸を引いている証拠だ。こっちの動きが筒抜けってことかもしれません」

「まあ、そんなところだな」

龍三は溜め息をついた。

「自分の政権のために外国勢力を利用するようになったら政治家は終わりだ。これで松岡の命脈は尽きたということでもある」

龍三はそう付け加えたが、政権維持にかけるその松岡の執念は、いまの龍三にとっては脅威以外の何物でもなかった。

「しかし、決まったのならいまさら訪日中止は無理です。こっちは予定通りで行くしかありません。サミット後の退陣をアストン離日後に書き換えるだけのことです」

「まあ、そうだな」

だがアメリカ大統領の来日を控えながら、幾ら額田が逮捕されたとはいえ、その直前にこちら側の交渉責任者の首を即刻すげ替えるべきだ、とはなかなか言いにくいのは事実だ。サミットのようなお祭りならばともかく、二国間協議まして日米首脳会談となれば、下手に相手を軽視した姿勢を取れば将来の日米同盟関係に大きなしこりを残すことにもなりかねない。仮にアストンの面子《メンツ》を傷つけるようなことになれば、アストン本人だけでなくアメリカ国民すべての怒りを買ってしまう。龍三が気にしているのもそこのところだろう。

「大丈夫です。首相就任後の即時訪米で関係修復を図れば、それほど傷は残りません。アメリカだって馬鹿じゃない。松岡が死に体だということは重々承知で来るんです。むしろ松岡の足元を見て大幅譲歩を引き出せると踏んでいるだけで、外交成果さえ得られれば、そのあと松岡がどうなったって知ったことではないということでしょう。十分に乗り切れますよ」

「ともかく早急に松岡に下手な譲歩をさせないように釘を刺さなくてはならん。アメリカにも事前にこちら側の政治状況を説明しておく必要がある。テロリズムと売国行為を容認するようになったら国家は破滅する」

龍三は深刻な口ぶりになっていた。政治改革断行を掲げ先《ま》ずは内政で血を流さねばならない自分の政権が、日米関係で最初から重荷を背負ってしまっては内憂外患に陥る。政権の操縦は著しい困難に直面してしまうだろう。

「坂上さんは知っていましたか」

「いや、寝耳に水だと言っておった」

龍三が笑った。

「基本路線は変わらないということですね。もちろん」

「まあ、そうだな。ただ、かなり動転した様子だった。まだあいつも若い。パドックに入る前から入れ込み過ぎていたからな」

「しかし瀬戸とはこれで決定的になります。坂上を煽《あお》って瀬戸に突っ込ませるといいですよ。まずは幹事長室に谷本を呼びつけて恫喝《どうかつ》させておくことです。それから、アストン訪日が発表された段階で財界を回らせて、アメリカ相手に大幅譲歩しないよう、業界から政府に事前に圧力をかけさせておくんです。彼も将来を考えればこれ以上財界の評判を落としたくはないでしょう。信用回復を図るいい機会だと坂上をおだててあげてください」

坂上は今回の参議院選挙に向け、財界に対して脅迫まがいの強烈な献金要請を行ない、経済人たちのかなりの顰蹙《ひんしゅく》を買っていた。

「アストン訪日の発表はたぶん新聞に抜かせるだろう。明日の夕刊か明後日の朝刊でやらせるはずだ」

龍三が言う。

「いや、額田逮捕に同日でぶつけてくるかもしれません。内政を外交でカバーするならそっちの方が国民には分かりやすい。それより気になるのは額田の扱いです」

「というと」

龍三が怪訝《けげん》な声になった。

「村松さんの話では奥野が額田に離党をすすめに行ったそうです。もちろん額田は蹴《け》ったようですが、もしかしたら、松岡は額田を切る気かもしれない。土方に対して現職逮捕を松岡が内諾したのは、ある程度世論を考えればやむを得ないことのような気もするし、土方に手柄を与えて何らかの取り引きをしたのかもしれない。しかし、それでもやはり現職議員の国会会期中の逮捕を認めることは政治家全体の命取りです。松岡のことです、それを逆に切り札にする気で了解したんじゃないかという気もするんです」

龍彦はさっき村松から額田離党の件を聞きつけて、ずっと考えていたことを口にした。

「どういうことかな」

龍三にはまだ飲み込めないようだった。

「要するに、現職議員が会期中に逮捕されるという不名誉だけは避けたい、憲政の首を絞めるような前例を作る愚だけは止めてほしいと額田をかきくどく魂胆なんじゃないかと思うんです。松岡は離党では弥縫策《びほうさく》に過ぎないと知っているんじゃないですか。額田を辞職させるのが最初からの作戦のような気がする。そのためにこうやってギリギリまで追い詰めているんじゃないかと思うんです」

「なるほど」

「奥野はきっと最初から辞職で話を持っていってるんですよ。離党だったら額田だって受けてもおかしくない状況です。最初から首を取る気でやってる」

「じゃあ、明日あたり電撃辞任の可能性もあるな」

「そうです。そうすれば、額田逮捕のインパクトもかなり減殺《げんさい》できます」

龍彦には、松岡の執念から見てその確率は高い気がした。いまの松岡ならやりかねない。追い詰められた人間だからこそやり通せることもあるのだ。彼の政治力はいま最も輝いているのかもしれない。政治家の絶頂というのは案外、こうした時に現出するのではないか。

松岡は周光会という保守本流派閥の領袖だが、彼の政治経歴自体はおよそ周光会らしからぬものだった。もともと彼は、戦後初の総選挙では野党から出馬当選している。その後保守に乗り換え、周光会の創始者、松平忠貴に取り入って派閥入りを果たす。しかし、松岡が頭角を現したのは、官僚出身者が多く紳士揃いの派閥の面々の中で、一貫して資金集め、国会対策という汚れ役を一手に引き受けてきたからだった。その縁で現在の瀬戸派の母体となった藤田派とのパイプを太くし、キングメーカーと呼ばれた藤田元首相と昵懇《じっこん》となった。そもそも瀬戸、古山が二年前に松岡を首相に選んだのも、藤田派時代からの旧縁があったからである。周光会入会後、松岡は自派内にも着々と地歩を築いていくが、彼が派閥の領袖に上りつめたのは偶然の賜物《たまもの》とも言えた。周光会には松平の遠縁にあたる迫田憲正というプリンスが存在した。その迫田が、四年前膵臓癌《すいぞうがん》で急逝してしまうのだ。そこで急遽派閥を継承したのがナンバー2の松岡だった。

「たしかに現職のままでもどうせ捕まると知れば、額田もそれほど頑張りきれんかもしらんな。次の選挙を考えれば、みそぎをやるにしても金がかかる。案外、額田も金で転ぶ可能性はあるな」

いつものように考えを巡らせるときの独白口調になって龍三は呟く。

「そうです。今だったら松岡は幾らでも出すでしょう。すでに金額の交渉でもやっているのかもしれない。さすがにいま額田に金を出すスポンサーはいませんからね。とはいえ、きっと額田の方がふっかけてるんでしょう」

「なるほど、額田が辞めた時どうするかだな」

「辞職翌日の逮捕となれば、松岡自らが額田の首を検察に差し出したという話にもなりかねません。藤田逮捕の時の大木首相のひそみにならったとも言える。松岡はそうやって自分のムラのスキャンダルから軸足をずらしていくつもりでしょう」

「額田を買うか」

しばらくの猶予があって突然龍三は意外なことを口にした。龍彦はその言葉の意味をはかりかねた。

「買うって？」

「倉本と同じだ。額田を丸ごと買って、辞任するとき一言松岡の責任に言及させればいい。党のため松岡政権誕生のため誠心誠意努力してきた結果、こうした遺憾な事態となり政治不信を増大させてしまったことは痛恨の極みである、とかなんとかな。それで世論は松岡の連帯責任をなおさらに実感できる。新聞もこぞって書くだろう。額田はもともと迫田直系だ。松岡にそれほどの義理はない。お前の読みが正しいかどうか早急に探って、明日のうちに打てるなら手を打っておこう」

龍三は、額田に金と次回選挙のめんどうを内々で保証してやろうと言っているのだ。それを条件に松岡批判をやらせる。ようするに松岡以上の金額で額田を買収しようというわけである。

龍彦は、諫《いさ》めた。

「それはよした方がいいですよ。額田の肚の内が分からない。もし逆に暴露でもされたらこっちが致命傷を負ってしまいます」

龍三がくぐもった声で笑った。

「お前もまだまだ、金のことは分からん。その心配はいらんよ。額田もそんな真似だけはせん。こういう話は政治家なら誰でも墓場まで持って行く。四十年間だてに政権を独占してきたわけではないんだ。最近は貰って約束を守らない奴は幾らでもいるがねえ」

そう言って再び龍三はくすくすと笑った。

「夜中に悪かった。参考になった。おやすみ」

唐突に電話は切れた。

また金の話か、と龍彦は思う。松岡も金なら龍三も金、これでは当の額田がその気になれば総裁選さながらに双方から二重取りといった事態も十分あり得る。まったく溜め息が出るような話である。

龍三も派閥を取り仕切るようになって急速に変わった。彼は若い頃から池内の秘蔵っ子として内閣、党の数々のポストをこなしてきたが、行政手腕や官僚操作は一流の折り紙をつけられてはいても、閥務、党務そして選挙といったいわゆる雑巾《ぞうきん》がけは未経験で、周囲からはひ弱な花とそれまでは目されていた。党内の藤田派そしてそれに連なる瀬戸ら党人系の主力からは、ほんとうの政治を知らない男だと常に揶揄《やゆ》されていたのだ。

特に例の航空機導入疑惑で党からも追放される憂き目をみた藤田元首相には龍三はまったく評価されることがなかった。藤田はその金権体質が痛烈に批判されたが、抜群の手腕と発想、図抜けた人心収攬術《しゅうらんじゅつ》で失脚後も内閣、与党に絶大な権力を揮《ふる》った。

龍三は池内内閣で官房長官を務め上げ、清風会の若手幹部として頭角をあらわしていた時期にこの疑獄事件に遭遇し、藤田逮捕の当日、マスコミに「藤田派はいずれ雲散霧消するだろう」とコメントを出して、藤田の終生の怒りを買った。もしその後も池内がとことん龍三を引き立てなければ、とうの昔に龍三は藤田の手で政界から抹殺されていただろう。

これは七年前、龍三が「清風会」を池内から禅譲され、会長就任披露宴を都内のホテルで開いた時の有名なエピソードだが、来賓代表で壇上に上がった藤田は側に控える龍三に一瞥《いちべつ》をくれたあと、独特のだみ声で派閥の領袖を料亭の女将《おかみ》になぞらえてこう論じた。

「一番いいのは女中あがりの女将だ。下積みの苦労をしているから気配り十分だ。駄目なのは芸者あがりの女将だな。白粉を塗りたくって、お客そっちのけで自分だけ目立ちたがる」

むろん、龍三がそのどちらであるかに言及したわけではない。しかし、当時、藤田派との一応の関係修復が言われていただけに、この藤田の挨拶は永田町でしばらく評判になり、週刊誌もこぞって藤田の龍三に対する怨念《おんねん》の深さを書き立てたものだ。

藤田は「金は御国を動かすための潤滑油である」と公言してはばからない政治家であった。その莫大な資金力で一強四弱という派閥状況を作り出し、彼以降の政権をキングメーカーとして牛耳ってきた。藤田を倒したのは、国民世論でもなければ龍三らを筆頭とする当時の党内反主流派でもない。藤田支配は五年前に心筋梗塞《しんきんこうそく》で本人が急逝したことによってようやくその幕を閉じたのである。

しかし、小説家出身で表芸に徹し、政治家臭を感じさせない身辺の清潔さで国民に絶大な支持を得てきた龍三も、七年の長きにわたって政権を窺《うかが》い続けてきたあいだに少しずつ変質していったことは否定できない。殊《こと》に松岡との密約以降の龍三の政治活動は、瀬戸、古山ら藤田門下の支援を機軸とした裏芸型政治そのものになっている。現にさっきの電話での龍三の物言いは、まさに藤田的手法の踏襲でしかない。

政権を獲得するためには、ある程度までのことはやむを得ない。だが、龍彦もその工作に与《あず》かった検察封じにしろ、それ以前の古山、坂上への軍資金の上納にしろ、尚彦の出馬の決定にしろ、そして昨日の徳子の事故に対する対応にしろ、切っていく一枚一枚のカードすべてがかつての龍三の政治思想から格段に乖離《かいり》したものであることを、龍彦は失望とともに認めないわけにはいかなかった。

自らも土建業界出身の藤田は、党の建設部会を支配して予算や法案の死命を握ることで役人を抑え、やがて衆議院の建設委員会の理事ポストの大半を自分の息のかかった議員に割り振って公共事業の配分権をすべて掌握した。これが藤田の政治家としての実力の核心となる。新幹線から学校の体育館の一棟一棟に至るまで、藤田を通さねば事業は動かないという異様な国土建設の実相が、わずか四半世紀足らずでこの国に出現したのだ。

龍彦は一度だけ藤田と会ったことがある。まだ月刊誌の編集部に在籍していた頃で、彼自身がインタビューを行なったのだ。もともと藤田が金脈問題で退陣を余儀なくされたのは、龍彦が所属するこの月刊誌のレポートがきっかけであった。以来、藤田はそこからの取材依頼には一切応じぬままで十年近くが経過していたのだが、龍三の息子が在籍しているとどこかで聞きつけた彼は、突然龍彦を指名する形で取材応諾の旨を編集部に伝えてきたのだった。

そのインタビューの中で藤田は、ウイスキー片手に鋭い眼光を龍彦に終始注ぎながら、真っ赤な顔になって次のような話を披露した。

「やれ談合が問題だ、指名競争入札が諸悪の根源だとマスコミは言いたいことを言う。だが、この国は明治の御一新のはるか昔から、和をもって尊しとした国なんだ。喧嘩腰でやりあうことはとにかくするな、身内でもって順番を決めてみんなにおいしい飯を食わせようと。そのかわり勧進元に楯突《たてつ》けば干すぞと。これで西洋に伍《ご》してここまで成長してきたのだ。新聞はみんなワシを金権の親玉のように書いて悪口を言う。だがな、龍彦君よ、土建だけじゃない、あらゆる業界に一体どのくらいの小さなサークルがこの国にあると思う。そしてそのサークルごとに一人一人海千山千のボスが乗っかっているんだ。こいつらが、よおし、せえので競争だ、とやりあってみろ、揉め事、訴訟、あげくは暴力沙汰にまで発展して御国は一歩だって先に進めやせんぞ。仕事は順番に回す、あぶれた連中がいたら、まあがっかりするな、次はお前だと宥《なだ》める。そうやってはじめてなんでも動くんだ。日本はあらゆる業界がそれで上手くやってきた。君だって知ってるだろう、土建だけじゃない、運輸もそう通信もそう、大学だってそうだ。私立大学が一体どのくらいの助成金を貰っている。あれはどう見たって憲法違反だぞ。だけど誰もそんなことは言いやせん。どうしてか分かるか。みんなそれでおいしいおまんま食べさせてもらっとるからだ。大新聞の連中だって、その金で早稲田だ、慶応だ、中央だ、日大だと大学通って一人前になってきたんだ。いいか、それを連中は藤田支配だ、やれ構造汚職だと抜かすのだ。だが、そうやって全体を調整するシステムをもし取っ払ったらどうなる。この中核がなくなって一体誰がものを決めるんだ。いまのアメリカを見ろ。日本があんな国になっていいのか。口八丁手八丁なだけの奴らが額に汗一滴垂らすでもなく儲《もう》けとる。ちょっと一流の大学を出ただけの若造がウォール街で株券いじれば、それで億万長者で左団扇《ひだりうちわ》を振っとる。そんな国のどこが健全な国家なんだ。結局、日本の根幹を揺さぶって喜ぶのは誰なんだ。いいか、よおく龍彦君、聞いてくれ。日本のそういうシステムをぶっ壊して喜ぶのは日本人じゃないぞ。日本を脅かしてゼニをふんだくる毛唐の野郎どもが喜ぶだけだぞ。あんたの親父さんが敬愛してやまない池内善吾はどうだ。寛容と忍耐、そりゃあ大いに結構。だがな、寛容と忍耐だけで人は動くか。人間を動かすのは最後は力だ。暴力だ。しかしあくまで寛容と忍耐、暴力は使いません、ぶん殴ったりしません。だったら、何が人を動かす。そのために金がある。金はそんなに汚いか。戦前のように天子様が鎮座ましまして、その虎の威をかる狐たちがサーベル下げて国民を脅しつけて回る方が綺麗《きれい》なのか。織田信長のように鉄砲買ってそこらじゅうでぶっ放すやり方と、太閤《たいこう》さんのように大判小判バラまいて笑って宥めすかすのと、どっちが日本人は好きなんだ。政治の悪口を言うのは簡単だ。だがな、この国を見てみろ。官主国家、官尊民卑、やれ規制だ、何でもかんでも許認可、許認可で、一番偉い顔しているのは政治家じゃないぞ、みんな東大出の役人たちだぞ。君の親父さんがしきりに口にする行政改革、よろしい、大いに結構。どんどんやらにゃあいかん。大賛成。だが、役人が賛成する行政改革とは一体何だ。結局、自分たちの規制の権限が拡大する、許認可の権限が増える、そして天下り先が広がる、この三つにつながる改革だけだぞ。これを砕く、減らす、取り上げる改革は酢のこんにゃくのと小理屈百万言費やして、返事だけは『アイアイサー』。しかし面従腹背、そう簡単にやれはしない。日本の四十七都道府県、知事の半分は自治省からきた奴らだぞ。これに野党までアホ面で乗っかっておる。そして副知事から総務部長、土木部長、地方建設局、財務局、通産局、どれもみんな役人どもの砦《とりで》だ。それこそ蟻のはい出る隙間もない。ワシから言わせればあいつらはお代官様だ。あの連中が県庁に行く時、それこそ天子様がこられるように赤絨毯《あかじゅうたん》しきつめて、知事からみんな直立不動、肩ぽんと叩《たた》かれたらションベン漏らすくらい緊張して、夜は芸者総揚げしてのドンチャン騒ぎ、女が足りなきゃ隣の県まで行って引っ張ってくるぞ。そして帰りの車の中には何だかわけの分からんものがドーンと乗っている。あいつらは一言『やあ、今夜はありがと』それだけだ。そんな奴らを使ってどうやって行政改革をやる。これは容易なことじゃないぞ。いいかい、龍彦君、マスコミはアホだから政治が悪い、藤田が悪いと大合唱。十年一日同じことばかりほざいておる。だが、本当に悪いのはワシか、そうなのか。本当に悪い奴らはいつの時代も陰に隠れているぞ。海の向こうや立派な建物の中で笑って眺めておるぞ。ワシを刺したのは、この国の人間だったか、そりゃあ違うぞ。どっか違う国から鉄砲の玉は飛んできたんじゃなかったか。ワシはそのことを君のような若い優秀な人間には、ちゃんと考えておいて欲しい。むろん君のお父さんにしてもそうだ。龍彦君、お父さんによろしく伝えてくれたまえ。藤田は、そんなに金権でも汚職の親玉でもない。ちゃんと血も涙もある立派な日本人だとな」

大臣に就任すれば、課長以上の官僚すべてに金を配り、外遊すれば役所の一人一人、それこそ事務官に至るまでダンヒルのライターを土産に買ってくる。小学校しか出ていない藤田が帝国大学の牙城《がじょう》で権勢を揮うためにどれほどの苦労があったかは、本人しか知らないだろう。

だが、この藤田の経験に根ざした強固な政治思想を駆逐するには、彼に優《まさ》る確固とした信念と完全無欠の清廉潔白さが必要に違いない。しかし、そんな政治がこの国で果して実現しうるのか。少なくとも現在の龍三にその資格があるのか。そう考えると龍彦は暗澹《あんたん》たる気持ちにならざるを得ない。

19

早朝から事務所は人の出入りでごった返していた。深夜の龍三の電話で起こされた龍彦は、明け方少しうとうとしただけで七時半には事務所に出てきた。昨日一日はなんとかもちこたえた東京の空も、今日は厚く灰色の雲に覆われ、龍彦が半蔵門で地下鉄を降り地上に出てみると、きめの細かい静かな雨が地面を濡らしていた。夏が間近とはとても思えないような肌寒さに龍彦は思わず身をすくめたほどだった。

龍三の部屋で、洋子さんの淹《い》れてくれたコーヒーをすすりながら今日、明日のスケジュールを龍三と詰めていると、執務机の電話が鳴った。壁の掛け時計の針は午前八時ちょうどを指していた。龍彦が立って受話器を持ち上げる。「官邸の斎藤です。朝早くに申し訳ございません」緊張した声が伝わってくる。大蔵省派遣の若い総理大臣秘書官だ。「柴田先生はおられますか。総理がお話しもうしあげたいとのことですので」龍彦はポーズボタンを押して、龍三に官邸からだと告げた。龍三は頷き、龍彦から受話器を受け取った。

龍彦はソファに戻って、しばらく松岡と龍三とのやり取りを聞いていた。電話は五分ほどで終わった。切った後ひとつ溜め息をつき龍三は龍彦の方に顔を向ける。

「アストンの訪日を知らせてきた。午前中に外務省を通じて公表したいと言っている」

「そうですか」

「アレン、マクドナルド、それにその時期アセアンを回っているレオン・ムーディーも東京で合流するそうだ」

サミットに同行する国務、財務両長官だけでなく、通商代表部のムーディー代表も来日するとなれば、やはり貿易問題に関する本格的な二国間交渉をやることになる。

「松岡の奴め、サミットで対露支援に深入りしないためのアストン招聘《しょうへい》だと抜かしおった。ロシアに振り込むくらいならアメリカに支払った方がましだそうだ」

龍三は苦笑する。

「なるほど、谷本はその線でワシントンを口説いたわけですね」

今年のパリ・サミットはロシア大統領も参加させた主要先進七ヵ国プラスワンで、対露経済援助問題を討議するのが中心議題と決まっていた。これまで、北方領土問題との政経不可分原則を楯《たて》に十八億ドルの緊急支援以外の支出を一切拒否してきた日本政府は、アメリカの強硬な支援要請もあって、サミットの場で相当規模の拠出を余儀なくされるだろう、と観測されていた。松岡は、そのアメリカの矛先をかわすために、対日赤字問題で大幅な譲歩を約束し、アストンとの直接交渉で一気に対米貿易摩擦問題を解決する気構えなのだろう。

一時期は持ち直すかに見えたアメリカ経済は、アストンの選挙公約であった中間所得層以上への増税を含む財政再建プログラムが共和党議会勢力の反対でいまだ可決できず、ここにきて再び失速しはじめていた。指導者の習性として大統領は内政のツケを外国に回す必要に迫られている。その点では、もし日本政府が「ロシア支援で無理を言わないのなら、相応の見返りをアメリカ本体に提供する用意がある。ついてはサミットの後、日米だけでやらないか」と苦境の大統領に持ちかければ、相手は乗ってきても不思議ではない。

「松岡は、サミットの席でロシア支援を突っぱねてみせて、国内世論向けに男を上げるつもりなんでしょう。同時に冷えきってしまった対米関係を修復させる。多少の譲歩は、日米の二国間関係の重要性を力説すれば国民も納得する。ロシアに金を出すよりはまだアメリカ相手に支払った方がまし、というのは案外国民には通りがいい話かもしれません」

龍彦は松岡の政治判断は、なかなかいいところを突いてきているという気がした。

「そう簡単な話でもあるまい」

龍三が渋い顔つきになる。

「松岡はいまの電話でムーディーの先月のレポートの件を急に持ち出してきた。あいつはあれをそのまま受け入れてもいいと思っているんじゃないか。そのぐらいの土産を谷本に持たせねば、とてもアストンが外交日程を変更して来日などするはずがない。アストンだってこれで成果を上げなければ政権自体がぐらつきかねん」

ムーディー通商代表は、アストンに輪をかけた対日強硬論者である。そのムーディーが先月ホワイトハウスに提出した「対日貿易問題に関する諸課題」というタイトルの秘密報告書は、ワシントンポストが内容をスッパ抜いたために日本側で大騒ぎとなった。といってもそのレポートをリークしたのはホワイトハウス自身だともっぱら噂されているのだが。ムーディーはその報告書の中で、すでに対日要求に組み込まれたマーケット・シェアのターゲット（目標値）の実現を早急に図るよう諮問しているだけでなく、さらに濃厚な保護主義的要求を今後日本に対して突きつけるべきであると、二つの驚くべき指標を掲げていた。

ひとつは日本の貿易黒字を日本のGDP（国内総生産）の一パーセント程度まで削減させるよう求めるというもの。もう一つは、日本の工業製品輸入額を市場全体の十パーセントにまで引き上げるように要求しろ、というものであった。

日本のGDPの一パーセントといえば約四百億ドル、また日本の工業製品輸入額は現在、市場の約五パーセント。貿易黒字額は約千四百億ドルであるから、もしそれを四百億ドルにまで圧縮するとなれば、日本は一千億ドル、つまり十兆円強の黒字減らしをしなければならない。さらに五パーセントの工業製品輸入額をムーディーの言うように十パーセントに倍増するとなると、これも十兆円近くの輸入努力をすることになる。合計して二十兆円。この気の遠くなるような金額をアメリカのために支出させよ、とUSTR（米通商代表部）はホワイトハウスにけしかけているのだ。

「松岡の口振りから察すると、外圧を楯に本気で大幅譲歩をやる気かもしれん。そんなことになればせっかくの八兆円の緊急経済対策も御破算だ。この国の経済は失速する。正気の沙汰《さた》とは思えん」

政治家の政治的信念は、常に国内世論の無言の圧力と拮抗《きっこう》している。軍事介入などはその典型で、たとえばキューバ危機で対ソ弱腰を非難されたJFKは、危機回避後もその無言の圧力を身に感じつづけ、介入する必要もないヴェトナムに派兵した。ＪＦＫの本来の外交的信念からすれば、ヴェトナム参戦ほど矛盾した行動はなかった。しかし、彼はそれをやった。そうした例は古今東西枚挙にいとまがない。冷戦後の「新しい戦争」と呼ばれる経済摩擦においても、その原則は生きている。

松岡はもともと対米独立派の政治家と言われていた。それが、いまや対露強硬姿勢で世論の支持を取り付けるためにアメリカに屈伏しようとしている。これは松岡の従来の政治スタンスとはまったく相反する行動である。だが、その決断はいまや世論の袋叩きに見舞われている松岡政権にとっては起死回生の政権浮揚策になり得る可能性がある。結局、政治における最大の真実は「人が権力を操るのではなく、権力が人を操るのだ」という一語に尽きるのかもしれない。

「いまの松岡にとっては、政権を守ることこそがすべてに優先するんです。そのためなら外圧だろうが何だろうが利用する。日本の経済がどうなろうとそんなことは二の次なのかもしれない。しかし、だからこそ最近の松岡は侮《あなど》れないんです。その点はこちら側も十分に認識する必要があります」

龍彦は、龍三の正論は現状では通用しないのだ、と言いたかった。しかし、龍三は行政側責任者の一人として対米交渉をどうやって乗り切るべきか、そのことに頭を悩ましているばかりのようだ。

「総理大臣が国益を見失ったら、そこで日本は滅びる」

また、昨夜の電話と同じようなことを言う。龍彦は心中、苛立《いらだ》ちを感じた。

「しかし、国益を見失ったからといって政権が掌からこぼれ落ちるわけではありませんよ。そんな男を引きずり下ろすには、また別種の力が要るんです。徹底的に叩き潰してしまうしかないんですよ」

　龍三は政治家としては一流かもしれない。しかし権力者としては松岡ほどの執念に欠けるのではないか。苦渋の面持ちの父親を見ながら龍彦はそう思う。たしかに、龍三が危惧《きぐ》する通りアストン訪日は日本経済に痛撃を加えかねない。だが、たとえ松岡が売国行為をしようとしているにしろ、いまこの時に至って龍三が考えねばならないことは、日本経済の将来などではないのだ。そもそも保身のために国を売るという餓鬼道に陥っている松岡の息の根を止めぬ限りは問題の解決はない。ならばいかにして松岡を叩き落とし、自分が権力の椅子に座るか――龍三はそれだけを見据えるべきである。

　ひとまずアストン訪日については話を打ち切り、打ち合わせを続けることにする。明日の額田逮捕については、やはり夜を待って緊急記者会見をセットし、その席で正式に退陣を勧告することにした。額田逮捕の一報で埋まる夕刊に載せるよりも、翌朝の朝刊に向けて喋った方がはるかに効果的だ。明日夕方には国会記者クラブの幹事社宛に緊急会見の通知をファクシミリで入れ、会場はその時に幹事社に相談して準備させるようにする。事前にこちらで都内のホテルなどに会場予約を入れておくと、後から、陰謀めいた話にされかねない。あくまで額田逮捕に衝撃を受け、緊急声明を出すというポーズは貫くべきだ。幹事社との相談は龍彦が行なうことにした。明日のためのファクシミリ原稿も今日中に用意しておくことにする。

「幹事社には、退陣勧告だ、とその場で知らせます。彼らにすればまさに渡りに船の話でしょう。全社飛びついてきます。時間は深夜のニュースが終わって朝刊締切りぎりぎりの午前一時半にしましょう。倉本さんもできれば同席させた方がいい。彼にもそれまでは雑感は出してもそれ以上のことは喋らないように言っておきます。枝川さんと、昨日その辺のことは打ち合わせておきました。ですから、父さんも逮捕事実を知らせるマスコミにコメントを出す際は余り踏み込まないでください。事実関係がはっきりしたら正式に見解を出すということにして、『もし事実ならば、この政治不信を生んだ与党政治家の一人として責任を痛感する。党はいまや結党以来の危機に見舞われた』といった内容で止めておいて下さい。その代わりカメラに向けた表情はできるだけ深刻に。退陣勧告文は、今日中にぼくの方で叩き台を作っておきます。明日、夕刊記事と松岡のコメントを見てから修正しましょう。倉本事務所にも届けておきます。それから、坂上さんと古山さんにはご自身で伝えておいてください」

龍三は頷いた。

「原と渡辺、安岡それに大関さんの辞任の件は、昨夜四人に会って了解を取り付けておいた。勧告文の中で閣僚引き上げを言明してもらって結構だ」

「分かりました。これでこちらも後には引けない状況になる」

原通産、渡辺厚生、安岡科学技術の各大臣、それに総務会長の大関の四人が、現内閣の柴田派閣僚および党三役である。

「じゃあ、何かありましたら今日は夕方まで事務所にいます。その後ちょっと出ますが、緊急の時は呼び出してください。携帯を持ち歩いていますから」

そう言って龍彦は立ち上がった。

「すまんな」龍三は呟くように言い、龍彦を見上げて「それはそうと、例の件、決心してくれたろうな」と急に口調を強めて念を押してきた。大きな瞳に睨《にら》まれて龍彦は目を逸《そ》らす。

「あと一日、時間を下さい。やらせてもらう方向でもう少し考えたいと思います」

「そうか、では明日正式な返事を聞こう。心配するな、落選させるようなことはせん」

そして龍三は、何年ぶりかで見るような人なつっこい笑みを龍彦に向かって浮かべた。

出前のタンメンを事務所のみんなと一緒に食べながら、正午のＮＨＫニュースを見ていると、さっそくトップニュースでアストンの訪日決定を伝えていた。官邸から出てきた松岡は雨の中、傘もささずに直立し、満面に笑みを作って「日米関係に歴史的一ページを作りたい、大統領の訪日を国民と共に歓迎する」と語っていた。福本逮捕によって窮地に陥った二週間前の悄然《しょうぜん》たる姿と比べると、最近の松岡の表情は明らかに精気を取り戻している。

大統領訪日の件に続いてまたもや画面に松岡の姿が大写しになった。

午前中に開かれた政府・与党連絡会議の席上で、突然、松岡が選挙制度改革に関して大幅な野党への譲歩を示唆する発言を行なったというニュースだった。政治改革三法案の目玉である選挙制度改革は、単純小選挙区制を党議決定している政府与党と、小選挙区比例代表連用制を野党一括で提案している野党三党とのあいだで、修正問題が暗礁に乗り上げ出口無しの状況に陥っていた。もともと山懸疑惑と政治改革法案の不成立を契機に解散総選挙へと松岡政権を追い込む手筈《てはず》の野党側は、端《はな》から政府が呑《の》めないような大幅修正を要求しつづけてきた。与党内もそんな野党の増長ぶりに徹底抗戦を叫ぶ空気で満たされている。それを、松岡は野党の要求に大胆に応じようと、今日になって抜き打ち的に表明したのだ。

龍彦は箸を止めてニュース画面に釘付《くぎづ》けになった。

松岡は政治生命を賭《か》けると言明した政治改革法案を本気でやるつもりなのだ。

日本の総理大臣は、議院内閣制の下で抑制された権力の執行しか許容されていないと世間一般は考えているが、実際は憲法で保証された内閣首班の地位には、アメリカ大統領に匹敵する権限が与えられている。総理の権力を総理自身がフルに活用すれば、周囲はその力にひれ伏す。それが総理の大権であり、その大権を止めうる唯一の手段は、不信任案を可決させての内閣総辞職か解散総選挙で惨敗させる以外にない。これがこの国の政治の真実である。

総理がやると言えば何でもやれる――ぎりぎりに追い詰められた松岡はそのことに気づいたのではないか。

龍彦は暗然たる思いにかられた。明日の額田逮捕を控えて松岡は打てる手はすべて繰り出してきている。まさに必死の執念である。しかもやっかいなのは、そうした決然とした松岡の総理としての姿勢には、ある種の魅力が伴っているということだ。

リーダーシップの欠如が常にこの国の国策を場当たり的なものにしてきた中で、半ば独裁的に政策決定を行なおうとしている現在の松岡の姿は、本来の国家経営の原点に限りなく接近したものと龍彦の目にも映る。暗然たる思いにかられるのは、無意識のうちに龍三と松岡とを引き比べている自分自身に龍彦が気づいているからであった。

対米貿易問題にしろ政治改革にしろ、二十世紀末を迎えて、この国にとっては一刻も早く解決せねばならない焦眉《しょうび》の急である。たしかに龍三の言うようにレオン・ムーディーの対日要求項目は日本経済にとっては常識を逸脱したものといえる。しかし、これまで世界の理解を超えた異質のルールの下で未曾有《みぞう》の繁栄を享受してきたこの国は、そうした日本的ルールでは現実に国際社会で通用し得ない規模にまで膨張してしまった。もはや日本だけの理屈で世界に立ち向かうことはできないのだ。であるならば、松岡のやろうとしている対米譲歩が必ずしも誤った政策だとばかりは言いにくい。誰かが強権を行使してやらねばならぬことを松岡は批判を恐れずにやろうとしているだけ、とも見受けられる。そのことは選挙制度の改革についても同様だ。誰が手をつけても構わない。できる人間が一刻も早くなし遂げることが日本の国益なのだ。

その松岡を、権力奪取という目的だけで倒していいのか。

龍彦はさきほど龍三に与えた忠告とはまったく裏腹な思いを覚える。所詮《しょせん》は政治家として今の日本でやらねばならぬことは一つである。問題は政策にあるのではなく、その実行力にある。現在の日本に必要なのは、たとえ百万の軍勢に囲まれようとただ一騎、敵中に駆け込み難地を切り抜ける気概の溢《あふ》れる猛将である。その意味では、龍三よりも傍流人生を歩み満身創痍《そうい》の現在の松岡の方が適任なのではないか。

テレビ画面に映る、表情に野卑さを隠しきれぬ頭の禿《は》げ上がった小男の姿を眺めながら、龍彦はふとそう思った。天の利を松岡はその豪腕で摑《つか》みとろうとしている。

この分では柴田派の三閣僚の引き上げを宣言しても、もしかすると松岡は他派閥で補充し、柴田派抜きの政権運営をやると言いだしかねない。彼を潰すにはやはり瀬戸派の協力が不可欠であった。瀬戸、柴田両派が合同してはじめて、松岡は政権を投げ出す。龍三はその辺ほんとうに抜かりはないだろうか。

次々と不安な思いがこみ上げてくる。それだけ松岡に押されている証拠でもある。

龍彦は夕方までかかって明日の記者会見を通知する書面と松岡退陣勧告の草案を作り、それを金子に預けて事務所を出た。今日中にどうしても足を運ばねばならない場所があったからだ。

小田急線の「成城学園前」で降りた時は、すでに午後六時を過ぎていた。朝からの雨は霧のように街を包んで間断なく降りつづいていたが、事務所を出る頃になってようやくあがっていた。すでに日の長い季節に入っているから、曇り空の下でもまだ十分に景色は明るい光の中にあった。大学方向とは逆の出口を出て、龍彦は見覚えのある駅前の道を歩いていった。住友銀行の成城支店を右に曲がり、成城通りに行き当たる真っ直ぐのバス通りに入る。けやきの並木がつづく道幅のある街路には、小さな自営のビルや写真館、寿司屋などの商店がしばらく両脇に並ぶ。やがて大きなカトリック教会が右手に建つ四つ角に出る。その教会の角を左折して五分も歩くと、目指す邸宅が見えてくるはずだ。

そこが有村五郎の家である。

龍彦は教会の手前で立ち止まった。考えてみれば、一体自分はいまさら何を告げに有村の家へ行くのか。昨日、参議院選挙出馬の打診を龍三からされ、洋子から説得を受けた後、有村武史の顔が脳裡《のうり》に浮かんできた。今朝目覚めたときは、どうしても武史に会わなければならないと気持ちが定まっていた。その思いだけでいつの間にか、龍彦はここまで運ばれてきたのだ。

もし自分が出馬を決めるのならば、武史にその是非を問うことは龍彦にとって不可欠に思えた。仮に立候補した後で武史や父親の五郎からかつての不祥事を暴露されでもしたら、龍彦個人はともかく龍三までもが政治生命を失うだろう。それへの予防策という色合いも龍彦の気持ちの中にないとは言えない。

だが、それだけではなかった。

自分の起こした事件に関しては金銭的な決着がついていたし、示談の念書くらいは金子のことだ、有村から受け取っているだろう。それにそもそも、たとえ今になって武史から出馬の了解を得たところで今後の無事が保証されるわけではない。昔の記憶をほじくり出して、逆に相手を刺戟《しげき》するのが関の山である。だが、それでも龍彦は有村武史に会わなければならなかった。四年前、有村父子の面前で土下座して罪を悔いたものの、当時の龍彦には自分のやったことを冷静に受け止めるだけの精神的余裕はまったくなかった。彼は有村五郎、武史と面会したその晩に自殺を図ったのである。あの日々の記憶は断片的でしかない。時間をおいて振り返ってみて、龍彦ははじめて自分の犯した罪の重さに我を失ったのだ。

有村五郎とは取材をきっかけに知り合った。その頃、龍彦はある大手流通グループの総帥に関する長期取材を続けていた。総帥の虚名を剝《は》ぎ、その乱脈経営の実態を白日の下に晒《さら》すのが目的だった。すでに取材は深部に到達しつつあり、ことに総帥がダミー会社を使って行なっていた新宿地区の悪質な地上げ行為は、公表できれば彼の企業家生命を確実に縮められる材料だった。

その地上げに一枚嚙《か》んでいるとされたのが有村五郎だった。有村は爆発的な地価高騰を背景に都内のビル用地の転売で暴利を得ていた都内不動産業者の一人だった。五年前の夏、龍彦は深夜、有村を成城の自宅に訪ねた。有村は在宅しており、案に反して龍彦を応接間に招き入れて匿名を条件に、流通グループが暴力装置を動員して実行している地上げ行為について詳細に語った。

龍彦が取材に出向いたちょうどその頃、有村は流通グループと対立して地上げから手を引こうとしている最中だったのだ。有村と総帥との間にはもう一社大手ビル業者が介在していたが、その業者に有村が協力したのは、流通グループがハワイに持っているコンドミニアム用の広大な土地の一部を有村に無償で提供するという約束があったからだった。その無償譲渡契約は大手ビル業者を経由する形で流通グループとの間で正式に結ばれ、契約書も取り交わされていた。しかし、八割方地上げが完了した時点でその契約が一方的に流通グループ側から反故《ほご》にされてしまう。契約書の些細《ささい》な一項を楯《たて》にとった有村への裏切り行為だった。

「俺が一番頭にきたのは、関西のマル暴を使いはじめたことだ。あいつらのやり口はえげつなさすぎる。それを一週間単位でまとめて東京に連れてきてやりたい放題やらせる。今週は遠藤組の若いのを二十人、来週は宍戸《しど》連合の若いのを三十人、みんな大型トラックに積んで深夜高速をぶっとばして連れてくるんだ」

有村は最初はハワイの土地のことには触れず、その手口が汚すぎることに我慢ならなくなったという口吻《こうふん》で、赤裸々に流通グループの地上げの実態を喋った。だが延々と話を聞いていくうちに、しまいには自分が総帥に見事に嵌《は》められたことを白状したのだった。有村本人はヤクザではなかったが、その筋との関係の深さは周辺取材からも十分に明らかだった。いまだ商法改正以前のことだったが、彼は言ってみればやがて叢生《そうせい》してくる企業舎弟のはしりともいうべき人物だった。

期待以上の取材に内心小躍りして、その夜、龍彦は有村の家を出た。

同じ年の秋。龍彦が仕掛けた記事は、有村の匿名証言と再々の龍彦の依頼に彼が渋々提供を了解した流通グループの内部資料のおかげで、大変な反響を生んだのだった。総帥は釈明会見に追い込まれ、ついには経営の一線から身を退くことを表明しなければならなかった。度重なる取材の過程で有村と龍彦との関係は相当に親密なものに発展していた。付き合ってみると有村は面白い男だった。中学卒業と同時に集団就職で北海道から出てきた彼は、以来三十年間ひたすら土地ブローカーとして生きてきた。

「俺は仲介以外は絶対手を出さないでやってきたんだ。物件を自分で抱えたらどこかで必ず大火傷《おおやけど》する。幾ら転がしても、最後のツケは俺たち中小の業者に回ってくるようにこの世界はできているのさ。大手は絶対に損をしない仕組みだ。それを見誤って失敗した仲間を腐るほど知ってるよ。俺はいくら仲介で金が溜《た》まっても、自分で土地に手を出すことはなかった。だからさ、ハワイに色気を出してしっぺ返しを食らったのも、まあ自業自得ではあるんだな」

彼は問わず語りに自分の土地哲学を開陳しながら、実に傑作な土地ブローカーの手口の数々を龍彦に教えてくれた。彼と会うのは大半夜中だったが、行きつけの銀座のクラブでヘネシーをじゃんじゃん開けながら豪快に遊ぶその姿は、すでに借金で首が回らなくなりつつあった龍彦の感覚を麻痺《まひ》させてくれる特効薬だった。

実際は坪二千万で契約した土地を融資先のノンバンクには坪二千五百万だと偽って申請する。むろん契約書は提示するが、その時は捺印《なついん》にメンディングテープを貼ってインクを吸い取り、二千五百万の数字を書き込んだニセ契約書に転写しておく。ノンバンクにはそれを見せて金を引っぱる。

「これで一坪五百万、十坪で五千万の金が浮くんだよ。先喰《さきぐ》いっていうんだが、二ヵ月もすれば本当に坪二千五百万くらいにはすぐ上がる。五千万丸々がボロ儲《もう》けってわけだ」

ロールスロイスを乗り回し、都内に数ヵ所のマンションを持ち、愛人を囲って悪びれるところの一切ない有村は「俺たちは、宵越しの金は持たない主義だからな。家だろうが車だろうが景気のいい時に全部手に入れる。悪くなれば売っ払うだけだ。また一発当てればいつでも取り戻せる」と口ぐせのように言っていた。実際、あの時期の銀座は不動産屋と株屋で占領されていた。大手不動産会社の営業部隊が数十人で銀座のクラブに陣取り、二束三文の別荘地を高値で売ったその成約件数表を大声で読み上げながら乾杯を繰り返す光景など日常茶飯のことだった。

有村は成城の豪邸に息子と二人きりで暮らしていた。結婚歴は三回。一人息子は二番目の妻の生んだ子供だった。彼はその息子を溺愛《できあい》していた。武史のことである。

「武史は生まれた時から心臓に穴があいていた。真っ青な顔してたよ、最初から。医者はすぐ手術だと抜かしやがる。だけど父親の俺には分かった。こいつはとてもそれじゃあ生きられない。病院を二十は回ったな。東京だけじゃないよ、山口や熊本まで足を延ばしたさ。手術しないでなんとかしてくれる所を探し回った。それでやっと見つけたのが啓明大学病院だった。そこでずっと診てもらって最初の手術をしたのが四歳の時だ。上手くいったが、小さい頃からチアノーゼの連続だろう、脳血流が弱かったから、五歳になっても字ひとつ読めなきゃ名前も書けなかったよ」

武史は中学三年になっていたが、通っている区立中学で徹底的なイジメにあっているようだった。そんな話まで出る頃には、龍彦は自分が柴田龍三の息子であることを有村に知らせていた。そして龍三が北区にあるカトリック系の名門高校の理事長をかつて務めていたことも、龍彦はそれとない話の中で有村に伝えていたのだった。

20

青々と繁った木立に囲まれて教会の建物は見えない。龍彦はひとつ息をついて四つ角を左に折れた。この先三百メートルも行けば有村の家である。すぐに見覚えのある大きな屋敷が眼前に現れてきた。和風の木造総二階建て、外観は数寄屋風の凝った造りである。ところが玄関を入ってみると、一転して西洋風の内部に驚かされる。玄関ホールにはタイルをびっしり張りつめ、二階への階段は上がり口のところで曲線を描いて回り込むようになっていた。ホールは吹き抜けで天井まで通じ、天井は傘天井で、しかもステンドグラスが嵌まっている。数寄とモダンを合体させて好み通りに仕上げたと有村は胸を張ってみせたが、ちぐはぐな趣向に龍彦は初めて足を踏み入れた時から居心地悪く感じた。出入口は二ヵ所、裏口にあたる東側の門の脇に広い開閉式ガレージがあって、有村御自慢の日本に数台しかないというロールスロイス・シルバーレースが納まっていた。

その裏門まで来て、龍彦はさすがに気後れを感じた。いまさら何といって有村父子に顔を合わせるのか。四年の歳月が流れ、武史もすでに高校を卒業しているだろう。どこかの大学に進んだのかもしれない。考えてみれば、龍彦の詐欺行為に振り回されたあげく金城学園にも入学できず、武史はあれから一体どういう進路を辿《たど》ったのだろう。龍彦は閉じたガレージ越しに屋敷の中を覗き込んだ。二階の窓から明かりが洩《も》れていた。有村は仕事で不在かもしれないが武史はいるだろう。

急に動悸《どうき》がしてくる。武史の顔を見た途端にまた発作に見舞われるのではないか。心の片隅にその不安があった。裏門に面した通りはすぐ側に自動車教習所へ生徒たちを運ぶバス停がしつらえてあり、いつも若い男女で賑《にぎ》わっていた。今日も大勢がたむろしている。余り立ち止まって中を窺《うかが》っていると不審に思われるような気がして、龍彦は早々にガレージの前から離れた。

正門に回ってその前に佇《たたず》むと、鉄柵《てつさく》の向こうに灯《とも》る母屋の明かりをもう一度確かめて龍彦はインターホンに手をのばした。が、ふと指先が躊躇《ためら》う。インターホンの上に嵌まった大理石の大きな表札の文字が目に入ったのだ。「片山」と書いてある。なぜ「有村」の表札ではないのか。ここは有村の屋敷のはずなのに。

背中に犬の鳴き声がして、龍彦はびっくりして振り返った。向かいの家の門扉が開き、犬の首綱を握った中年の女性がジャージーの上下姿で出てくるところだった。綱の先に小さな茶色の犬がつながれている。龍彦は女性に近づき、声をかけた。

「すいません。お向かいの有村さんを訪ねてきた者ですが……」

一瞬女性は怪訝《けげん》な目つきになったが、龍彦が頭を下げると軽く会釈を返した。

「有村さん、お引っ越しされたんでしょうか。しばらく連絡を取っていなかったのですが」

「有村さんなら、もうずいぶん前に出ていかれましたよ」

意外な台詞《せりふ》が飛び出した。

「どちらの方に？」

「さあ、とにかくああいう事もありましたから、出ていかれる時も突然でしたし」

「ああいう事と申しますと」

そこで女性は口を噤《つぐ》む。警戒しているようだ。

「別に怪しい者じゃありません。昔、有村さんにお世話になったんですが、ずっと地方暮らしをしていたものですから。最近東京に出てきて、一度ご挨拶をと思って足を運んだんです」

「じゃあ、ご存じないんですか？」

逆に女性の方が不思議そうに龍彦を見た。

「はあ」

「有村さん、このお宅で自殺なさったんですよ」

新宿までの電車の中で、龍彦は予想外の事態にひたすら混乱していた。有村が死んだのは二年前だという。新聞各紙にも小さな記事が出たと隣人は言ったが、龍彦は知らなかった。バブル経済の崩壊によって中小の不動産業者は近年、次々と倒産の憂き目に遇っている。地価下落の勢いはとどまるところを知らない。有村の会社も莫大な負債に押し潰されたらしい。この分では不動産業者だけでなく、土地を担保に遮二無二《しゃにむに》融資を重ねていた金融機関本体にも、いずれバブル崩壊の大波が襲いかかることになるのだろう。

「新聞で初めて知ったんですよね。有村さんが土地の仕事をしているのは知ってましたけど、まさか七十億円もの負債を背負っていたなんて。その日も、朝方たまたま、そう、ちょうどこんな感じで有村さんと挨拶を交わして、その時はなんにも変わった様子はなくって、いつものように気さくで明るい感じでねえ。それが、夜中になって凄い勢いでうちの門を叩く音がするんで飛び起きて出てみたら、武史君が真っ青な顔で『お父さんが死んじゃった』って言うでしょう。主人と二人で家の中に入ったら、有村さんが二階の寝室で血まみれになって倒れていて、もうびっくりして救急車を呼んだんですけど、すでにこと切れていらしたんです……」

あの有村が自殺するとは信じられない気がした。業界の蜜も毒も吸いつくしたはずの男がなぜ七十億もの借金を作ったのか。自殺の翌日には有村邸に債権者が押しかけ通夜の最中も騒然とした雰囲気が立ち込めていたそうだ。一人残された武史が家を追われたのは、父親の粗末な葬儀が済んだ直後だった。葬儀の席に顔を見せた中年の女性と共に、行き先を告げるでもなく出ていったという。龍彦は内心の動揺を抑えながら、試しに武史の通っていた学校の名前を訊《たず》ねてみた。

「たしか、江戸川の方の私立高校だって有村さんが言ってましたけどねえ」

隣人は校名までは知らなかった。

有村は所持していた猟銃で額を撃ち抜いた。

あれだけ溺愛し、気がかりにしていた一人息子を残してなぜ死んだのだろう。

武史は一体どこでどうしているのか？

駅までの道を半ば放心の体で引き返しながら、龍彦は何としても武史を探し出さねばならないと思った。アクの強い父親とは似ても似つかず、気弱を絵に描いたようなあの少年が、唯一の庇護者《ひごしゃ》を失い、しっかりと自分の両足で歩いているとは到底思えなかった。ともかく一刻も早く武史を見つけ出すことだ。江戸川の私立高校と分かっていれば調べはたやすい。明朝一番に文部省に連絡し、学校と武史の現住所を割り出させよう。駄目ならば警察庁に頼むまでだ。

新宿に着いた時は、すっかり日も暮れて家路を急ぐ人の群れで駅は溢れ返っていた。雨の日の湿った空気は人々の熱気と汗の匂いを吸い込み、どろっと濁った肌触りで龍彦の顔といわず首といわずまとわりついてくる。有村の死を知って、龍彦は単純な自分の思考に嫌気がさしていた。出馬を受諾することで今後の先行きを定め、これまでの四年間の無為に思いきった区切りをつけたい、と結局のところ都合よく願っていただけのことだった。物事がそう安直に運ばないことを、すでに自分は十二分に知っていたはずではなかったか。この一ヵ月で急速に自らの心身が回復してきていることは疑いない。しかし、こうした性急で思慮の浅い行動を顧《かえり》みると、何か大切なものをいまだ置き忘れているような不安が首をもたげてくる。

龍彦は新宿駅の東口に出ると、行き交う人の群れを眺めながら立ち尽くした。「有村の死」が意識の中で増殖し、やがて暴れ出すのではないかと自分で自分の心の行方を固唾《かたず》を呑んでしばらく見つめていた。だが何も起きなかった。悪寒も身体の震えも襲ってはこない。溢れる人波の光景にむしろ彼の心は次第次第に解放感のようなものに満たされ、静かに落ち着いていったのだった。

ポケットから携帯を取り出し、わずかに思案してからダイヤルする。

呼び出し音が数回聴こえて、相手が出た。

「もしもし、久しぶりだね」

一瞬、受話器の向こうで沈黙が生まれる。

「いま新宿にいる。これから帰りたい。いいだろうか」

「はい」

郁子の声。半年振りに聞く妻の声はか細い。

「車を拾うから三十分くらいだ」

腕時計を見る。七時半を回ったところだ。

「八時には着くと思う」

「はい」

「じゃあ」

電話を切る。

ちょうど通りかかったタクシーに手を挙げ、車に乗り込んで「護国寺まで」と龍彦は告げた。

大久保通りに入り、牛込柳町《うしごめやなぎ》で左折して江戸川橋の交差点へと車は向かう。中野に住んでいた薫のアパートを出て、深夜よくこの道を辿って帰った。郁子に勘づかれていると察しながらそれでも時計を再三見直し、十五分ごとに言い訳を適当に作り替え、自分でも涙ぐましい努力だと思いつつ帰った。考えてみれば、郁子は最後まで龍彦に厭味《いやみ》のひとつも口にしなかった。彼女は人形のように黙り込んで、自分のできる範囲のことを見事に着々とこなしていった。龍彦の素行をかなり早い時期から調べ上げ、完璧な証拠を準備し、薫に対しておよそ同じ女同士とは思えぬような見下した制裁をつづけたのだ。

毎朝、新しい下着しか入っていない簞笥《たんす》から着替えを取り出し、切り刻まれた前夜の下着が無造作に投げ込まれた屑籠《くずかご》を眺めながら出社した日々がまざまざと脳裡に甦る。

初めて薫の部屋につづけて泊まったのは、背広のポケットに避妊具が入っているのに気づいた日だった。あれはたしか、写真が送りつけられて来てから数日と経たない午後のことだった。避妊具を握りしめたまま「急な出張が入った」と会社から電話を入れると、郁子は何食わぬ調子で「ええ、分かったわ。気をつけて行ってきてね」と答えた。帰宅した晩も別段変わった素振りを見せなかった。ただ一言「お湯は抜きましたから、悪いけどシャワーにしてくださいね」と言っただけだった。

音羽通りに入り、丸四年ぶりで目にする十八階建てのマンションの前で龍彦は車を降りた。この四年間、一度たりとも前を通り過ぎたことさえなかった。郁子とは離れてからも二、三ヵ月に一度は会った。龍三の開いた政治資金パーティーで顔を合わすこともあったし、彼女が事務所に訪ねてきて外で食事をしたりもした。有村との和解ですべてを闇に葬った時、龍三は郁子との別居の条件として龍彦にそうすることを強いた。だが、この半年はそれもなかった。誰にどう因果を含められたのか、郁子の方からも連絡は途絶えたままだった。たまに会った時も、郁子は別に何を言うわけでもなかった。一時間程度の面会の間、もっぱら英彦のことを彼女は喋る。龍彦はただ黙って聞いていた。

夫の裏切りに気づいたときに彼女の胸にどのような感情が逆巻いたのか、龍彦は当時も現在もうまく想像することができなかった。むろんそれは半ば当たり前の話だろうが、当たり前ですまない何やら異質な感覚もあった。誤解を恐れずに言えば、郁子はあの一件で本当には何のダメージも受けなかったのではないか、さらには、こうした別居状態が延々つづいていることに関しても何の痛痒《つうよう》も感じていないのではないか、ふとそういう思いに龍彦はとらわれることがある。兄嫁の徳子のなりふり構わぬ取り乱しようにも龍彦は唖然《あぜん》とする心地だが、それ以上に、自分の妻である郁子の有様には理解しがたい一面があった。

　騒動の渦中においても、そしてその後の四年間にしても、彼女は龍彦と接する度にまるで何事もなかったかのような顔をしつづけてきた。龍三にしろ洋子にしろ、周囲はそうした郁子の態度に重々の敬意を抱いているようだが、当の龍彦にはどうしてもそうは受け取れなかった。郁子はたしかに龍彦を決して責めはしなかった。だが、それは相手を責めることで僅《わず》かなりとも意識せざるを得ない自らの責任や蹉跌《さてつ》を、彼女自身が徹底して拒絶しているからではないか――龍彦にはそう思えて仕方がないのだ。

　とにかく、彼女は終始一貫して冷静沈着だった。

　あの当時も、そして現在でさえも龍彦はそんな郁子にどうにも不気味な印象を覚えてしまうのだ。

　チャコールグレイの応接セットが数組散った広いロビーがガラス越しに見渡せるエントランスに上がって龍彦はインターホンを押す。細かな雑音の後、郁子の声が響いた。「ぼくだ」と言う。瞬間ぶ厚い扉が震え、音もなく開いた。ベージュの毛足の深いカーペットが敷かれたロビーを龍彦は歩いた。ここが自分の家なのだとは到底思えない。大理石を張った壁づたいに奥へと進む。波の造形模様をほどこした銀色のエレベーターが四基並んだエレベーターホールの前で上りのボタンを押す。すぐにドアが開いた。乗り込んでタッチパネルの七階の表示に触れる。ドアが閉まる。静かに龍彦の足元が浮き上がっていった。

　七階の廊下は森閑としていた。各フロアに六世帯が入っている。龍彦の部屋は左の奥の七〇一号である。このマンションは郁子の実家である若狭家が経営する興亜建設が建てた分譲マンションで、近年東京に高級マンションが乱立するまでは都内有数のアパートの一つとして名が通っていた。住人は大企業の幹部、高級官僚、国会議員、それに著名な画家や外国大使館関係者などで占められていた。龍彦の部屋はその中でも各階に一区画ずつのもっとも広いスペースである。むろん郁子と結婚した際に、郁子の実家が用意してくれたものだ。

龍彦はこんな豪華なアパートに住むつもりは毛頭なかった。しかし、龍彦が通っていた会社からも地下鉄有楽町線で十五分程度という便利な場所にあり、目白台の郁子の実家からも近いということで結局押し切られてしまった。それに郁子は母方の祖父である元首相、畑山健吉邸がこのマンションの近所で、子供の頃から音羽界隈《かいわい》は馴染《なじ》みだったようだ。

柴田の家も資産家だったが、郁子の若狭家の財力は桁《けた》が違っていた。郁子はその若狭家の長女として何不自由なく育った。結婚した時、龍彦は二十五歳、郁子は大学を卒業したばかりの二十二歳だった。二人の結婚は、龍三がすでに政界の実力者の一人であったためマスコミで大きく報じられた。結婚式の当日には大勢のカメラマンが詰めかけた。金屏風《きんびょうぶ》の前の新郎新婦そして両脇に並ぶ龍三、若狭源之助夫妻の写真が、その週発売のほとんどの週刊誌や写真誌に掲載された。

どこからか薫がその写真の載った雑誌を手に入れてきて、薫の部屋で一緒に見たことがあった。郁子は義姉の徳子などに比べればそれほどの美人というわけではなかったが、色白でスタイルは悪くなかった。少なくとも容姿だけを見れば、色黒で目ばかり大きいチビの薫よりは見栄えがしなくもない。薫は郁子より一つ年下で、龍彦が出会った時は二十四歳になっていた。

薫は郁子の写真を眺めながらさかんに「奥様ってきれいだね」と繰り返した。そして「どうして、龍彦さんは私なんか好きになったんだろうね」と言った。

七〇一号室のポーチの扉を開けてドアの前に立つ。表札は「柴田龍彦」のままだ。

龍彦にしろ兄の尚彦にしろ、それぞれの妻の実家は龍三にとって最大の資金源だった。龍三が比較的身ぎれいな政治生活を送ってこられたのも、まず兄が兼光家とつながり、龍彦が若狭家とつながったからだ。殊に興亜建設グループによる毎年の政治献金は莫大な額に上っている。この国では大手ゼネコンと政界とは半ば共同事業者である。官民一体となった国土建設がこの国の内政のすべてである。建設族ポストを独占してきた藤田派が覇権を握る政界で、池内派の龍三がその権力構造の一角に橋頭堡《きょうとうほ》を築けたのは、彼が業界最大手の興亜と縁戚《えんせき》関係を結ぶことに成功したからだ。龍彦はその尖兵《せんぺい》であった。池内が龍三に派閥を譲ったのも、龍三が興亜と太いパイプを結んだことで派閥維持の力量を得たと判断したからであった。

龍彦と郁子との関係は、龍三にとって政治的生命線のひとつだった。龍三が二人の離婚を断固として認めなかったのは、そのためである。事情は郁子の実家、若狭家においても同様だと龍彦は思っている。夫が愛人を作り、その挙げ句に自殺未遂まで引き起こして四年も別居状態でいながら、いまだに夫婦関係だけが残っているというのはおよそ常識では考えられないことだ。その不埒《ふらち》な関係を支えている最大の要素は両家の家名と経済力であった。

チャイムを押すとドアが開いた。半年ぶりに見る郁子の顔がのぞく。

「ただいま」

「おかえりなさい」

龍彦はしかし玄関に足を踏み出すことができなかった。ためらって下を向いていると「入って」と郁子がうながす。引かれるように俯《うつむ》いたまま中に入る。オレンジ色の光が龍彦を包んだ。暖かな空気が頬を撫《な》でる。何か食べ物の匂いがした。

「おかえりなさい」

柔らかな声に顎を持ち上げられるようにして郁子の顔を見た。彼女は微笑んでいる。

「ただいま」

三軒茶屋のアパートに戻った時にも由香子の部屋を訪ねた時にも感じなかった、どこか遠くに置き忘れていた感覚が甦るのを龍彦は感じた。

「急に電話があったから、びっくりしたわ」

龍彦の手提げ鞄《かばん》を引き取りながら郁子が言う。

「お腹すいてる？」

靴を脱ぎロビーの壁に飾ってある絵を眺め、龍彦は小さく頷いた。二頭の馬が寄り添い草を食《は》む姿を描いた十号ほどの日本画である。龍彦たちが結婚した際に兄夫婦がプレゼントしてくれた高山辰雄の作品だった。馬は龍彦にとって瑞祥《ずいしょう》の動物だと幼い頃に易者に告げられたことがあって、以来、置物や写真、キーホルダーなど龍彦の身の回りには馬にちなんだものが沢山集まった。その中でもこの淡い青の中に真っ白に描かれた二頭の馬の絵が龍彦は最も好きだった。変哲もない見合い結婚で一緒になった夫婦だったが、こうして周囲の人間たちから祝福されたことも事実だった。あれだけ愛し合った薫との仲は誰一人として祝福しないものであったにもかかわらず。

背中を押されて長い廊下を進む。

「お風呂も沸かしてあるけど」

後ろから郁子が言う。居間のドアの手前に龍彦の書斎があって、その扉が開いていた。思わず龍彦は中に入った。学生時代に手にいれたメルカトル図法の古い大きな世界地図が正面の壁に掛かっている。オックスフォードを訪ねた折に古書店で気に入って手にいれたものだった。不覚にも懐かしさがこみ上げてきた。両袖《りょうそで》型の大きな書斎机も、珍しい革張りの本棚もノルウェー製の灰色のソファベッドも龍彦が出ていった時のまま、そこだけ時間が止まったように変わらずにあった。まるで主《あるじ》の帰るのを四年間待ちつづけていてくれたような気になる。机の上は塵《ちり》ひとつない。カバーのかかった単行本が一冊、ページを開いたまま伏せられていた。

龍彦が家を出ていくときにそのまま残していった本だった。あの日、郁子が出掛けているあいだに簡単な荷物をまとめ龍彦は家を出た。その足で薫の元に行き、短い時間を薫と共に過ごした。

本をたたんで書棚に戻し、入口に立ってこちらを見ている郁子に、

「英彦は?」

と、訊いた。

「今日、学校で水泳だったから、さっき眠ったわ」

「そうか」

学校の塀越しにこっそり盗み見るだけで、英彦とももう半年以上会っていない。血がつながっているとは不思議なものだ。顔を合わせ言葉を交わすことがなくとも、無事であると確認できれば気持ちは静まっていく。この地上、同じ空の下で自分の分身が元気に暮らしている、そう思うだけで龍彦は英彦に対する父親としての義務の半分は務めているような気がしていた。

元気に暮らしてくれてさえいれば、息子とはやがて再会できるし、同じ血で結ばれた二人の絆《きずな》は何があっても失われようがない。そう考えると、この四年間で本当に会いたかったのは薫ひとりきりだった。

「顔を見ていいかな」

郁子がまた頬笑んだ。

「私の寝室にいるわ」

「まだ、きみと一緒に寝てるのか?」

書斎を出て、反対側の扉を開けた。十五畳ほどの寝室がある。昔は二人の寝室だった。薫を知ってからは龍彦は書斎で眠るようになった。ベッドが二つ並んでいる。カーテンの色もベッドカバーの色も四年前と同じだった。今度は郁子も一緒に部屋の中についてきた。手前のベッドでひそやかな寝息が聞こえる。薄い毛布を抱くようにして英彦が眠っていた。近づいて中腰になり顔を覗き込む。明かりはベッドサイドの壁から出ている小さなランプだけだった。子供のわりに彫りの深い英彦の顔が影を作っていた。顔を近づけるとハーハーと意外に荒々しい息づかいが聴こえる。この穏やかな寝顔の奥に限りないエネルギーが潜んでいることを龍彦は思う。自分がいない間も、彼は立派に成長しているのだ。郁子が毛布をひっぱり息子の肩先を覆った。立ち上がり、龍彦は郁子の顔を見た。暗い光でのっぺりとした表情に見える。

「徳子さんが人身事故を起こして、兄貴の出馬が取り止めになった。兄貴が参議院に立つ予定だったことは知っているね」

郁子が頷く。

「代わりにぼくが立候補する。きみの了解が欲しい。きみが反対なら出馬はしない」

「あなたは……」

郁子が何か言いかけて口を噤《つぐ》んだ。龍彦は黙って待つ。

「あなたは、それでいいのね」

こんどは龍彦が頷く番だ。

「ぼくが決めた。全力で戦って当選する。そのためにはきみにもいろいろ手伝ってもらわなくてはならない。選挙のことはきみは素人だろうが、手筈はぼくが全部分かっている。当選すればきみの生活も変わるし、英彦のこともいままでのようには見てあげられなくなるだろう。できるだけきみたちの生活を乱さないように努力はするが、できないこともある」

「あなたは、ここに帰ってくるのね」

郁子の顔が急に引き締まって見えた。

「今夜からここがまたぼくの家だ。もしきみが許してくれるのなら」

郁子はじっと龍彦の顔を見つめている。

「長い間心配をかけた。もうぼくは大丈夫だ」

郁子の顔が崩れた。大粒の涙が瞳からあふれ出す。郁子が龍彦の肩にしがみついてくる。全身がわずかに震えている。

「おかえりなさい、あなた。本当に長かったわ」

龍彦は妻の震える細い肩を抱いて、微かな香水の匂いを嗅いだ。龍彦の瞳にも少しだけ涙が滲んできた。

21

顔を洗い、リビングルームの扉を開けると郁子の話し声が聞こえた。姿は見えない。大きな丸いダイニングテーブルの上に新聞が積んであった。朝日、毎日、読売、東都、日経、産経、すべての日刊紙が並べられていた。きっと郁子が今朝、駅の売店で揃えてきてくれたのだろう。昨夜龍彦は書斎で眠った。早朝、ドアが開く音がして英彦と郁子の声がした。

「ほんとだあ」

「シッ、眠ってるんだから」

「お父さん帰ってきたあ」という英彦の声が玄関先で響くのを遠くで聞きながら、龍彦は再び眠りに落ちたのだった。

各紙の一面は昨日の松岡の政府・与党連絡会議での爆弾発言を受けて、政治改革法案成立の見通しが出てきたことを大きく伝えている。ことに朝日は「政治改革、首相一任の方向」と一歩踏み込んだ表現になっていた。朝日、読売、毎日、東都とざっと紙面を見渡し、日経を手に取って龍彦は瞬間息を呑んだ。

「額田元建設相、今日議員辞職の意向」

の大見出しが目に飛び込んできたのだ。

——倒産した山懸工業（本社・福岡県福岡市）の政界不正献金事件で東京地検特捜部の追及を受けていた額田篤男元建設大臣は、同事件で混乱を招いた責任を取り衆議院議員を辞職する決意を固めた。額田代議士は昨日深夜、松岡首相にも辞任の意向を伝え、首相もこれを了承した。早ければ、今日午前中にも岡本衆議院議長に議員辞職願を提出、午後の衆院本会議で許可される見通し。額田代議士は山懸工業が公共事業への建築資材納入を図って行なった政界不正献金事件の中心人物の一人とされ、山懸工業内部資料によれば、少なくとも一億五千万円の不正献金を同社・前社長の福本義則容疑者（五九）から受け取っていたとされる。またその後の捜査で、事務所経費の丸抱え、自宅、自家用車の提供など公私にわたる利益供与をこの数年間にわたって受けていた疑いが強まり、その政治姿勢が厳しく問われていた。額田代議士の辞職により、今後は建設相当時に受領したとされる一部不正献金が職務権限に抵触する受託収賄罪にあたるかどうかを焦点に、特捜部の捜査が本格化すると見られる。この額田代議士の辞職によって、深刻な政治不信を招いている松岡政権の政局運営はさらに厳しい局面を迎えることになる。

龍彦は慌てて、テレビのスイッチを入れる。テレビ画面の時刻はちょうど八時になろうとしていた。NHKの朝のニュースショーのアナウンサーが記事を読みあげている。もちろんトップニュースはこの日経スクープの後追いだった。画面が切り替わった。世田谷区下馬《しもうま》の額田の私邸前に中継車が出て、記者が自宅前からのレポートを始める。報道陣で門前はごった返していた。

国会に対する検察庁からの逮捕許諾請求が準備されている以上、司法記者クラブ加盟各社は近日中の額田逮捕を当然摑んでいる。検察からの協力要請によって今日まで伏せてきただけのことである。政局に与える影響はもちろんだが、この額田辞任が検察の捜査日程にどのような影響を及ぼすのか、それが今後の最大の焦点であることを記者たちは知り抜いている。

村松と大至急連絡を取らなくてはならない。

龍彦は電話を探して、郁子の話し声のするキッチンの方へ入っていった。案の定郁子は受話器を握っていた。さきほどまで注意していなかったが、いまになって電話の相手と何やら語気鋭く言い合っていることが分かった。

「ですから、さきほどから何度も言っているでしょう。お宅の息子さんに貸した後であんな風になって戻ってきたんですから、お宅の息子さんが傷を付けたのは間違いないじゃないですか。それを知らぬ存ぜぬはおかしいでしょう。別に弁償しろとか修理してくれと言うために電話したんじゃありませんよ。息子さんの口から一言も『ごめんなさい』がないんじゃ、英彦だって私だって納得できないと言っているだけです。人の物を借りて壊したら先《ま》ず謝る、というのは最低限の常識でしょう。それを、親までがそんな開き直ったことを口にして、それで世間に通ると本気で思ってらっしゃるんですか。お宅が言っていることを聞いているとまるで貸したこちらが悪いような話じゃありませんか。もしずっとそういう態度をつづけるということでしたら、こちらもただ黙っているわけにはいきませんからね。普通だったら、もうお宅のような礼儀知らずの家の子供とは遊ばせない程度で済ませるのかもしれませんけど、うちは家庭の方針として物事の正義、不正義はハッキリさせることにしてるんです。そうしないと、英彦のこれからのためになりませんから」

郁子は龍彦が近づくと、送話口を手で覆って「おはよう」と微笑んだ。龍彦が「なんか揉めてるの？」と訊くと、ちょっと顔をしかめてみせ「英彦がお友達に自転車を貸したら、すごい傷を付けて返してきたのよ。それで文句を言ってるだけ。すぐ終わるから待っててね、もう食事の支度してあるから。ごめんね」と電話口での差し迫った口調とは裏腹ののんびりした声で答えた。その間も電話の相手は、何か言い訳を並べ立てているようだ。

「もう分かりました。そんな風におっしゃるのならお母様といくら話をしても埒《らち》が明きませんから、今夜主人と相談して、うちの主人がおたくのご主人様と改めてお話しさせていただくように致します。あなたみたいな常識外れの人といくら話しても仕方ないですから」

郁子は途中で相手の話を遮って、龍彦がびっくりするほど厳しい調子で言い切った。龍彦の方を見ながら舌を出して笑っている。郁子の一言で、向こうの反応が急変したようだ。

「ええ、ですから私だってこんなこと意地悪で言っているんじゃないんですよ。事を荒立てるつもりで申し上げているわけじゃないんです。ええ……」

龍彦は感心しながら郁子の姿を眺めていた。相変わらずの沈着ぶりと共に、物腰や言葉遣いに巧みさと迫力が備わっている。四年のあいだ一人きりで息子を育ててきたことが、一層のたくましさを郁子の身に加えているに違いない。

昨夜は食事を済ませると大した話もせずに龍彦は書斎に引っ込んだ。相変わらず郁子は何を龍彦に訊くわけでもなく、黙って食事の給仕をしてくれた。これからの選挙のことや現在の政局について龍彦の方がよく喋った。昔と違うのは、郁子が政治について相当の知識と関心を持っていることだった。時折挟まる質問や受け答えで、新聞や雑誌の政治記事に綿密な注意を払っていることが察せられた。

龍彦は雑誌の編集をやっていた頃から、これだけ情報が公開された社会では丹念に報道を検証していれば、政治にしろ経済にしろ当事者とそれほど変わらぬ状況認識を誰もが持つことができると実感してきた。郁子と話していて久し振りに、妙な言い方だが一般国民の政治理解が決して的を外していないことを再確認させられたのだ。

電話が長引きそうだったので、龍彦は寝室のもう一台を使うことにした。

寝室に入って電話機に手を伸ばそうとしているとクロゼットの方から、小さな電子音が響いてきた。クロゼットの扉を開くと昨日着ていた背広のポケットで携帯電話が鳴っていた。引き抜いて受信ボタンを押す。

「もしもし、龍彦さん？」

村松だった。グッドタイミングだ。

「こっちから掛けようと思ってたところだよ」

「延期のようだ」

村松の口調も興奮気味だ。

「どういうこと」

「検察も議員辞職は読んでなかったらしい。呼び出しは昨日のうちにかけてるんだが、これじゃあどうしようもない。額田も今日は辞表提出やら会見やらでスケジュールは一杯になるし、辞めた議員をその日に逮捕するわけにもいかない。武士の情ってところだ。まだ最終決定は下りてないが、今日、明日やることはできないよ。とりあえず松岡の勝ちだな。ここまで彼がやれるとは思わなかったけれど」

「野中さんの判断？」

「ああ。彼ともさっき話した。土方は昨夜遅くに知ったらしい。『松岡さんもなかなかやるね』と言って笑ってたそうだ」

　龍彦は受話器を耳にあてたまま考え込んでしまった。額田辞職についてはある程度の予想はあった。龍三にも一昨日伝えてある。電話で龍三は手を打ってみると言った。しかし、アストン訪日で龍三の頭は一杯だった。なぜ昨日のうちにもう一度自分から念を押さなかったのか。出馬の話を持ち込まれ、龍彦自身もそのことで隙《すき》を作っていた。昨日は有村の家を訪ねることばかり考えて落ち着かない午後を過ごした。まさか松岡が本当に額田を切れるとは思わなかった。また、今日額田が辞任を表明すれば逮捕自体が延期になるということは、いま思えば十分あり得ることだが、想像もできなかったのが正直なところだ。こちらの戦略は後手後手に回っている。これではどうしようもない。

「辞任の件、村松さんはいつ？」

「お恥ずかしい、今朝の日経で初めて知った。動きがあることは龍彦さんにも話したよね。しかし追いきれなかった。額田本人は一蹴《いっしゅう》していたからね。他社も全然気づいていなかったようだ。日経も官邸サイドからのリークで書いたらしい」

「日経ということは官邸の情報操作かもね。松岡の狙い通りか」

「どうするの」

「何が？」

「だから、先生だよ。やっぱり会見やるの」

「何それ？」

「倉本が言い触らしてるみたいだよ」

「いつ」

「今朝、各社の朝回りに日経片手にぶったらしいよ」

龍彦は呆然《ぼうぜん》とする。これでもう駄目だ。

「村松さんはどう思う。やるべきかな」

もはや隠し立てしても始まらない。

「無理だな。歴代総理を見ても、自分のムラのしかも幹部を疑惑だけで切れたのは今度の松岡が初めてだ。離党じゃない議員辞職だからね。今日は松岡の勝ちだよ。やめといた方がいい。いずれ土方は額田をパクる。それも近いうちだ」

「しかし、まずいよ。こっちの動きは筒抜けだ。どうせならここで一戦交えた方がいいかもしれない。こうなったら無理やり引きずり下ろすしかないだろう。自分からは辞めるとは言わないんじゃないか。大木の時と同じだ」

龍彦が水を向けると村松は真剣な声になった。

「龍彦さん、焦っては負けだと俺は思う。所詮《しょせん》松岡の狙いは解散だ。経験則からいって支持率が四十パーセントを切っている政権は必ず過半数を割る。いまの松岡の支持率は九パーセントだぜ。ここでいくらあがいても死に体に変わりはない。場合によっては選挙をやらせたっていいじゃない。それでも先生のところに政権は落ちてくる。古山、坂上、倉本だって承知だ。黒川も身動きはとれない。小状況に乗る必要はないよ。大状況が先生を支えている。結局は勝てると俺は見てる」

理屈では村松の言う通りだと龍彦も考える。松岡の繰り出す手を悪あがきだとかたづけることも可能だろう。しかし、と龍彦は思う。ここは辞職勧告、閣僚引き上げまで一気呵成《かせい》に突っ走るしかないのではないか。

「龍彦さん、今日は会える?」

龍彦は、これから事務所に出るから顔を出してもらえればと答えた。

「親父がいたら、ちょっと三人で打ち合わせやろうか」

そう村松に持ちかけて、龍彦の方から電話を切った。

電話機を持ったまま龍彦はベッドに座り込んだ。幾つかの思いが頭の中で渦巻いている。倉本はまだ両天秤《りょうてんびん》のつもりなのかもしれない。倉本にすれば、黒川と別れた以上連れて出た仲間ともどもこの世界で生き残ることが第一義なのだ。そのためならばどんなことでもやるだろう。古山や坂上は大丈夫なのか。実権はともかく派閥オーナーの瀬戸が松岡についている限り、彼らも両睨《りょうにら》みの姿勢がとれない立場ではない。倉本も坂上もまだ若い。ここで多少ふらついてもいずれ自分たちの時代が来ることをよく知っている。そこを見落とさないようにしなければ危ない。完全に信用することはできないのだ。龍三はすでに六十七歳だ。政治家としてはもう後がない。これが最後のチャンスだ。このチャンスを逃せば政権が回ってくることは二度とないのではないか。

龍彦は少し迷ったあと杉並の自宅に電話を入れた。

呼び出し音が鳴ってお手伝いのマツさんが出る。龍三は食事中のようだ。向こうの電話が切り替わる音がして不意に洋子さんの声が聞こえた。

「おはよう」

洋子さんの口調はずいぶんと明るい。受話器の向こうがいやに騒々しかった。

「なんだかガヤガヤしてますね」

「ええ、いま秋田さんたちがみんなでいらして、朝ごはん一緒にいただいているのよ」

食堂の電話につながったのだろう。杉並の屋敷には一階に三十畳ほどの食堂があり、派閥の議員連中が毎朝何人か訪ねてきては龍三や金子、洋子さんたちと一緒に朝飯を食べるのだ。

「そうなんですか。何人ぐらい」

「七時過ぎからどんどん来ているの。もう二十人ぐらい。これ以上だとテーブルに座りきらないわね。でもこんなの久しぶり」

浮き浮きした様子が電話口からも伝わってくる。洋子さんもこの世界にすっかり馴染《なじ》んでいるのだ、と思う。

「すみません。連絡が遅れて」

「そんなことないわよ。それよりどう、四年ぶりのご自宅は？」

「どうして知っているんですか」

「今朝早くに郁子さんから電話もらったわよ。でも郁子さんも待った甲斐《かい》があったわ。ほんとうに良かった」

龍彦はそれには答えず、「親父に替わってもらえますか」と言った。「ええ、ちょっと待っててね」洋子がポーズボタンを押し、三十秒ほど音楽を聴きながら待った。

「やあ、おはよう」

龍三の声もやけに暢気《のんき》だ。龍彦は厭《いや》な気分になった。修羅場の緊張感がまったく感じられない。二年前の松岡選出をめぐる総裁選の折も龍三は泰然自若の態度を崩さず、主戦論を最後まで主張した派内一部から物足りなさを指摘された。今回もまた、そういう印象を議員たちに与えているのではないか。龍三が血眼にならなければ下は動こうにも動けまい。

「お取り込みのところすみません。ニュースを見て驚いたものですから」

「みんな駆けつけてくれてるよ」

「額田逮捕は見送りになるようです」

「らしいね」

「昨夜のうちに分かっていたんですか」

「いや、明け方阿部君からの電話で知った」

「そうですか。じゃあ、額田の方には何も……」

「秋田君から当たってはもらったが、なかなか難しいようだったな。松岡君とのあいだで相当の駆け引きがあったんじゃないか。そういう感じだな」

「今日の予定、どうしましょうか」

「しばらく様子を見るしかなかろう」

「倉本さんはやる気なんですか。今朝そんなことを洩《も》らしたみたいですが」

「さっき電話が来た。止めておいたよ。坂上君と話してそういうことになった」

「坂上さんはどう言ってます」

「地検に乗る方が分かりやすいと言ってたな」

「ぼくは、予定通り辞職を勧告した方がいいような気がします」

龍三はすぐには答えず、しばらく黙り込んだ。

「政治改革のこともあります。下手をすれば松岡はやり通す可能性もあるでしょう」

「そうはいかんだろう。修正をするにしても党議決定を白紙に戻す必要がある。とても野党案で党内がまとまるはずはない。地面から浮いた話をしても誰にも相手にはされん。本人もそのことはよく分かっているさ。それほど甘くはない。辞職勧告の方は、やはりいまは無理だろう。アメリカのことは考えざるを得ない。昨日、レナードとも少し話をした。タフな交渉になる。松岡君にある程度のフリーハンドを与えておくのも、やむを得ないという気がする。まあ、サミット後まで待った方がいい。野中君も連絡をくれた。検察もそっちの方に傾いているらしい」

龍三はさきほどの村松の言葉を借りれば、まさに大状況に身を委《ゆだ》ねているようだ。彼の落ち着いた話し振りに触れていると自分が浮き足立っているだけのような気になってくる。政治の表裏を知り尽くしている相手に、これ以上半可通の口を挟むのは差し出がましいのではないか。肩の力が抜けて、龍彦は当事者でもないくせに思い詰めている我が身がなんだか不恰好《ぶかっこう》で馬鹿らしく思えてきた。

そこでふと我に返った。

息急《いきせ》き切って杉並に駆けつけた秋田たちも龍三の顔を見て、いまの龍彦と似たような感覚に捉《とら》われているに違いない。燦然《さんぜん》たる経歴と抜群の知名度を誇るスター政治家を頭上に戴《いただ》いて、手下の人間たちはこの肝心要《かんじんかなめ》の時に大将と自己同一化を果たせないでいるのだ。身内の龍彦にしてそう感ずるのだ。このままでは誰が身命を抛《なげう》って龍三のために闘ってくれるというのか。

龍三は例によってちょっと皮肉な笑みを浮かべて皆を迎え入れ「妙なことをするもんだねえ、松岡君も」とでも宣《のたま》って、あとはアストン訪日の話でもして聞かせているのだろう。

「古山や坂上の読みもこの際アテにはできません。こうなったら議員辞職も逮捕も同じです。予定通り退陣を勧告して松岡の足元を根こそぎにするべきです。いま流れをこちらに引き寄せなければ、瀬戸派との同盟関係も含めて事態がどう流動化するか分かりません。その前に陣営の連中みんなにルビコンを渡らせてしまうんです。もう食うか食われるかの状況だとぼくは思います」

龍彦はつい勢い込むような口調になった。

「政治改革法案もこのまま進めば採決まで行きます。幹事長の坂上が抵抗すればいまの松岡だったら彼を切ることだってする。たとえ党内多数が反対でまとまったとしても、松岡は主流派を敵に回したまま解散を打つかもしれない。国民の信は一時的には松岡が摑む。こちらは国民から守旧派呼ばわりされて、改革潰しの汚名を着てしまいますよ。その前に山懸で松岡を潰すべきです。そうでないと逃げられてしまう」

龍三は黙って聞いていた。しばらくの間があった。

「そうなったところで、所詮は大木と同じだ。負けて退陣となるだけの話だ」

「ぼくはそう簡単に読み切るのは危険だと思います。藤田逮捕の時とは時代が違う。国民はいまの政治に見切りをつけている。もう誰もわが党自体を支えようなんて思ってはいないんです。松岡が世論に乗れば、たとえ選挙で負けてもそう簡単に引きずり下ろせないかもしれない。下手をすると松岡の方がこっちを切りにかかってくる。そうなれば解党の危機ですよ」

龍三は受話器の向こうでややムッとした気配をみせた。

「そんな飛躍した議論は無意味だな」

冷やかな一言で片づけてきた。龍彦は不意に怒りが胸に湧き上がってくるのを感じた。

「だってそうでしょう。大木だってあの時、党を割ろうとしたんだ。可能性は現在の方が高い。未来永劫《えいごう》この体制が存続すると誰が保証してくれますか。政権の前提である党そのものが失くなってしまう。そうなれば松岡と抱き合い心中ですよ。たかだかアストンが来るから何だって言うのですか。現在の政治状況の危機はそんなレベルで認識できるほど甘くはないんですよ。そんな呑気《のんき》なことを言っていると、取れる政権も取れなくなる。あなたは本当に政権を奪うつもりがあるんですか。禅譲の約束を反故《ほご》にしてこっちの顔に泥を塗り付けたのは松岡なんだ。古山や坂上にしたってこの二年、うちのシノギを掠《かす》め取って今になって親切めかして擦り寄ってきてるだけじゃないですか。そんな連中のどこが信用できるっていうんですか。お人好《ひとよ》しもい加減にした方がいい。棚ボタで政権が降ってくると思ってるんだったら、大間違いです。やられたことは倍にして返すんです。自分の両手で奴を絞め殺すんですよ。それがあなたの政治的義務なんですよ。あなたの肚《はら》が据らなきゃ、周りだって死んだ気になってやれるはずがない。もう少ししっかりしてください。お願いします」

龍三は苦笑を洩《も》らした。

「龍彦、あんまり物騒なことを言うな。心配してくれるのは有り難いが、私に任せてくれればいい。お前が言うほど私も馬鹿ではないつもりだ。確かに松岡は必死だが、国民の信託を受けていない男に総理は金輪際つとまりはしない。奇策は打てても正道を歩むことはできん。あの男の命運はもはや尽きておる」

龍三にしては珍しく自信を覗《のぞ》かせた口調だった。何かを仕掛けようとしているのか。龍彦は熱くなっていた頭が多少冷めるのを感じた。だが、念を押す。

「理屈じゃないんですね、その言葉は」

「ああ、そうだ」

龍三は自信たっぷりに言い切った。

「分かりました。ちょっとぼくも言いすぎたような気がする」

「気にするな。私も肝に銘じておくよ」

「いまからそっちに行きましょうか」

「いや、そろそろ事務所に出る。向こうで会おう」

「分かりました」

そう言って龍彦が電話を切ろうとすると、龍三が言葉を重ねてきた。

「郁子さんのところへ帰ったということは、例の件は受けてくれるんだな」

有村武史のことを龍彦は思い浮かべる。

「はい。よろしくお願い致します」

「そうか……」

「ただ、これからの段取りを含めて、ぼくに任せてもらいたいんですが。金子さんのこともあります。地元の方の取りまとめもありますし」

「それは構わない。すべてお前の思う通りにやりなさい」

「金子さんにはぼくから頭を下げます。山懸の件ですっかり彼の信用を失ってしまいましたから。ぼくが強引でした」

「金子のことは気にするな。堀内君のことはちゃんと言っておいた。彼にはお前の代わりに官邸に入ってもらう。金子がこのところ悩んでいたことは知っていた。この三十五年間、そういう時が私たちの間には何度もあった。いつも二人で乗り越えてきた。それだけのことだ」

龍三はすべてを承知していたようだ。龍彦は政治家としての龍三の厚みを再び思い知らされたような気がした。

電話を終えて、龍彦は居間に戻っていった。郁子がテーブルの上に朝食の支度をしている。

龍彦を見ると「何もないけど」と言う。

「そっちの用件はかたづいたの？」

「え」

郁子が怪訝な表情になる。

「いや、さっきの電話のことさ」

「ああ、あれ。ノープロブレム」

そう言って郁子は笑った。食卓について箸《はし》を取る。幾品も皿や小鉢が並んでいる。昨夜は郁子手製のローストビーフとじゃがいもの冷製ポタージュ、パスタにサラダでシャブリを一本二人で空けた。今朝は手がこんだ和食だった。郁子の料理の腕は結婚当初から並外れていた。学生時代から料理研究家に従《つ》いて本格的に習っていたようだ。

箸を動かしながら「今朝、杉並に電話したらしいね。洋子さんが言っていた」と訊《たず》ねる。温めた味噌汁をお盆にのせてきた郁子が、向かいに腰掛けながら頷いた。

「目白台にも報告したのか」

目白台には義父母の屋敷がある。

「ええ」

「なんて言ってた」

「頑張りなさいって」

「そうか」

龍彦はエボダイの一夜干しを箸でつついた。

「そのお煮付け、美味しいわよ。昨日母が持ってきてくれたの」

郁子ががんもどきと筍《たけのこ》の煮付けを指さした。

「昨日、お母さんが来たのか」

「ぼくが電話した時は？」

「ええ」

「えっ」

「いたのか、お母さん」

郁子は頷く。

「じゃあ、ぼくが追い返してしまったんだ。悪かったね」

「ううん、そんなことないわ」

がんもどきを口に運ぶ。出汁《だし》が馴染《なじ》んで口の中にとろけるような甘味がひろがる。

「たしかに旨《うま》いね、これ」

「でしょう」

「よく来るの、お母さん」

「時々」

「週に一度くらい？」

「もうちょっとかな」

「そう」

食べきれないほどの料理に箸を入れながら、龍彦は、そういえば薫は料理がからきしだったと思った。あれで結婚したのでは相手の男はさぞ参ったことだろう。よく外食したが、たまに薫の部屋で食べる時は龍彦が作ったりしたものだ。薫にやらせるととにかく時間ばかりかかって、しかも大したものが出てきたためしがなかった。一度、龍彦が出張先の北海道から蟹《かに》を買ってきたことがあった。それを薫に茹《ゆ》でてもらったのだが、茹ですぎた蟹の味というものを龍彦ははじめて知った。

龍彦と知り合う前に薫が付き合っていたのは勤めていた会社の上司で、妻子がいた。

「だって、その人、私がお料理するのを見るのは厭《いや》だって言って、なんにもさせてもらえなかったんだもん」

最初に手料理を食べさせられたときに龍彦が軽く文句を言うと、薫はそんなつまらない言い訳をした。それで龍彦がさらに不機嫌になると、

「私は他の女の人みたいにお肉や野菜の入った袋を下げて、男の人の部屋に行ったりしたことないです。そんなこと恥ずかしくてできませんでした」

とふくれるのだった。部屋に行く前に電話して、「晩飯は何食べたんだ」とたまに訊いたりすると「チーズとどら焼とコーヒーゼリーとクラッカー」などと平気で答えていた。母親が太った人らしく、薫は太ることをひどく気にしていた。午後九時を回るとなかなか食べ物を口にしようとしなかったし、眠る前には三十分近く必ず体操をしていた。

志賀高原に一緒にドライブに出掛けた日もおかしかった。徹夜で慣れない支度をしたせいで薫は道中助手席ですっかり眠り込んでしまった。あの薫の寝顔だけはいまでも忘れられない。

郁子から写真が送られてきて、龍彦は薫を代々木から中野のアパートに引っ越しさせた。新しい部屋でそういえば二人で引っ越しそばを食べた。そばをすすりながら薫が「龍彦さん、楽しいね」と笑った顔もよく覚えている。「薫と龍彦さんの愛の巣」と薫は言って段ボール箱で一杯の白い壁に囲まれた部屋を嬉《うれ》し気に見回した。あの時、薫は本当に楽しかったのだろうか。

龍彦の方は引っ越しのためにサラ金から借りた金をどうやって手当てするかで頭を悩ましていたから、心からは楽しめなかった。薫と知り合って金の苦労が生じてからは、そのことでずいぶんと圧迫されて薫を心底労《いたわ》ってやれなかったような気がする。

「向こうは選挙のことは何か言っていたかい」

龍彦は薫の残像を頭から消し去り、郁子の方に顔を向けた。

「できるだけのお手伝いはさせてもらうって。もしあなたが望むんだったら」

「そうか。一度きちんと挨拶《あいさつ》に行かなくてはいけないね」

郁子はたちまち顔を輝かせた。

「それより、ここに父と母を招待しない。もうすぐ父の誕生日でしょう。きっとすごく喜んでくれると思うの。昔はそうしてたじゃない」

そういえば、若狭源之助を誕生日にこの家に招いたことが二度ほどあった。龍彦はすっかり忘れていた。

「いつだっけ、誕生日」

「六月二十八日、三日後」

「それも悪くないね。政局の動きもサミット後まで持ち越しになったし、案外時間があるかもしれないから」

「ほんと？　あなた無理しないでね、厭なら構わないんだから」

「そんなことないさ。ただ、久し振りにお目にかかるわけだし、何と言っていいか分からなくはあるけれど」

「いいの、心配しないで。父は英彦の顔を見ればもうメロメロなんだから」

英彦は若狭家にとっては血を分けた唯一の男の子だ。郁子の兄で興亜建設の常務である林太郎には二人の娘しかいない。郁子の妹たちも一人は独身で現在はアメリカ住まいだし、もう一人は既婚だが子供はなかった。それもあって英彦が生まれた時の源之助の喜びようは大変なものだった。

そもそも郁子が妊娠したと知った源之助は、興亜グループが経営する御茶の水の興亜記念病院の産婦人科部長を社長室に呼びつけて「絶対にミスがないように」と督励したほどで、予定日を過ぎると郁子を興亜記念病院に強引に入院させてしまった。龍彦はそんな必要はないと思ったが、担当医に熱心に勧められればノーとは言えなかった。結局、郁子は予定日を過ぎて一週間後に人工出産で英彦を生んだ。この時も龍彦は医師の措置に反対した。だが、胎児の成長が早くこれ以上そのままにしておくと分娩《ぶんべん》に支障が生じる可能性もあると言われれば、やはり否とは言えなかった。

夜間を避けるということで郁子は昼に英彦を出産したが、龍彦は雑誌の校了期間中で立ち会えなかった。義母からの電話で男の子が無事生まれたこと、郁子も順調であることを知らされた。病院に駆けつけると若狭の家族たちがすでに詰めかけていた。源之助もいたし、義兄嫁《あによめ》や郁子の妹たちも揃っていた。郁子は特別室で眠っていた。龍彦が部屋に入ると目を覚まし瞳にうっすらと涙を滲《にじ》ませた。だが、側にいる義母や義父が一緒になって目を潤ませているのを見て、龍彦は素直な喜びの感情が胸の出口でつかえたような具合になった。こういう成り行きは何かが決定的に間違っている、そう思った。

「だったら、そうしようか」

箸を置いて龍彦は立ち上がった。

「果物でも剝《む》く？」

と郁子が言う。

「いや、すぐに事務所に行かないと」

「じゃあ、いまお茶を淹《い》れますね」

「お茶も要らない。時間がないんだ」

龍彦は急ぐ素振りを見せながら着替えのために寝室に向かった。一刻も早く郁子の前から離れたかった。

九時半すぎには事務所に着いた。

事務所での話題も今朝の額田辞任のニュースで持ちきりだ。

情報蒐集《しゅうしゅう》に精出していた金子によると、辞任を嫌がる額田の首を松岡が強引にもぎ取ったのがやはり真相のようだった。

「昨夜の話し合いまで額田は拒否の姿勢を完全には崩していなかったようです。説得役を引き受けていた奥野相手に、そんなことならお前や松岡も道連れにすると逆に凄《すご》んでいたらしい。松岡が官邸に呼びつけて直談判《じかだんぱん》で辞職を決めさせた。辞めないのなら党を除名すると言ったそうです。ここから先は真偽は分かりませんが、どうやら松岡は警察情報で山懸とは別件のネタを仕入れていて、それで額田を脅《おど》しつけたらしい。それも一つや二つじゃなかったみたいで、洗いざらい額田の悪行の証拠を彼の目の前に並べ立ててみせたそうですよ」

龍彦はそんなことだろうと思った。さらに金子は不気味な情報を口にした。

「近々奥野も飛ばすみたいです。今朝あたりからそんな話が流れている」

「まさか」

「本当です。額田が辞めた以上、野党の追及は奥野に絞られる。松岡としては二人とも処分して早く身軽になりたいんでしょう」

「しかし、奥野が辞めたら内閣そのものが吹き飛んでしまうじゃないですか」

「川上を持ってくるという噂です」

龍彦はその名前を聞いて驚いた。川上は、政治改革本部の本部長代理を務める旧藤田派の大物である。これまで三代の首相のもとで内閣官房長官を務め上げた内務官僚出身の能吏だった。彼の中央省庁への睨《にら》みは凄まじく、いまでも各官庁事務次官経験者を主軸に「川上機関」と呼ばれる官僚のネットワークを霞ヶ関に張りめぐらしているといわれる。

「川上さんは受けるんですか？」

すでに七十を過ぎた川上が、いまさら死に体内閣の中枢に入って経歴に傷をつけるような馬鹿な真似はしまい。

「それは分からないですが。そんな噂があるだけですから」

龍彦に言われて金子自身も首を傾げてみせた。

「ただ、川上だけではなくて、執行部の入れ替えも松岡は目論《もくろ》んでいるんじゃないかと松岡番の記者が言っていました」

「そんな無茶な」

「このままじゃ選挙制度で野党と妥協しようにも党内がガチガチでどうしようもない。そこで松岡は坂上や大関さんを外せないかとさかんに動いているそうです」

龍彦も、揉めている政治改革法案について、党議決定を楯に動こうとしない幹事長の坂上や総務会長の大関に松岡が苛立《いらだ》っていることは知っている。親しい記者には「肝心要《かなめ》のところに急坂もあれば関所もある」とこぼしているらしい。急坂や関所とはむろん坂上と大関のことだ。しかしいくら総理総裁といえども、自分の都合で簡単に党三役の更迭ができるはずがなかった。そんなことをすれば二人の出身母体である瀬戸、柴田両派が黙ってはいない。逆に松岡の方が進退きわまる状況に追い込まれてしまう。

龍三も坂上も、政治改革に関して野党と妥協すること自体、別に異論があるわけではなかった。げんに龍三は先の全国遊説でも、一刻も早い政治改革の実現を訴えている。ただ、要は政権戦略との絡みである。松岡は選挙制度改革を柱とする政治改革三法案をなんとか今国会で成立させるか、ないしはそれを争点に解散に打って出て政権の延命を図ろうとしていた。龍三たちにすればそれだけは何としても避けたいのが本音だった。松岡が政治改革を楯に政権に居すわる前に山懸問題で彼を辞任に追い込まなければ、松岡降ろしの最大の大義名分を失うことにもなりかねない。しかし、そうした龍三たちの政治改革に対する煮え切らない態度が、ここまで積極策に出てきた松岡の前では国民の目に「改革つぶし」と映りはじめている。

龍彦が危惧《きぐ》するのはそこであった。

龍三はサミット後のアストン訪日までは松岡で行くしかないと考えているようだが、こっちが外交案件に気兼ねして松岡を野放しにしている内に、松岡は内政案件である政治改革で龍三たちを身動き取れない状態にしようとしているのではないか。松岡はアストン訪日で点数を稼ぐ以上に、その効果を重視しているのかもしれない。

しかし幹事長、総務会長の首をすげ替えるなどということは、いくら総理総裁の権能が大きかろうとこの民主国家でできることではない。そんなことをすれば独裁と同じことになってしまう。ただ、奥野を解任し川上を官房長官に据える人事はあり得ることだった。政治改革実現のための総力戦人事と言えば国民に十分に説明もつく。実際、政治改革一筋の川上を閣内に取り込めば、松岡内閣の力は一定程度強化されることになろう。

「その話、親父には知らせましたか？」

龍彦は金子に訊いた。いま情報をまとめているところだと言うので、すぐに伝えるように依頼する。金子が引き受けて龍彦の席から離れようとした時、彼はその後ろ姿に声をかけた。

「金子さん、選挙のこと決心しました。これからいろいろお世話になります」

金子は振り向き、笑顔を見せた。

「ええ、聞いています。私でできることがあったら何でも言ってください」

「吉川さんのこと、申し訳ないと思っています。向こうに行ったら真っ先に頭を下げてきます」

金子は微妙に表情を歪《ゆが》め、

「もういいんです。別に気にしていませんから」

と言う。龍彦は立ち上がって頭を深々と下げてみせた。そして顔を上げると金子の両手を握った。

「親父のこと官邸に入ってもよろしくお願いします。政権の命運は金子さんの手腕にかかっていますから」

金子は強く握り返してきた。

「本当は龍彦さんについてきて欲しかったんだと思いますよ、先生は」

龍彦は首を大きく横に振った。

去っていく金子の背中が心なしか膨らんでいるのを龍彦は見た。総理秘書官という地位を約束されたことで、彼は昔の威勢を取り戻そうとしている。

22

昼のニュースのトップはむろん額田の議員辞職に関してだった。

世田谷の私邸を出る額田本人の映像、首相周辺、各野党党首の反応、検察庁前からの中継と延々関連映像が報じられる。龍三の記者会見が取り止めに決まり、龍彦はテレビを見ながら手持ち無沙汰を味わっていた。サミット、それに続く日米首脳会談が終わる七月五日まで事実上の政治休戦ということになる。龍彦が東京でやることは当分なくなってしまった。参議院選挙の公示は国会閉会翌日の七月十一日である。松岡が解散を強行し衆参同日選挙になるとしても、投票日は二十五日で変わらないだろう。龍彦の方も少なくとも今月中には出馬を表明しなくてはならない。尚彦の出馬取り止めが発表されるのが明日あたりのはずだから、二、三日は冷却期間を置いて、月末ぎりぎりに龍彦は福岡入りすることになる。選挙戦に突入すれば東京に戻ってくることはできない。

龍三は松岡の手で解散させてもよい肚《はら》のようだから、どのみち政局が動くのは選挙後になる。

龍三が内閣総理大臣に就任する姿を龍彦は議員の一人として国会本会議場で眺めることになる。そう考えると龍彦は身内が妙に熱くなってくるような気がした。とにかくこれからひと月は自らの厳しい選挙戦に全力を傾注することだ。

ぼんやりとテレビ画面を眺めていると、アナウンサーの声が急に緊張した。

「たったいま、臨時ニュースが入ってきました。今日午後二時から松岡首相が緊急記者会見を行なうことになりました。その場で松岡首相は退陣を表明するもようです。繰り返します、本日午後二時から松岡総理大臣は緊急記者会見を行ない退陣を表明することになりました。臨時ニュースを申し上げます……」

アナウンサーの席に次々と新しい原稿が届く。それを手元で整理しながら高ぶった声のアナウンスが繰り返された。

「この時間は『ひるどき日本列島』の時間ですが、臨時ニュースが入りましたので引き続き時間を延長して政局関連のニュースをつづけます。繰り返します、本日午後二時より松岡内閣総理大臣は緊急記者会見を開き、退陣を表明することになりました」

龍彦はしばらく事態が呑み込めなかった。

テレビ音声を聴きつけて事務所の皆が中央の作業台の上に置かれたテレビの前に集まってくる。龍彦はがやがやとした足音、驚きの声、室内のどよめきをどこか遠くから聞いているような気がした。

「建設資材メーカー山懸工業による政界への多額の不正献金問題が表面化し、その政治責任が厳しく問われていた松岡首相は、国民の間に広がっている深刻な政治不信の責任をとって本日二時からの緊急記者会見で退陣を表明することになりました。繰り返します、松岡首相が退陣することになりました。今日午後二時からの緊急記者会見で正式に退陣を表明するもようです。山縣工業問題では今日午前、松岡派の幹部で松岡内閣発足時の建設大臣額田篤男代議士が不正献金受領を事実上認め、議員辞職願を岡田衆議院議長に提出しましたが、この事態を受けて、党四役を総理大臣官邸に呼び善後策を協議していた松岡首相は、国民に大きな政治不信を招いた今回の山縣工業問題に関する政治責任を明らかにするとともに、人心の一新を図ることで国政の混乱を鎮めることを決意し、今日午後二時からの緊急記者会見で退陣を表明することになりました」

スタジオの中を大勢の人が行き交っているのだろう、ときおり大きな足音が響いたり、機材か何かが動く音がマイクロホンに拾われ騒然とした雰囲気となっている。

政治部記者が急遽《きゅうきょ》アナウンサーの隣の席につき、驚きを隠せない表情で解説を始めていた。

「非常に急な退陣表明のようですね」

「そうですね。さきほどまで続いていた党四役との会談で、総理自らが決断されたようです」

「総理官邸も退陣について認めているんですか」

「ええ、さきほど緊急記者会見について奥野官房長官より趣旨説明が内閣記者会に対して行なわれまして、退陣の記者会見であることが伝えられました」

「今日の退陣表明というのはあらかじめ決まっていたんでしょうか」

「いや、まったく今日になって総理が決断したようです。山縣工業問題で自派の幹部の額田元建設大臣が議員辞職を明らかにしたことで、総理としてもここで自らけじめをつけない限り、現在与野党間で疑惑解明と絡めて駆け引きが続いている政治改革法案の成立は難しいと判断されたのだと思われます。四役との会談でも、冒頭に総理の方から退陣する旨の話があり、その後の対応策について今後の政治日程も含めて突っ込んだやり取りがなされたようです」

「本格政権として二年前に発足した松岡内閣ですが、結局、山懸工業問題で国民の大きな政治不信を生み、瀬戸内閣同様、政界スキャンダルで政権を手放さざるを得なくなったわけですが」

「そうですね。最近の松岡首相はサミット直後にアメリカのアストン大統領を日本に招待するなど活発な首脳外交を展開することで、政権の浮揚を目指していたのですが、内閣支持率も戦後最低の水準を記録するなど、その政権運営は事実上困難な状況になっていました。結局そうした国民の大きな政治不信のうねりの中で、総理自身が明確な政治責任を明らかにせざるを得ない立場に追い込まれたということだと思います……」

龍彦は全身が痺《しび》れたように身動きがとれなかった。一体どういうことなのか。どうして松岡が退陣するのか。狐につつまれたような気分とはこのことだろう。龍彦さん、と女性事務員が呼んでいる声がようやく耳に入ってきて、龍彦は首だけひねって彼女の方を見た。

「先生がすぐに上にあがってきて欲しいそうです」

頷《うなず》いて立ち上がる。一瞬足元が揺れた。

龍三はソファに腰掛けてテレビを見ていた。龍彦が入っていくと微《かす》かに頬を緩めてみせる。

「こういうことだ」

訊く前に自分からそう言った。その一言で龍彦は龍三が松岡の退陣を承知していたことを知った。

「驚きました」

それだけ言うのが精一杯である。

「お前にも黙っていて済まなかった。ただ、こういうことはやはり誰にも言うわけにはいかない。気を悪くせんでくれ。派の連中でも知っている者はいなかった」

「そうですか」

「まあ、そこに座りなさい」

テレビを消して、向かいのソファを指さす。腰を下ろすと、龍三は煙草を一本抜いて龍彦の方に煙草の箱を差し出してきた。龍彦も一本貰う。ライターの火をまず龍彦に向け、それから龍三は自分の煙草に火をつけた。

「松岡さんはどうして辞めたんですか」

龍三はしばらく黙って煙を吐き出すと、龍彦の眸《ひとみ》を一瞬射るような鋭い視線で見据え、そして表情を和ませた。

「私はこの二日ばかり日米首脳会談のことを考えた。今朝も言ったようにもし日米会談をやるならば松岡にフリーハンドを与えるしかない。それはこの国のために最低限必要なことだ。しかし、どう考えてみても、いま日米が話し合って上手くいくことはない。外務省の方もサミットで手一杯で何の準備もしてはいない。谷本がこちょこちょ動き回ってはいたが、それはアストンに訪日の約束を取り付けるためだけのもので、決して会談の内容を我が方に有利に持ち込むための交渉ではなかったろう。アメリカの現在の空気は、我が国民が想像しているよりも遥《はる》かに深刻な状況にある。この前チューリヒに出かけた時、国務省の連中とも意見交換してきたが、ダグラス政権の時代とは対日方針が百八十度転換していると私は感じた。ようするに今のアストン政権は本気で我が国を叩こうと考えている。一種の熱病に冒された状態と言っても言い過ぎではなかろう」

龍三は淡々と語るが、時折挟まる「我が方」、「我が国民」、「我が国」という一語一語には言い知れぬ重みがあった。それらは国家を代表した人間のみが真に使用を許される、まさしく元首の言葉ではないのか。

「二日間で河野君たちにも協力してもらって、集められるだけの情報を集めてみた。アストンが松岡に何を要求するつもりなのか、その項目を洗い出したかったからだ。対ロシア支援などはどうでもいいことだと私は思っている。そんなものは慈善事業と思えば多少の資金を融通したところでどうということもない。少しばかり政府が国民から軟弱だと責められればそれで済む話だ。そんなことをいちいち気にしていては、外交はできない。しかし、いいか龍彦、いずれお前にも分かってくるだろうが、日米関係はそうはいかない。これだけは細心の注意と政治家としての全精力を傾けて当たらないと日本という国家そのものの存続を危うくしてしまう。英米というのは過去三百年にわたって一度も戦争に負けたことのない国家だ。英米と組んで失敗した同盟国はない。我が国もついこの間そのことを痛切に思い知らされたばかりだ。不敗の国家と付き合うことは、それだけで心胆を寒からしめるものだ。アストンは本気で日本のマーケットをこじ開けるつもりでいる。そんなことをしたところで幾らにもならんことを彼はまだ認識しておらん。松岡の足元を見て、目標値を押しつけてくるつもりだ。一歩も引かぬ構えで来日する気でいる。信じられんような話だが、それが現実だ。いまの松岡が、二十も三十も若いあの無知だが能弁な大統領と互角に渡り合えるとは私には思えない。結局譲歩することになる。少なくともその可能性がある。お前は昨日松岡は国益を捨ててでも政権保持に奔《はし》るつもりだと言った。その通りだと私も考えた。もし松岡がアストンに負けてしまえば、折角の緊急経済対策もフイになってしまう。為替も株式市場も大混乱に陥る。我が国の経済は一頓挫《いちとんざ》をきたすだろう。それだけは絶対に避けなければならない。坂上とも一晩話し合ってみた。彼も同じことを言っておった。結局、結論はひとつしかなかった。この日米会談を流すしかない」

龍三の言う意味が龍彦には分からなかった。それが松岡の退陣表明とどうつながるのか。

「それで、松岡を説得したのですか」

「説得などしない。そんなことをしても奴が言うことを聞くはずもない」

「じゃあ……」

龍三は真剣な顔つきで身を乗り出してきた。その痩《や》せた小さな身体が二倍にも三倍にも大きくなって見える。

「龍彦、私は松岡がいま辞めようが、しばらく首相でいようがそんなことはどうでもいいのだ。しかし、この国の経済をくだらない一人の男のために駄目にするわけにはいかない。今回のアストン訪日を中止させるために何をすべきか、そう考えればあの男に辞めてもらうしかなかった。それだけのことだ」

「しかし、どうやって」

龍彦が呟く。

「今朝、アメリカ大使館を通じて官邸にアストンから松岡宛の秘密電報が入った。それで松岡は辞めた」

「アメリカから？」

「レナードを通じてホワイトハウスに少し細工をした。坂上も別の国務省ルートで同じ情報を流してくれた。幸いそれが功を奏した」

「まさか」

龍彦はようやく龍三や坂上が何を行なったのか察しをつけたのだった。

「コメ、ですか？」

龍三が小さく頷く。

「本当はこんなことはしたくはなかった。どちらにしろアメリカを利用することに変わりはない」

と言う。そして、

「それにしても、向こうも読みが甘い。アストン政権は本当に危機的だな。これからが大変だ」

と、ぼそりと苦渋に満ちた顔で独りごちた。

龍三と坂上は松岡がコメの市場開放を確約することを今回の訪日の条件に付け加えるようにとアメリカ政府に働きかけたのだ。行き詰まったままのウルグアイラウンド交渉はアメリカのファスト・トラック（無修正一括審議）が十二月に延期されたことで決着が遅れている。しかし日本市場の閉鎖性の象徴であるコメ市場の開放をアストンが対日要求の最重要項目としてい違いない。

――松岡はこれまでの言動でも分かる通り、コメの市場開放をやりたがっている。ここでアストンの方から強硬に開放要求を出せば、外圧を理由に国内を納得させることもできる。まして今回のアストン訪日には松岡の政治生命がかかっているのだから、彼はたとえコメといえどもアメリカの要求を呑まないわけにはいかない。コメではっきりとしたことを言えないのなら来日できないと言ってやれば必ず松岡は折れてくる。いまこそコメ市場を開放し、日米関係の喉に刺さった小骨を取り除く絶好の機会だ。

コメ開放を猛烈に迫るアメリカからの秘密電報を手に取った今朝の松岡の驚愕《きょうがく》は察するに余りある。コメ市場の開放を確約してしまえば、参議院選挙はおろか衆議院を解散しても惨敗は必至である。しかもファスト・トラックの延長や米欧農産物交渉の混乱ですっかり高を括《くく》った感のある党内農林族議員の反発は、現在の政治改革の比ではない。コメの輸入自由化は政治改革などとは次元の違う、党の根本を揺さぶる問題なのだ。いくら松岡でも党を破壊してしまうような約束はできない。しかし、もし受諾しなければアストン訪日が中止になる。そうなればやはり松岡の命運は尽きる。松岡は進退きわまったに違いなかった。もはや彼には政権を投げ出す以外に残された道はなかったろう。

日本の保守党一党による半世紀の支配を本当に支えてきたものが一体何であるか、龍彦は痛切に思い知らされたような気がした。いかなる疑獄事件もいかに拙劣な経済政策も外交も、政権と政治家を痛撃することはない。しかし、いまや産業分野の末端に過ぎないコメの問題で政権はこうもたやすく瓦解《がかい》するのだ。

コメの自由化が不可避であることは党内はもとより世論においても、すでに暗黙の合意が成立している。しかし、政府も党も表向きは一貫して自由化阻止を打ち出してきた。来年二月には任期満了を迎える衆議院の解散総選挙の日程を睨《にら》みながら、いかに選挙に打撃を与えない形で自由化受け入れを実現するか、それがここ四年間の各政権の使命だった。そのためにはウルグアイラウンドの提唱する例外なき関税化を受諾すると同時に、コメ生産農家への莫大《ばくだい》な補助金を手当てしなくてはならないが、巨額の歳入欠陥を生んでいる現在の財政状況でその予算を確保することは容易ではなかった。なんらかの特別国債の発行を含めた対応が党農林部会および財政当局の手で内々に検討されているが、この政治不信渦巻く最中にそんなことをあからさまに提案すれば、今度は都市住民から痛烈な批判を浴びることは必至である。

戦後保守政治を裏で支えてきたのは、強固な保守地盤である農村票を常に党が押さえてきたことだった。財界の意向に沿って重工業化路線を徹底的に推進し、国土開発、鉱工業生産第一主義の高度経済成長政策を取りつづけてきた保守党政権は、その偏重した政策によって最も大きな打撃を受けてきた都市周辺および地方農村の支持を基盤としてきた。その矛盾する党の体質が、農業予算の聖域化を生み農業団体の専横を生んだのだ。

アメリカの求めるコメ市場開放など、とっくの昔に認めてしまえばよかったのかもしれない。総理の大権に目覚めたはずの松岡であれば、アストンの要求を呑んでしまえばよかったのである。ここまで踏ん張ってきた松岡がいともたやすく政権を手放す方を選んだことが、龍彦にはむしろ意外な気がした。しかし、選挙と財政措置の困難を考えれば、党人としての経歴を積み上げてきた松岡にはそうするしかなかったことも納得できる。

かつてキングメーカーとして君臨した藤田元首相は自らの権力の源泉について問われて、

「日本における政策決定者は与党である。従って与党で指導的な力を掌握する者が、日本の政策を動かすのは民主主義の原理からして当然のことだ。総理大臣などというものは、政策の執行を任務とする代理人にすぎない」

と答えたものだ。結局、この国の政権が藤田の喝破した通りであることを松岡もまた立証したというわけだ。四十年にわたって続いてきた現在の保守党政権の体質的矛盾はすでに極まってしまっている。龍彦は松岡辞任の真相を聞かされてそう思った。

だが、龍彦の表情にそうした思いを感じ取ったのか、龍三は顔つきを改めると厳粛な面持ちになってこう言ったのだった。

「龍彦、政治はひとつの奇跡なのだ。人は人との合成によって初めて奇跡を生む。いや人は人とつながることで奇跡となるのだ。一人一人の人生にたとえ一切の意味がなかったとしても、人間の集合には必ず意味がある。その意味の表象こそが政治というものだ。お前は、松岡はその熾烈《しれつ》な欲望の力で不可能事を可能にするかもしれぬ、と言った。だがな龍彦、たった一人の人間の意志が巨大な人間集団を思いのままに動かすことなど絶対に不可能なのだ。民主政体がこの世界で最後の統治形態として生き残ったのは、その当たり前の真理にようやく我々が気づいたからにすぎない。人間は集団として合成されることで、その集団の成員個々の存在の意味を初めて確認できるのだ。それこそが奇跡であって、その奇跡を一個人の力で作り替えることなどあり得ない。この国にはこの国の人々のみが培《つちか》ってきた文化がありルールがある。それを事の是非や、かりそめの正義不正義だけで一夜にして変えることなど誰にもできはせん。そんな法外な奇跡を誰かが盲信するとしたら、それは狂気の産物でしかない。我々政治家に与えられた仕事は、そういう狂気を封じ込めることであって、自らの力で文化やルールを勝手にでっちあげることでは断じてない。だからこそ、西欧という一辺境の人間たちが作り上げたルールを鵜呑《うの》みにすることは、この日本という国家を白人たちに売り渡すことと同じなのだ」

「父さんは、コメの市場開放には反対なのですか?」

龍三の言葉に龍彦は思わず口を開く。都市住民の圧倒的支持を基盤に政治力を養ってきた龍三は、これまで一貫して農業政策に無関心な態度を取りつづけてきた。それは保守政治家としては賢明な振る舞いだったが、コメの市場開放など瑣末《さまつ》な問題と龍三は内心見做しているに違いない、とこれまで龍彦はてっきり思い込んでいたのだった。

「当然だ。国内コメ市場の価格自由化には賛成できても、この瑞穂《みずほ》の国の魂を外国に売り渡すような真似をしてよいはずがあるまい。コメの開放を許すことは、天皇制を放棄するにも似た国家最大の愚行だ。そんな日本の根幹を破壊するような行為を私が認めるわけにはいかない。いずれ愚かな政治家が現れて、目先の経済的利益だけでコメ市場開放に手をつけることになるだろう。世論もマスコミもいまやそれは不可避だ、などとほざいておる始末だ。そういう連中はコメを皮切りに何から何までを西欧に売り渡そうとするだろう。もし国民が指をくわえて見過ごすのならば、それはそれで仕方のないことだ。だが、私の政権のあいだはどんなことがあってもコメの市場開放など絶対にさせはせん。松岡でささすがにそこまでの愚行を犯すことはなかった」

龍彦はこの龍三の言葉に強い衝撃を受けていた。同時に総理の座に就く者の計り知れぬ底深さに、いわく言いがたい畏怖《いふ》を感じたのだった。

「国家を超えた政治を認めることは、人間たちの無限の合成を求めることと同じだ。私はそんな理想世界はこの世では決して実現し得ないと確信しておる。であるならば、政治家の唯一の役割は、自分の生まれ育った国家国土国民をその国家国土国民らしく保つことなのだ。日本は日本らしく生きねばならぬ。日本人は日本人らしく生きねばならない。また、そうする以外にこの国もこの国の民も生き延びていく道はないのだ。古山にしろ坂上にしろ、倉本にしろその肝心のことを見失っておる。私が彼らを見ていて何より恐ろしいのはそういうあの男たちの我が国の歴史を軽視したどうしようもない愚かさだ」

龍彦は重々しく語る龍三の顔を眺め、かつて藤田が龍彦の面前で不意に語気を緩めて、まるですがるような目つきで口にした言葉を思い出していた。

――龍彦君、お父さんによろしく伝えてくれたまえ。藤田は、そんなに金権でも汚職の親玉でもない。ちゃんと血も涙もある立派な日本人だとな。

「大関さんから連絡はありましたか」

龍彦は奇妙な脱力感を覚えながら、龍三に訊《たず》ねた。

「官邸での会議の後すぐに電話を貰った。もうじきこっちに顔を出すはずだ」

「今後のことは？」

「アストンの招聘《しょうへい》は中止だ。外務省を通じてアメリカには早急に連絡することになる。松岡が辞任した以上アメリカとしても受け入れざるを得ないだろう。ダグラス訪日の時、一度向こうの方が内政問題を理由に延期を申し入れてきたことがある。外交儀礼上もこれでおあいこということだ」

意図的にか龍三は松岡後継問題には触れない。

「選挙はどうなるんです。松岡で闘うんですか」

「辞任はサミット後ということだ。参議院選挙の公示前には総裁を辞めると本人が言っている。総裁選出は選挙後ということになるかもしれないが、少なくとも代行は七月十日までに選ぶことになる」

「手続きは？」

「まあ、総裁選は無理だろうな」

龍三は突き放すようなもの言いになっている。こういう反応を示す時の龍三は、相当の自信を秘めているのだ。不思議なものだ、いまや龍三の全身から玲瓏《れいろう》とした精気が発散されはじめているのが龍彦には分かる。

「いつからですか、話し合いは」

「一応、今夜から始まるんじゃないか。坂上君が夕方こっちに来るそうだ」

「坂上さんが調停に回るんですね」

「松岡が彼に一任した」

「全面降伏ですね」

「怖いんだろう。額田に渡った金は確実に松岡に行っている。坂上は昨日からそれで相当きつく松岡を脅してくれた。もともと松岡が坂上を切ろうとしたのがまずかった。それであいつも本気になってしまった」

幹事長の坂上が各派領袖《りょうしゅう》や首相経験者を中心とした党最高顧問のもとを巡り、次期総裁の人選で意見集約を図る、という道筋もどうやら龍三が決めたようだ。これで総裁代行に龍三が就任することはほぼ間違いがないだろう。参議院選挙を考えてみても、いまの松岡では地方遊説のお呼び一つかかりそうにない。党の顔として立てるとなれば龍三をおいて他に人は見当たらない。選挙結果がどうであれ、選挙後に龍三が第十五代党総裁に選ばれることは代行就任と同時に確定する。

実にあっけない決着である。

だが、坂上が事実上の指名権を握ったことで次期柴田政権においても瀬戸派の党支配の構図は揺るがないことになった。幹事長を約束通り倉本に渡したとしても、倉本グループそのものが早々に瀬戸派に吸収される。場合によっては坂上の幹事長留任もあり得た。その時は倉本が大蔵大臣に回る。その辺もすべて瀬戸派内の派内調整ということになる。龍三もまた松岡同様、政策執行の代理人として瀬戸派の数の支配の下に隷属することになるのか。

しかしさきほどからの龍三の話を聞いていると、龍三こそが、瀬戸派の母体であった藤田派の正統を引き継ぐ恰好《かっこう》の人物であるような気が龍彦にはしていた。

「瀬戸さんは何と言っているんでしょう」

「坂上一任で構わないそうだ。古山さんがさっき連絡してきた」

「そうですか」

龍彦は、龍三が念願の総理の地位を射止めたにしては、高ぶった気持ちになれない自分に驚いていた。龍三の方もそれほど興奮した様子はない。淡々と事が進んでいくだけのように思える。日本という大国の新たな最高権力者が誕生する瞬間に立ち会っているのだが、案外こんなものか、という印象の方が強い。

これが歴史的一瞬というものなのか。

龍彦はアテが外れたような、気勢を削《そ》がれたようなぼんやりとした気分だった。

官房長官を皮切りに、数々の主要閣僚、党役員を務めてきた龍三は内閣総理大臣としての資格という点では十分である。言ってみれば龍三はなるべくして総理に就任する人物だ。これは、それほど驚くに値しない出来事なのだ。龍彦には、そうした感慨の方が強くなっていた。

「いよいよだな」

龍三がぽつりと洩《も》らした。

「ええ、いよいよですね」

龍彦も同じことを言う。

「私は仕事を精一杯やる。その結果政権が短くても構わない。歴史に恥じない政権を作るつもりだ」

こういう時、一体何を言えばいいのか——しかし龍彦の口をついて言葉はすらすらと出てくる。

「内外の諸情勢は困難を極めています。我が党への信頼も地に堕《お》ちた状態からの出発です。早急に政治改革を断行し、徹底的な綱紀粛正を図らなくてはなりません。景気対策は国債発行を要求するでしょうし、同時に財政再建にも手をつける必要があります。土地価格の暴落はすでに始まっています。膨大な不良債権を各金融機関は抱えることになります。これまでのような銀行行政ではもはや通用しないでしょう。ウルグアイラウンドも年内に決着させなくてはなりません。首都圏での大規模地震の発生も不可避です。一刻も早く首都機能を分散し、首都の防災対策を徹底すべきです。高齢化社会に対応した年金制度の確立、初等から大学までの教育制度の抜本的な改革、地方自治の振興、小さな政府を実現しなくてはなりません。この国の英知を結集して高速通信網を構築し、科学技術と環境保護での国際貢献が必要です。大量生産、大量消費の戦後型産業構造はすでに限界です。潜在生産力が現状の二倍に達している我が国の生産力構造をただちに転換し、高付加価値少量生産の産業構造に作り替えなくてはなりません。自衛隊の装備の近代化、アメリカのＴＭＤ（戦域ミサイル防衛）への参加を積極的に進め、ＧＰＡＬＳ（限定攻撃グローバル防衛）で我が国土を限定核使用の脅威から恒久的に解放しなくてはなりません。そのすべてを国民との開かれた対話を通して実行するのです。何ごとも隠し立てせず、あらゆる機会をつかまえて説明し、理解を求めることです。それによって我が政権の名を歴史に刻み込むことができるでしょう。新時代の日本の運命はすべて今後の父さんの決断と実行にかかっています」

龍三は黙って聞いた後、さすがに引き締まった表情になった。

「うむ。ただちに内閣の主要方針とキャッチフレーズの策定に取りかかってくれ。お前にとっては初めての選挙もある。大変だろうが、私は人生のすべてをこの政権に賭《か》けて燃焼しつくすつもりだ、お前には大きな仕事をやってもらう」

龍彦は頷いた。だが、さらに澎湃《ほうはい》とわき上がってくる龍三の光彩の眩《まばゆ》さをたじろぎつつ見つめながら、いま自分が口にした言葉がひとかけらのリアリティーも自分自身に対して持ってはいないことに彼は気づいていた。それらの言葉は、この四年間龍三のスピーチライターを続けながら一貫して抱いてきた、色あせた空虚さを尚更に龍彦に感じさせたに過ぎなかった。

23

渋谷《しぶや》まで地下鉄半蔵門線で出て、東急東横線に乗り換え学芸大学駅で降りた。

有村武史の現住所は地図で確認すると、ちょうど学芸大学駅と次の都立大学駅の中間にある。目黒区碑文谷《ひもんや》四丁目、碑文谷警察署よりも目黒寄り、目黒通りを左に折れてすぐの番地だった。二〇一号とあるからマンションかアパートなのだろう。学芸大学駅からも距離があるので歩くと十五分はかかりそうだ。東口に出て、銀行の角を右に入る。地図のコピーによれば、この真っ直ぐの道を行けば目黒通りにぶつかり、大きなスーパーの前の信号を渡って二、三百メートルも進むと目当ての場所のはずだった。

午前中、文部省の高等学校課に照会を依頼すると一時間足らずで回答が来た。武史が進学していたのは江戸川南学園という私立高校で、彼は昨春、無事に卒業していた。卒業生名簿で現住所もすぐに確認できたようだ。江戸川南学園はおよそ名門校とは程遠い数年前にできた新設高校であるらしかった。

大学に進んでいるにしろ、就職しているにしろ、昼間は留守だろうとは思ったが、所在だけでも確かめようと龍彦は事務所を出てきた。二時からの松岡首相辞任会見のテレビ中継を見る気がしなかったこともある。

武史は中年の女性と一緒に成城の家を出ていったという。おそらく、その女性というのは武史の実母ではないだろうか。もしかしたら母子二人で暮らしているのかもしれない。

目黒通りに出ると、スーパーダイエーの大きなビルが目の前に建っていた。武史の家はあの裏あたりのはずだ。ホンダの整備工場の脇の信号を渡ってダイエーの出入口の横を抜ける。ちょうど松岡の記者会見が始まった時分だが、店内を見通すと大勢の買い物客で賑《にぎ》わっていた。日本の総理が辞任するというニュースも、人々にとってはそれほどの関心事ではないのだ。

国民は、自分たちから積極的に政治に注意を払おうなどとは思わない。政治家の悪口は言うが、そういう政治家を選んでいるのが自分たちであることには気づかない。税金が高いといつも不平をこぼすが、その使い途《みち》を点検しようとはしないし、税金を正しく使わせるために少しばかり政治に投資しようとは思わない。正直なところ国民に広く相談したところで素晴らしい政策が生まれるなどというのは民主主義の幻想でしかない。結果は逆に様々な軋轢《あつれき》を生じ、混乱を増すだけのことだ。ウェーバーは『職業としての政治』の中で「現実の世の中がどんなに愚かであっても、断じて挫《くじ》けず、どんな希望の挫折にもめげない堅い意志をもって、不可能事を目指して粘り強く闘い抜く」と書いたが、この政治の基本を知っているのは、国民ではなく始終批判に晒《さら》されてばかりいる政治家たちの方なのである。

いつの時代にも国民が政治に批判的な無関心を示すのは、政治家という職業自体への侮蔑《ぶべつ》があるからだと龍彦は思っている。政治などに首を突っ込もうと考える人間そのものが多くの人々は嫌いなのだ。それはさながら宗教者に対して大多数の人間が持つ違和感と似ている。龍三は人間の合成こそが政治であり、そこにのみ人の世の奇跡があるとさきほど語っていたが、しかし、人間は公共という名の下、あるいは真理という概念の下に個々人ではなく集合として取り扱われることが根本的に不愉快なのだ。

さらに龍三は国家を超えた人々の合成は不可能である、とも言った。

だがいまの龍彦にすれば自身はもとより、人というのは自分の目の前にいる最も親密な相手との合成にさえ躓《つまず》いてばかりのように思える。そして、そんな困難さを抱えながらも、人と人とが結び合うことで何らかの奇跡が生まれるのだとしたら、それは国家などという枠組み、国民などという集合とは本質的に無関係な、純粋に個人的な体験の中にしかあり得ないのではないか。むしろ、そうした個人的な体験を人間集団の規範の枠内に持ち込み、国家や社会への忠誠や愛といった言葉に仕立てて乱暴に国民に押しつけるがために、政治家は胡散臭《うさんくさ》い存在として常に人々から忌避されてしまうような気が彼にはする。

スーパーの裏手には幾つかマンションが並んでいた。地図を頼りに探すと、一番古ぼけた鉄筋三階建てのクリーム色のマンションが教えられた番地だった。

入口に「ストークハイツ大崎」と記されている。

二〇一号室の郵便受けのネームプレートは「有村」とある。やはりここで間違いないようだ。龍彦は階段を上って二階の踊り場で一度立ち止まった。大きな磨硝子《すりガラス》の窓が開いて相変わらずの雨空が広がっている。今朝は薄日が射していたのだが、午後に入っていまにも降りだしそうな空模様に変わってしまっていた。あたりはすっかり暗くなって、明かりのない踊り場には、じめっとした空気が淀《よど》んでいる。龍彦は気が滅入ってくるのを感じた。いまさら自分は一体何のために武史と会うのか。改めて四年前の罪を懺悔《ざんげ》し出馬の承諾を得るためなのか。さきほど松岡辞任の裏側を龍三に聞かされ、龍彦は満員電車の扉が不意に開いてホームにはじき出された時のような、そんな馬鹿馬鹿しい疎外感を強く覚えた。そして、無性に武史に会わねばならないと思って、黙って事務所を飛び出してきたのである。

四年前——。

かつて龍三が金城学園の理事長をしていたことを有村に告げた時は、すでに龍彦の気持ちは妙な方向に傾いていた。武史の高校進学で頭を抱えていることを有村はしきりにこぼしていたからだ。武史は中学校でひどいイジメを受けていて、そのせいで登校拒否を繰り返し、出席日数も及第すれすれの線だった。むろん成績も芳しくないから、教師も進学が難しいことを有村に伝えていたようだ。

案の定、有村は金城学園という名前に飛びついてきたのだった。

ただ、その時点では龍彦自身も武史一人くらい金城に入学させるのは難しいことではない、と思っていた。当時龍三は政調会長の要職にあったし、金子にでも頼めば何とかなるだろうと気安く考えたのだ。

「なんとかできるかもしれませんよ」

龍彦の言葉に有村は目を輝かせた。

「柴田さん、どうかよろしく頼むよ。金が要るんなら幾らでも都合つけるから。ああいう名門校は寄付金次第で入れてくれる枠があるっていうじゃない。武史の成績にゲタ履かせるとなれば、そりゃあ、結構な額になるかもしらんけど、金で済むことならなんぼでも用意させてもらうから」

有村は、その場で龍彦にすがりついてきた。有村の協力を得た記事が話題をさらっていた頃だから、時期はたぶん九月の末あたりだろう。場所はどこだったか。有村の行きつけの銀座の店で高い酒を飲ませてもらっていたのではなかったか。すでに薫との関係が郁子に知られ、薫の引っ越しを済ませて借金が嵩《かさ》み、龍彦はその不安を紛らわすために毎夜飲み歩いていた。このままでは二進《にっち》も三進《さっち》もいかない状況に追い込まれていたのだ。

龍彦は護国寺を出て行くことを真剣に考えはじめていた。薫と共に東京を離れ、誰も知らないどこか遠くの町で一緒に暮らしたいと夢想していた。そのためには、溜まっている借金の清算と、新しい生活の算段ができるほどの手元資金が必要だった。

サラ金への負債は一年半の間に金利が積もり積もって一千万円に迫るまでに達しており、その上、乖離性大動脈瘤《かいりせいだいどうみやくりゆう》で倒れた薫の父親を、二度の手術のために埼玉大学医療センターに入院させた直後で尚更《なおさら》金が必要になっていた。乖離性大動脈瘤は難手術で、宮城の自宅で倒れた父親は地元の県立病院では手のつけられない状態となり、それを龍彦が無理やり埼玉まで呼び寄せたのだった。最初は医者をやっている高校時代の同級生の紹介で東京女子医大の循環器センターにベッドを取ったのだが、カルテを取り寄せて事前に相談すると、症状が深刻で手術は難しいと言われてしまった。そこでまた別の知人を介して埼玉の医療センターに強引に運び込んだのだった。当然、差額ベッド代、手術費用、治療代は龍彦が負担するつもりだった。薫はひとり娘で、兼業農家である実家は裕福ではなかった。

金に糸目はつけないと有村が言いだしたとき、龍彦は「網にかかった」と感じた。その感触はいまでもよく覚えているから、やはり借金の片をつけるために有村から金を引き出すことを、龍彦はしばらく前から目論《もくろ》んでいたのだろう。

最初の三百万をいつ請求したかは、よく覚えていない。

利子返済のための借金をしようにも借りられる店がなくなり、クレジット会社のカードローンも銀行の個人ローンも限度額をとっくに超えてしまっていた。会社宛に何通もの督促状が届くようになり、龍彦の神経は擦り切れる寸前といってよかった。有村に金城学園の話を持ちかけた翌日か翌々日にはもう電話で金を無心したと思う。とりあえず三百万程度どうしても必要だった。むろん金城学園に武史を入れる目算など何もなかったし、入学手続きの詳細すら調べてはいなかった。まずは各理事に相談料という名目で金を五十万ずつ入れてみるが、まだどうなるか分からない。駄目な場合もこの金は戻ってこないと承知してほしい、と龍彦は有村に言った。電話でなければとても言えない台詞《せりふ》だった。有村は二つ返事で了解した。彼にすれば、そうは言っても政権党の有力者の息子が請け合い、しかもかつて理事長まで務めた人物のコネクションである。間違いがあるとは思えなかったはずだ。三百万はその日のうちに龍彦の口座に入金された。

最初の金の支払いを受けたあと、龍彦は事務所に金子を訪ねて「知り合いの息子で金城に入学したい子がいるんですが……」と持ち出した。金子の答えは見事なほどにべも無かった。

「金城はそういうことはもうやっていないんです。五年前に不正入学問題で一度騒がれたでしょう。それでオヤジさんが理事長に就任して、情実を一切排除されたんですよ。しかも政治家が理事長では世間から疑いの目が消えないということで、二年前に理事長もお辞めになったんですから。うちでは入学斡旋《あっせん》はやらないことにしていますし」

不正入学の綱紀粛清のために龍三が理事長の座についたというのでは、斡旋を頼めるはずもなかった。柴田事務所が学校、企業、官庁へ政治力で人を押し込むことをしないのは永田町では有名だったから、龍彦も知らないわけではなかった。だが、龍彦の頼みとなれば話は別だと高を括《くく》っていたのだ。しかし金子の様子では具体的な話を切り出すことも難しいようだった。龍彦は暗澹《あんたん》とした気分に陥った。金を受け取ってしまった以上、もはやできないでは済まされない。

その後は、嘘を糊塗《こと》するためにまた苦しまぎれの嘘を重ねるという、いま振り返っても背筋が凍るような思いの連続だった。

十月に入って有村が首尾を再三問い合わせてきたため、龍彦はさらに三百万の金を受け取った。金城の試験は十一月からだが、入試を受けさせると合否が判明してしまうし武史の学力で合格は不可能だったから、「親の突然の転勤などで年明けに必ず入学辞退者が数名出るから、その枠に押し込むことで話がついた」と誤魔化し、中学校に内申書だけ請求するようにと言った。十一月に入ると、さらに二百万を受け取った。

有村も次第に確証を求めはじめてきたので、一度有村を永田町の料亭に連れていき、文部省の役人を接待させたりした。大学時代の同級生が文部省にいたので「おもしろい不動産屋がいるから、一緒に飯を食おう」と誘ったのだ。当日は、有村に金城の件は一切口にしないようにと念を押したが、いつ話が食い違うかと龍彦は生きた心地がしなかった。しかし、この接待で有村は意外なほど龍彦の言葉を信用するようになった。その頃には「柴田事務所の名誉にかけて、武史君を金城に入れてみせます」と、龍彦は平気で口にしたりするようになっていた。十二月にはハイヤーをチャーターして武史を連れて金城学園に出かけた。放課後の学校の中をただ散策しただけだったが、それでもぼんやりしている武史はすっかり喜んで帰っていった。

武史は無口な子供だった。大きな東京の市街地図を抱えて車に乗り込み、金城学園までの道筋に赤の鉛筆で黙々と線を引いているので、龍彦がなぜそんなことをするのかと訊《たず》ねると彼はスラスラと東京の蜘蛛《くも》の巣のような道路網を諳《そら》んじて、成城の自宅から金城学園までの経路のすべてを昨夜検討し、運転手がどの道を選ぶかを確認しているのだと言った。

むろん各道路の道路標識をすべてチェックした上で彼が選択した最短コースは、驚くほど入り組んでいたが、実際に車が予想と異なる経路を辿ると、その道、その道で何メートルのロスが出ているかを瞬時に巧みに計算してみせた。龍彦は興味を持って熱心に武史の話を聞いた。武史は得意気に喋《しゃべ》り、それですっかり龍彦と打ち解けたのだった。

学園に着いて校庭から続く広い庭を散歩しているときも、武史の樹木や植物に対する膨大な知識に龍彦は舌を巻いた。

龍彦がしきりに感心してみせ「学校でもそういう知識をみんなに見せてやれば、きっと武史君のことを馬鹿にする奴なんていなくなるんじゃないか」と言うと、武史はぶっきらぼうに「余計に馬鹿にされるだけだよ」と答えた。

有村が直接金城学園に話を持ち込み、龍彦の一人芝居が露顕したのは、年が明けた一月末のことだ。彼は龍彦にねじ込むのではなく、真っ先に柴田事務所に駆け込んだ。二月の初め、突然金子が龍彦の会社を訪ねてきて、その時までにすべての身辺調査が終わっていたのだろう、その足で龍彦は大宮のホテルに連れていかれて軟禁状態に陥った。みぞれまじりの雨が降っていたあの寒い一日に、龍彦のすべてが崩れ去ったのである。

古びた階段を上り、龍彦は武史の部屋の前に立った。

表札には「有村武史　奈緒子」とある。奈緒子というのが母親なのだろうか。どことなくそうではないような気がして、龍彦は意外な心持ちになった。

腕時計で時間を確かめる。二時半を過ぎていた。

チャイムを二度鳴らすと、部屋の中で人の動く気配がする。ドア越しに女性の声がした。

「どちらさまですか」

若い女性の声だった。

「柴田と申します。以前、有村武史さんにご迷惑をかけた者ですが……」

「はい？」

扉は開かず、不審気な声が返ってくる。

迷惑をかけたなどと言えば相手が妙に思うのも無理はない。しかし他の言葉を思いつかなかった。

「有村武史さん、ご在宅でしょうか。実はちょっとご挨拶《あいさつ》に伺ったのですが」

不在ならば引きあげるつもりになった。事務所を出た直後の勢いはもう薄くなっている。と、その時、錠の上がる音がしてゆっくりとドアが手前に開いた。

やはり若い女の顔がドアの隙間から覗いた。二十歳過ぎくらいだろうか、髪の短い愛くるしい顔立ちの人である。

「柴田龍彦さん、ですか?」

口調ははきはきしている。彼女の口から自分の名前が出てきて、龍彦は少し驚いた。

「私の名前、武史さんからお聞きなんですね」

彼女が頷く。小さな顔だが、眼には意志的な光があって口許《くちもと》も引き締まっている。意外にしっかりとした容貌《ようぼう》だと龍彦は最初の印象を改めた。

「ええ、少し」

「武史さんは?」

「いま仕事に出ています。でもそろそろ帰ってくると思います」

「そうですか、だったらどこかで時間をつぶして出直してきます」

「あの、どういうご用件でしょうか」

女は警戒した声になった。

「いや、実は先だって成城を訪ねまして、そこで武史さんのお父様が亡くなられたことを初めて聞きました。ご存じかどうか知りませんが、四年ほど前に私は武史さんや有村五郎さんに大変なご迷惑をおかけしまして、以来そのままで一度もきちんとしたお詫《わ》びをさせていただいていなくて。ようやく私もあの頃のことを考え直す余裕ができましたので、こうやって顔を出すのも却《かえ》って失礼かと思いましたが、一度やはりちゃんとお詫びし、償いもさせていただきたくて、今日はお伺いさせていただいたんです」

この女性がどの程度事情を聞かされているか分からないが、自分の名前を知っているところからすると多少のことは耳にしているだろうと推測しながら、龍彦はとりとめのない説明をしていた。

彼女はそれを聞いても黙っていた。

「とにかく一時間くらいこの辺りをブラブラして、出直して来ます」

再びドアが動いて一度閉まると、チェーンの外れる音が聴こえ、今度は大きく開いた。女の全身が見えた。

「武史、もうじき帰ってきますから、よかったらどうぞ。雨もひどいし」

彼女は白のワンピースを着ていた。お腹のあたりがふくらんでいる。妊娠しているようだ。

龍彦はその姿を見て、不意に緊張が少し解けたような気がした。同時に激しい雨音が耳に響いてきた。後ろを振り返って雨に煙る街並みを見る。いつの間にかこんなに激しく降りだしていたのだ。

「ほんとうだ、緊張してたから全然気づかなかった」

思わずそう呟《つぶや》くと彼女が表情を緩めたのが分かった。龍彦は自分の顔が泣き笑いのような情けないことになっているのを感じていた。

2DKの小さな部屋だった。

台所のテーブルに座って、龍彦は有村奈緒子と向き合っていた。冷たい麦茶の入ったグラスが手元で汗をかいている。台所からつづく六畳くらいの板の間にはテレビやビデオ、CDプレイヤーの載った黒いオーディオラックが隅にあり、大きなクッションが三個、それに硝子《ガラス》の座卓が置かれていた。その奥にあるらしい部屋とのあいだは、いまは引き戸で仕切られている。

目につくのは、ラックの隣にある本棚の夥《おびただ》しい数の写真集、部屋のいたるところに飾られたモノクロやカラーの写真だった。ブラッサイやブレッソン、ウィリアム・クライン、デビッド・ベイリー、バーバラ・キャスティンやエリオット・アーウィットなどの有名な写真集は龍彦にも分かったが、それ以外にも外国版の写真集がずらりと棚に並んでいた。日本人の方は土門拳、石元泰博、奈良原一高、東松照明、倉田精二、鈴木清らから、最近の写真家のものまで、ヌード、社会派を含めて大概のものが揃っているようだ。

壁に掛かっているのは奇妙な構図の写真類だった。その中でも、プレート額に納まった一番大きな半切のモノクロ写真は印象的だった。どこかの駅の踏切の遮断機を下から覗《のぞ》いたアングルで、立ち止まっている人々の姿とその前を通り過ぎようとする電車最後尾とを、ちょうど画面を縦に半分に割る形で対比させた作品である。かなり手の込んだ焼き込みをやっているらしく、電車の通過する一瞬のスピード感と人間たちの浮き上がった表情の数人数様ぶりが、何か微妙なアンバランスさで描かれていた。あとは道や壁、そこに映る人の影や樹木の影を執拗《しつよう》に追いかけたシークエンスが多かった。それらは森山大道や中平卓馬あたりの影響をかなり色濃く反映しているようだ。

部屋に招き入れられてしばらく、龍彦はそうした写真一枚一枚を黙って眺めつづけていた。

「どれもなかなかいい写真ですね」

麦茶を一口すすって龍彦が言う。奈緒子が嬉《うれ》しそうな表情になって立ち上がり、板の間の明かりを灯《とも》してくれる。よく見ると下腹はかなり大きくなっていた。このお腹の中に浮かんでいるのが武史の子供なのか、と思うと龍彦は不思議な心地になる。こんな可愛い人と一緒になれる器量が武史にあったのだ。そして明るくなった部屋の壁に掛かる沢山の写真のことを考えた。

「みんな武史さんの作品なんですか」

「ええ」

奈緒子がテーブルに戻ってきて頷く。

それから奈緒子に聞いた話では、高校を卒業した武史は写真学校の夜間部に通っているのだという。写真は高校時代からはじめたらしい。昼は渋谷のステーキ屋で働き、夕方から学校に出る。学校が終わると再び店に戻り夜の十二時まで働いて夜中に帰ってくる毎日だそうだ。

「店が二時から五時半まで閉まるので、この時分に一度ご飯を食べに戻ってきて、それから学校に行って、また店で働いてから帰ってくるんです」

奈緒子はそう言った。

龍彦はしばらく奈緒子と写真の話をした。

「柴田さん、写真はお詳しいんですね」

「そうでもないです。以前、雑誌の編集をしていたんで少し齧《かじ》った程度です」

三十分以上過ぎたが武史は帰ってこなかった。何も話すことがなくなって二人とも黙ってしまう。龍彦は武史が帰ってくる前に訊けることは訊いてしまおうと気持ちを切り換えた。

「私が武史さんや彼のお父さんに何をしたか、奈緒子さんは彼から聞かれましたか」

「ええ……」

と奈緒子は口ごもる。

「そのことで私も仕事を辞めて、いまは父親のところで働いています。私の父親は政治家でして、今度の総裁選挙に出馬する準備をしています」

「柴田龍三さんでしょう」

「はい。ところで、この七月の末に参議院選挙が行なわれるのはご存じですか」

「ええ」

「実はその選挙に出馬する予定だった私の兄が身体をこわしまして、それで急遽《きゆうきよ》私が立候補することになったのです」

奈緒子は別段驚いた風でもなく、ただ龍彦の顔を見ていた。

「武史さんたちに詐欺行為をしたような私が政治家になろうなんてとんでもない話じゃないかと自分でも思ったのですが、いろいろな事情で断れなくなってしまいました。しかし、もし政治家としてこれから働いていくのなら、そのことを武史さんに了解して欲しいと思って今日は来たんです。もし武史さんが認めて下さらないのなら、やめようと思っています」

「そうなんですか」

奈緒子は呟いた。

「武史さんは私のことをきっといまでも憎んでいるのでしょうね」

口にすると、自分の心の底にある保身や計算がさらけ出されていくようで、龍彦は気持ちが落ち込んでくる。

奈緒子はその言葉を受けて、じっと考えるような顔つきになった。

「さあ、でもお金はみんな返してもらったって彼言っていました」

「でも、私は彼や彼のお父さんを騙《だま》して一度は金を受け取ったんです。そんな男が政治家になるなんて許せないと私が武史さんなら思います」

「きっと……」

奈緒子は言い淀《よど》んだ。

「きっと彼はそんな風には思わないと思います。政治のことなんて彼はまるっきり関心がないし、あのことも、悪いことをしていい学校に入ろうとした自分が一番悪かったって言ってましたから。私もそうだと思います。駄目になって良かったんだし、お金だって返してもらったんだから何もなかったことと一緒だと思います。柴田さんが、これから何をしようとしても、それは柴田さん自身のことで、私たちには一切関係がないことなんじゃないですか」

「そうでしょうか。私はあんなことをしてしまったことで、自分はもう何もする資格がないような気がしています。こんなことあなたたちに言うのも変ですが」

「そのことも含めて、みんな柴田さんがお決めになることだと思います。武史に許可を貰うなんて、彼にとってはきっと迷惑だと思います。今は彼自身が一生懸命、自分で自分のことを決められる人間になろうとしている最中だから、却《かえ》って柴田さんに会ってそんな風に言われたら困ると思うんです。彼は、中学生までずっとイジメにあっていたし、自分が本当に何をしたいのか全然分からなくて、いつも亡くなったお父さんの言いなりになってきたことを、すごく後悔しているんです。だから、昔のことを蒸し返されるのは一番厭《いや》なんじゃないかと私は思います」

龍彦は、奈緒子の言葉にいたたまれないような気分になる。

「しかし、一度もちゃんと謝罪していないんです。私で何か償えることがあれば何かしたいと思っているんです」

掠《かす》れた声が喉の奥から出た。

「武史はきっと何もして欲しいことなんてないと思います。一度騙されただけでもう十分だし、その騙された相手から今度こそ本当に何かしてあげると言われたって、そんなことしてもらえるわけがないし。謝ってもらっても今更仕方がないことで、償うとか償わないとかそんなことじゃないと思います。もし本当に金城学園に入っていたら、それこそ取り返しのつかないことになっていたでしょうけど、そうはならなかったんだし、彼はいまは写真という自分の道を見つけることができて、再来月には赤ちゃんも生まれるんです。もうお互い別々の人生を進んでいるんですから、そっとしておいてくれませんか」

龍彦はようやく聡明《そうめい》そうな奈緒子の瞳の奥に最初から潜んでいた輝きの正体に気づいた。それは自分の愛する者を深く傷つけた人間に対する強い憎しみと侮蔑《ぶべつ》に他ならなかった。

龍彦は落ち着いた態度で話す奈緒子の言葉に内心色を失った。

「失礼ですが、武史さんとはどこで知り合ったんですか」

「私の方が武史より二つ歳上なんです。知り合った頃、私は学生で、彼はまだ高校生でした。私も写真に興味があったものですから時々新宿のワークショップに顔を出したりしていて、そこで彼と出会ったんです。私、まだ学生なんですよ。いまは見ての通りですから休学しているんですが、赤ちゃんが生まれたら大学に戻ろうと思っています」

「そうなんですか」

「彼、すごく写真の才能があるんです。まだ本人はよく分かっていないし、私が見ていてもハラハラするようなところがあるけれど、でも、私ははじめて彼の写真を見た時から、きっと凄《すご》い写真家になれるって直感したんです。人との交わりでは、引っ込み思案で自分のことをうまく表現できないけれど、フィルムの中だとあんなに深く自己表現できる人です。お父様が亡くなって彼は十年ぶりで本当のお母さんに会うことができて、いまも、お母さんはこの近所にお住まいで、よくここにも来られるんですけど、それで、自分の気持ちもずいぶん変わったって言っています。だから、お父様が亡くなったことも、別の意味では彼にとってプラスだったのかもしれません。そうやって今の彼は何でもプラスの方向に変えながらやっていっているんです」

「そうですか」

どうやら、この家を訪ねたのはとんだお門違いだったようだと龍彦は思った。いまさら自分になにかできる余地などどこにもない。当然といえば当然のことだが、そんな気になっていた自身の思い上がりが恥ずかしかった。

龍彦は残っていた麦茶を一息で飲むと立ち上がった。

「じゃあ、私はこれで引きあげます」

奈緒子も一緒に立ち上がった。そして、少しためらった後、

「武史が言ってました。柴田さんも自分のためにあんなことをしたんじゃないんだって、だからあの人のことは憎んでいないって。こんなこと彼に内緒で言っていいのかどうか分からないけれど」

と言った。龍彦はよく言葉の意味が呑《の》み込めなかった。

「どういうことでしょう」

「何だか一度聞いたきりなのではっきりは憶《おぼ》えていませんが、柴田さんが成城に来られた後、しばらくして真田さんという女性の方が彼とお父様のところに見えたそうです。それでその方のお父様がご病気で、その治療費を作るためにお金が必要だったたってお詫《わ》びをされて帰ったそうです。あの柴田さんも誰かを守ろうとしたんだけど、でも人のことはあんまり守ろうなんて思わない方がいいんだって、人はほんとは自分自身でやっていく力が誰にでも備わっているんだって、その話をしてくれた時、武史が言ってました。その真田さんという方からは、いままでも時々、お母さんのところへ品物が送られてきたりするそうです」

「いつですか?」

龍彦は咄嗟《とっさ》にそう訊《き》いていた。

「何が?」

「その品物が送られてきたのは」

さあ、と奈緒子は首を傾げ、

「まだ続いているんじゃないかしら。手紙などは添えていないそうですけど。成城の自宅を引き払った後もどこで調べたのか、新しい住所に必ず届くんだって武史が言っていました。ここには来ないから、きっとお母さんのマンションの方に来てるんでしょうけど」

龍彦は混乱した。事件のあとで薫が成城の有村の家に謝罪に出向いた話など、岩田から聞いたこともない。まして、いまでも武史のところへ何か送っているとは想像を超えたことだった。

立ち尽くしていたのだろう、奈緒子が怪訝《けげん》そうに「どうなさったんですか」と声をかけてきた。龍彦は我に返って暇乞《いとまご》いをすると、玄関で靴を履いて見送りに立つ奈緒子を振り返り、もう一度正面から見た。

「じゃあ、失礼します」

「すみません、彼、もしかしたらそのまま学校の方へ行くつもりかもしれません。そういうこともあるから」

「もういいんです。却ってまたご迷惑をかけてしまうところでした」

奈緒子がはじめて微笑んだ。そして、

「あなたが見えたこと、武史には黙っていていいですか」

と訊いてきた。

龍彦はその笑顔を見ながら、ただ頷《うなず》くしかなかった。

「ストークハイツ大崎」を出て、学芸大学駅までの道をとぼとぼと龍彦は引き返した。

激しかった雨勢は緩んでいたが、それでも細い雨が龍彦の身体をぐっしょり濡《ぬ》らしていく。

道々さきほどの奈緒子の話を思い出し、薫はどういうつもりなのかと考えてみる。龍彦は薫が東京を離れたこと、結婚して母となったこと、それ以外の消息は何も知らなかった。薫が誰とどこでどんな暮らしをしているのか、時折思い描いてみることもあるが、はっきりとした像を結ぶはずもない。一昨日の晩、小さな男の子を連れて山道を歩いている薫の夢を見たが、あんなに鮮明に薫の現在をイメージしたのは初めてだった。夢の中の薫は少し太っていて、子供が転ぶと笑って抱き上げた。だが、気づいてみれば、あれは由香子のビデオからの連想に違いない。

本当の薫は何をしているのだろう。今でも武史のもとへ品物を送るなど、一体全体、彼女はどういう気持ちでそんなことをつづけてきたのか。龍彦に愛想をつかし、きれいに思いを絶って新しい人との人生に踏み出したとばかり思っていた。一見すると頼りない薫だったが、心の芯《しん》は強く、しっかりとけじめをつけることのできる人だった。その彼女が伴侶《はんりょ》を得たのならば、龍彦との過去は完全に消化したということのはずだ。たとえ謝罪の気持ちからとはいえ、あの薫が夫の眼を盗んでそんなことをするのは信じがたい話だった。薫のことが、にわかに分からなくなってくる。

有村武史はいまや父親になろうとしていた。あんなしっかりした娘と暮らし、父親の非業の死を乗り越えていた。龍彦には写真の善し悪しを専門的に判断する力はないが、武史の写真には奈緒子が言っていたように、人の心に訴えてくる力があった。イジメを受け、とても他人に伍《ご》して生きていけそうになかった少年も、時が経つと、自分なりの体裁を身につけて龍彦などよりよほど確かな道を歩んでいる。人間の中にある再生と生存の力を見せつけられたような気がする。龍彦が、反芻《はんすう》する度に慙愧《ざんき》の念に身を縮めてきた四年前の事件も、当の武史にとってはもはや遠い過去の出来事に過ぎないのかもしれない。

肩透かしを食ったような気持ちは否めなかった。良くも悪くも四年間の放心を支えてきたのは、事件に対する後悔と反省だった。罪悪への償いとして、龍彦は立ち上がることを諦《あきら》めてきた。だが、それはどうやら自分のためのただの現実逃避でしかなかったらしい。

——そして、いまも俺は本当の現実から逃げているだけではないのか。

龍彦はふとそう感じた。

駅に近づいた時には、すっかり身体は濡れそぼって上着もズボンも雨を吸って重たるくなっていた。いつの間にか俯《うつむ》いて背中を丸めて歩いている。自分が雨水に溶け出して、どんどん小さく萎《しぼ》んでいくような気分だった。

駅に入ると、構内の丸い支柱や売店の壁に張りついている新聞の号外に目がとまった。「松岡首相辞任」の白抜きの大見出しが躍《おど》り、「後継・柴田元外相を軸に」とある。売店に並んだ各紙の夕刊も、松岡の辞任と龍三の新総裁就任確定を大きく打っていた。龍彦はポケットから小銭を出し、全紙を一部ずつスタンドから抜いて金を払った。分厚い新聞束を小脇に抱えると、みるまに上着の雨水が新聞に吸い込まれ、一面の松岡の大きな写真が黒く濡れていった。

立ち止まって、朝日を広げてみる。

――松岡首相の辞任表明を受けて、坂上幹事長ら党三役を中心にただちに後継総裁選出の手続きが始まる見通し。今夕より坂上幹事長が、党最高顧問、各派領袖への意見聴取を開始するなど、サミット前にも執行部は後継総裁の選出を終えたいとしている。会期末が迫った政治改革法案の採決、七月二十五日の参議院選挙などの重要政治日程を控え、これ以上の混乱を避けたいとの意見が党内の大勢を占めており、執行部では話し合いによる新総裁選出を目指す構えだ。各派も基本的には同調の意向とみられる。尚、後継総裁の最有力候補としては、柴田派の柴田龍三元外相の名前が浮上している。松岡首相も間接的ながら今日午前中の党四役との協議で、柴田外相を後継として好ましいと坂上幹事長らに伝えたもようだ。党内一部には黒川派、黒川伸之政調会長を推す動きもあるが、今後の新総裁選びは柴田元外相を軸に急展開で進むものと見られる……

濡れてびしょびしょになった紙面の活字を追いながら、龍彦は、

「父さん、おめでとう」

と一度心の中で呟《つぶや》いてみる。一人の人間の生涯の願いが、いまここに達成されたのである。

龍彦は朝日一紙だけひとわたり眺めると、濡れた新聞の束を屑籠《くずかご》に捨てた。

販売機で切符を買って、まばらに人が出入りしている改札口に近づいた時、ホームの階段をゆっくりと降りてくる青年の姿に目がとまった。青年は痩《や》せてずいぶんと上背がある。長い髪をバンダナで縛り黄色の派手なTシャツを着ていた。黒いカメラバッグを肩から下げている。階段を降りきり、改札口に向かって正面を向いたその顔を見て、龍彦は間違いないと思った。

有村武史だった。

あんなに小さかった少年が、百八十センチはある若者に成長している。だが、顔にはかつての面影が十分に残っていた。しかし見紛《みまご》うばかりだ。武史は定期券をジーンズのポケットから抜き、自動改札を抜けると真っ直ぐに前を向いて龍彦の脇を通り過ぎていった。龍彦は足早に歩く武史の後ろ姿をしばらく見送っていた。武史は傘もささず、背筋をぴんと伸ばしてぐんぐん龍彦の視界から遠ざかっていった。擦れ違う瞬間も龍彦に一瞥《いちべつ》をくれることもなかった。それはそうだろう。当時の武史はまだ中学生だった。長い人生の途上で躓《つまず》きを誘った一人の男の顔など、あっという間に忘れてしまうのがその年頃にちがいないのだから。

龍彦はひとつ溜《た》め息《いき》をついて改札を抜け、さきほど有村武史が降りてきた階段を上った。ホームに上がってみると雨は小糠《こぬかあめ》雨に変わり、厚い灰色の雲間から明るい太陽の光が幾筋か地上に射し込んでいる。

高円寺の岩田の店に向かう電車の中で、龍彦は薫のことを思い出していた。

薫と別れることになる前の晩、薫はなぜかベッドの中で泣きつづけた。すでに龍彦は郁子の元を去り、一ヵ月近く薫と一緒に暮らしていた。薫はままごとのような二人の生活を龍彦でさえ照れるぐらい喜んでいた。むろん、いつ郁子が乗り込んでくるか分からない不安がいつも二人の胸にあった。

このひと月のあいだ、薫はしきりに子供が欲しいと言った。腹の上に出された龍彦の精液を自分の中指につけて股間《こかん》にあてがったりした。

身体を抜こうとすると全身をこわばらせ、

「お願い、そのままにして」

と叫んだりもした。龍彦は、つい薫の中で果てたことが幾度かあった。

「男の人は魅力を感じた女をだんだん愛するようになるけど、女は愛した男にだんだん魅力を感じるようになるの。だから、男はその女に魅力を感じなくなれば愛も薄れていくけど、女は愛しているかぎりはその男がどんなに変わっても引きずられていくの。あなたもいつか私に飽きてしまうと思うと悲しいけど、でもそれは仕方がないことなのよね。だから、私はその時のために赤ちゃんが欲しい。赤ちゃんがいればあなたがまた別の人を愛するようになっても我慢できる気がする。あなたの奥さんだってきっとそうだと思う」

最後の夜、長い行為が終わってきつく抱き合っていると、薫は静かな口調でそう言った。

そして、

「きっと、あなたは私の前からいなくなってしまうわ」

と龍彦の胸に顔を埋めてさめざめと泣いたのだった。

どうして、薫には龍彦がその日姿を消してしまうことが分かっていたのだろうか。いまでも不思議な気持ちがする。郁子にしても薫にしても、女性には何か男にはまったくない感覚器官が備わっているのではないだろうか。

高円寺の駅に着くと、龍彦は寿司岩に電話を入れた。腕時計の針は五時を指している。そろそろ店も忙しくなり始める時分だ。

最初、信子さんが出たので岩田を呼んでもらう。

「おー、ついにやったなあ親父さん」

岩田が暢気《のんき》な声を出した。

「いま、忙しいか」

「ああ。だけどどうしたんだ。店に寄ってくれれば話くらいできるけど」

「お前に訊きたいことがある」

「訊きたいことって」

すぐに岩田は龍彦の口振りに常ならぬものを感じとったようだった。声がやや緊張していた。

「お前、俺に嘘をついていたな」

「一体どうしたんだよ、急に」

「薫のことで俺に隠していることがあるだろう」

　この一言で岩田が息を呑《の》むのが分かる。

「今日、有村武史君に会ってきた。薫からいままでも時々連絡があると言っていた。武史君の話はお前が俺に教えてくれた話と全然違った。お前はどうして嘘をついた」

　岩田は黙り込む。案の定、岩田が龍彦に告げていた薫の消息は正確ではなかったようだ。問い詰めながら、不意に動悸《どうき》が早くなってくるのを感じた。

「ちょっと待ってくれ」

　岩田が口を濁す。

「お前の口から、本当のことが聞きたい。どうして俺に嘘をついたのか理由を教えてもらおうか。いま駅にいる。すぐに来い」

　そう言って龍彦はいきなり携帯の終了ボタンを押した。

24

拝啓

こちらに帰って来て、早いものでもう一年が過ぎました。すっかりお世話になりながら、あれ以来お便りもせず、きっとあきれていらっしゃったことだと思います。本当にごめんなさい。私は元気に暮らしています。

半年前に父が亡くなり、いまは実家に戻って母と一緒にやっています。父からはとうとう許しを貰うことはできませんでしたが、母は私が仙台で暮らしているときから、時々訪ねてくれて、いろいろと世話をしてくれておりました。やっぱりお産というのは一人では心配も多く、どれだけ母の助けがありがたかったか知れません。昨年の九月に仙台市立病院で無事に女の子を生みました。父に孫娘の顔を見せることができなかったのが心残りですが、それで良かったのかもしれない、といまは思っています。

最後まで私が子どもを生むことを認めなかった父は、立派だったと思います。私も覚悟していましたし、それを許す父は本当の父ではないと心の片隅で考えていましたから。

名前は一生懸命考えて「すみれ」と付けました。龍彦さんと志賀高原にドライブに行った春に野原一面に白や紫のすみれが咲いていたのをいまでも思い出します。あんなにきれいな風景は、生まれて初めて見たような気がしました。

あの日、龍彦さんが紫すみれの花言葉を教えてくれました。「ささやかな幸せ」というのです。掌にのるだけの幸せを喜び、ささやかでも日々を平安に過ごせるような女の子に育ってくれるように祈っています。

もうずいぶん大きくなったのですよ。ついこの前まで静かに眠っているだけだったのが、手足をばたばたと動かして元気いっぱいです。腹ばいになって顔をあげようとしている表情などは真剣そのもので、子どもの成長の早さにはほんとうに驚かされます。すみれの目線に合わせてかがみ、彼女の世界に入れてもらっています。

あんまり目まぐるしくて、一日があっという間に過ぎてしまう毎日ですが、子どもを授かったことがこんなに自分の心を豊かにするものだとは知りませんでした。想像以上の幸福を私は噛みしめています。田舎はのんびりとしていて、食べ物も水もおいしくて、子どもにとってはやはり一番ですね。

仕事も見つけました。まだ勤めはじめて一か月くらいですが、近所の小さなスーパーで働いています。しばらくは午前と午後三時間ずつですが、すみれのことは母が見てくれますし、食事の世話の時などは歩いて家に帰れますから、いまの私には何よりの仕事場です。

すみれと一緒の写真を一枚入れておきます。私、すっかり太ってしまいました。腕なんて二まわりも太くなってしまったんですよ。自分でも驚いてしまいます。

龍彦さんはどうしているのでしょう。立ち直ってくれたのならいいのですが。彼をあんなに傷つけてしまい、あの頃の私は本当にどうかしていたのですね。時々、彼の夢を見ます。

もう柴田事務所の方からは何もありません。父も結局、仕事に戻ることはありませんでしたし、退職金もわずかですが会社からちゃんと払ってもらうことができました。

いただいたお金は仙台にいるあいだ、とても助かりました。あの時の岩田さんの忠告に感謝しています。もしあのお金がなかったら仙台で一人どうなったか分かりませんでした。ムキになっていた自分の大人気なさがいまになってとても恥ずかしく思えます。

あのお金は、すみれのためにいただいたものだと割り切って大切に使っていきます。

帰ったきり住所も電話も連絡せず、きっとご心配をおかけしたことでしょう。でもこうやって何とかやっています。これからもいろいろなことが起きると思います。すみれが大きくなるにつれ、父親のこと、学校のこと、就職のこと、結婚のこと、きっと様々な難問が待ち構えているんでしょうね。正直なところ、いまからどうしようという答えは、想像力に乏しい私には思いつきません。でも、毎日精一杯がんばって、少しずつ少しずつ一年先、二年先のことを考えながら、すみれを大事に育てていくつもりです。

すみれを見ながら、私と龍彦さんとが一つになって毎日毎日すくすくと大きくなっているのだと思うと本当に不思議な気持ちになります。いまの私はすみれの身体の中に龍彦さんの血が流れているということだけで、十分に幸せです。

龍彦さんがとても悩んでいたことは気づいていました。あんなことになって、私がどれほど彼を追い込んでいたか身にしみて思い知らされました。そのことで、有村さん親子や彼のお父様にまで大変な迷惑をかけてしまいました。わがままばかり言って龍彦さんに負担をかけた私がいけなかったのです。

でも龍彦さんがいつも私に言ってくれていたように、それでも私たちは出会って良かったのだと思います。一生を共にすることはできなかったけれど、他のどんな人にも負けないぐらい私たちは運命的な時間を共有することができたと私は信じています。

だから、私には何ひとつ悔いはありません。

岩田さんはお変わりありませんか。信子さんもお元気でしょうか。あの時、こんな私にあんなに親切にして下さったこと、感謝という言葉ではとても表せないぐらいありがたく思っています。

これからも龍彦さんのことをよろしくお願いします。もう私のことは心配なさらないでください。

本当にご報告が遅れてしまってすみませんでした。

さようなら。いつまでもお元気で。

二月十八日

真田　薫

岩田太郎様

龍彦は読み終えた手紙をたたみ、もと通り封筒にしまった。差し出し人の真田薫という名前をしばらくじっと見つめていた。薫の懐かしい几帳面《きちようめん》な文字が並んでいる。同封したという写真は封筒の中には入っていなかった。

駅前の喫茶店で岩田と向き合っていた。岩田は腕を組み、龍彦が手紙を何度も読み返している間、龍彦の方を見つめていた。その視線の強さが龍彦の身体には刺さるように感じられた。封筒を岩田に差し戻すと、黙って受け取りシャツのポケットに押し込んだ。

「飯島という男を知っているか?」

突然岩田が口を開いた。龍彦は首を振った。

「興亜建設の社長室長だよ。いまは何をやってるかしらんが」

龍彦には岩田が何を言おうとしているのか分からない。どうして急に郁子の実家の会社の人間の名前が飛び出してくるのだろう。

岩田は溜《た》め息《いき》を一つついて言葉をつづけた。

「お前が金子に連れていかれたその日の夕方には、もう飯島が薫さんの中野のアパートの前で彼女を待ち構えていた。飯島だけじゃない、部下が三人も一緒だった。彼らは無理やり薫さんの部屋に上がり込むと、お前が彼女のせいで詐欺を働き、刑事告訴されそうだと事件のことを喋《しやべ》って、すぐ部屋から出ていくように命令したんだ。もし起訴されたら彼女も共犯で罪を問われると脅して、事情を訊きたいからと彼女を新宿のホテルに連れていった。薫さんはただ驚くばかりで、どうしていいかなんて全然考えられなかっただろう。ホテルの部屋で根掘り葉掘りお前とのことを尋問されて、もう二度とお前に会うなと厳命されたそうだ。それだけじゃない、彼女の解雇通知まで奴らは用意していた。お前と別れなければ彼女の父親の会社にも圧力をかけると言った。彼女の会社、四谷の小さな建設会社だったろう。彼女の実家の父親も心臓で入院するまで農家と兼業で地元の土建会社で働いていた。その両方に興亜建設から圧力がかかって、薫さんの会社は、彼女の解雇にまで同意させられたんだ。

見ず知らずの男たちに囲まれて、彼女がどんなに不安だったかお前に分かるか。お前の父親や興亜建設なんていう、薫さんにとっては想像もできないような大きな力からお前と別れるように脅迫されて、彼女はきっとパニックだったろう。目の前で金を積まれて無理やり押しつけられて、翌日の朝方にゴミでも捨てるような扱いで解放されたそうだよ。

アパートに戻ったら、部屋中荒らされて、お前のものは一切合切、衣類も写真も手紙も、お前の女房が送りつけてきた写真や英彦君の絵、ビデオテープ、みんな持ち出されていた。電話を貰って俺は信子と二人ですぐに駆けつけたが部屋の中は目茶苦茶だったよ。カーペットまでひっぺがされてベッドも横倒しのままだった。あんな悪質な嫌がらせをされたらどんな人間でもまいっちまう。

俺が行った時は、なんにも書いてない茶封筒に詰まった札束を取り出して、彼女は一万円札を一枚一枚お前の置いていったライターで燃やしているところだった」

龍彦はどれも初めて聞く話だった。あの日、龍彦も金子に有村がねじ込んできたことを聞かされ、ホテルの一室で執拗《しつよう》な事情聴取を受けていた。龍三が深夜電話を寄越《よこ》し、

「起きたことはもう仕方がない。自分の責任でやるべきことをやれ。お前には失望した」

と吐き捨てて一方的に電話を切った瞬間、龍彦は頭の中が真っ白になって、何も自分では判断できないようになった。

「なんで興亜の人間まで……」

郁子が送ってきた写真や英彦の絵、ビデオテープを興亜の人間が回収したというなら、郁子がすべての経緯を洗いざらい金子や目白台の実家に報告していたことになる。まして英彦の絵やビデオテープの存在など龍彦は薫から当時知らされたこともない。きっとこれ以上心配させたくない、と薫が隠し通したのだろう。

「お前の女房は最低だった。明け方新宿のホテルにやって来て、飯島たちと一緒に薫さんに興信所の撮った何百枚ものお前たちの写真と金を押しつけると、名前も名乗らず一言も口をきかずに薄笑いを浮かべてさっさと引きあげていったそうだ。薫さんは、雑誌に載ったお前たちの結婚式の写真を思い出して誰だか分かったと言っていた。俺もお前の女房が置いていった興信所の写真を見たが、お前の顔の部分だけ、ご丁寧に一枚一枚全部くりぬかれていたよ」

奥様は自分にできることはこれくらいしかない、と蓄えをすべて吐き出されて——などと金子は郁子の健気《けなげ》さをしきりに強調していたが、どうやら実相はかけ離れたものだったようだ。

「それから二週間、お前がどこにいるかも分からないし、とりあえず彼女を俺の家に泊めて、お前から連絡が入るのをずっと待ってた。お前が手首を切る前の晩、俺のところに電話してきた時、ほんとうは彼女は俺の家にいたんだぞ。それなのにお前は、もうどうしようもないと繰り返すだけだった。覚えているか、俺はお前に、いますぐにでもそこを抜け出して俺のところに来るように言ったんだ。薫さんを探し出してとにかく彼女を連れて東京を離れるように言った。しかし、お前はもう手遅れだというだけで、後はろくな話もしやしない。最後に俺は、もし薫さんから連絡があったら何て伝えればいいかと訊いた。お前の答えはただ、暫《しばら》くしたら連絡するから待っていてくれるように、それだけだった。俺はあの台詞《せりふ》を聞いて、もうお前たちは別れた方がいいと思ったよ。お前があれほどだらしない男だとは思ってもみなかった」

「どうして、その時、薫を電話口に出してくれなかった」

龍彦は、ぽつりと言った。

「馬鹿野郎！」

岩田は大声を張り上げ、

「その理由は自分の胸に聞いてみろ」

と吐き捨てた。龍彦は返す言葉がなかった。たしかに岩田の言う通りだ。あの時の龍彦は、薫とのことよりも自分がしでかした事件で柴田家が取り返しのつかない不名誉を被ることに心底怯《おび》えきっていた。

それだけではない。

年が明けた頃には、事件の発覚が時間の問題であることは明らかだった。龍彦は東京を離れてどこか誰も知らないところで一緒に暮らそうとしきりに薫を誘うようになった。事情を知らない薫は、それでも喜んで同意してくれた。しかし、実際には彼は何の算段もつけようとしなかった。やったことといえば、やみくもに家を飛び出して薫のアパートに身を寄せただけだった。事が露顕していずれ龍三の手が伸びてくることを、彼は手をこまねいてただ待ち受けていた。もはや自身の手では解決し得ない問題に直面して、柴田家の力で我が身を救ってもらおうと心のどこかで当てにしていたのだ。そして、そうなった時に薫と自分とがどうなるかも彼は十分に予測していた。でなければ、半ば拉致《らち》同然だったとはいえ、金子の命令にあれほど唯々諾々と従ったはずもなかった。

だが、薫は違った。あの頃の薫は龍彦と共に生きていくことだけを本気で願っていた。龍彦が決断さえすれば彼女はどんなことにでも従ってくれただろう。その断を下さない相手に薫は次第に絶望していったのだ。だからこそ、彼女はあの晩にあれほどの涙を流して龍彦に最後の決心を迫ったのだ。

しかし龍彦には何もできなかった。

薫と別れるはるか以前から薫を裏切っていたからだ。

龍彦が手首を切ったのは、金子との話し合いで有村への金の返済が決まり、二人で有村の家に頭を下げに行った日の深夜である。

「龍彦さん、誰だって若いうちはこういうことがあるもんです。オヤジさんだって、ああ見えても私が一緒に仕事をやりはじめた頃は女や金でずいぶん際どいこともありました。そのたびに私は、ちょうど今みたいに汗をかかせてもらいましたよ。龍彦さんはオヤジさんの秘蔵っ子だ。こんなことぐらいでへこたれちゃいけない。会社を辞めるにはいい機会ですよ。マスコミなんて長くいるところじゃありません。しばらく謹慎して、じっくり一から政治の勉強を始めてくださいよ。これからは立場をわきまえて、もう少し自分のことを大切にされることです」

ホテルのレストランでそんなことを言われ、龍彦は頭を下げて、みっともないぐらいに金子に詫《わ》びを入れた。

「ぼくがほんとうに馬鹿でした」

龍彦は本心から金子にそう言った。

共に寝泊まりして交代で龍彦を監視していた事務所の人間も、その日はいなくなり、明日は郁子の待つ自宅に帰ることになっていた。

龍彦は部屋に戻ると、ぼんやりとこの二週間を振り返った。サラ金から借りた無数の小口の借金が金利で雪だるま式に膨れ上がり、金子と二人で勘定していくと千五百万円近くにものぼった。事務所ですべて清算することになったが、借金を重ねている最中も自分が最後は龍三の力を頼んでいたことが、この作業で見事に証明されてしまった。生まれながら身についた自らの甘さに龍彦は打ち拉《ひし》がれる思いだった。

金子の前で会社宛の辞表を書かされた時も、なぜ会社を辞めなくてはならないのか龍彦には判然としなかった。「いままでの生活のすべてを改めてもらう、それがお父上のご意向です」と金子は言ったが、これだけ迷惑をかけてしまった以上、従うより仕方がないと諦めたに過ぎなかった。龍三は龍彦が就職した時から、四、五年勤めさせて、手元に戻すつもりでいた。仕事が五年を過ぎてからは、アメリカのシンクタンクへの留学話を持ち込んできたり、直接東京の事務所入りを勧めたりと、早く退社するよう圧力をかけてきていた。それを龍彦の方が固辞しつづけてきた経緯があった。

夜が更け、寝つかれぬままベッドに寝そべっている時だった。

ふと遠くから幽かに響いてくる音があった。

それは細い一本の糸のようだった。真っ直ぐに龍彦の耳の中へと音の糸が降りていくのが分かった。どこか遠い彼方から音はやってきて、ようやく目指す目的地を探り当てたとでもいうように、何かくっきりとした意志をもって龍彦の脳髄へと入り込んできた。

やがて段々に音の糸は太く硬質に変わっていった。頭の中心に届いたその先端が幾つもの触手に分かれて、龍彦の意識全体に広がっていくのが感じられた。龍彦にはそれが音だと分かってはいるのだが、ずいぶんのあいだ、音の実体は現れずに小さな波の襞《ひだ》のような響きだけが知覚されていた。

そして、まったく突然に、凶暴なサイレンの音がつんざかんばかりに彼の耳に襲いかかってきたのだった。

聞き取ったときにはサイレンは凄《すさ》まじい音量で幾重にもかさなって龍彦の意識の根太《ねだ》を一気に揺さぶってきた。彼は両耳を両掌《りょうて》でふさぎながらベッドから飛び起きた。サイレンの音は途切れることも弱まることもなく延々と響き渡っていた。耳を聾《ろう》する耐えがたいほどの音量だ。

龍彦はたまらずベッドの上に背中を丸めてうずくまり、どこかでひどい火事でも起きたのだろう、それで何台もの消防車や救急車がいまこのホテルの真下を通過しているのだ、と自分の意識に冷静な説明をほどこそうと努めた。だが、サイレンの音は執拗に容赦なく彼の耳元で鳴り響いている。

かろうじて保たれていた心の平衡が崩壊した。

強烈な目眩《めまい》が起こり、たちまち動悸《どうき》が激しくなった。サイレンに呼応するかのように心拍数が増し、胸から喉にかけて締めつけられるような圧迫感が生じて、著しい息苦しさに見舞われた。

周囲の白い壁が迫ってくるようで居ても立ってもいられなくなる。

龍彦はよろけるように立ち上がり、ベッドの側をやみくもに歩き回った。足元は不確かだが、一度でもベッドに倒れ込んでしまえば二度と立ち上がれなくなると思う。動悸はさらに加速し全身に震えが広がってくる。

――もうここまでだな。

ふとそう思ったとき、耳元で鳴り響いていたサイレンが次第に遠ざかっていくことに気づいた。

龍彦は窓際に近寄って、ガラス越しに眼下に直線に伸びる道路を眺め、サイレンの薄れていく方角に目を凝らした。道は街灯の明かりきりで行き交う車もほとんどなかった。息苦しさに新鮮な空気が欲しくて窓を開けようとするが、レバーを引いても窓は僅《わず》かに隙間をこしらえただけだった。

全身のおこりのような震えはすでに歯の根が合わないほどで、窓のレバーを握りしめた手はひくひくと痙攣《けいれん》していた。微かに吹き寄せてくる夜の外気を口をすぼめて吸い込みながら、しかし、龍彦の意識は身体の変調とは裏腹に平静さを取り戻していった。

さながら手に負えなくなった肉体を精神が切り捨てたような感じだった。

もはや死ぬしかない、と思った。この苦しみから解放されるには死んでしまうしかないのだ。開いた窓の三十センチほどの隙間を見つめ、ここから飛び降りるのは無理だと考える。サイレンの音はすっかり途絶えていた。部屋はふたたび静まり返っている。

龍彦はレバーに張り付いていた手をひっぺがし、よろよろしながらベッドの脇を通って冷蔵庫の側まで歩いて行った。昨日までこのツインルームに一緒に泊まっていた事務所の若い青年がそのまま置いていった果物ナイフを取り上げる。このナイフで彼は持ってきたリンゴを昨日剝《む》いてくれたのだった。

ナイフの細い柄は吸いつくように掌にしっかりとなじんだ。

龍彦はそれを右手に握りしめてベッドまで戻り、腰を下ろした。身体の震えは相変わらず激しく、口許《くちもと》からは唾液《だえき》も溢れ出ている。

座り込むと身につけていたトレーナーの左袖《そで》を引き上げて上腕まで捲り上げた。

一度手首にナイフの刃をあてがうが右手が震えてうまくいかなかった。

ふとクリーム色の電話機が目に入り、龍彦は受話器を剝き出しの左手で持ち上げて、ナイフを持った右手でプッシュボタンを押した。

何度か相手先の呼び出し音が鳴っている。

その呼び出し音を彼方からの声のように、そしてすぐそばの声でもあるかのように感じながら静かな心地で薫のことを想った。昨夜、監視の青年が風呂を使っている隙にはじめて岩田に電話を入れた折、彼が逃げろと言っていたことを思い出した。龍彦はもうすべてが終わったような気がして、ただ聞き流してしまったのだが、いまになって岩田の口調や切迫した気配が脳裡に甦ってくる。

呼び出し音がつづくだけで電話は繫《つな》がらない。

薫の顔や仕種《しぐさ》、彼女との二年間の記憶がぐるぐると頭の中で回りはじめる。

薫はあんなにもすぐそばにいてくれたのに、自分の心はこんなにも彼方に離れてしまっている。すぐそばにある最も大切なものほどいつも遠い彼方にあるのかもしれず、遠い彼方にある最も大切なものほど本当はすぐそばにあるのかもしれない、と龍彦はとりとめなく考えた。

受話器を置いて、すうっと身体の震えがおさまってくるのが分かった。

ゆっくりとナイフを左の手首の裏側に近づける。

自分にはもはやこうして薫との隔たりを取り除くことしか残されていないのだ、こうやって自分は薫のもとへ帰っていくしかないのだ、と祈るように思う。

直後、右腕に自然に力が充塡《じゅうてん》され、冷たく鋭い感触が左手首に広がった……。

「龍彦、だいじょうぶか」

岩田の言葉に龍彦は我に返った。

久し振りに茫漠《ぼうばく》たる思いの淵《ふち》に落ちていた。一ヵ月前、兼光純子と再会した夜を境に、龍彦は四年間の放心した自分からようやく解放されたような気がした。だが、それは大きな錯覚だったのかもしれない。症状はさらに悪化しただけで、人間としての最後の絆《きずな》さえも今回の政争劇を通過することで自分は断ち切ろうとしていたのではないか。

「薫が妊娠していたなんて、知らなかった」

「手紙に書いてある通りだ。お前が自殺未遂をして、朝、お前の兄貴から連絡を貰ったとき、俺は薫さんを一緒に連れていこうとした。正直なところ、お前が手首を切ったと知って俺は安心した。お前のことを憎まずにすんだと思った。だけど、彼女は違った。自分がそこまでお前を追い詰めたんだと半狂乱だったたよ。信子に彼女をまかせてお前のいる病院に駆けつけてみたら尚彦さんの他に誰も側にいなかった。びっくりしたよ」

　尚彦が岩田に連絡してくれたのか。龍彦はそれも初めて知ったのだった。

「ああ、お前の兄貴は真っ青な顔をしてた。お前が目を醒《さ》ました時だって、病室にいたのは俺とあの人だけだ」

　目覚めた時、岩田が覗《のぞ》き込んでいたことは記憶しているが、尚彦も一緒だったとはまったくおぼえがなかった。

「親父がいたんじゃないのか？」

　龍彦は洋子から聞かされた話を確認する。

「冗談じゃない。お前の親父は一度だって顔を見せなかった。お前の兄貴が言ってたよ、あいつは人間じゃないって。郁子さんだってそうだ。俺はお前が目を醒ますまで丸三日のあいだつききりにしてたが、彼女は顔ひとつ見せなかった。尚彦さんは会社の昼休みにも、終わってからも毎日訪ねてきてくれたけどな。それからお前の兄貴の彼女、名前なんだったたっけ……」

「みはる」

「そうそう、みはるさんも毎日花を持ってきてくれた。結局、お前が意識を取り戻すまでに訪ねてきたのは、その二人だけだったよ」

「薫は？」

「一度だけ信子が連れてきてくれた。まだお前は眠っていた。彼女、お前と二人きりで三十分くらい病室にいたよ。病室から出てきて信子と三人で話した時、赤ん坊がお腹にいると教えてくれた」

そして、あの人は俺と信子にこう言ったよ、と岩田は言葉を重ねた。

「いま、龍彦さんに報告してきましたって。意識を取り戻してくれさえすれば、たとえ彼が覚えていなくても彼の胸にはきっと届いているだろうって。そして、もう二度と彼とは会わないつもりだから、絶対に子供のことは言わないでくれと俺たちは約束させられたんだ」

「そうか……」

「お前の兄貴ともたまたま病院で顔を合わせて、彼女、金の話をしていたよ。俺と尚彦さんの二人がかりで返す必要はないって必死で説き伏せた」

「俺は何も知らなかったんだな」

龍彦は呟《つぶや》いた。

「そうじゃない、お前には知る資格がなかった」

岩田が言った。

龍彦は立ち上がった。テーブルの上には手つかずのコーヒーが残っていた。

「どうするんだ、これから」

岩田は座ったままだ。

龍彦は何も言わずに岩田に背中を向けた。岩田が後ろから声をかけた。

「由香ちゃん、店、辞めたよ」

龍彦は思わず振り返った。

「二日前だ、お前によろしくと言っていた」

岩田は大きく息をついてみせた。

25

龍彦は岩田を残して喫茶店を出ると、駅前のタクシー乗り場で車を拾った。

運転手に行き先を訊《き》かれてアパートのある三軒茶屋と告げた。とりあえず車に乗り込んだもののの、これからどうするか考えはまとまらない。岩田からたくさんの事実を知らされたが、それぞれが絡みあって思考は混乱するばかりだ。

タクシーのラジオから七時のNHKニュースが流れている。松岡首相の辞任に伴う後継総裁選びが始まり、一両日中にも話し合いによる龍三の後継選出が決まりそうだと伝えていた。国会会期末、参議院選挙を控えてはいるが、場合によっては後継決定と同時に松岡内閣は総辞職して柴田新政権による会期延長、選挙戦突入の線も出てきたと解説している。

「総裁に指名されれば、全力で党の信頼回復に努める。政治改革については松岡首相の意志をつぎ、政治生命を賭《と》してその実現に邁進《まいしん》する。強力なリーダーシップが現在の混迷打開のために求められていると認識している」

という龍三の出した短いコメントをアナウンサーが読み上げていた。

龍三の性格からして、早期の政権発足もあり得ると龍彦は思った。サミット前にも松岡を官邸から追い出して自分が乗り出すのではないか。官房長官を奥野から秋田に替え、残りの執行部、各閣僚は全員留任させた上で衆参両院の首班指名選挙に一日使えば、そのまま政権の座につくことも可能だ。自分ならそう進言するだろう。龍彦はふとそんなことを考えて、自身が龍三のいる世界からはすっかり離れてしまっていることに気づいた。

というより、もとから父親のいる場所になど自分は一度たりとも近づいたことさえなかったような気がした。それは、この四年間のことだけでなく、物心ついたそのときからきっとそうだったような、そんな気がした。

龍三のことも、これからの政治についても、すべては大いなる幻影のようだ、と龍彦は思った。

そしてその巨大な幻影のわずかにほつれた隙間から、ささやかな一筋の光がいま滲《にじ》み出してきているのが龍彦には見えていた。

薫は龍彦の子供を遠い東北の町で育てている。たった一人で産み、自分の戸籍に入れて、名前をつけ、病気になれば抱いて病院に駆け込み、お七夜も、お宮参りも雛《ひなまつ》祭りもみんな一人で祝ってあげたのだろう。すみれは、生まれてから一度も父親に抱かれたこともなければ、顔さえも見てもらったことがない。英彦のように祖父母から大きなプレゼントを貰《もら》うこともなければ、自分の背丈ほどもある武者人形を部屋に飾ってもらうといった祝福を受けたこともない。

龍三が病院に来なかったことも、洋子が出馬を受諾させるため涙ながらにあんな嘘をついたことも、郁子が若狭の実家に泣きついて必死に妻の立場を守ろうと奔走していたことも、そのどれもが龍彦自身が犯した過ちの当然の報いにすぎなかった。同時に、死の淵《ふち》を彷徨《さまよ》った龍彦に尚彦やみはるが優しかったことも、兼光純子や前島由香子が苦しかった時期の龍彦を懸命に支えてくれたこともまた、すべては龍彦自身の犯した過ちが生んだ結果にすぎないと思った。

そして、その純子が婚約し、その由香子が岩田の店を辞め、あの有村武史が立派な青年に成長していた。そうやってこれまでの何もかもが、龍彦がいまそこから立ち去ろうとしている巨大な幻影の一部と化して、過去の彼方へと急速に遠のいているのが龍彦には分かった。

「あなたの失ったものが、ようやくあなたを解放してくれたのよ」

最後の晩、由香子が告げた言葉の意味がやっと理解できたような気がした。

薫と出会うまでの龍彦は、人と人との繋《つな》がりを重視することは自分を怠惰にすることだと思って生きていた。誰かに期待したり、誰かとの愛情や誰かとの友情を過大評価してはならない、と常に自らに言い聞かせてきた。この残酷で荒廃した世界で他人を信ずることは自己を見失うことだと確信していた。人間はある特定の個人との関係に救いを見出そうとするかぎりは永遠に苦しみから逃れることはできない。無償の心で多くの人々を救おうと発心することによってのみ自らを救うことができるのだ、と彼は考えていた。その一点において龍彦の眼には、龍三のやっている政治という仕事が、たとえ理想とかけ離れたものであったとしても、絶えず魅力的なものとして映じていたのだった。

薫こそが、そんな彼の虚妄をなぎ払ってくれたのかもしれない。

薫だけが、そんな彼の終わりのない希望や情熱、苦しみから龍彦を救い出そうとしてくれたのかもしれない。

——だからこそ、あれほどに自分は薫を愛したのではなかったか……。

三軒茶屋の交差点近くまで来たとき龍彦は行き先を変更した。

玉川通りを道玄坂交差点の方へとさらに進んだ道路沿いに、大きなレンタカーショップがあったことを思い出したのだ。

黄色いイルミネーションが光っている店の前でタクシーを降り、龍彦は店の中に入っていった。四年振りにハンドルを握ることになる。免許証も、ついこのあいだ洋子から返却してもらうまで龍彦の手元にはなかった。それでも書き換えは洋子がやってくれていたようだ。シルバーメタリックのトヨタカムリを借り、龍彦は車に乗り込んでエンジンをスタートさせた。

東北道を北上するあいだに、龍彦は何度かサービスエリアで休憩を取った。このところの寝不足もあって久し振りの運転は神経を相当に疲れさせる。道路はところどころかなり渋滞していた。

薫の実家は仙台からさらに北西に進んだ、山深い里にある。

「小さい頃は病院が一軒もなくて、そしたら韓国人のお医者さんが私が六年生の時にやってきて、古い結核療養所を改築して診療所を開いてくれたの。あのときは町中みんなで大喜びしたわ。とっても優しい先生で、町の誰からも慕われてた。でも、そんなとんでもない田舎町なの。龍彦さんなんかもし行ったら、ほんとにびっくりすると思うわ。だって今でも、私の家のあたりは速達配達区域外になっていて、たとえ速達を出してもすぐに届かないんだから」

薫が昔、笑いながら言っていた。

龍彦はサービスエリアで東北の道路地図を買って地理を確認した。所在は、さきほど岩田に見せられた手紙の住所をおぼえている。

蔵王パーキングエリアのあたりで夜が明けてきた。山際に紫色の光が滲み、やがて稜線《りょうせん》から真っ白な太陽が姿を現すと、またたく間に夜の闇は吹き散らされて強烈な初夏の光がハンドルを握った龍彦の全身に降り注いでくる。予想外の眩《まぶ》しさに目を細め、スピードをゆるめた。大和のインターチェンジで東北道を降り、龍彦は鳴子温泉方面につづく四五七号線を北の方角に向かった。途中一度三時間ほど路上で仮眠をとったが、結局、薫の実家のある町に入ったのは午前九時半頃であった。

小さな支線の駅前に交番があったので、龍彦は所番地を告げて道を教えてもらった。ひどく細長い町で、駅のあるいわば繁華街を南の端とすれば、地図上で薫の実家のある場所は北の端に当たっていた。目印になる建物やガソリンスタンドなどを一々丁寧に教えてくれながら、中年の巡査は「ここからだと、あと四十分近くはかかるだなあ」とのんびりとした声で言った。

駅周辺を抜けるとすぐに田や畑がつづく田園風景に変わり、道幅がやがて細くなると今度は両側に低い山が連なる平坦《へいたん》な一本道になっていった。対向車とすれ違うこともほとんどなくひなびた風情があたりから漂ってくる。軒の低い平屋の家が道路沿いに散在しているが、人通りは余りない。後ろから猛スピードでトラックが何台か龍彦の車を追い越していき、その度に龍彦は冷や汗をかいた。

三十分ほど走りカーブのやたら多い上り坂を突っ切ると、不意に細かった道が太く真っ直ぐになり、その途端に龍彦の目の前にぐんと大きな景色が広がってきた。

思わず目を奪われた。

真っ青な空と一面の緑、この二色だけで視界全面が満たされている。遠く青く霞《かす》む空と地平との境にかすかに紫の山肌をのぞかせた栗駒山系が見えた。だが、それ以外は田の緑と空の青以外の何物もない。そしてその二色のキャンバスを縦に切り裂くように白く光る真っ直ぐな道がつづいていた。

白い道を十分ほど走ると、小さなガソリンスタンドが建っていた。車を乗り入れて給油を頼み、赤いエプロン姿の茶髪の女の子に「真田さんの家がこのあたりだと聞いたのですが」と訊《たず》ねた。女の子は「ああ、すぐそこ」と言い、スタンドから見える右に入る小道の方を指差して、その先の三軒目の赤い瓦《かわら》の二階屋だと教えてくれた。

龍彦は礼を言ってエンジンをかけようとしたが、キイがなかなか回らない。どうしたのだろうと思ってはじめて自分の手が震えていることに気づいた。

「真田」の表札のかかった古い二階屋の前で車を止めた。

龍彦はしばらくシートを倒してフロントガラス越しに広がる青い空を眺めた。車の中はぽかぽかと温かく、あたりは物音ひとつしない。静かだった。四年近くものあいだ、薫と娘はこんなにも静かな風景の中で生活を紡《つむ》いできたのだ。

龍彦は何度も深呼吸する。目の前の家の中には、自分が預けてしまった四年という歳月が成長し、息づいている。なんと不思議なことだろう。

車を降りると小さな門を通り抜け、年季の入った格子戸に手をかけた。

呼び鈴のボタンをゆっくりと押した。

家の中でチャイムの音が響いているのが扉越しに聴こえてくる。だが人の気配は起こらなかった。もう一度、呼び鈴を押す。

誰も出ては来なかった。

薫もおばあちゃんも、そして娘も不在にしているようだ。龍彦は玄関の脇のやけに大きな南天の下をくぐって縁側のある庭に入っていった。それだけが新しいサッシ窓はすべて閉じられ、白いレースのカーテンで部屋の中は見えない。が、二階の物干しを見上げるとたくさんの洗濯物が風に揺れていた。

三人できっとどこかに出かけているのだろう。

龍彦は車の中で帰りを待とうと思った。腕時計を見ると十時半になろうとしている。この分ならばお昼どきには薫たちは戻ってくるのではないか、そんな気がした。

駐《と》めてある車のドアを開けようとしていると、背後で物音がして、小さな足音が聞こえた。振り返ると薫の家とは庭をはさんで軒を並べた隣の家のドアから人形を抱いた女の子がちょうど出てきたところだった。

黄色のつっかけを履いた女の子は、玄関の短い道をすたすたと歩いてくると、三段ばかりの石の階段を上手に下りて、真っ直ぐに龍彦の側まで寄ってきた。

「だれですか?」

という幼い声。

ふっくらとした赤い頰と大きな眼、その丸い茶色の瞳が不思議そうな色を浮かべて龍彦を見上げている。水色のスカートをはき、細長い人参の絵のついた白いシャツを着ていた。抱いているのはうさぎの人形だった。

「だれですか？」

女の子が繰り返す。

龍彦はしゃがんで、同じ目線でしばらく女の子の顔をじっと見つめていた。

どうして隣の家からこの子は出てきたのだろう、と龍彦は思っている。

それから、あー失敗した、と思った。どうしてこの子のためにお土産を買ってこなかったのだろう。

「すみれちゃん？」

龍彦が訊くと女の子はこっくり頷いた。

「元気だった？」

龍彦はそう言いながら、両手が自動的にすみれの方に伸びて、もうすこしで抱きすくめようとしているのを懸命に意志の力で抑え込んでいた。すみれは相変わらず不思議そうな、どこか照れくさそうな顔でまばたきもせずにまじまじと龍彦を見つめ、じっと身じろぎひとつしなかった。

「お母さんはお出かけしてるの？」

手ですみれの長い前髪を撫《な》でつけながら龍彦は訊いた。

「ママはお仕事」

「どうしてあそこの家にいたの？」

隣の家を指さしながら龍彦は言った。すみれはよく意味が分からないといった様子で黙っている。龍彦は質問を変える。

「おばあちゃんは？　おばあちゃんもママもいないの」

「おばあちゃんはいないよ」

「どうしたの？　お出かけかなあ」

すみれはかぶりを振った。その瞳がかすかに翳《かげ》ったのを見て、龍彦はもしやと感じた。岩田の見せてくれた手紙が三年も前のものであることを思い出したのだ。

「おばあちゃん、どうしたの」

すみれは答えない。

「おばあちゃん死んじゃったのかな」

すみれが小さく頷く。

「それですみれちゃんは、いつもあのお隣の家で遊んでいるんだね」

「うん。直美おばちゃん家《ち》」

と今度はすこし得意気に頷いた。

隣の家の表札は「杉山」となっていた。きっとこの家の人が、平日はすみれを預かって面倒を見てくれているのだろう。

「お昼ご飯はどうしてるの」

薫の手紙の中の「午前と午後三時間ずつですが、……食事の世話の時などは歩いて家に帰れます」という文面を思い出して龍彦は訊ねる。

「もうすぐ、ママが帰ってくるの」

すみれが笑顔になった。

「そうなんだ。じゃあ、すみれちゃんは、毎日こうやってちゃんとお留守番をして、ママの帰りを待ってるんだ」

最後の方はさすがに喉が詰まってうまく言葉にならなかった。龍彦は思わずすみれを抱き取ってしまった。すみれは声も上げずされるままになっている。「えらいねえ、えらいねえ」と龍彦はその小さな身体を抱きしめながら繰り返した。

「よくお母さんと二人きりでがんばってきたねえ」

そう言っているうちに視界が曇って、瞳から涙が滲んでくる。

龍彦はすみれを抱いたまま立ち上がった。

「一緒にママをお迎えに行こう」

すみれはこくりと頷いた。

「すみれちゃん、ママがどこにいるか知ってる?」

「うん、すぐそこの丸中マーケット」

龍彦の腕の中ですみれは身体をねじって、小さな手をいま龍彦が走ってきた白い道の方角に向けた。

「じゃあ、こうやってお父さんがだっこしたまま連れていってあげるよ」

すると、すみれはとても嬉しそうな顔になって龍彦を見た。

「ごめんね、すみれ。お父さん、ずっと遠いところに行っていて、たったいま帰ってきたんだよ」

龍彦は、ようやく娘の柔らかな頬に自分の頬をそっと当てた。

〈了〉

本作品はフィクションであり、実在のいかなる組織・個人とも一切関わりのないことを付記いたします。

本書は、二〇〇一年六月に小社より刊行された単行本を加筆修正のうえ文庫化したものです。

（編集部）

すぐそばの彼方《かなた》

白《しら》石《いし》一《かず》文《ふみ》

角川文庫　13644

平成十七年一月二十五日　初版発行

発行者――田口恵司

発行所――株式会社角川書店

東京都千代田区富士見二―十三―三

電話　編集（〇三）三二三八―八五五五

　　　営業（〇三）三二三八―八五二一

〒一〇二―八一七七

振替〇〇一三〇―九―一九五二〇八

印刷所――旭印刷　製本所――コオトブックライン

装幀者――杉浦康平

し 32-3　ISBN4-04-372003-3　C0193

角川文庫発刊に際して

角川源義

第二次世界大戦の敗北は、軍事力の敗北であった以上に、私たちの若い文化力の敗退であった。私たちの文化が戦争に対して如何に無力であり、単なるあだ花に過ぎなかったかを、私たちは身を以て体験し痛感した。西洋近代文化の摂取にとって、明治以後八十年の歳月は決して短かすぎたとは言えない。にもかかわらず、近代文化の伝統を確立し、自由な批判と柔軟な良識に富む文化層として自らを形成することに私たちは失敗して来た。そしてこれは、各層への文化の普及滲透を任務とする出版人の責任でもあった。

一九四五年以来、私たちは再び振出しに戻り、第一歩から踏み出すことを余儀なくされた。これは大きな不幸ではあるが、反面、これまでの混沌・未熟・歪曲の中にあった我が国の文化に秩序と確たる基礎を齎らすためには絶好の機会でもある。角川書店は、このような祖国の文化的危機にあたり、微力をも顧みず再建の礎石たるべき抱負と決意とをもって出発したが、ここに創立以来の念願を果すべく角川文庫を発刊する。これまで刊行されたあらゆる全集叢書文庫類の長所と短所とを検討し、古今東西の不朽の典籍を、良心的編集のもとに、廉価に、そして書架にふさわしい美本として、多くのひとびとに提供しようとする。しかし私たちは徒らに百科全書的な知識のジレッタントを作ることを目的とせず、あくまで祖国の文化に秩序と再建への道を示し、この文庫を角川書店の栄ある事業として、今後永久に継続発展せしめ、学芸と教養との殿堂として大成せんことを期したい。多くの読書子の愛情ある忠言と支持とによって、この希望と抱負とを完遂せしめられんことを願う。

一九四九年五月三日